探寻者 1

使命与背叛

Arwen Elys Dayton

[美] 亚玟·埃利斯·代顿／著　艾苒／译

天地出版社 | TIANDI PRESS

图书在版编目（CIP）数据

探寻者 /（美）亚玟・埃利斯・代顿著；艾苒译 .—成都：天地出版社，2017.9
ISBN 978-7-5455-2579-3

Ⅰ .①探… Ⅱ .①亚… ②艾… Ⅲ .①长篇小说—美国—现代 Ⅳ .① I712.45

中国版本图书馆 CIP 数据核字（2017）第 048693 号

著作权登记号 图字：21-2015-46-48

探寻者1：使命与背叛

出品人　杨　政
作　者　[美] 亚玟・埃利斯・代顿
译　者　艾　苒
责任编辑　陈文龙　张璐路
版权编辑　郭　淼
装帧设计　棱角视觉
责任印制　葛红梅

出版发行　天地出版社
（成都市槐树街2号　邮政编码：610014）
网　址　http: //www.tiandiph.com
http: //www.天地出版社.com
电子邮箱　tiandicbs@vip.163.com
经　销　新华文轩出版传媒股份有限公司

印　刷　山东临沂新华印刷物流集团
版　次　2017年9月第1版
印　次　2017年9月第1次印刷
成品尺寸　145mm × 210mm 1/32
印　张　12.75
字　数　342千字
定　价　36.00元
书　号　ISBN 978-7-5455-2579-3

献给芬恩、埃默尔和伊莫金

（你们是我放到这个世界上的三个小淘气鬼）

到现在你应该相信了吧，我们的宇宙可能存在折叠起来的空间维度；没错，只要这些空间足够小，没有什么能够把它们排除掉。

——布莱恩·格林《宇宙的琴弦》

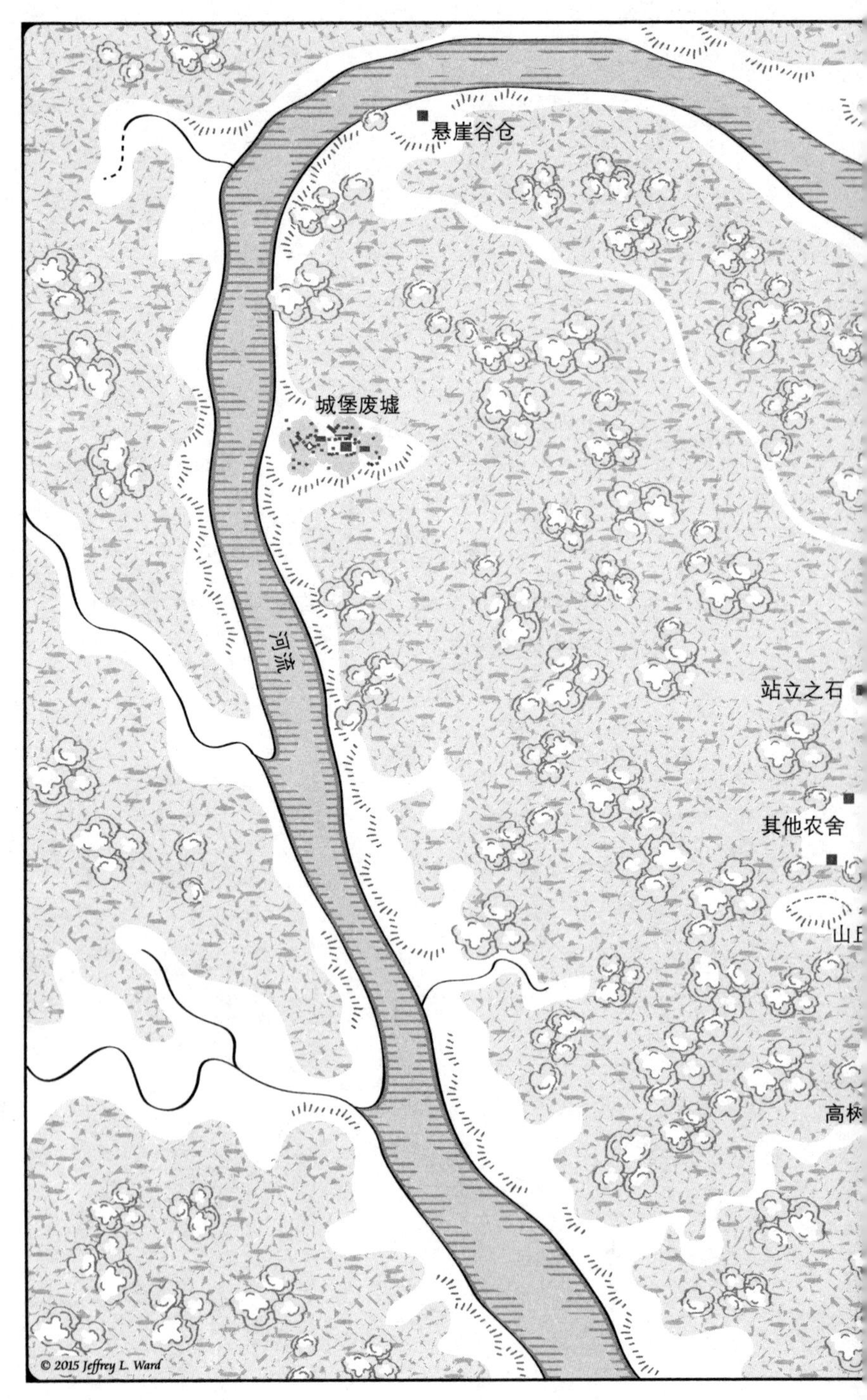
悬崖谷仓
城堡废墟
河流
站立之石
其他农舍
山
高
© 2015 Jeffrey L. Ward

苏格兰庄园
河流
忍的小屋
宿舍小屋
公共小屋
山丘
奎因的小屋
裁决者小屋
宿舍 / 约翰的小屋
公共牧场
牧场
挤奶站
低地
马厩
旧谷仓
工坊
牧场
北
训练场
0
¼
英里

第一部分

苏格兰

第一章 奎因

要是能全身而退，那就太好了，奎因想道。她猛地向右一闪，对手的剑从她身体的左侧呼啸而过，差点儿削掉她的手臂。奎因自己的软剑在手中盘绕成鞭。“啪”的一声，她将它向外一抖，它便凝固成一把长剑。*要是他现在把我的脑袋劈成两半，那就太遗憾了。成功近在咫尺。*而她正在对抗的这个男人看上去仿佛一想到要杀掉她就很高兴似的。

阳光晃进了她的眼睛，出于条件反射，她将武器举过头顶，在对手的下一击将她的头骨一分为二之前挡住了进攻。他劈在她剑上的力道大得仿佛是一棵树干向她倒去，她的双腿禁不住屈了一下。

“这次你可落在我手里了，是不是？”她的对手吼道。阿利斯泰尔·麦克贝恩是她认识的人中块头最大的一个。他俯视着她，在透过天窗照射进来的那飘满灰尘的阳光中，他红色的头发发着光，如同一个邪恶的苏格兰人脑袋周围的光晕。他也是她的舅舅，然而此时此刻这毫无意义。

奎因向后跑去。阿利斯泰尔粗壮的胳膊抡起他那超大尺寸的武器，仿佛它只不过是指挥家手中的指挥棒一般。*他是真的想要杀了我*，她意识到。

她的目光扫过屋子。约翰和忍从他们在谷仓地上坐着的地方盯着她，两个人的手紧紧抓着自己的软剑，仿佛软剑是他们的救命武器，然而他们两个都没法儿帮助她。这是她一个人的战斗。

“他们真没用，不是吗？”她的舅舅评价道。

奎因一只膝盖压在身下，她看到阿利斯泰尔手腕一抖，将他之前使用的细长形状的软剑变成宽阔致命的阔刃大剑——这是一个苏格兰人要给敌人致命一击时爱用的武器。他武器的黑色材质像油一样滑落回去，凝固成形。他把阔刃大剑举过头顶，向着她的脑袋直直劈下。奎因很好奇她的祖先中有多少人是被这种形状的剑剁成了肉泥。

*我在过度思考，这会让我丧命，*她告诉自己。

探寻者战斗的时候不该思考太多。除非奎因不再胡思乱想，否则阿利斯泰尔会让她的脑浆溅满铺着干净稻草的谷仓地板。*这地板可是我刚刚才打扫过的，*她想道，*看在老天的分儿上，奎因，别再想了！*

就在奎因收紧手上的肌肉攥紧拳头的时候，她集中了注意力。瞬间一切都安静下来。

阿利斯泰尔的阔刃大剑急速穿过空气劈向她的脑袋。他的眼睛向下看着她，同时他的手臂抡起剑，双脚微微分开，一只在前，一只在后。奎因看到他的左腿轻微地抖了一下，仿佛他有点儿稍稍失去了平衡。那就足够了。他不再无坚不摧。

在阿利斯泰尔的剑本该劈开她额头的那一瞬间，奎因闪身一躲，身体转向他。她的手腕已经在扭动了，正令她的软剑变出新的形状。剑融化了，刹那间变成油状的黑色液体，凝固成一把粗大的匕首。舅舅的剑没有劈中她，而是重重地劈在她身后的谷仓地板上。与此同时，奎因冲向前方，将她的武器深深地扎进阿利斯泰尔左腿的小腿肚中。

“啊！”这个高大的男人叫道，“你伤到我了！”

“没错，舅舅，我打败你了，不是吗？”她感到一丝满足的微笑在自己唇边浮现。

奎因的软剑并没有把对手的肌肉从骨头上切去，在触及阿利斯泰尔的血肉之际，软剑融回自身内部——就像阿利斯泰尔的武器一样，它被设定为供训练课程使用，并不会真的伤到对手。如果这是一场真正的战斗——而这的的确确让人觉得像是真的——阿利斯泰尔就要伤残了。

“平局！”奎因的父亲布里亚克·金凯德在房间另一头喊道，示意战斗结束。

奎因听到约翰和忍发出声声欢呼。她把武器从阿利斯泰尔腿上抽回来，武器重新变回匕首的形状。阿利斯泰尔自己的剑刃没入坚硬的谷仓地板深达六英寸。他抖抖手腕，让武器液化，从地里蛇行而出，重新盘在他手里。

他们是在被当作训练场的巨大谷仓的中心位置战斗，谷仓的石墙围在脏兮兮的地板四周，上面覆盖着稻草。阳光透过石头屋顶的巨大天窗倾泻下来，一阵微风从谷仓开着的门中穿过，吹过一片宽阔的草地。

奎因的父亲走到地板的中央，他是他们的主要导师。奎因意识到她和阿利斯泰尔的战斗只是热身。和布里亚克用皮带绑在胸前的武器相比，布里亚克右手拿着的软剑只是孩子的玩具，他胸前的武器叫*意识扰乱器*。意识扰乱器由有着彩虹色泽的金属铸造而成，形状与一支巨型枪的枪管相似，几乎像是一个小型加农炮。奎因凝视的视线牢牢地锁定在它身上，在布里亚克穿过一片阳光的时候，她看到这金属武器反射出耀眼的光芒。

她扫了一眼忍和约翰。他们似乎能够理解她的所思所想：*打起精神来。我不知道现在发生了什么。*

“是时候了，”她的舅舅阿利斯泰尔对三个学徒说道，“你们的年龄已经够大的了。你们中的有些人——”说到这儿他看着约翰，“超过应该的年纪了。”

约翰十六岁了，比奎因和忍大一岁。如果按照正常的时间表，他应该已经完成了宣誓，但是他开始训练的时间比较迟——他开始的时候十二岁了，而奎因和忍则是八岁。对约翰而言，这是他时时刻刻感受到的挫败感的来源之一，听到阿利斯泰尔的评价，他的脸红了，白皙的皮肤让这看起来非常明显。约翰很英俊，面容棱角仿佛精雕细刻的雕像，他生着蓝眼睛，棕色的头发还带着一丝淡淡的金色。约翰强壮而敏捷，奎因爱上他有段时间了。他将目光转向她，用口型无声地比着：*你还好吗？*她点点头。

“今天你们必须证明自己，”阿利斯泰尔继续说道，“你们是探寻者吗？还是说你们只是一堆堆毫无价值的马粪，还得麻烦我们从地上铲起来？”

忍举起手，奎因怀疑他是要说：*事不凑巧，先生，我就是一堆毫无价值的马粪……*

“孩子，这不是开玩笑。”阿利斯泰尔说道，在忍的俏皮话开始之前就截住了他。

忍是奎因的表兄，是这个刚刚要砍掉奎因脑袋的红发巨人的儿子。忍的妈妈是日本人，他的面容继承了东西方最好的特征，并且将这些特征近乎完美地结合在了一起。他有着暗红色的直发，身体瘦而结实，已经比日本男性的平均身高要高了。他将视线转向地板，仿佛在为轻视这一庄严时刻而道歉。

“对于你和奎因来说，这也许是你们最后一次练习战斗了。”阿利斯泰尔对忍解释道。“至于你，约翰，这是你证明自己仍然属于这里的机会。你明白吗？”

他们都点点头。约翰的眼睛锁定在布里亚克上身绑着的意识扰乱器上。奎因知道他在想什么：*这不公平*。而这也确实不公平。约翰是他们三个中最棒的战士……除了在有意识扰乱器出现的时候。

“这玩意儿困扰你吗，约翰？”布里亚克问道，拍拍他胸前的武器，“它妨碍你集中注意力了吗？它还没打开呢。等它打开又会怎样呢？”

约翰没有回答，非常明智。

“把你们武器的练习模式关掉。”阿利斯泰尔命令道。

奎因低头看了看她的软剑，剑柄的末端是一个小小的狭槽。她把手伸进右脚靴子旧皮子里的一个口袋，取出一个小小的物件，像是一个扁平的圆柱体，是用和她的软剑一样的油滑的黑色物质做成的。她将这物件插进软剑剑柄末端的狭槽，手指自动调整插件上小小的刻度盘。随着刻度盘最后一部分就位，手中的软剑发出一声轻微的震颤，给她的感觉立刻不一样了，仿佛它已经准备好去做它生来注定要做的事情。

她用左手抓住软剑的尖端，注视着它融化开来，积在她的皮肤周围。即使是在“实战”状态下，它也不会伤到她。但是其他人的血肉现在是它天经地义的猎物。

奎因的心跳加速，她看着父亲和阿利斯泰尔关掉他们软剑的练习模式。一场“活生生”的实战并不是轻松的任务。但是如果她做得好，她距离得到父亲的批准，距离加入她祖先那高尚的探寻者行列，就只有几步之遥了。自打很小的时候起，她就一直听阿利斯泰尔讲述探寻者运用他们的能力改变世界的故事。从八岁开始，她一直刻苦训练，不断提升自己的本领。如果她现在成功了，她将最终成为他们中的一员。

约翰和忍也调整好各自的软剑，谷仓里此刻充斥着一种不同的能量感——对致命战斗的预期。奎因的眼睛对上约翰的双眼，她的眼神对他说，*我们能做到的*。他微微对她点了点头。*准备好，约翰*，她想道，*我们会一起战斗，也一定会在一起*……

一声高亢尖锐的声音穿透谷仓，声音的穿透力是那样大，有一瞬间奎因以为它只存在于她的脑袋里。然而约翰脸上的表情告诉她事实并非如此。她父亲所佩戴的那奇怪的加农炮似的枪支——意识扰乱器，苏醒过来。意识扰乱器的底部盖住了她父亲的整个胸膛，他不得不用带子绕过肩膀和后背进行固定。枪膛直径十英寸，并不只有一个枪口，在那闪着彩虹色光芒的金属中央是数百个小的开口。这些开口位置随机，大小各异，不知怎的，这让它看起来更可怕了。随着意识扰乱器完全地苏醒过来，那高亢尖锐的声音消退了，取而代之的是武器周围空气中电流的噼啪作响。

忍摇了摇头，仿佛正在努力想要将那刺耳的声音从耳朵中赶出去。“我们有这么多人战斗，那个小玩意儿是不是有点儿危险啊？”他问道。

“如果在这场战斗中输掉，你很有可能会受伤，”阿利斯泰尔说道，“或者甚至是意识被……扰乱掉。今天所有的一切都是公平战斗。花点儿时间来理解这一点。”

在此之前，三个学徒见过意识扰乱器开火，甚至在一对一的演习中还练习过要如何躲避意识扰乱器的火力，但是他们从没在实战中见过有人使用它。意识扰乱器是用来激发恐惧的，而它起到了作用。我们的目标是有意义的，奎因对自己重复道，我是不会害怕的。我们的目标是有意义的，我是不会害怕的……

谷仓的一边，阿利斯泰尔用软剑钩住金属水槽里浮着的一件什么东西。那是一个沉重的铁环，直径约六英寸，表面贴着厚厚的帆布，浸泡在沥青之中。他将它挑飞到空中。

当铁环高高地飞过他的头顶，阿利斯泰尔点燃一根火柴。铁环落向他，他用软剑重又接住了它。他将火柴按在铁环上，三个学徒看着铁环迸出熊熊火焰。阿利斯泰尔用软剑转着铁环，眼神中透露出邪恶。

“五分钟，”他说道，抬头看了看墙上高高挂着的钟，“不能让火焰蔓延，同时要活下来，保持神志正常，最终还要拿到铁环。”

学徒们环视谷仓。墙边倚放着大捆大捆的稻草，地板上还散落着零散的稻草，一排排旧木架上架着战斗用具，攀登绳从天花板上垂下来，更别提谷仓本身那支撑着石墙的木横梁和木椽。简言之，他们要在一间满是易燃物的房间里来回投掷燃着的铁环。

“火焰不能蔓延！”忍喃喃地说，“我们不把这地方烧成平地就算幸运了。”

“我们能做到的。”奎因和约翰同时低语道。他们飞快地对彼此微笑了一下，奎因能感觉到约翰温暖而强壮的手臂正贴在自己的胳膊上。

阿利斯泰尔将铁环高高地扔向木椽之间。

“证明你们自己吧！”布里亚克吼道，同时抖开他的软剑。他和阿利斯泰尔高举着各自的武器，向学徒冲过去。

“我去拿铁环！”忍叫道，从阿利斯泰尔面前跃开，向谷仓中央跑去，铁环正旋转着落向谷仓中央那铺满稻草的地板。

奎因看到布里亚克向约翰直冲过去。布里亚克将他的软剑切换成半月形短弯刀的形状，大幅度地挥舞着，要将约翰拦腰斩成两截。她看着约翰的软剑迅速地蹿出去阻挡，然后阿利斯泰尔逼近了她。

“我拿到了！”忍一边用软剑接住燃烧的铁环，一边喊道。铁环向下滑向他的手，火焰灼烧到他的手指，他不得不将它旋转着移回剑尖。

阿利斯泰尔的剑劈向奎因，她侧向一边，将软剑变成稍短的利刃，刺向他的身后。而他早已转身应战，将她的武器挡到一边。

“小姑娘，还是不够快啊，”他说道，“该攻击的时候你却在犹豫。为什么呢？你手中握着的可是人类历史上最珍贵的手工制品，不是吗？你不能犹豫。当你到了彼处，当你踏入其间，你的犹豫可能致命。”这是阿利斯泰尔的口头禅，这些年来他一直往他们脑中灌输这些话语。

约翰和布里亚克则在对打。布里亚克看上去好像只要有机会就一定要杀掉约翰，而约翰一直跟得上他的速度——全神贯注的时候，他是一名超凡的战士。但是奎因一眼便看出，约翰是在愤怒的状态下战斗，他对意识扰乱器感到害怕。有的时候你可以将愤怒和恐惧变为有用的能量。但是通常情况下，情绪是弱点。情绪分散你的心神，令你不明智地浪费精力。

突然，奎因意识到阿利斯泰尔在将她逼向约翰，他正与他们两个同时战斗。布里亚克则得以转向了忍。意识扰乱器的嗡鸣声加剧到了令人难以忍受的程度。

“我要扔出铁环了！”忍喊道。与此同时，布里亚克胸前的意识扰乱器开火了。忍将铁环高高地扔向奎因和约翰头顶的木椽，意识扰乱器的枪管放出了一千个强电火花。这些火花穿过空气冲向忍，像一大群蜜蜂一样嗡嗡作响。

忍扑到齐齐发射的火花下方，滚到一边。火花没有人类目标可以击中，纷纷打在谷仓的后墙上，迸发出彩虹色的光芒。

"到手了。"约翰叫道，一跃从与阿利斯泰尔的缠斗中脱身，将下落着的铁环钩到自己的剑上。一滴沥青从金属环上渗出来，滴落到一捆干草上，立即点燃了干草。约翰跺脚踩灭火焰，铁环落到他的手上，灼伤了他。

"忍！"约翰喊道，将铁环又向木椽之间扔了回去。他跳到奎因前面，替她挡下阿利斯泰尔惩罚性的攻击，与此同时，忍在房间的另一端接住了铁环。

奎因试着想让持剑的胳膊歇息一下，但是布里亚克带着意识扰乱器过来了。火花冲向她，发出嗡鸣声和噼啪声。

如果她让那些火花沾到身上，她将永远无法摆脱它们。它们不会杀掉她，但是它们将成为她的终结。*意识扰乱器力场比死亡更可怕*——奎因停止了思绪。她一定会成为一名探寻者，成为隐藏之路的寻找者。这里只有战斗，后果则不存在。

她跃向一边，抓住一根攀登绳，荡到火花够不到的地方。从意识扰乱器里发射出来的火花飞了过去，沿着她身后的墙壁一路舞动，无害地散开了。

她落到她父亲身后。父亲已经在转身，将他的剑抖成一柄更细长更凶险的利刃。还没等她站稳脚跟，他便迅速出击，他的武器刺破她小臂处的衬衫，直接切到了衬衫下面的皮肤。

血沿着她的胳膊慢慢滴落，也许还带着疼痛，然而她没有时间去想。意识扰乱器尖锐的叫声又在渐渐增大了。

忍现在在和阿利斯泰尔交手。约翰又拿到了铁环，他一边用剑转着铁环，以防铁环烫到他的手，一边踩灭一捆干草上的另一处火苗。

布里亚克转身，意识扰乱器又一次开火，这一次他瞄准的是约翰。

"约翰！"奎因喊道。

看到火花向自己冲了过来，约翰将铁环盲目地丢了出去。奎因以为他会跃出火花的攻击范围，然而他反而愣住了，盯着那些火花，突然之间不知所措。

“约翰！”她再一次喊道。

在最后一刻，是忍从他和阿利斯泰尔之间的缠斗中一跃而出，将约翰摁倒在地。两个学徒毫发无损地躺倒在意识扰乱器的攻击范围之外。火花击中墙上约翰的头部刚刚所在的位置，在阵阵闪光中消失了。

因为对约翰的担心，奎因忘记了铁环的存在，熊熊燃烧的铁环在地板上一路弹过去，点燃了所经之处的稻草。

意识扰乱器的响声又一次到达顶峰。在她父亲再一次瞄准约翰开火的时候，奎因看到了父亲脸上的享受之色。

约翰转身，整个人呆住了。他目不转睛地注视着射向他的火花，被它们可怖的美丽所催眠。意识扰乱器的伤害是永久性的——那是它的特性。如果意识扰乱器的火花击中了你，它们将夺走你的神志，不再离开。而约翰是在等着被击中。

她看到忍将约翰一脚踢到一边，第二次将约翰从意识扰乱器的攻击范围内踢开。

约翰倒在地上，而这一次，他没有再起身。

奎因拿回了燃烧着的铁环，并将它留在地上的火焰踩灭。在整场战斗中，她第一次感到愤怒。她的父亲在针对约翰。这不公平。

她将铁环扔向忍，跑着横穿过谷仓，用身体撞击布里亚克，将他和意识扰乱器一齐撞到地上。火花高高地射向天花板，在木椽之间以混乱的轨迹弹来射去。

奎因用她最大的力气将剑向她父亲的脸上劈去。

“平局！”趁奎因劈到他之前，布里亚克喊道。奎因立即服从命令，垂下了她的剑。

而忍则在最后抓住了燃着的铁环。奎因看了一眼钟，震惊地发现才过去五分钟，感觉像是过去了一年时间。约翰缓缓地从地板上站起来。

每个人都在重重地呼吸。

布里亚克站了起来。他和阿利斯泰尔似乎默默地一同对战斗进行了评估。阿利斯泰尔笑了。然后布里亚克转身，走向装备室，稍微有点儿一瘸一拐的。

“奎因和忍，今晚午夜时分，”布里亚克喊道，未曾转身，“我们在立石那里集合。今晚你们会很忙。”他在装备室的门口停顿了一下。“约翰，过去你曾经很多次打败过其他人，甚至打败过我，但是今天在这儿我没看到你的这种能力。晚餐时分你在公共牧场等我，我们需要开诚布公地谈一谈。”

说完，门在他身后紧紧地关上了。

奎因和忍互相看了看对方。奎因的愤怒已经消失了。一半的她高兴得想要尖叫。她从来没有像刚刚那样战斗过。今晚她将完成宣誓。她从儿时便开始期待的那种生活终于要开始了。但是另一半的她则在同情约翰。约翰站在谷仓中央，眼睛盯着地板。

第二章 约翰

约翰从用于训练的谷仓离开时，苏格兰庄园的上空已经夕阳西下。他和奎因是各自分别离开的，这是他们一向的习惯，但是他知道她会等着他。

一千年前，庄园里有过一座城堡，城堡那时属于奎因的家族里某个遥远的分支。现在城堡沦为废墟，摇摇欲坠的塔楼俯瞰着环绕这片土地的宽阔河流。约翰往前走着，从他所在的位置可以看到远处废墟的最高点。

现在的庄园由古老的农舍组成，大多数农舍是几个世纪以来陆陆续续用城堡的废弃石头修建而成的。农舍星星点点地分布在一片被称为公共牧场的巨大草场边缘。现在正是春天，公共牧场上开满了野花。牧场之外是树林边缘，这是一片由高大的橡树和榆树所组成的森林，森林的高度刚好足以为房屋遮荫，同时还在向着废墟和更远处生长蔓延。

谷仓位于牧场一侧的边缘。有些谷仓里面养着动物，但是其他的，像是巨大的训练场，则是学徒们练习成为探寻者时所需要的能力的场所。

约翰穿过林地边缘的树荫，向着树林深处走去。即使仍然笼罩在刚刚在训练场上所遭遇的巨大失败的阴影之中，他还是感到自己的脉搏正在加快。当他和奎因一起在树林里，当他们远离他那通常遮蔽了其他事物的生活的点点滴滴，他进入了另一个世界。他好几天没有和她单独相处过了，此时此刻，找到她似乎比其他任何事都要重要。

她从来不在同一个地点等他，但是他现在一定是接近她了。他在林子中他们最喜欢的地方，在这里，巨树的树冠在头顶相连，遮住了太阳，林间地面显得幽暗而安静。片刻之后，他感到有双手臂环住他的腰，有个下颌向前搭在他的肩上。

“你好啊。”她往他的耳朵里低声说道。

“你好。”他微笑着低声回道。

“看我找到了什么……”

她把手塞进他的手里。奎因总是将深色的头发剪到下颌位置，她可爱的脸庞有着象牙白的肌肤和大大的深色眼睛。他跟在她身后的时候，这双眼睛淘气地向他忽闪着。她领着他走到一圈橡树前，这片橡树生长的树身圈出了一块小小的僻静空间。她从两棵树中间的开口处走了进去，将约翰拉在身后。

立刻他们就一起站在树丛里面了。“这确实不是乡村小酒馆里最棒的房间。”奎因喃喃说道。

“这儿比那儿更好，”他说，“在酒馆里，你也许就要站得远远的了。”

这里其实并没有足够容纳他们两个人的空间，约翰不得不将她紧紧地抱住贴在身上，这对他来说很合适。他俯下身去亲吻她，可是奎因止住了他，将她的双手贴在他的脸庞两侧。

“我很担心。”她低声说。

他能感觉到。他能感觉到担忧一波一波地从她的身体涌出，就像夏天时热量从沥青中散发出来一样。当然，她觉得担心是很正常的。他们正在学习的知识非常古老，并且受到严密的保护。对于约翰来说，只有完美地完成分配给他的任务，才能让他拥有学习这些知识的特权。他并不是布里亚克最器重的学徒，他在今天的战斗中所遭遇的失败无疑是布里亚克一直在寻找的开除他的借口。

“我从来没有听到过父亲对你说过这么……决绝的话。”她悄声说道，“如果他的意思是开除你，那该怎么办？”

对和她在树林里幽会的期待本来已经将约翰的恐惧赶出脑海有一会儿了，现在这种恐惧又全数回来了。他是三个人中最强壮的战士，然而他在战斗中失败了。他在自己最需要胜利的时刻失败了。

他将头后仰靠在一棵树的树干上。有一瞬间，他努力和仿佛有一块巨石将他坠向海底的感觉搏斗。不，他想道，我不能失败，我不会失败。

他的整个人生都围绕着他所许下的这个誓言。他是约翰·哈特。他一定会拿回自己被夺走的东西，之后再也不会任凭任何人摆布。他许下过诺言，那么他就一定会遵守它。

“布里亚克一定会严肃对待这次战斗，”他对奎因说，努力让声音听起来令人感到安慰，无论是对她来说还是对他自己而言。他必须将自己从绝望的深渊中拉出来，“在战斗中我……表现得糟糕极了，是不是？他必须严格，毕竟他是‘隐藏之路’的守护者。但是他花费了那么多年来训练我，我就快成功了，现在开除我将是一个错误。”

“那当然是个错误，彻头彻尾的错误。但是他说——”

“你父亲是个可敬的人，不是吗？他会做出正确的决定。我不担心，你也不应该担心。”

奎因点点头，但是她深色的眼睛里充满了怀疑。他不怪她。约翰自己也不相信自己说的那些关于布里亚克的话。他很清楚地知道奎因的父亲是哪种人，但是他仍旧寄希望于布里亚克会遵守承诺。这些承诺是有证人在场的，布里亚克必须遵守他的承诺。如果他不肯遵守……

他将这个念头赶走。在这里，和奎因一起在庄园里的生活很好——是他生命中最美好的时期，比他敢于去奢望的还要好得多——他并不希望这一点有所改变。

奎因在约翰到达这里的那天就和他成了朋友。那会儿他们还是孩子——约翰当时也只有十二岁——但是即便如此，他的第一个念头仍然是，她是多么美丽。

在最初的那一年里，她和忍都常常到约翰的农舍里来拜访他，但是他最喜欢的是奎因独自一人过来的时候。她被他对伦敦的描述给迷住了，还热切地将整个庄园展示给他。

在约翰的母亲还活着的时候，她曾警告他要提防所有人，他也确实那么做了。但是他喜欢听奎因家族的故事，喜欢听庄园的传说。奎因似乎也喜欢和他在一起——不是因为他富有，也不是因为他的家族很有地位，而是因为她喜欢他。只是因为他自身的原因而喜欢他。在此之前他从没有过这种体验。即使当时只有十二岁，约翰还是拒绝让这些感动他，她对他的兴趣一定是个诡计，是想绕过他的防线、获取他的秘密的花招。不过他仍然和她一起度过了许多的时光。和忍在一起时，他会和他一起练习战斗。而和奎因一起的时候，他会和她一起散步。

而且后来她的身体开始有了……曲线。他没有意识到，她身体的那些曲线可以多么分散人的注意力。等到十四岁的他坐在语言课的课堂上，发现自己正在仔细研究她纤细的腰肢是如何延展出臀部的线条，他知道自己有麻烦了。课堂的要求是让他们用荷兰语大声朗读，他却在想象用手来描摹她身体的线条。他努力想让她不要出现在他的脑海之中，让自己像母亲所希望的那样头脑清晰、深谋远虑，但是他无法相信奎因的友好全是假装的。

然后，当她快要十五岁的时候，他们在一次特别艰难的训练场练习中被分到了一组。阿利斯泰尔让他们一再地对打，要求他们用自己力量的极限来战斗。

“来呀，约翰。攻击她！”阿利斯泰尔喊道，显然他认为约翰在对奎因手下留情。

也许他当时确实是在对她手下留情。那时正值冬天，她敏捷地操着剑移动身体，脸颊发红，深色的眼睛由于努力战斗而变得非常明亮。

她狠狠地攻击他，于是他倒下了。也许他是故意让她击中的，因为他根本不介意自己倒下。他想象着自己和她一起滚倒在地板上……然后战斗结束了，他们两个都在重重地呼吸，隔着整个训练场地凝视着对方。

阿利斯泰尔让他们解散，约翰发现自己恍恍惚惚地走到了训练场外面，努力想要尽量远离她。他看不到自己正往哪里走，他能看到的只有奎因。想要和她在一起的欲望铺天盖地，势不可挡。

他在转过谷仓后面时停住了，将自己藏在冬天干枯的树干后面。在那里，他倚靠着石墙，他的呼吸令空气中充满了水汽。

他不想感觉到他现在所感觉到的这些感受。他的母亲曾经无数次地警告他要提防爱。*当你爱上一个人，你就等于是将自己暴露在利刃之下*，那么多年前她这样告诉他，*当你深深地爱上一个人，你就等于是将利刃插入了自己的心脏*。爱情并不能轻松地嵌入他的任何计划之中，但是你又怎么能够计划要如何去爱呢？他想要的不仅仅是她的美丽，他想要的是她的全部：那个会对他说话的女孩，那个一旦聚精会神便会咬住下唇的女孩，那个当他们一起在树林中穿行时会微笑的女孩。

他将脸颊紧紧贴在谷仓冰冷的石头上，感觉自己的心脏在疯狂地跳动，努力想要摆脱她的形象。

然后，奎因出现在那里，走过谷仓尽头，离他只有几英尺远。她向前望去，望进树林里，也是一副恍恍惚惚的模样。他们的眼神相遇，突然之间他知道了——他知道她是过来找他的。

约翰伸出手，抓住她外衣的衣袖，将她拉向他。她的手臂环绕着他。他们两个之前都没有亲吻过别人，但是突然地，他已经在亲吻她了。她又温暖又柔软，而且她在回吻他。

“我正希望你会这么做。”她低声说道。

他本意是说些浪漫而克制的话，比如“*你很美*”之类，但是脱口而出的是他更深层更真实的想法。“我需要你，”他对她喃喃说道，“我不想孤身一人……我爱你，奎因……”

他们又在接吻了。

有沉重的脚步声接近他们，还有细小的树枝折断的声音。是阿利斯泰尔，无论在哪儿他们都能辨认出他的脚步。

他们马上分开了，将自己从彼此身前推开。等阿利斯泰尔走到谷仓的后面，奎因已经转过弯消失在了另一边，消失前最后又看了一眼约翰。

这就是他们林中幽会的开始。奎因很确定她的父母不会同意，于是他们将对彼此的感觉保密。但是最终很显然庄园里的每个人都知道他们之间的关系改变了——过了一阵子，约翰在布里亚克盯着他的眼神中感觉到了一种更为冷酷的意味，以及忍的态度中夹杂的一丝气恼。

约翰试过为他的感觉正名。也许他感觉到的确实是爱，但是爱难道不能成为一种优势吗？等布里亚克理解了他和奎因是多么深爱彼此的时候，难道布里亚克不会更在乎他一点儿吗？如果最终他能够说服布里亚克让奎因嫁给自己，他们两人就结成了姻亲，不是吗？和布里亚克结为姻亲肯定不是什么令人愉悦的事情，但是也许这能成为他实现自己承诺的一种方式，起码暂时是这样。

能令约翰感到如此幸福的感觉，肯定不会是什么坏事吧。

现在，站在树木之间，双臂环绕着奎因，这一切的感觉是那么好——对此，他仍然感到惊叹。当他们独处的时候，他可以想象她陪伴在他左右，迎接即将到来的一切。最终她会明白的，甚至会了解她的父亲……

“我不想让你担心，”他这样告诉她，令她看向他的眼睛，“我会成为一名探寻者，就像你一样。即使我需要过一段时间才能做到。这是命中注定的，我们两个注定要在一起。”奎因脸上愁云稍减，她几乎露出了微笑。“这是命中注定的，”她赞同道，“当然是这样。”她的肯定给了他信心。“你看，”她继续道，“你比忍更强壮。比起我来，则是强壮得多。没准你还比我们两个都要更聪明。只是有些事情你做的不是特别好。”

“如果你指的是意识扰乱器——”

“我指的就是意识扰乱器，我们全都害怕它。”

“我不仅仅是害怕，”约翰回答道，在脑海中再次重温了之前的那一刻，“我没法儿动弹，奎因。我想象着那些火花覆盖了我的全身——”

“停下。”她坚决地说，约翰意识到他的绝望又一次浮了上来。他必须集中注意力，尤其是今天。“你不想陷入极度的痛苦之中，不想让你的理智攻击你自己，”她继续说道，“你当然不想这样。但是你必须将意识扰乱器当成一个武器，一个像任何其他武器一样的武器。我们要用意识控制来避免这种情况在战斗中发生。”

“‘我的理智是一块永远微微紧绷的肌肉’，”约翰回道，引用阿利斯泰尔的话——阿利斯泰尔是他们最喜欢的导师。“只是——我不确定，在面对意识扰乱器的时候，这对我还有效。”

“试着将注意力集中在我们训练的更高层次的目的上，”她温柔地告诉他，“能够把这一切作为我们的使命，这是多么幸运。成为一个探寻者，这是比你我更加重要的事情，比个人的恐惧更加重要。”

她的声音变得充满激情，谈及这个话题时她经常如此：“我们是……一个特殊组织的一部分。我也同样觉得害怕，但那是我战胜恐惧的方式。你知道，不只是意识扰乱器。当你到了彼处，你也需要意识控制，否则你就再也出不来了。”

约翰意识到，自己正带着怜悯望着她。她是一个眼睛里有星星的姑娘，却生在了错误的家庭，生在了错误的年代。没错，他们是一个特殊组织的一部分，这个组织比他们自身要重要得多，但是他只会用截然不同的词汇来形容它——比如“冷酷无情”和“邪恶残忍”。这两个形容词布里亚克都符合。约翰知道，今天晚上在她宣誓的时候，她会前往彼处，之后还会去彼处之外的地方。奎因也许还没有意识到这么做的目的是什么，但是约翰知道。他的母亲至少还对他坦诚相见，而奎因的父亲却没有对她说实话。

等她发现了事实的真相会是什么样的感觉？她也许会觉得，这个世界上一度是有过高尚的探寻者的，但是高尚不是布里亚克的风格？还是会觉得，她的能力要用在一个全然不同的目的上？

他温柔地问她：“你觉得，今晚宣誓的时候你要做什么？”

“布里亚克说，是一项需要我们全部能力的任务。”他看到她的眼神变得遥远，“不管是什么任务，我感觉好像我们家族一千多年来的每一代人都在等着我加入他们当中，”她说道，“我的整个人生让我走到了今天这一步。”

约翰也感觉到他家族中的世世代代都在他身后摩拳擦掌，等着他完成宣誓的环节。他承诺过的——要东山再起，让他们为他们所做过的那些事情付出代价。我们的家族将再次崛起。

“那仪式剑是怎么回事呢？”他悄声问道，将发音的重音落在“仪式”上。

奎因有点儿惊讶，正如他所预料的一样，因为奎因和忍被教授的所有秘密知识，尚未允许约翰了解内情。他看着她打量着他自已，琢磨着他是如何知道这个词的。

“如果你知道仪式剑，”她说，“那么你对一切的了解就已经过半了。”

“我知道在布里亚克提到‘人类历史上最珍贵的手工制品’时他指的是什么。我也知道，那是一支石剑。”

“就连我也只是见过它而已，约翰。见过几次。我从来没有用过它。”

“直到今天晚上。”他指出这一点。

“直到今天晚上。”她同意道。现在奎因在微笑，她对于即将到来的一切的兴奋之情又回来了。

他们听到远处传来响亮快乐的喊叫声。奎因俯下身，身体从树木之间的空隙探出去，约翰则蹲在她的身旁。从这个角度，他们只能将将看到公共牧场的另一边。喊叫声是从草场远处的农舍里传出来的，是忍和他父亲的声音，两个人都在嚷着今天忍在战斗中是多么出色。在训练场上阿利斯泰尔也许是粗暴蛮横的，但是空闲时间里和儿子在一起的时候，他温柔得像一只泰迪熊。

在约翰看来，忍似乎一直都爱着奎因，但是鉴于他们两个是表兄妹之类的亲戚，奎因无疑从来没有对忍有过任何爱情方面的感觉。到最后，等他完全拥有了奎因，他就能够更加友好地对待忍了。

“他们在庆祝，”约翰低语道，“我们也应该庆祝。”

“你想怎么做？”她柔声问道。

约翰缓缓地将她拉近身前，亲吻她。这一次她没有转开身体。

他们总是适可而止，没有做任何更进一步的事。奎因在等待。她得完成宣誓，而且还得在她父母的指导下再度过至少一年的时间，他们才会把她当作一个成年人对待。但是她和约翰也幻想过，在河对岸露营的时候，或者某一天在某个地方的小酒馆的房间里，他们最终会将自己交给对方。

然而现在，有些事情不太一样了。也许是因为她对今晚的期待，又或者是因为她今天在战斗中胜利的光辉，约翰在她亲吻他的方式中感觉到了某种其他什么。*她爱我*，他想道，*而我也爱她。即使在她知道了一切之后，我也想要她和我在一起*。森林的地面上覆盖着经年累月积起的落叶，约翰将她拉下来，放倒在柔软的地面上。他低语道：“我们去我的小屋里吧——”

“嘘，”她说，一只手放在他的唇上，“你看。”

从他们躺着的地方，可以看到一个人影从树林深处出现，走向他们两个。约翰将奎因拉起来，两个人躲到树枝后面。等人影走近，他们认出她是初阶裁决者，肩上搭着一串死兔子。

看脸的话，他们先前猜测她的年龄应该是十四岁左右，不过就裁决者而言，年龄是个说不准的事。初阶裁决者是几个月前来到庄园的，和另一个裁决者一起，他们管他叫中阶裁决者——一个魁梧结实、看起来很危险的男人，看上去三十多岁。

布里亚克讲述裁决者来到这里的目的时讲得很模糊，但是很显然他们是来监督宣誓的事情。布里亚克几乎从不向任何人表示顺从，但是很奇怪，他似乎对中阶裁决者非常尊敬。于是学徒们认定裁决者是探寻者训练中的某种裁判，鉴于他们的导师只给出了些许暗示，他们不得不猜测他们的过往。

如果初阶裁决者确实是十四岁，那么她比同龄人的身高矮。她的身体是那样纤细，看上去几乎是营养不良了，但是她的肌肉则讲述着完全不同的故事。它们像是精巧的钢丝绳，将她小小的身体连在一起。她的头发是像洗碗水一样的棕黄色，平淡无奇毫不起眼，但是它们非常浓密，几乎快要垂到腰际。她的头发仿佛从来没有剪过，也几乎从来没有梳过，或许她所有关于打扮的知识都来自中阶裁决者，而中阶裁决者显然对于应该如何养大女孩一无所知。

她以裁决者所特有的步态向他们走来。她动作迟缓，几乎显得高贵庄严，仿佛是一场特别悲伤或者特别严肃的表演中的芭蕾舞者。然后毫无预兆地，她会以一种全然不同的速度移动。就在他们注视着她的时候，草场那边传来一声鸟鸣，初阶裁决者的头猛地转了过来，动作快得他们差点儿跟不上。等辨认清楚声音的来源，她继续往前走，动作像一尊获得生命的大理石像一样，沉着流畅。

“看着。”奎因悄声说，声音轻得几乎没让约翰听见，尽管他的脑袋离她的只有几英寸远。她等着，直到初阶裁决者走到一片阳光中，这阳光会让她暂时看不到阴影里的动作。这时奎因缩回手臂，用尽全力向裁决者扔出一柄刀子。

刀子在阴影中巧妙地划出一道弧线，瞄准的位置就是裁决者行走的位置前方，这样她会直接走到刀子的移动轨迹之中，刀子会刺穿她脑袋的侧边。

然而事情并没有如是发生。

初阶裁决者继续稳稳地走着，直到武器马上就要击中她了。她的身体整个猛然爆发动作。她的右臂猛地前伸，从空中抓住了刀子。她转身的动作是那样迅速，在森林的背景当前几乎出现了模糊的残影，同时她向他们的方向扔出刀子，仿佛雷雨云放出一道闪电。刀子掷出的速度那么快，他们听到它刺穿了空气，约翰和奎因俯身躲避。

刀子从裁决者手上掷出后划出一道完美的弧线，绕过树丛的边缘插入树干，深没入柄，就在刚刚奎因的手放在树干上的位置。刀子插入树干的震动一路沿着树身传下来，连约翰的脚都可以感觉得到。

“干得漂亮！”奎因喊道，向女孩挥手，“也许将来某天你能教教我怎么做到。”初阶裁决者的视线缓缓地扫过他们的藏身之处，即使隔着这么远的距离，仍然像是在仔细检视他们。她凝视的目光中有什么东西令他们感到不舒服，奎因和约翰本能地迈了一步远离彼此，仿佛他们之间的亲密禁不住她的瞪视一般。初阶裁决者似乎想要说些什么，但是她没有机会了。

森林上空出现了新的声音。初阶裁决者、奎因和约翰抬起头，看到一架飞行器盘旋着降落在公共牧场中，发出低低的震动声。在庄园里，飞行器是非常罕见的，连初阶裁决者都盯着它看了几秒钟，然后转身继续稳稳地向前走去。

约翰和奎因赶紧赶到草场的边缘，刚好来得及看到一个男人从飞行器上下来，向布里亚克那位于公共牧场远端的农舍走去。约翰一看到那个男人的身影就跑了起来，紧贴着树林，但是动作很快，他想获得更好的视角，更好地看看这个人。

奎因追上了他：“怎么回事？”

来访者暂时转身，四下打量着庄园。约翰停住奔跑的脚步。是他出现了幻觉吗？这个男人的脸看起来很熟悉。不过有些时候，当他远离伦敦和人群，在庄园里连续待了几个月之后，他会觉得每一张新面孔都很熟悉。

“我不知道，”他说，“你觉得你能查清楚他是谁吗？”

“如果重要，布里亚克肯定会告诉我们的。”

“我不这么认为。”约翰悄声说。看了一眼奎因，他戏谑地说道，“不过如果偷听让你觉得紧张……”

“紧张？”她生气地推了他一把，他很高兴地发现现在奎因开始带着更大的兴趣来打量这个来访者。在涉及布里亚克的事情上，他希望尽可能地减少意外的出现。“嗯，”她说，“如果发现了什么，我会来找你的。”她轻轻地吻了吻约翰的嘴唇，“我知道今晚布里亚克会给你一个公道。他会说些严厉的话，但是他不会终止你的训练。一定是这样。”

说罢，她跑到了他的前面，跑向农舍。约翰已经可以感觉到自己在为将要面对布里亚克的时刻做着准备。他看着奎因跑走，她深色的头发摆动着，身姿优雅——但是她的优雅与初阶裁决者那动作缓慢的优雅有所不同。奎因全身充满了生命的活力。

第三章 奎因

奎因一边回头望向约翰，一边跑离树林，穿过公共牧场的牧草。他仍然站在她离开他时的草场边缘，站在一棵大橡树的阴影之中。他的眼睛追随着她，但是他凝视的对象又变成了自己，仿佛在看着她离开的同时，他在想着一些与她完全无关的事情。

约翰的眼睛很深邃，奎因一直这么觉得。当他和她在一起的时候，它们会闪着幽默和爱的光芒，但是其他时候，它们却显得荒芜而充满渴望，仿佛是在寻找某种遥远而无法触及的东西。

一开始吸引她的就是他的眼睛。尽管约翰来到庄园的时候只有十二岁，布里亚克还是让他一个人住在树林中一间单独的小屋里。奎因和忍经常去那儿找他，他俩对庄园里多了一个孩子感到非常有趣，尤其还因为，这个孩子是那样老于世故，他先前住在伦敦，并且去过那么多其他地方。

一开始约翰似乎对他们的陪伴十分警觉，而他的眼神在警告他们不要靠近。他很少谈及任何私人的事情，但是最终奎因坚信，他蓝眼睛里翻滚的阴云不是像她一开始想的那样，是出于愤怒或是出于对背叛的恐惧，而是单纯出于孤独。他们开始更多地待在一起，她看到，他的表情逐渐变成了某种近乎快乐幸福的神情。

现在，当她在公共牧场中穿行，她仍然能够感觉到他的嘴唇压在她的唇上，感觉到他的手臂环着她的腰。快到她的小屋时，她最后又偷偷地往回看了一眼，但是他已经不见了。

几分钟后，她从她父母房子后墙上的一扇窗户爬了进去。她蹲在食品储藏室中，食品储藏室和客厅只有一墙之隔，她可以听见从飞行器上下来的访客正和布里亚克进行着深入的交谈。

“可以来一场失踪，”布里亚克在说话，“在那种情况下，搜寻工作可以一直进行下去。结果可能是好的也可能是坏的。”

奎因默默地将耳朵贴在食品储藏室薄薄的门上，这能让她听得更清楚些，也能让她通过门和门框之间的一线缝隙看到房间的一角。

她的父亲坐在老旧的真皮扶手椅上，坐在天花板上挂着的成排的古老十字弩之下，挨着摆满了刀子、雕刻着公羊图案的陈列柜——公羊是奎因他们家族的象征符号。他在对来访者讲话，来访者是一位二十多岁的男子，正用壁炉里欢快的火苗温暖着他的双手。

来访者身上的衣服显然非常昂贵，虽然奎因知道自己并不是衣着风格的合格裁判。在她十五年的人生里，她几乎没在庄园外面待过。

“也可以来一场干脆利落的处决，不留一丝痕迹。”布里亚克继续说道，一只手捋过深色的发间，奎因的深发色就是从他那里继承来的。奎因父亲的头发仍然没有一丝灰白。他还不到四十岁，身材瘦削而强壮，仿佛还是一个年轻人，不过对于奎因而言，他永远是那个永不显老而又无所不能的存在，就像天空或者大地那样。“这取决于你需要的是什么。”他告诉来访者，“我们可以为达到你的目的而创造条件。你知道你需要的是什么吗？”

布里亚克竭尽所能地对这位来访者表现出友好和礼貌的样子。奎因发现这番努力令她感到非常不安。她已经习惯了父亲严峻的面容和严厉的话语。他经常会吓到她。她将他的神态举止作为她训练所必须忍受的东西加以接受了：他在帮她做好准备，准备面对艰难的人生，但是这艰难的人生是为了实现某些美好的东西。成为一名探寻者意味着成为为数不多的被选上的人，可以投身其中，改变世界。

来访者开始回应布里亚克的问题，语声轻柔得令奎因无法听清。这人非常急切，但是他似乎对大声讲话有所顾虑。她将耳朵更用力地贴在食品储藏室的门上。

布里亚克举起一只手。“如果你愿意的话请等一下，”他说道，“我更希望在户外继续我们的对话。”

年轻男子点点头，他们两人起身离开。来访者一转过身去，布里亚克就三个大步横穿房间，狠狠地推了一下食品储藏室的门，门撞到奎因脑袋一侧，她被撞得直接躺倒在地上。

她慢慢站起身，一边跌跌撞撞地走出食品储藏室走进厨房，一边揉着脑袋。在客厅里，农舍的前门开了又关，透过窗户，她看到布里亚克和来访者一起走进了草场。显然，布里亚克想要一点儿私密空间。

“奎因，你在那儿干吗呢？”

奎因的母亲菲欧娜·金凯德正坐在厨房的桌子旁边，面前摆着一杯饮品。奎因闻到一丝酒精味，知道母亲又在喝她近几年特别喜欢的烈性苹果酒。炉子上炖着晚饭要吃的炖菜，烤箱里则是面包，农舍里飘满了美妙的香气。厨房里的香气是她童年的背景，和这些味道一起的是长满了公共牧场的牧草的气味，以及森林里树木之下肥沃土地的芬芳。只是空气中微弱的一丝酒精味将奎因突然涌现的幸福感带走了。约翰会成功的，她和忍也会成功，这是命中注定的事，她和约翰在一起的生活会像她一直想象的那样。

“你刚刚是在偷听吗？”她母亲问道。

“我想着也许会和今天晚上有什么关系。”奎因解释说，一下子坐到菲欧娜对面的椅子上，将膝盖屈起来抵在胸前。她母亲暗红色的头发往后梳成一根整齐的发辫，而她的表情则是一片空白。

即使不带一丝笑容，她母亲仍旧有一张美丽的面孔。人人都这么说。她现在望向窗外，看着布里亚克和来访者向远处走去。她转回来对着那杯苹果酒，表情变得严肃起来。

“你听到了什么？”她母亲问道。

“什么也没听到。”奎因回答道。一个令人不快的想法冒了出来，“你们不会是要把我给嫁掉吧？”

这让菲欧娜颇感意外，她的嘴唇上浮现出一丝笑意：“把你嫁掉？为什么这么说，你是觉得刚刚那个年轻人长得很帅吗？”

“我——我不知道。我并不习惯……”她的话由于尴尬和窘迫断掉了。

“我们当然不是要把你嫁掉。”她母亲温柔地笑着说。

“别说什么‘当然’，”奎因回道，“你身上发生的事就是这样，不是吗？”事实上，她母亲从来没有这么说过，但是奎因从菲欧娜对布里亚克·金凯德追求她的过程以及他们两个的婚姻的描述中得出的印象就是如此。她从来没有说过他们坠入了爱河，而是说她的父母觉得他们很般配。

“怎么说呢，我们并不是要把你嫁给他。”菲欧娜逗她。

“我知道过去这种事是怎么一回事，”奎因继续说道，“保持血统纯正，保持控制。”

事实上她明白由她父母做媒的重要意义。嫁给她父亲所信任的人有助于将他们的知识和武器保持在布里亚克的直接控制之下。她一直听别人说，布里亚克和阿利斯泰尔是最后的探寻者，而她和忍必须将这一传统用未经破坏的血脉延续下去——当然，约翰也是，但是他的血脉已经被破坏过一次，因为他的家族几乎灭绝消失了。理论上来说，她会很高兴嫁给她父母满意的人选——但是事实上她希望他们的选择会和她的相一致。

她的母亲从杯子里长长地喝了一口酒，摇了摇头：“我们不是要把你嫁给谁，奎因，即使你父亲可能赞同这个主意。我觉得，你人生中被计划好的部分够多了，你应该自己选择你的另一半。”

奎因向窗外看去，目光越过草场落在她和约翰刚刚一起走过的地方。幸福的感觉再一次降临到她的身上，然后她决定赌一把。她距离宣誓只有几小时的时间了，很快在他们眼中她就是一个成年人了："妈妈，你知道我已经选择他了，是不是？"

她母亲将目光随着她的视线投向窗外，但是那里除了草和树之外看不到其他事物。

菲欧娜缓缓地问道："那他是吗？"

"是什么？"

"约翰·哈特是你的另一半吗？"

奎因感到自己的脸一下子红了："妈。"

"我相信你们两个一起偷偷溜出去有一段时间了。你们两个……"

"没有！"对话的方向猛地转了一个弯，"等等。你问我的是什么？"

"你们接吻了吗？"

"哦……是的。"虽然很尴尬，奎因还是发现自己在微笑，"是的，我们接吻了。"

"还有……"菲欧娜提示道。

"还有什么？"奎因在想约翰把她放到地上时的样子，他那双孤独的眼睛全神贯注地看着她……她低下头看了看双手，说道，"我们接吻了，而且次数还有点儿多。你不是已经知道了吗，妈妈？我不说你也总是能知道这些事情。"

"有时候是这样，但是这一次不是。你确定只有这些吗？"

"我又不是白痴。布里亚克对他够冷酷的了，我不希望他操着霰弹枪追着约翰到处跑。"

听到这句话，这一次菲欧娜是真的笑了，她的面容因此亮了起来，她很少这样。有那么一刻，奎因看到了她母亲最美丽的样子，像是春天暖融融的太阳从沉沉的云层后面出来了一样。

"妈妈，"奎因说道，下定了决心，既然都这么尴尬了，她不妨继续追问下去，"你觉得父亲会介意吗？"

"介意什么？"

“如果我嫁给约翰？”

奎因说的时候屏住了呼吸，为她母亲的反应而担心。但是她为什么不能谈及和约翰的婚姻呢？约翰是完美的对象。他来自一个和她的家族一样古老的家族，不是吗？他和她一样，想要通过自己的训练来为世界做好事。也许他们可以一起住在这儿，住在庄园里，也许她会和他一起住在某个更具异域风情的地方，但是无论是哪一种结果，他们都会一起工作，一起战斗，一起帮助这个世界。*暴君和为恶者，你们要当心了*……显而易见的是，她深深地爱着他。她的父母肯定也能看到这一点。

奎因的目光追随着她的母亲，等着对方给她一个回答，而菲欧娜却起身去照管炖菜锅。炖菜锅有什么可照管的，这对奎因而言一直是个谜。毕竟只是炖菜而已。如果你愿意，可以一连几天都让它炖着。

菲欧娜背对着奎因，问道：“他向你求婚了吗？”

“呃，没有，还没有。但是我想，对此我们有共识。”

“你还非常年轻，”菲欧娜柔声说道，“我从来都不知道——我现在还有点儿惊讶，你选择的会是约翰。”

奎因不确定她母亲这么说是什么意思。她应该选择谁，某个她从未见过的陌生人吗？他父亲为她挑选的某个年长些的男人？但是不管怎样她很快地继续说道：“我不是说现在，是将来的某一天。你觉得父亲会介意吗？”

菲欧娜转向她，在围裙上擦着手，眼睛到处乱看，就是不看奎因的脸：“没错，我想你的父亲对此会有很强烈的意见。从现在到你准备好要结婚，还会有很多事情发生。”

“这真的不算是一个答案。”

“但是，奎因，”菲欧娜继续说道，仿佛奎因不曾开口，仿佛她必须马上将这些话说出口，不然它们就会消失殆尽。“他怎么想都无关紧要，你的人生是你自己的。”

奎因有点儿惊呆了，她仔细看了看母亲的表情，对方的表情里带着一丝紧张。布里亚克毕竟是，呃，布里亚克。他那绝对的权威是她一出生就存在的奇怪的特权生活的一部分。

“妈……”

“你的人生是你自己的。”菲欧娜几乎有些急切地又说了一遍，并在奎因旁边坐下。她望向窗户，然后又看了回来，“如果你……如果你想现在马上就和他一起走……如果你想和他一起离开庄园……如果你想现在就和他一起过上某种不同的生活。我可以理解。”

这话说得很奇怪，奎因认定她的母亲一定比她看上去醉得更厉害。

“我没喝醉，奎因。”

“我没那么说！但是……既然你提到喝酒，我确实闻到你的杯子里有什么东西。”

“我没喝醉。”菲欧娜重复道。

“我从来没说过你喝醉了。”

“你刚刚就是这么说的。”

争论她到底有没有说过这话无关紧要，于是她不再争辩：“今天晚上我就要宣誓了，妈妈。布里亚克没告诉你吗？我不能离开庄园。”

“他告诉我了。”菲欧娜将一只手放在女儿手上，力道大得让她无法移动。“但是我现在告诉你：除非你是真心想要宣誓，否则不要这么做。”

奎因瞬间哑口无言。最终她勉强说道：“不然我——我这辈子一直在这儿干吗呢？我当然想要这么做。我——我知道自己有多幸运。”

“你确定？”

奎因笑了笑，从儿时起，一旦感受到非理性的恐惧她便会露出这样的微笑。她的母亲从来没有完成宣誓。菲欧娜教他们多种语言、数学和历史，都是些和探寻者身份没有直接联系的科目。尽管她的母亲不喜欢谈起，奎因还是从布里亚克的各种评论中猜到，菲欧娜完成了所有的训练，但是出于某种原因，她没能成为一名受誓言约束的探寻者。有时候学徒就是没能成功达成目标，而这一点，或多或少地毁了她母亲的人生，也许还成为她酗酒的原因。不过奎因爱她的母亲，并不想让她在这个特别的日子里感到难过。

她轻轻握住菲欧娜的双手。“我确定，”奎因告诉她，“我会让你为我感到非常骄傲的。我打算做伟大的事情。”

奎因的话没有达到她想要的效果。她母亲仔细地观察了一会儿她的双眼，神情迫切，然后她的目光垂下来落在桌子上，对自己点点头。

“你一定会做到的，”菲欧娜说道，露出一个微笑，“祝你的人生充满幸福，我亲爱的孩子。”

菲欧娜站起来，转身对着炉子。她的动作是那样迅速，以至于奎因无法确定，她的母亲是不是擦了一下眼睛。奎因将菲欧娜的杯子快速地从桌子上拿下来，闻了闻杯子里的苹果酒，然后将酒全数倒在水池里，让母亲没有机会喝下更多。

奎因听到飞行器在外面起飞，她吻了一下母亲的脸颊，跑向前门。她在前门站定，看着飞行器慢慢盘旋着升到草场上空，直到它消失在天空的另一侧。它飞向了南边，飞向某个离奎因的生活很远的地方，也许是爱丁堡，是伦敦，又或者是某个更远的地方。也许她很快会去这些地方。一旦她去过了彼处，她就可以前往任何地方。那时整个世界都向她敞开，她会成为它巨大舞台上的一个演员，完成她的使命。

她走向树林，想着要和约翰再次见面，告诉他她没能打探到任何关于来访者的信息。横穿公共牧场走到半路的时候，她看到了他。约翰和布里亚克并肩走着。布里亚克的手搭在约翰肩上，而约翰则低着头。她几乎可以感觉到约翰步伐中的沉重，仿佛她的父亲在领着他走向刑场。

我知道他不会做错的事，约翰，她想道，*你会继续留在庄园，完成你的训练。一切都会好起来的。*

这将是她最后一次这么想。

第四章 约翰

在他们沿公共牧场走着的一路上，布里亚克的手一直搭在约翰的肩上。这让约翰心神不定。如同是一把战斧搭在他的肩上，布里亚克的手和战斧一样坚硬，一样无情。他们一直沉默地走着，但是最终约翰再也无法忍受这种沉默了。

“我的意识控制失败了，”他说道，“这我不会否认，但是这只是在您拿着意识扰乱器的情况下——”

布里亚克轻蔑地哼了一声，将他的话截住，两人又沉默地继续走了足足二十步。约翰在努力试着决定是否要只是重复自己刚刚说过的话，还是想些新话题，这时他感到布里亚克的手更为用力地捏了捏他的肩膀。金属钳子也比这要来得更舒服。

“你一直觉得这一切都是欠你的，约翰·哈特。”布里亚克这样告诉他，声音温柔得可怕。和布里亚克有关的一切都不会是温柔的。

“我的训练是的——”

“不只是你的训练，”布里亚克打断他，声音放得更低了，而他的手则掐进了约翰肩膀的肉里。“所有的这一切。”布里亚克用他空着的另一只手做了个简单的手势，似乎是包含了他们周围整个两千英亩的庄园。

“我从来没想要您的土地，先生。”约翰让他的声音保持沉着，但是他可以感受到愤怒从胃底深处升了上来。他每天都努力想要对布里亚克保持友好，但是这并不容易。

“真的吗？”布里亚克问道，“那你让我的女儿爱上了你，这都是出于纯洁无私的理由了？”

“也许她只是单纯地爱我。”约翰反驳道。奎因的爱是他人生中最为真实的一样东西，布里亚克没有权利把它夺走。

布里亚克的手掐住了约翰的脖子，但是约翰拒绝躲开。面对奎因的父亲，反击只会带来更严厉的惩罚，只会让约翰的目标变得更加难以实现。等我拿回被夺走的东西，我就不再任你宰割了，布里亚克。奎因也一样。

“她不属于你，约翰。”

“但是她也不属于您，先生。”

布里亚克将约翰猛地向前推了一把，松开对他的钳制。

“所有的一切都属于我，”布里亚克回答道，“到现在你还没意识到这一点吗？”

他们走到了公共牧场沿河一侧的森林边缘附近。太阳刚刚落山，庄园被暮色笼罩。在约翰的左边，在草地和远处的河流之间，是一大片森林。在森林边缘几乎挨着草地的地方，是裁决者的三栋小屋。在他待在庄园的这些年里，这几间小屋一直空着，直到中阶裁决者和初阶裁决者几个月前来到这里。第三栋小屋和以往一样黑，约翰很好奇是不是在某处还有第三个裁决者。

现在，整座庄园比过去几年要空得多。约翰听他的母亲讲过，在她还是一个女孩的时候，一起训练的有好几个学徒。比她当年还要早得多的时候，有几十个学徒，将藏在森林深处的石屋都住满了，这些屋子现在全都空着。如今住在庄园里的只有三个学徒、奎因的父母、忍的父亲和几个帮忙养牛养羊的农场雇工，近期又多了两个裁决者。

两个裁决者都在他们的小屋外面，坐在露天的篝火旁。初阶裁决者穿着战斗的衣服，软剑和几把刀子在腰带上排成一排，头发梳起来塞进皮质头盔里。她正借着火光用磨刀石磨一把匕首，双手沿着刀锋上上下下，动作沉稳，富有节奏。橘红色的火光在她脸上跳动着，在她的眼睛周围投下暗色的阴影。中阶裁决者坐在她对面，往他自己的刀子上涂油，对女孩吟诵着一些词句，声音和他手中的刀子一样冷硬。他停下动作的时候，初阶裁决者就做出回答。

他们说话的时候，这两个人都没有动，但是当约翰和布里亚克走过的时候，两个裁决者的目光跟随着他们。这让约翰的脊背涌上一股寒意。

他们走过第三个裁决者的小屋，屋子里空无一人，毫无声息，然后他们离开了林子，穿过草地走向牛棚和马厩。尽管约翰努力控制自己的情感，他还是感到了一丝警觉，他知道他们在往哪儿走。布里亚克的手又一次摁在约翰的脖子后面，强迫他继续往前。

“布里亚克，我一定要宣誓，我必须宣誓。”

“约翰，没有什么是‘一定’的，只有失败或胜利。而你失败了。”

这几个字重重地击中了他，如同向他的腹部狠狠一击。在他听到“失败”二字之前，他一直坚持抱着希望，希望布里亚克能够公平行事，希望他能够遵守他的诺言，完成对自己的训练。

“我是学徒中最强大的一个，”他悄声说道，“您知道的。”

“你的确是，”布里亚克赞同道，“一个强大的战士。同时也是一个容易分心的战士，一个容易被感情控制的战士。对于一个探寻者而言，这两点都是致命的，对你自己和你的同伴来说都是如此。”

他们走过石头建造的马厩，约翰可以听到马的嘶鸣，它们都舒舒服服地待在自己的畜栏里。在那转瞬即逝的一瞬间，他想象着布里亚克带他过来是要让他再展示一下他的马术。但是他们没有在马厩停留。

他们走过散发着难闻而又令人心安的独特味道的牛棚。布里亚克继续往前走，他的手现在推着约翰的后背。他们的目的地是一座有着全然不同感觉的建筑物。

他们面前是一座老旧的谷仓。半边屋顶已经塌陷，但是建筑物的另一半依然完好。从完好的那半建筑物墙上高高的窗户里，露出一线微弱的光，光线里带着一丝金属般的蓝色。

约翰停住脚步。布里亚克的手更用力地推着他的后背，但是约翰不肯移动。

“我不想进去。”他说。

“我们一定要进去。”

“我已经见识过了。”

“你还要再看一次。”

“不。”约翰憎恨自己孩子般幼稚的声音，但是布里亚克知道如何让他感到无助。*无论环境如何，你必须控制它*。他的母亲曾这样告诉他。他必须找到办法让自己重获控制。

布里亚克把手从他背上拿开，走到他前面：“如果愿意，你可以离开，但是那样你就永远不会知道我要对你说的话了。”

约翰在那里站了足足有一分钟，看着布里亚克的身影在逐渐浓重的黑暗中变得越来越模糊。他将大部分时间都用来忘记这间谷仓里有什么了，但是它就在那儿，无论他是否逃避。他的双脚还是不愿意往前移动，他的整个身体都渴望着转身逃开。最终他急急忙忙地赶上前去，正好赶上布里亚克打开了谷仓的门锁。

在谷仓里面，星光透过塌陷的半边屋顶落下来，光线正好足够让他们看清楚路。从影影绰绰的角落里传来一阵阵陈年稻草、野草和老鼠的味道——这些味道从上次踏足此地之后他就不曾忘记过。

在谷仓的另一边建有一间现代的房间。房间看起来仿佛一个巨人孩童的积木被塞进一个更大更旧的玩具里面。这间房间的墙壁是光滑的混凝土，墙上嵌着一扇大铁门。两人穿过谷仓，约翰看到布里亚克在一个键盘上键入了一串数字，铁门“咔嗒”一声打开了。

一个人形躺在房间中央的床上，光线太微弱了，除了人形的脑袋和躯干四周浮动着的一圈火花之外，看不清楚其他细节。多年以前，在约翰第一次来到这里的时候，这些火花要更明亮一些，不是吗？

当布里亚克打开头顶的灯，约翰本能地闭上眼睛，但是他强迫自己看着。床上的人形看上去好像死了。静脉输液管和机械装置则讲述了一个不同的故事：躺在他面前的那个骷髅般的人形还活着，即使它只是符合活着的字面意思。

约翰的喉咙收紧了。人形的性别和年龄都无从辨认，身上的血肉也仿佛因为某些除了时间之外的因素而萎缩了。人形的头发灰白斑驳；不少头发已然脱落。透过皮肤可以清晰地看出骨头的形状，尽管人形的肌肉几乎已经全部消失，但仍然连接着这具躯体的关节，把它摆成别扭的姿势。人形的脸尤其瘦骨嶙峋，颧骨突出，皮肉塌陷。人形的头部以下是一件破旧、很久没洗过的病号服，给予了它些许的隐私。

布里亚克一时间没有说话，迫使约翰仔细观察这具人形。在明亮的光线中，很难看到那些火花，约翰觉得是自己的眼睛在捉弄自己，这让他感到眩晕和恶心。他还记得在自己七岁的时候，在他将眼睛紧紧闭上之前，他看到了一片犹如小型电器爆炸一般的耀眼闪光。让他们为此付出代价……

“这是一个遇到了意识扰乱器力场的探寻者，”布里亚克说道，打断了约翰的思绪，“对你来说这是什么好看的景象吗？”

“不。”

“这具躯体在这儿很多年了。”

“您以前给我看过这个。您知道的。您给我们所有人都展示过。”约翰努力控制着自己的声音。布里亚克显然乐于展示这个备受折磨的可怜人。

“没错，我留着它给学徒们看。一个探寻者必须在宣誓之前知道自己要面对的是什么。”

约翰对布里亚克自诩正直、自以为是的语气感到一阵厌恶。“如果您真的希望您的学徒知道他们要面对的是什么，”他说道，“您应该告诉他们在宣誓成为探寻者之后要做什么。”

布里亚克无视了他的话。“你想在没有努力赢得资格的情况下就接触到人类最珍贵的所有物。即使这个——”他指了指床上的人形——“即使这个可能会是最终的结果。对于你来说是这样，对于那些信任你依赖你的人也是如此。比如奎因。”

“我赢得了资格，”约翰粗暴地说，“我能够赢得资格。您只是假装我不能。”

“维持这个躯体不死也要花费一些精力。”布里亚克沉思道，令约翰的注意力再一次集中在床上的人形身上。“最开始，在肌肉依旧工作的时候还有令人不快的痉挛和抽搐，但是现在这些都结束了。只剩下火花，而火花也在逐渐褪色。除了营养剂之外，我还得让电流穿过它的身体。否则几天之内火花就会把它的生命吸干。”

布里亚克翻开人形的一只眼皮，向下凝视着它毫无生气的眼睛，它的眼珠已经失去了曾经的颜色，然后他松开手让那只眼睛重新闭上了。

“别再给它注射营养剂了。”约翰说道。他试着想要保持声音平稳，但是他可以听到自己话语中的请求之意。“应该允许已死之人自然地死去。”

“你觉得这样很残忍？”布里亚克假装惊讶地问道，“这可是重要的训练器材。”

约翰盯着那具人形——盯着那斑驳的头发，盯着那身病号服。就像多年之前，当他第一次看到这个可怕的人形时，他渴望拉起那身病号服，在它身体上寻找那个他确定会在那儿的证据。

仿佛感应到了他的想法，布里亚克举步站到了约翰和床之间。约翰的眼睛被布里亚克的旧皮靴吸引，靴子有着粗方跟和金属鞋尖，与这间小小病室里的一切格格不人，它们是属于一个做了可怕事情的男人的靴子。约翰又感到一阵反胃。

他强迫自己抬起头，让自己与对方对视。

“你没死在练习战里，这真令人遗憾，”布里亚克以一种致命的温柔声音说道，“如果是那样的话，就方便了。那样的话就没有人会怪我了。”

“您是个禽兽。”约翰轻声回答道，“等奎因发现您是什么样的人，发现您要让她成为什么人之后，到时候会怎样？”

“我是个禽兽吗？”布里亚克问道，声音沉稳，“而你——你就很无辜？”

“您承诺过的。当时有证人在。”

“我承诺的是训练你，我也尽我所能地训练你了。上个月你就十六岁了。而一个探寻者应该在十五岁的时候宣誓加入。”

“我来到您这里的时候就晚了，我比奎因或者忍都大——”

“这不是我关心的。”

“我那时还是个孩子。说服我的祖父，让他相信来到这里我会很安全，都需要时间——”

“你已经错失了机会。”

约翰盯着布里亚克，多年以来他一直挣扎着将自己对他的仇恨隐藏起来。现在他心中涌起的仇恨是如此强烈，以至于他整个人几乎都麻痹了，失去了力气。这样不行。*会有很多东西试图拉着你偏离你所选择的道路。仇恨是其中之一……*

仇恨。他全身都充满了仇恨。然而当他开口讲话的时候，他尽可能平静地说道：“您总是提到的那件‘珍贵的所有物’，它是谁的，布里亚克？它属于谁？”

布里亚克伸出右手去抽约翰的耳光，然而约翰躲到了一边，他往前迈了一步，离布里亚克更近。

“您应该帮助我，”约翰说道，“有朝一日我会和奎因结婚。您可以现在和我停战，修复我们双方家族之间的关系，真正赢得您当初不正当地夺走的东西。在我不得不——”

“你没有家族了，约翰，”布里亚克尖刻地回应道，打断了他的话，

“我确保了这一点。你是孑然一身，而奎因不会成为你的妻子。仪式剑最终会留在注定应该拥有它的人手里，而那个人是我。”他们对视着。“我告诉你祖父你失败了，彻底地失败了。他很不安。”布里亚克将这最后一个坏消息跟约翰说了，明显是在享受这一刻。“他希望你立即回家。”

一阵无助的感觉开始在约翰周身缓缓上升。在它将他吞没之前，他必须脱身而出。

“把你的东西打包好，”布里亚克说道，“明天我会送你上火车。现在走吧。”

约翰照做了，昂首阔步地走出病室，走出衰颓的谷仓。他在门外顿了一下，深深地吸入夜晚新鲜的空气，像运动员准备要冲刺之前所做的那样，让新鲜空气充满肺部。

他跑了起来。

第五章 忍

那天晚上科瑞克莫村很安静，只有几个渔夫例外。他们喝醉了没法儿回家，又因为太吵闹而被赶出了酒吧，因此到处闲逛。他们的吵闹声在面向码头的房屋间回响，而居民们则猛地打开窗户，大叫着让这些醉鬼在他们报警之前赶紧闭嘴。

忍和阿利斯泰尔沿街道的另一侧一直走着，直接沿着河边溜达。他们的肚子里装满了“修道士的山羊”——一家位于镇子北端的小酒馆的羊肉洋葱派，两个人还分享着一瓶啤酒，酒瓶里的酒足够四五个普通人喝，尽管这只是阿利斯泰尔一个人的量。

“注意别喝太多，”阿利斯泰尔在忍举起酒瓶的时候说道，“之后还有一个漫长的夜晚。”他拍了拍儿子的肩，这个动作让忍把一大口啤酒都喷在了自己的鞋子上。

“啊，儿子，再多喝一点点，”他父亲这样告诉他，把酒瓶又举到忍的嘴唇边。“再喝一点儿。”

忍摇摇头，将酒瓶递了回去。他对啤酒没什么兴趣，也不想让自己的鞋子变得比现在更脏更黏。他轻快地跳着，如同拳击场上的一个拳手，用两只拳头捶着他父亲的肚子。这就像是在击打米开朗基罗的大卫像。阿利斯泰尔像座高塔似的俯视着他，而比起伤到他父亲，忍更可能伤到的是自己的拳头。阿利斯泰尔只是轻笑一下，又喝了一大口啤酒。

“爸，告诉我今天晚上我们要做什么吧。”忍现在已经是在绕着父亲转圈，在能下手的每个地方都来上一拳。

“那可不行。”

他俩注视着那些渔夫，看着他们走到街角，随着他们的醉酒歌唱到最后一节，歌声开始变得混乱，他们的声音变得越发响亮。一个渔夫跌跌撞撞地回家了，剩下几个则一边唱着一首新歌的开头，一边争论着什么。

“他们看上去挺开心啊，是不是？”忍的父亲问道，一只手在他红色的头发之间捋着。

“谁啊，渔夫吗？”忍问道，“他们已经彻底喝醉了。”

“我们没喝醉吗？”

“我没有。今天晚上我还有工作要做。”

“你觉得喝醉了就不能完成工作？有时候醉酒的状态反而让你做得更好。”阿利斯泰尔说道。

忍将一只拳头开玩笑地打向父亲的肚子。“来呀。反击呀！”阿利斯泰尔懒洋洋地冲他挥了一拳，忍轻松地躲开了。“你儿子今晚要宣誓加入探寻者啦！你能做得更好的。”

“你们这些醉鬼看起来都挺开心的。”阿利斯泰尔若有所思地说道，向忍又挥出一拳。

忍从他父亲拳下跳开，看了看剩下的三个渔夫，其中一个正在一个公用垃圾桶旁大声地呕吐。

“也许，他们不知道宇宙的秘密，”阿利斯泰尔继续道，“他们不属于我们特殊的……人群。但是他们还是过得很开心。”

“爸爸，他们中的一个正把呕吐物往另一个的衬衫上抹。”他又往父亲的肩膀上打了一拳，力道足以放倒一个块头小些的男人。

“嗯，真有活力。”阿利斯泰尔说道，挨了这一拳。他们两个一起更仔细地打量着那些渔夫，又一个渔夫吐在了人行道上。“我同意，也许他们是有点儿让人恶心。”阿利斯泰尔承认道。

他穿过街道，领着忍远离码头，走上了一条两侧是一排排整洁砖房的、稍窄一些的路。

“当心，”忍的父亲继续说道，再一次试图阐明他刚刚的观点，“这些白痴不是什么好榜样。但是这儿的这些房子，里面全都是人，各种各样的人。”

“爸爸，我来过这儿，你知道的。”

“没错，这个我确实知道，”他的父亲微笑着说。他用一根手指轻轻地敲了敲鼻子侧面，仿佛是在分享一个秘密。“我知道的比你透露的要多。”

科瑞克莫村距离庄园有三十英里远，是离他们最近的镇子。忍也确实来过这儿很多次，比他对父亲说起过的次数要多。村子里有很多女孩。而女孩们，忍从很早以前就发现，她们喜欢他的样子（“像一个亚裔电影演员”），喜欢他的动作（“像老虎似的”），喜欢他说话的方式（“多么绅士！”）——事实上，她们喜欢他的一切。

忍终于不再在他父亲身边晃来晃去，而是走到阿利斯泰尔面前停下来。他用力推了一把阿利斯泰尔的胸膛，感觉仿佛是要拦住一个火车头，忍被迫后退了几步，然后阿利斯泰尔才停了下来。

“你觉得，如果不知道我学过的那些东西，我会更快乐更幸福？”

他的父亲低头看着他，然后移开了目光：“我没那么说。不完全是这样。”

他绕过忍，继续走着。小镇的这一部分很安静，被几盏路灯和偶尔出现的房子里的电视的光亮照亮。这里唯一的声音就是几个街区之外海水拍打在码头上的声音。阿利斯泰尔又一次转弯，选择走上另一条街道。

“我在说的是，”他继续道，“我在庄园里把你养大，用我的世界装满了你的脑袋。”阿利斯泰尔并不是一个健谈的人。忍能够感觉得到他在努力挑选正确的措辞，“自然你会想要去做别人教你的那些事情，但是……你有选择的权利，儿子。我从来没有告诉过你这一点吗？”

“爸，我不需要选择的权利。我喜欢这些，喜欢战斗，喜欢运用我头脑的方式。还有那些古老的故事。”他又打了他父亲的腰部几拳，强调他的观点。阿利斯泰尔看上去似乎都没注意到他的动作。

“可是这一切和那些古老的故事中讲的不一样了。”阿利斯泰尔低声说。他安静了片刻，又开了口，“过去你母亲喜欢走着来镇上。你还记得吗？她喜欢看看外面的世界。”

“我当然记得了。”

忍惊讶于话题的变换，不再用拳头打他的父亲，而是抬起头来端详父亲的脸。通常来说，阿利斯泰尔不会提起忍的妈妈真理子。七年前她在一场车祸中丧生。忍关于她的记忆正逐渐褪色，但是有些事情他还是清晰地记得，比如和她一起在庄园的草地上走路，同时她向他解释荣誉是什么意思。他还记得她那非常可爱的日本面孔，还有她娇小的身材——站在他父亲身边，她就像是一个娃娃一般。即便如此，她似乎一直都和他父亲一样强壮。除了最后在她生病的时候，在那场车祸之前。

“你母亲不希望你一辈子都待在庄园。”阿利斯泰尔说。

“可是我已经在庄园待了一辈子。爸，我整个人生都在为去彼处而训练。我的整个人生，现在我准备好了。今晚我们会一起过去。”

阿利斯泰尔停下脚步。他屈下肩膀，这样他的眼睛就和忍的处在了同一个高度。

“你要担心的并不是彼处，”他轻轻地说，“你该担心的是我们去过彼处之后所要去的地方。”

“告诉我吧。”

“不行。我希望自己能这么做，但是我不能。”

阿利斯泰尔看上去仿佛在经受痛苦。他用双手摩挲着自己的脸。他们先前停在了一栋联排住宅前面。住宅的窗帘放下了，但是他们能够看到房子里一家人移动的影子，还能听见厨房里的声音：水壶在发出尖啸声，一个人喊着说饼干烤好了。

“儿子，你还记得这个地方吗？”

忍审视着这栋房子，露出微笑：“我认识的一个姑娘住在这儿。”他转身面对着父亲，感到有些惊讶。“你是怎么知道的？”

“我知道不少事情，”阿利斯泰尔说道，“她是你女朋友吗？”

忍注意到楼上一间卧室里有一个移动的人影。是他们说到的那个女孩，爱丽丝。他可以看到她在床边的头顶。

“我不确定，”他说着耸了耸肩，“她似乎很喜欢我，她允许我吻她。”

“是吗？感觉好吗？”

“感觉不错。”忍又微笑了起来。说得好像亲吻女孩的感觉会不好似的。

“花点儿时间在镇子周围看看，儿子。拜托。看看这些房子，这些人，他们的生活。一旦你成为一个探寻者，一旦你完成宣誓，你再也不会用同样的目光看待这个世界了。”

忍扫了一眼周围，被他父亲逗乐了——他很少听到父亲一次性说出这么多句子——但是同时他也感到很困惑：“爸爸，我不知道你是什么意思。我的整个人生，奎因和我都——”

“我知道。我也知道你对奎因的感觉。”

忍感到自己的脸红了，于是他把目光转开。他可以随意提起任何一个女孩……除了那一个。

“她是我的表妹。”他喃喃地说道。

“表哥表妹”是他们成长过程中互相使用的称呼，尽管他们的血缘关系并没有那么近。阿利斯泰尔和菲欧娜是远房的表兄妹，这就让奎因和忍的亲戚关系更远了。在很多代以前，他们的某个祖先还再婚了，这意味着他们实际上的血缘关系比表面上的更要远了一倍。忍之前在不引人注意的情况下仔细地研究过他们之间的血缘关系。虽然如此，奎因还是一直叫阿利斯泰尔舅舅，叫忍表哥，这使得她只可能是以爱一个家庭成员的方式来爱他。虽然她也觉得他“好看”——她的原话；他听她这么说过——对她来说他的美只是像一幅画作的美，你可以欣赏它，但是不会想要去碰它。这是最糟糕的一种美，他想道。

“没错，她是你的表妹，”阿利斯泰尔柔声赞同道，“不仅如此，你们从小就一起训练。你不想离开她。但是——”他从窗帘之间的缝隙中扫了一眼房子里的人——“这间房子里面有一个女孩似乎很喜欢你。我希望你知道，如果你愿意的话，你可以留在这里。你可以留下，而我会离开。我不会认为这有什么错。布里亚克也许会这么觉得，但是我会处理好一切。选择权在你。”

阿利斯泰尔的眼里充满了恳求。忍之前从来没有在他父亲脸上看到过这种表情。这让他感到不安，仿佛他脚下的土地在发生变化，微微移动。

“爸爸，求求你告诉我你为什么这么说。”

“我做不到，”他回答道，“我也宣过誓的。”他的目光锁定在了忍的眼睛上，仿佛想让他的儿子读懂他的内心。“但是你要知道一点：如果你选择和我一起回到庄园，你的人生会彻底变成另外一个样子。将来你也许会像我爱你母亲一样地爱一个女人，”——忍注意到他父亲说到爱这个字时用的是现在时而不是过去时，于是开始猜测阿利斯泰尔到底喝得有多醉——“但是她永远不能了解你的全部。”

今天晚上应该是用来庆祝的，但是在父亲探寻的目光下，忍觉得越来越不舒服。为什么父亲这个大块头不能打一个大嗝儿，或者在别人家的门口撒泡尿，从而化解这种紧张的气氛？然而在他父亲的脸上，没有丝毫开玩笑的迹象。

忍断定，除非他认真对待他父亲的话，否则这种尴尬不会结束。他往后走了一步远离房子，走到街道中央，这样他可以更清晰地看到在楼上卧室里的爱丽丝。她伏在写字台前，可能是在做作业。她是个漂亮的姑娘，人也很好，很喜欢忍注意到她时的感觉。她说她从来没有遇到过像他一样的人，在此之前从来没有哪个“英俊的男孩”想要和她说过话。

阿利斯泰尔是对的。这个世界上到处都是人，也许他们中很大一部分都很幸福。自然他们中很多是女孩，如果他愿意的话，想找到一个最有趣、最美丽、最快乐的女孩，并且让她和他一起坠入爱河，也很容易。但是那样一来他会怎样呢？*空虚*，他想道。他爱的只有一个女孩，那个从小和他一起长大的女孩。也许她永远不会像他爱她那样爱他，但是他们已经拥有了一种共同的生活，以及一个共同的使命。他们会像旧时那些探寻者一样，而他们伟大的任务会成为传奇。正如古老的探寻者说的那样，*暴君们，你们要当心了*。忍和奎因会保护好人不受伤害。他永远放不下这些。

他转身，将双手放在阿利斯泰尔的胳膊上："父亲，谢谢你。我做出了我的选择。我想回家。"

离他们最近的路灯灯光微弱，闪烁不定，忍确定他看到的是光线造成的错觉，因为有一瞬间阿利斯泰尔看起来似乎是要哭了。然后那个表情消失了，阿利斯泰尔非常郑重地点点头，仿佛这个世界上最重要的事情刚刚确定了下来。

"那么好吧，我的孩子，我们回家吧。"

第六章

奎因

白天的时候天气很暖和，但是当奎因随父亲沿着小路在树林中穿行的时候，夜晚的空气中有种深深的凉意。一线月光勾勒出头顶黑黢黢的树枝，照出林间小路的形状；借着这一丝月光，他们辨认着前进的路。

树林里有猫头鹰，现在它们醒来了，开始狩猎。从远处，和以往一样，她可以听到河水微弱的声响；河流绕过坍塌的城堡所在的地点，向下流到他们牧场之外更为平坦的土地上，然后继续流动，流向遥远的湖泊和大海。

透过鞋底，她能感受到森林地面的柔软和好客。她可以在双手和脸上感觉到夜晚的空气。但是不只是这些。她可以感受到整个庄园，整个森林，整个苏格兰。她和这些东西一样宏大。为了这一晚，她努力了大半辈子。她所学到的一切，她平时的训练，是这些令她走到了今天。很快她就要完成宣誓了，一如家族中在她之前的数代人所做的那样。

尽管她父亲从来不肯回答任何有关宣誓后会做什么的问题，她的脑袋里还是充斥着各种古老的传说。阿利斯泰尔是讲故事的一把好手，从他们还是孩子的时候起，在寒冷黑暗的夜晚，她和忍就坐在炉火边，听他给他们讲述探寻者推翻暴君的故事，探寻者将一片片古老的土地从可怕的罪犯手中拯救出来的故事，探寻者在欧洲大陆和其他地方将所有的冤假错案平反的故事。在长大的过程中她一直都知道自己是这古老传统的一部分。

现在她可以看到前方的火焰，那是在树林深处一处空地上燃着的一小堆火。她父亲走在前面，身影现在变得更加清晰，宽阔的肩膀被橘红色的火光勾勒出来。

很快他们从小路走上了开阔的空地。在空地中间有一块高高立着的石头，上面爬满青苔。在那座坍塌的城堡开始建造之前，那块石头就在那儿了。在它所来自的那个时代，这片土地还属于德鲁伊们。她的父亲说过他们最早的祖先是德鲁伊。她的家族在这里的时间就有那么久。

在立石前面，篝火欢快地燃烧着。忍和阿利斯泰尔在那儿等着了，两个裁决者也是。奎因知道，今天晚上约翰绝无可能和他们一起出现在这里。即使布里亚克会继续训练约翰——他当然会这么做——约翰在宣誓之前仍然有许多东西要学。即便如此，看到他不在，奎因的心还是沉了下去。她心里的一部分在这些年里一直希望约翰会和她还有忍一起迈出这一步。*没关系*，她告诉自己，*约翰很快就会结束训练然后跟上我们*。

走近人群的时候，奎因看到他们的衣着都和她一样——简单的黑色衣服，胸膛上配着皮质盔甲，头戴皮质头盔。尽管他们服饰相似，裁决者看上去完全属于另一个时代。带有阴影的眼睛和纹丝不动的表情令他们在火光中显得又凶猛又可怕。如果他们真的是探寻者的某种裁决者，他们的起源一定非常古老，非常凶残。

奎因走过去站在忍身边，他们互相看了看对方。他的头发像她一样塞在头盔里，深色的眼睛也笼罩在阴影里，但是她可以分辨出，他在努力不露出微笑。他身体挺直得高高的，仿佛他的双脚马上就要离开地面一样。她自己也感到了同样的期待和兴奋。他们对彼此点点头，无须对话就知道他们两个想着同样的东西：*就是这一次了*。

会让他们做什么呢？奎因想道。和他们自儿时起就听说过的那些英雄壮举所相当的现代任务会是什么呢？当然，他们一定会从一些小事起步，做一些小的英雄之举。这个世界上不是充斥着不公吗？一定有无数他们可以做到的小的英勇举措。

初阶裁决者以其沉稳的动作拨了拨火焰，将灰烬更近地堆作一堆，并在上面加了更多木头。然后她拿出一根细长的金属棍，将它的末端放在煤炭中间。奎因缓缓地呼出一口气。那根金属棍一定是今晚仪式的最后一个部分。她伸出手拉拉忍的衣袖，表达了一种同志情谊。他则捏了捏她的手作为回应。他们两个都凝视着火里的金属棍，注视着一轮轮的热量从它上方升腾起来。

“我们现在开始。”布里亚克说道，声音不大，仍然满是命令意味。两个裁决者从火边站起身，面向另外四个人。忍和奎因转身面对着他们的父亲。

阿利斯泰尔站在一只由他扛到空地上的大木箱旁边。他将箱盖一把掀开，开始往外拿武器。他将她和忍的软剑扔给他们。在这一刻到来之前，它们一直被锁在训练场里；从这一刻开始，他们的软剑就将由他们自己来保管。他将刀子和匕首扔给他们，然后自己也拿了几把。

阿利斯泰尔将箱子里的一个架子抬起来，露出另外一层武器。他拿出几件放在林地上。在火光中，奎因看到它们都是现代枪支。

枪？她看了一眼忍，忍也一样惊讶。他们当然用枪训练过。他们几乎用每种武器都训练过。但是枪并不是探寻者合适的武器。

她看着布里亚克挑了两支手枪并将它们插进枪托里，枪托被聪明地隐藏在他衣服和盔甲的折痕里，奎因之前都没注意到它们的存在。阿利斯泰尔也做了同样的动作。然后，布里亚克向两个学徒做了个手势。

“你们打算选择什么其他武器吗？”

“我们会需要用到它们吗，先生？”忍问道。在奎因找回自己的声音之前就找到了他自己的。

“应该不会，”布里亚克说道，“选择权在你们。”

奎因缓慢地移步向前，挑了一支小手枪和配套的枪套，把它们别在腰后。忍没有拿枪。

“今晚，我们为这两位的出席而感到荣耀。”布里亚克正式地说，指向两个裁决者。他说话的方式仿佛是在小心地背诵词句。“他们来此见证你们训练的最后阶段。今晚，如果你们成功了的话，他们将走完最后的程序，主持你们的宣誓仪式。”

奎因重新打量着裁决者。他们武装完毕，虽然他们没有佩枪。初阶裁决者的右手放在她的软剑附近，左手放在长剑附近。她的头发也塞进了头盔里，这样一来她看上去比奎因要年轻得多，她那面无表情的样子令人非常不安，仿佛她是一个被夺走了所有自然情绪的孩子。中阶裁决者的表情则全然不同，紧绷而*充满期待*。因为他让身体保持着如此一动不动的姿势，给奎因留下的印象是，这是他唯一的表情，仿佛是在时间起始之时就刻在了他的五官之中。

“我们尊贵的访客已经全副武装，”布里亚克继续说道，说的仍然是裁决者，“但是除非受形势所迫，他们不会参与接下来的行动。让我们通过保证这一情况不会出现来证明我们的价值。都同意这一点吗？”

“同意，先生。”奎因和忍一起说道，尽管奎因完全不知道他们在同意什么。

“现在到了披上斗篷的时候了。”布里亚克告诉他们。

这些都是仪式的用词。尽管对枪的问题依旧很困惑，奎因还是感到她的兴奋感回来了。

布里亚克和阿利斯泰尔披上他们自己的黑色斗篷，系好肩带。他们转向学徒，将斗篷披在奎因和忍的身上。奎因感觉到包裹着她的厚重布料的重量。她想：*我的人生终于要开始了*。

然后，布里亚克以流畅、精准的动作，将一样东西从他自己的斗篷里抽了出来。所有的眼睛都转过去盯着它。

那是一把用白色石料做成的长剑。奎因意识到自己屏住了呼吸。长剑约有一英尺长，剑刃很钝，显然不是用来切割东西的。剑柄是圆柱形的，由几个摞在一起的石环组成，奎因知道它们是互相独立的刻度盘。长剑映在橘红色的火光中，似乎吸走了周围的颜色，并且有放大的能力，在剑刃四周形成了一层浅白色的光。

它被叫作仪式剑，是探寻者的工具。约翰曾经取笑过布里亚克的描述方式——“人类历史上最珍贵的手工制品”——但是现在这把古剑身上没有任何可笑的地方。

以前奎因曾经见过这把仪式剑两次，两次都是和忍一起，那是他们在练习战中表现得特别好的时候。那两次他们都只是匆匆一瞥。现在她和石剑相关的训练即将开始。在整个人类历史中，只有完成了宣誓的探寻者使用过它。它位于他们力量的核心。

“仪式剑，”布里亚克背诵道，“你是隐藏之路的发现者。”

然后，他出人意料地从斗篷里又抽出一样东西。这一次不是剑，但是这东西看上去很熟悉。它用同样的白色石料做成，比仪式剑稍微长一点儿，一端有着简单的手柄，还有着一个又扁又钝、微微弯曲的刀刃。

奎因和忍惊讶地看了看彼此。在这之前他们从来没有见过或者听说过这件东西——布里亚克完全保守了它的秘密，这是在他们宣誓之前的一个终极秘密。

“闪电权杖，”布里亚克吟诵道，“仪式剑的伴侣，它的触碰将令仪式剑苏醒过来。”他举着闪电权杖又过了一分钟，让他们盯着它。然后他问道：“你们的武器都准备好了吗？”

他们最后检查了一遍他们的武器，忍、奎因和阿利斯泰尔异口同声地回答道：“准备好了！”

裁决者则没有动弹也没有回答，他们只是看着。

布里亚克将闪电权杖收回斗篷里。他调整了一下组成仪式剑剑柄的那些刻度盘。每个刻度盘都有一个表面，每个表面上都刻着一个符号。布里亚克将一组特别的符号在剑柄上排好。

“不要思虑！不要犹豫！”阿利斯泰尔命令道，“犹豫是探寻者的大敌！”

*我不会犹豫！我不会犹豫！*奎因这样告诉自己。她扫了一眼忍，知道他正在脑海中重复着一样的词句。

“准备好你们的诵词！”阿利斯泰尔叫道。

布里亚克把仪式剑和闪电权杖举过头顶，将它们击打在一起。它们相碰的瞬间，从仪式剑上传来一阵震动，频率很低但是极富穿透力。这震动充斥了他们周围的空间，并且逐渐增强，共鸣感穿过整个林间空地。石剑苏醒了。

布里亚克移动着仪式剑，为震动指引方向。他用仪式剑在他们面前的空气中划了一个大大的圈。在他挥舞仪式剑的时候，划出的并不是一个圆圈，而是一个圆形的门，一个在现实世界中凭空出现的嗡鸣着的洞口，通向世界之外的黑暗之中。

一个空间异常点，奎因想道，就像她父亲之前形容过的一样，这令她感到惊奇。他刚刚划出的门将带领他们从此处前往彼处。

圆形门的边缘旋涡般地盘绕着丝丝缕缕的光与暗的触须，此刻世界参差不齐的边缘被仪式剑的震动刺穿。然后，门的边缘绷紧成为实线，形成一个入口，似乎随着涌入的能量在有节奏地搏动，通往世界之外的一片黑暗。

奎因开始吟诵，她身边的忍也一样。

了解自我

熟悉故土

一个清晰的蓝图

描绘着我的来处

与去处

世界之间的彼处迅疾无匹

上述一切将庇佑我平安归来

探寻者和裁决者们一个接一个地穿过空间异常点的通道。奎因是最后一个，他们迈过入口处的边缘，走进入口另一边的黑暗之中。在她身边，空间异常点嗡鸣着，但是嗡鸣声已经开始失去了节奏。她仍然透过圆形通道看到树林和火光。然后，光与暗的触须缓缓地伸展开来，在彼此融为一体的时候颤抖着，随后通道不见了。他们处于全然的黑暗之中。

我是黑暗世界和隐藏之路的探寻者，她想道，*为恶者，你们要当心了……*

她开始感觉到意识里有种奇怪的拉拽感，几乎让她放松了对意识的控制，这是一种时间在发生变化，在拉长，在放缓的感觉。一种永恒的感觉涌遍全身，像是冰冷的湖水一般。她可以想象在这片湖水中迷失的情形……

了解自我
熟悉故土
一个清晰的蓝图
描绘着我的来处
与去处
世界之间的彼处迅疾无匹
上述一切将庇佑我平安归来

这段诵词令她恢复了自我。她是奎因。她身处此刻。

他们身处彼处，唯一的声响是同伴们的呼吸。除了仪式剑之外，几乎看不见其他东西，而仪式剑也只是散发出微弱的光芒。她可以勉强辨认出她父亲握在仪式剑上的双手的形状，那双手再一次转动剑柄上的刻度盘，选择了一套新的符号。她听到仪式剑和闪电权杖再一次击打在一起。仪式剑的震颤又一次笼罩了所有人。

在黑暗之中，她看着仪式剑划出一个圆圈，从他们所在的地方，从虚无的时空，从世界之间的缝隙，从彼处，开出一条通往现实世界的道路。

在他们面前，一个新的空间异常点打开了，一个圆圈再一次裹在有规律地搏动着的黑色和白色的触须中出现，但是这一次仪式剑的动作产生的能力似乎是涌向了外界，从黑暗中涌进现实世界。通过开口可以看到一大片草地，从花园一直蔓延到远处一幢庄园宅邸。宅邸中很安静。此刻正是午夜时分。

他们走出空间异常点，踏上草地。奎因看着身后的通道失去了稳定并且坍缩，在一阵刺耳的嗡鸣声中合在一起，消失不见。她转身，发现忍正站在她身边，也一直在看着。

奎因看向庄园宅邸。她不确定自己先前预想的是什么，但是绝不是这个。*我在期待什么呢？*她问自己。如果她足够诚实的话，她之前希望的是在第一次任务中去追逐某个罪犯，或者去拯救某个正惨遭殴打、强奸的女人，又或者在某个第三世界国家可怕的内战中保护一个孩子，从微小然而有价值的事情起步。她想，她先前所期待的是被一把扔进混乱之中，而不是身处这样宁静的环境之中。或许她预期的是到达某个贫困地区，而不是出现在一个美丽的庄园里。

她又望向远处安静的房子。也许他们是要在到达矗立在月光下的那栋安宁的大房子时阻止某种可怕的不公。也许那栋房子里藏着某种可怕的东西。

忍的眼睛和她的对上了。他看上去也不太确定。

他们两个都在犹豫。

“我们两个都在*胡思乱想*，”她悄声说道，“这会让我们失败。”

“我们不会失败的，”他悄声回道，“世界上有各种各样的坏人，不是吗？为恶者，你们要当心了。”

“为恶者，你们要当心了。”她赞同地说道，点点头说服自己。*我们的目的是有价值的*，她告诉自己，*我不会害怕*。

布里亚克和阿利斯泰尔已经沉默地走向了宅邸，裁决者则紧紧地跟着他们。她和忍伏下身来跑步，跟随着他们的父亲，这个姿势他们在训练中已经用过很多次了。

*我是不会犹豫的！*她告诉自己。奎因发现自己把软剑握在手里了。

第七章 奎因

奎因趴在火边，向着地上干呕。忍跪在她身边，大口大口地喘着气。

他们现在重新回到了林间空地，但是无法判断出已经过了多久。从他们离开庄园起，过了一小时？一天？一年？以上任何一种答案都有可能。

在她身边，忍虚脱地倒在了地上，脸埋在泥土和枯叶之中。

火堆的余烬仍然在发出红光，所以他们离开的时间不可能超过一小时。初阶裁决者正往火堆里添柴，让火重新燃烧起来。

奎因无法呼吸。她低头看向她的胳膊，从手肘到指尖的地方都沾满了血，现在血开始凝固成黏稠的糊状，但是她看不到伤口。她还记得，自己早些时候在实战中被刺伤了。但是那是另一只手臂。这不是她的血。

忍像一个要淹死了的人一样深深地吸气，脸仍旧埋在土里，尽管快速的检查之后可以发现，他也一样似乎没有受伤。

奎因突然注意到，在她手臂上那片逐渐干涸的血液中粘着一缕长长的金发。她再次干呕起来。她用一大把树叶使劲地擦着自己的皮肤，想把那些头发从自己身上弄掉。她之前有把枪，但是枪现在不见了。

布里亚克用脚踢了她一下，她倒在地上。“停下，”他说道，语气里带着一丝不耐烦，“你们两个都是。”

在她身边，忍努力想要放缓他绝望的呼吸。他先前摘掉了头盔。

那红色的头发粘在额头上，即使是在温暖的火光中，他的脸色依旧非常苍白。

阿利斯泰尔站在附近，他并没有看忍或者奎因。相反地，他只是盯着火堆。

布里亚克转向两个裁决者，裁决者从火焰另一侧他们正式的位置上重新站了起来。他们看起来和离开庄园前一样镇定，一样冷静。事实上，如果不是奎因看到他们以他们独特优雅的步态穿过刚刚那个庄园的庭院，如果不是她看到他们无声地站在那栋房子中那间充斥着尖叫声的大屋子里，她完全相信裁决者并没有离开过这片林中空地。初阶裁决者仍然满脸空白，仿佛她的意识主要是在其他远离这片漆黑树林的场所。

“标准都达到了吗？”布里亚克问道。

中阶裁决者走上前来。

“标准都达到了。他们的能力，无论是肉体上还是意识上的，都足以使用仪式剑了。”他的语调非常奇异，每个音节都古怪地加上了重音，仿佛英语不是他的母语，仿佛语言对他来说是不常用的东西。

布里亚克屈身鞠躬，接受了他们的裁决。

“将烙印拿来。”中阶裁决者命令道。

初阶裁决者戴上厚厚的皮手套，将那根金属棍从火中拿了出来。在这段时间，金属棍的末端一直躺在炙热的余烬中，上面刻着一把小小的仪式剑。

布里亚克将忍拎起来，这样忍就跪在了火堆前面。

“忍・麦克贝恩，请宣誓成为一名真正的探寻者。”

在看着布里亚克双眼的时候，忍的脸上是一种奎因从来没有在他那张完美的脸上见到过的表情：仇恨。

布里亚克走到奎因身前，将她拉到忍的身边，这样一来她也是跪在地上。

“奎因・金凯德，请宣誓成为一名真正的探寻者。”

她瞪着她父亲，瞪着他的黑眼睛和黑头发，瞪着他毫无瑕疵的肌肤，这一切外貌特征都和她的那么相似。但是他和她一点儿也不像。她感到了和她在忍的脸上所看到的一样的仇恨。在她的整个人生里，他一直在欺骗她。她之前所想象的人生只是一个幻象。

“宣誓。”布里亚克命令道。

他们谁也没有开口。胳膊上血的味道充斥着她的鼻腔，她又开始反胃，这一次她将晚餐没有消化的食物全吐了出来。

布里亚克抽了她一记耳光。

“宣誓。”

他们依旧没有开口。

布里亚克点头示意裁决者。中阶裁决者走到忍的身后，将一把刀子抵在他的喉咙上。初阶裁决者走到奎因身后，奎因感到自己脖子上也抵着一把尖刀。她可以用眼角的余光看到阿利斯泰尔，他早就退到了空地的边缘，此时目光正看着别处。

“宣誓。”布里亚克再一次命令道。

初阶裁决者将刀子更加用力地贴在奎因的皮肤上。在奎因咽口水的时候，她可以感觉到刀子锋利的刀刃坚定地抵着她的喉咙。*我的确是被蒙蔽了的*，奎因告诉自己，感到滚烫的泪水盈满了眼眶，*但是亲手做下这些事情的人是我*。她可以在她父亲的表情中看出，如果必要的话，他是愿意杀掉她的。一旦她去了彼处，她就必须要么宣誓要么死去。

她可以拒绝宣誓；她可以让这个十四岁的、怪物一样的女孩杀掉自己。奎因愿意在此时此刻结束这一切吗？她愿意再也见不到她的母亲，再也见不到约翰吗？

刀子割破了她的皮肤，血顺着她的脖子流了下来。

“宣誓！”

她一直以来接受的训练就是服从布里亚克。她开始宣誓。

她一开始宣誓，忍的声音也加入进来，于是他们两个齐声诵读着誓言，像他们一直想象的那样。

我将自己的全部悉数奉上
献身于探寻者那神圣的秘密，
面对未誓之人，这些秘密
我将不会吐露分毫。
无论是恐惧、爱抑或是死亡
都无法动摇我对隐藏之路的忠诚
请在黑暗中升起，迎接我。
我将找寻正确的道路，直至时间终结。

布里亚克举起仪式剑。奎因注意到在剑柄处雕刻着一只小小的狐狸，在这个残暴的时刻它显得格外精巧脆弱。她自己家族的纹章是公羊，忍他们家族的是雄鹰——所以为什么，为什么这把仪式剑上刻着的是一只狐狸？这时布里亚克又将他们的头推向仪式剑钝重的剑刃，强迫他们在它冰凉的表面落下一个亲吻。

奎因一直都知道她的父亲是严酷的，但是她一直坚信他的目的是高尚的。现在她明白了，这里面没有什么是高尚的；也许从来就没有过。而且布里亚克不仅仅是严酷，他是残忍。

裁决者摁住他们不让他们起身。奎因感到初阶裁决者有力的小手将她的左臂拉到前面，让它固定不动。然后，布里亚克将烙印按在了奎因左手的手腕上，在她的皮肉上烙下仪式剑的形状。在他将金属烙印压在奎因的皮肤上时，她叫出了声。她现在是一个探寻者了，终生都要带着这个印记。

她先前以为这个烙印会是自豪的徽章，但是现在它的意味截然相反。她被诅咒了。

第八章 约翰

约翰从树林中出现，从森林的阴影走进了下午的阳光中。小小的石头谷仓就在前面，就在悬崖边上。在这儿，河水只发出低低的咆哮声，随着他离谷仓的距离越来越近，他可以看到在很低的地方，河水在流向东面和南面，流向庄园里的低地的时候侵蚀进了悬崖的底部。

谷仓也许曾经一度是城堡的前哨站点，是瞭望者居住的地方。城堡虽然坍塌成了废墟，这座古老的谷仓仍旧屹立不倒，板岩屋顶和谷仓的石墙一样沉重坚固。

在前一晚他和布里亚克谈过话之后，约翰实在是太烦了，无法见任何人，他整个晚上都独自一人待着。今天他待在小屋里，将自己为数不多的所有物整理打包。下午晚些时候布里亚克会带他去火车站，然后约翰就会离开这里——直到他找到某种回来的方法。

昨晚，当他怀疑奎因在宣誓之前会遭遇的事情真正发生了之后，他本来希望她会冲进他的小屋，为她父亲的欺骗，也为布里亚克将约翰踢出局而感到满腔愤怒。但是到现在她也没有出现。这意味着她愿意追随她的父亲吗？自己已经失去她了吗？这个念头让约翰感到了一种强烈的痛苦，他一拳打在墙上，想要驱散这种感觉。

最终，当他再也无法忍受她不在身边的时候，他决定去找奎因。公共牧场附近的任何一栋小屋或者谷仓里都没有奎因的身影。最终他来到了悬崖边上的这个小小的前哨站。

“奎因？”他一边走近谷仓敞开的大门一边叫道。

没有应答。

他走进谷仓。谷仓的一层是一些朽烂的隔间，隔间里一度是用来养动物的。谷仓里的光线比他以为的更亮一些。在建筑物的每一面墙上都有巨大的圆形开口——那是没有玻璃的窗户，位置在屋顶最高处的下面。阳光穿过西边的窗户照进屋里，透过木椽在高高的阁楼上投下暖黄色的光。

他在阁楼上找到了奎因，那个阁楼是由一个揳入墙壁的木头平台构成的狭小空间。阁楼地板上有一捆崭新的干草，一定是奎因自己拖上来的。干草捆已经打开，干草撒在平台地板上，组成了一张简易的床铺。地板上有一盏提灯，现在熄灭了，但是旁边放着一包火柴。显然，奎因打算自己在这儿过夜。

奎因坐在平台上，膝盖屈起来抵在胸前，盯着一台又老又破的便携式电视。在约翰爬上阁楼的过程中，她没有回头。

奎因一个人在这个偏僻的谷仓里看电视，这个画面实在是太古怪了，让约翰一时之间不知道该说什么好。等他终于张开嘴巴的时候，他又止住了自己。她在看一则电视新闻，新闻中的某些东西吸引了他的注意力。在一家法国公司内部出现了势力的变化，这家法国公司是那种控制着几乎世界每个角落里的方方面面的巨型组织，很像约翰祖父的工业帝国。据新闻报道，这家法国公司的负责人和所有家人一起失踪了。有些消息来源推测是因为突如其来的健康问题。其他人则担心发生了暴力犯罪，因为在这位负责人位于乡间的庄园里发现了血迹。无论如何，负责人自己和他的妻儿目前均下落不明，而这起原因不明的失踪事件令这家公司面临着被收购的危险。

那个法国商人——他的名字对于约翰而言不是很熟悉吗？约翰对他祖父的商业会谈从来都不怎么感兴趣。那是他童年时代的背景音，是他一直努力想要忽略的噪声。他的母亲认为这样的工作配不上他。然而这么多年以来，他的祖父一直都在他周围进行商业会谈。所以，那个名字就是他所熟悉的那个吗？

“奎因？”

她没有看他便伸手关掉了电视。

他在平台上坐下，坐在她的身边。他将她的头发捋到后面，温柔地亲吻着她的耳根，这么做的时候，他注意到她的脖子上有一个小小的绷带。奎因没有做出任何回应。相反地，她只是盯着窗外。

“你完成宣誓了吗？”在那一瞬间，他猜想她奇怪的举止是不是因为她失败了。但是奎因一言不发地伸出了她裹着绷带的左手腕。“我可以看看吗？”他问。

她飞快地扫了他一眼，移开了目光。没有了脸颊上通常出现的红晕，她白皙无瑕的皮肤显得特别苍白，她美丽的黑眼睛像是白雪上的煤块。她耸了耸肩。

他将绷带拆开。在她严重起疱的手腕上，是烙进她肌肤中的仪式剑的形状。

“你做到了。”他说。

“我做到了，”她赞同道，声音毫无生气，“他让我做的一切事情我都做到了。”

约翰预料到她会不安。但是她现在不仅仅是不安——她现在处于极度震惊的状态。布里亚克派给他们的任务一定特别糟糕。他假设如果换作是他自己的话他会怎么做。他能将试炼进行到底吗？*做该做之事*，他的母亲曾这样坚持道。*我会的*，现在他这样告诉自己，*即使是在非常艰难的情况下*。

“事实和你想的不一样。”他轻轻地说。这是一个陈述句，不是疑问句。

“确实不一样。”她同意道。

她仔细地打量着约翰的脸，几乎像是在努力回忆她是怎么认识他的。她的一只手伸到了他的脸颊上。“那你呢，发生了什么事？”她最终问道，“昨天你和布里亚克见面的时候，他说什么了？”

“他将我踢出局了。”

“太荒唐了。他得帮你完成训练。”她机械地说出这些词语，但是对她而言它们似乎没有任何真实的意义。它们像是多年以前她演过的一出戏中的台词。

“荒唐，没错。因为你父亲是个高尚的人，是不是？”

注视着彼此的眼睛，他们终于开始分享布里亚克的真面目了。奎因努力想要不哭，但是她失败了。她将身体埋入约翰的怀抱，约翰将她紧紧地拥在怀里。

“在你的整个人生中，他都让你以为你是要做某件事情，而实际上他却是在训练你去做另一件事，”他柔声说道，“现在你知道这是怎么一回事了。”

“你是说你知道我们都做了什么？”她一边哭泣，一边低语道，“你怎么会知道呢？”

“我不知道昨天晚上到底发生了什么，”他说，“但是我知道探寻者做的是什么——知道布里亚克做的是什么。而且我能够在你的脸上看到震惊的表情。”

他将她推得稍微远了一点儿，这样他就可以看到她的眼睛。但是现在她不肯和他对视了。

“你是怎么知道探寻者到底是做什么的？”她问。

“我的……母亲。”他不情愿地回答道。

“你的母亲，”她低声说道，“你从来不谈起她。凯瑟琳。”

“是的。”对奎因谈起他的母亲，这感觉很奇怪，因为约翰知道他的母亲不会赞成他和奎因在一起。*当你爱上一个人，你就等于是将自己暴露在利刃之下*。听到他母亲的名字出现在奎因口中，这让他感到不舒服，仿佛她是在暴露某些私密的东西。

奎因似乎感应到了他的想法，说道：“我的母亲也提过几次她的名字，但是她也不喜欢谈起她。你的母亲告诉过你……探寻者具体是做什么的吗？”

约翰的喉咙哽住了。他的母亲不仅仅是告诉了他探寻者的事情，她还在无意中向他展示了探寻者要做的事。

“她跟我说过……一些事情，”他回答，挣扎着想保持声音的平稳，“你想告诉我你们昨天晚上做了什么事情吗？”

“不，”她立刻回答道。然后她又更小声地补充道，“我永远也不想谈这件事。”她用手掌根部草草地擦了擦脸颊，“事情总是像这个样子吗？千百年来一直是这样？”

“我不知道。但是这是布里亚克的方式。他本该警告你的。”

“为什么？”这几个词从奎因口中说出的时候，她的声音听起来是哽咽的。

“为什么他本该警告你？”

“不——如果你已经知道了，那你为什么还在这儿？你为什么要留下来？”

“我——我不想那么做……无论他让你们做了什么，我都不想那么做。”他迟疑地对她说，“但是奎因，这是我与生俱来的权利。正如这是你与生俱来的权利一样。我必须宣誓，我必须成为一名探寻者，获得一把仪式剑。其他事情必须向后推迟——”

“获得一把仪式剑？”她打断了他，她的表情变成了某种近乎怜悯的东西。“你以为我父亲会把他的借给你？你以为他会让仪式剑离开他的视线？”

“这里有两把仪式剑，奎因。庄园里有两把仪式剑。其中一把不该在这里。一把来自阿利斯泰尔的家族，但是另一把——”

“无所谓，全都无所谓，”她说道，将他的话拦腰截断，她并没有真的在听他说什么，“因为我要走了。明天早上我就走。”她的声音很轻但是很坚决，这话与其说是在说给他听，不如说是在说给她自己听，仿佛谈论到仪式剑让她突然忘记了想要离开之外的其他一切事情。

“我希望你和我一起离开，”他这样告诉她，“我希望你能和我一起离开。但是——但是不是现在。”他伸出一只手到她的下颌下面，轻轻地抬起她的头让她能够看着他。“奎因，你得留下来，让他教会你其他东西，教会你关于仪式剑的一切。这样我们就能了解它了。”

她发出一阵奇怪的、哽咽的笑声：“我永远也不会用它了。”

“你会的，”他柔声说道，“这是我们生来就注定要做的事情。”

“不，”她说道，将目光从他身上移开，“我再也不会做这种事了。”

约翰犹豫了。他要要求她去做一些连他自己都觉得难以做到的事情了。但是这关系到更重要的东西。

“奎因，拜托你听我说。你能……避免最糟糕的情况吗？避免最糟糕的情况，然后仍然学习使用仪式剑？”

“避免最糟糕的情况？”她重复道，声音越来越高，“只要是和布里亚克有关，永远没法儿避免最糟糕的情况！”

“可是如果你留下来，如果你能再多了解一点儿东西，我——我有一个计划。”

她现在无法看他。“你是什么意思？”她问道。

“你知道他们现在必须告诉你了吗？一旦你完成了宣誓？”

“告诉我什么？”

“他们知道的一切，他们学习过的一切知识。一旦你完成了宣誓，你需要做的只是去问。”

“真的吗？”在她的声音里有一丝感兴趣的意味。

“我母亲对我解释过这一点。”事实上，那是她对他说的最后一些东西之一。那时她的血流了一地，而他则疯狂地试图为她止血，但是她表现得好像受伤是无关紧要的事情。*他必须告诉你你想了解的任何东西*，她那时说道，*但是你必须完成宣誓*。

“如果是在昨天，你说的这些会让我觉得很着迷。”她喃喃地说，眼睛垂下去看着她身下的干草。“但是今天……我再也不想了解更多的东西了。约翰——你也不会想了解的。在这件事上你应该相信我。”

他再一次开始感到了绝望。“可是还有那么多东西我们需要知道！”他急切地告诉她，尽管他在努力地控制自己，他的声音还是变得越来越大。他把软剑从她腰间抽了出来，提在他们两人之间。“还有你的软剑呢？阿利斯泰尔说过，每一把现存的软剑都是一千年前被制造出来的。怎么制造的？在今天，一个现代的武器公司连一把都造不出来。我知道他们造不出来——我祖父就拥有一家这样的公司。”

她将软剑拿回来，将它别回原来的位置。“我们拥有其他人所没有的知识。”她毫无兴趣地说道。

“但是我们如何掌握这些知识？我们之中又有多少人掌握着这些？”

“你这话是什么意思？”她问，“已经没有其他探寻者了。”

那是布里亚克和阿利斯泰尔告诉他们的，说过许多次。他们是最后的探寻者，而探寻者的知识和历史，大部分已经失传了。约翰很确定，这是布里亚克为了防止学徒们问一些难以回答的问题所做出的方便的解释。但是奎因总是那样敬畏她的父亲，她对他是全然地信任。

“既然是这样，那我们为什么还要费神去担心意识扰乱器呢？”

她的眼神里仍然是一片茫然。“因为意识扰乱器是一个探寻者最危险的武器，它是为了灌输恐惧而被创造出来的。”她现在只是机械地重复着布里亚克说过的话。

“可是你刚刚说过世界上已经没有其他探寻者了，”约翰柔声指出这一点，“如果我们是世上仅存的探寻者，那我们为什么还会需要和持有意识扰乱器的人战斗呢？”

“意识扰乱器也可能落到外人手里。”奎因缓缓地回答道，仿佛这是她第一次思考这个问题。

“这也有可能，”约翰赞同道，“但是这不是最有逻辑的解释，不是吗？”

奎因的眼神逐渐移了回来，重新聚焦在他的脸上："你觉得世界上还有更多我们这样的人？更多的探寻者？"

"一定有更多的探寻者，奎因！而且我并不是第一个问这些问题的人。过去还有——"他止住了自己。他想告诉她，但是他无法下定决心提起那本笔记。那是他和他母亲之间的事情。约翰将奎因的两只手都捧起来握在自己手里。"我们是有历史的。你问事情是不是一直都是这样子的。如果是的话，那布里亚克为什么不把我们的历史教给我们呢？"

"因为这些历史缺失了，我们有那么多知识都失传了。"

"是这样吗？那现在你可以问问题了。你得留在这儿，学习你能学到的一切。再过几个月，你就不需要他了，然后你可以离开庄园来教我。你现在是一个完成宣誓的探寻者了。你和其他探寻者一样有权利见证我宣誓。我们会在一起的。再过几个月，我们就可以在一起了。"

奎因在听他讲话，在考虑这个选择。她和他十指相扣。

"到那时候我们要做什么？"她问道，"在我教会你之后，在你宣誓之后？"

"我们可以自己获得其中一把仪式剑。我们可以……我们可以到时候决定要做什么。一起决定。"

"比如呢？"

"我们……我们可以选择正确的道路。"约翰说道，努力寻找着最完美的词句，能够说服她的词句。最终他会告诉她一切，到时候她一定会理解他、帮助他。"我有——"

"你已经拥有了一切。你的祖父是什么人来着？英国最富有的人之一？那你为什么还要仪式剑？你希望我留在这儿，去做布里亚克让我做的无论什么事情。为什么？"

"我并没有拥有一切，奎因，"他反驳道，挫败感渗入了他的语调，"我的家族——我母亲的家族——我们在相当长的一段时间里什么都没有。而我的祖父……情况是——情况很复杂。"复杂这个词并不足以描述约翰和祖父之间的关系，但是这是他目前能想到的最贴切的词。

“你能告诉我你母亲身上发生了什么吗，约翰？”

在这之前她就问过他，那会儿他们年纪比现在小得多，当时他拒绝解释。但是奎因似乎感觉到了这个答案现在很重要，这个答案直接关系到成为一名探寻者，直接关系到他们两个的人生。

约翰努力缓慢平稳地呼吸。“她被杀害了，”他说道，“在我足够了解她之前，她在我的眼前被杀害了。或者说是几乎被杀害了。”

“噢。”奎因的脸色沉了下来，“太遗憾了，约翰。真的是太遗憾了。”

她又用双手环抱着他，而他将她拉近，感受着她的温暖。他在回避他母亲的死的细节。在这种情况下，细节就是一切，但是他现在还没有做好将这些细节大声说出来的准备。

“当你爱的人从你身边被夺走的时候，你会意识到什么才是重要的，”他低语道，“你不想让其他人来决定谁生谁死。那样你永远都不会安全。”

“是的，”她同意道，和他脸颊贴着脸颊，“你永远都不会安全。”

“可是如果我们能够决定呢，奎因？”他耳语道，“我们会做得更好，我们会做出正确的选择，好的选择。最终我们会——我们会做出探寻者自始至终本该做出的那些选择。我们可以让一切重回正轨。”

奎因的嘴唇擦过他的脸颊。然后她的身体向后靠去，凝视着他。

“我们能做出正确的选择吗，约翰？我不是那么确定。”

“当然能了。我们又不像布里亚克一样。”

“但是你说的这些，就像……就像是布里亚克可能会说的东西，难道你看不出来吗？”

“布里亚克又不是——”

“如果我留下来，如果后来我教导你，”她说道，将他的话截断，“我们会变得和他一样，即使我们的出发点是好的。”她接着补充，声音变得心烦意乱，“约翰——我觉得我已经和他一样了。我能感觉到，对我来说太晚了。”

“奎因……”

她将目光移开，看向窗户外面，看向河对岸。一个新的想法似乎突然降临到她身上，于是她又转向他，声音变得急切：“我们可以在一起……如果我们现在马上就离开。我会留下我的软剑，留下所有东西。我们可以忘掉我们在这里学到的东西。我们可以爬下去，爬到河边，然后离开。现在，马上。这不是问题最好的解决方式吗？”

他们彼此注视了良久，约翰想象着自己说了好。他可以和奎因在一起。那样他们的生活会很简单，也许还会非常幸福。但是在很久很久以前，他就把自己许给了一个诺言。

“奎因……在庄园这里的东西——我需要它，我不能将它抛在脑后。虽然他把我踢出局了，我还是会自己想办法回来的。”

约翰的话沉默地盘绕在两人之间，直到奎因低语道：“即使是在我不能成为其中一部分的情况下？”

强迫自己点头是约翰这辈子做的最艰难的事情之一。“是的，”他回答道，“即使是在你不能成为其中一部分的情况下。我是其中的一部分。对不起。”

奎因沉默着，最终她说：“等我明天离开之后，我就不会回来了。”

在她的声音里没有希望，约翰意识到他无法说服她，起码现在还不能。他会找到另一种方式得到他需要的东西，希望到时候她会身在远方，安安全全的。也许那样更好些。

他的意识条件反射地开始飞速设想各种可能性了。在他的胃底有一种针扎似的疼痛感，这是对即将到来的危险的预感。他可以看到在他面前只有一条路可走，而这将是一条挣扎求生的道路。

他站起来，走到谷仓的窗边，双手撑在窗台上以支撑自己。片刻之后，奎因也从床上起身，双臂从他背后环住他。她身体散发出的暖意让他感觉很好。

他转身，吻上了她的双唇。他们悲伤地拥抱着彼此，直到太阳沉入地平线以下。

这会是我最后一次有机会亲吻她吗? 约翰思忖道。

第九章 约翰

那艘飞艇悬在伦敦上空五十层楼高的空中，凭借其低噪声发动机飘浮在金融区林立的高楼之间。飞艇的形状介于齐柏林硬式飞艇和远洋舰船之间。飞艇体积巨大，对于飞艇外的人而言，在正午时分，它充满光泽的金属外壳偶尔会令人眼花缭乱。飞艇的名字叫作“旅行者号”。

约翰登上“旅行者号”，穿过一条上层走廊，敲响了他祖父办公室的房门。他是前一天晚上回到飞艇上来的，现在他正鼓足勇气去见加文·哈特。在他离开一段时间之后，约翰从来都不知道自己该预期祖父有什么反应。

加文亲自打开房门，将约翰拉进办公室，并且来回扫视着走廊的两端，仿佛是要确保没有人看到他们两个。

“约翰，见到你实在是太好了。”

加文关上门，但是他很快又回头望向身后，仿佛有人可能会潜伏在屋子里，就潜伏在他的身后。然后，他的手搭在约翰的肩上捏了捏，这是这位老人“拥抱”的方式。这番动作对他而言似乎太过吃力了。他开始咳嗽，声音沙哑，那是一种清喉咙的声响。

“我也很高兴见到您，祖父。您是因为我而不安吗？”

“坐下，坐下。”老人柔声说道，竭力想要止住咳嗽。

他引导约翰坐在他那张古董写字台前的一把椅子上，自己坐在了写字台另一侧他自己的座位上。在加文头部后面是巨大的窗户，透过这些窗户，约翰可以看到伦敦的摩天大楼从窗外匀速滑过。其中最高的那些仿佛金属小麦的茎秆，随着气流轻微地晃动。

我们会让他以为“旅行者号”是他的，约翰，但是实际上它是为你而造的。在他小的时候，他的母亲这样告诉他。她将他抱上一个高高的高脚凳，这样他们两个人相似的蓝眼睛就处于同一个水平位置了。探寻者无法通过使用仪式剑登上“旅行者号”。我给了你一个家，这是为了保证你的安全所需要的东西。我还给了你一个地位很高的家族，这是另外一种保护措施。

加文现在八十四岁了，白色的头发剪得短短的。和往常一样，他穿着做工考究的定制西装和领带，但是今天他领带的结打得并不平整，而他的西装满是褶皱，仿佛昨天夜里他是穿着这身衣服睡的觉。他表现得非常焦躁，当他再一次开始咳嗽的时候，他不停地摆弄着西装的翻领。约翰注意到老人的双手很脏，这是他从来没有见过的。

“我不是因为你而不安，约翰。当然不是这么回事。但是现在情况确实令人不安。”

“所以，你让布里亚克把我送回来？”

加文看上去很吃惊。这会儿他手里攥着一支昂贵的钢笔，而他正紧张地将钢笔笔帽拧紧又松开。“我——不是的。当然，我一直希望你能回来。现在只剩下我们两个了——我们两个是那种为彼此注意留神的人，不是吗？但是不是我的主意，布里亚克·金凯德非常明确地表示，你必须回来。现在，现在，现在是这样。永远，永远，永远地回来。”这段话以短促的一声笑结束，而笑声马上又变成了一阵咳嗽。

加文的语言模式向来古怪，他也总是在咳嗽。他的身体经常抽动，肢体动作也很特别，约翰知道这一切的原因。但是今天他的情况似乎比平时更糟，约翰感到一阵恐慌——难道祖父的身体又有了什么新的问题？

“他们知道了。”祖父说道，身体探过写字台靠近约翰，几乎是在耳语，仿佛害怕其他什么人会听到一样。

“‘他们’指的是谁？”约翰问道。

“我的外甥爱德华，还有他的儿子。”他解释说。他又咳嗽起来，声音从喉咙深处发出，听上去令人不快。“他们知道你被送回家，失败了。”

“他们怎么可能知道我在庄园里做什么呢？”约翰问道，声音不受控制地提高起来，“祖父，您自己甚至都不知道。”

“呃，我——我确实不知道，这话没错。你和你母亲从来不告诉我太多东西。但是我知道你在追随她的足迹，而我——我需要向爱德华解释一些东西。”加文的脸现在在逐渐变红，约翰意识到，为了不再咳嗽，祖父正努力屏住呼吸。同时他又在向身后看了，仿佛在刚刚最后几分钟里可能会有人不被察觉地偷偷溜进房间。

“向爱德华解释？”约翰问道，心里疑惑着这段对话到底是基于现实中发生的事情，还是仅仅是加文被害妄想的一部分，他的被害妄想在过去数年里一直非常严重，但是现在这一问题似乎达到了一个新的高度。“你为什么需要把事情告诉你的外甥？”

“他在质疑我们的家谱，约翰。我没有向你解释过这个吗？因为，你知道的，你母亲和你父亲从来没有结过婚。”

约翰一出生，加文就将他定为自己的继承人。那时，加文在英国拥有一个历史悠久且富有声望的古老姓氏，但是没什么钱，所以没有人在乎他是不是将他那身为私生子的孙子立为继承人。但是随着约翰的母亲凯瑟琳帮助加文积累了大量的财富，随着他们两人造了称雄伦敦天际的“旅行者号”，情况开始改变了。加文家族的其他成员开始质疑他的决定，尤其是质疑他所选择的继承人。

事实上加文曾经几次对约翰说起过这些质疑，但是约翰当时沉浸在他在庄园的训练中，并且对成功成为一名探寻者非常自信，他选择了忽略那些细节。

“但是——但是您一直在法庭上和他打官司，不是吗？”约翰问道，努力想要耐心对待一个令他感到无聊的话题，“您在几年前不是这么说过吗？”

“没错，没错，没错。我确实是在打官司，一直都在打。但是我担心自己会——最终——输掉官司——约翰。”一阵剧烈而痛苦的咳嗽突然袭来，令他难以将这些话顺利地说出来。约翰跳了起来，绕过写字台轻轻拍打祖父的后背，并按下呼叫仆人的按钮。

现在因为站得更近了，他注意到祖父眼睛的瞳孔比正常的要大。在一阵突如其来的警觉中，约翰的思路被打断了。如果情况真的不对劲了怎么办？

仆人端着茶盘走进房间。是玛吉，在约翰的人生中她看上去似乎永远都是七十岁，但是现在她一定将近九十岁了。自打约翰还是一个蹒跚学步的小孩子，或者更早，自打他出生开始，玛吉就在照看约翰了。看着玛吉以优雅老派的动作为加文倒茶，约翰镇定了下来。他的祖父不可能快要去世了，不然他会听玛吉说起的。

加文感激地端起茶，啜饮了一会儿，他站起身，走到了窗边。他仍然在咳嗽，但是在他咽下温热的茶，在他的目光追随着窗外的建筑物的时候，痉挛渐渐地停止了。

当约翰站在祖父的椅子旁边的时候，玛吉在摆弄着茶壶。约翰给她使了一个眼色，用口型比画道：*他到底怎么了？*

她将身子倾向他，贴近他的耳朵，她的话语非常轻柔地传到他的耳中，语声之轻，他只能将将分辨出她在说什么。但是他们已经这样交流了许多年了，他能够很好地理解她的低语。

“他用药的剂量又开始变得不那么有效了，”她以熟练的低语说道，“我在逐渐稳定地加大剂量。相信他会好起来的——最终会——但是他的思维现在会很古怪。他可能会有一点儿疯疯癫癫的。注意你要说的话。”

约翰点点头，目光锁定在祖父身上。

加文转身的时候玛吉离开了房间。他缓缓地走回写字台边，在他的椅子上坐下来，仍旧喝着茶，而约翰也回到写字台另一边的椅子上坐下。

“您现在好些了吗，爷爷？”

加文点点头，非常小心地清了清喉咙。过了片刻他又向身后看去，然后将凝视的目光转回到孙子身上。

“如果我们的股份有风险，我的外甥就对我做出的决定拥有一些权力，”他以一种很低的声音说道，仿佛他和约翰两个人在密谋些什么，“那是法律管理我们这样的家族的方式，而且我担心我们的股份确实有风险。我已经告诉爱德华我在你身上有全部、全部、全部的信心，你是我们家族出现的最优秀的继承人。我告诉他你会令一切回归正轨。你会的，让一切回归正轨。我还说了你在接受私人教育，在苏格兰。”

“听起来很合理。他怎么能抱怨这个？”

“只是——只是我们在去年的时候遭遇了一些倒退，很大额的经济方面的倒退。我们的境况退步了不少。一些倒退，令我们退步。”他漫不经心地笑着，仿佛这是一个精妙的文字游戏。

“爷爷，您是一个糟糕的商人。”约翰并不是出于残酷才这样说。这只是一个单纯的事实。他和他的母亲在多年以前就知道了这一点。加文不是一个优秀的商人，但是他爱约翰，而凯瑟琳将这一点视为他最重要的品质。那时，她相信，她，还有仪式剑，那把能够让她接近任何人、几乎任何地方的仪式剑，可以弥补他的其他缺点。如果她还活着的话，她的确可以。

“我是一个糟糕的商人？”他的祖父问道，看上去很受伤，“‘糟糕’两个字真的公平吗，约翰？也许我确实不像大家想的那么好。你的父亲本来应该处理商务方面的事务，在你母亲的帮助之下。”

那是当时的伟大计划，约翰是这样理解的。将他父亲的姓氏及家族名望与他母亲的能力进行联姻，创造出一个无人可挡的联盟——权力与财富一体。那时，约翰根本无法理解为什么财富和地位那么重要，但是他母亲坚持它们非常重要，它们可以帮忙保护他，就像“旅行者号”能够帮忙保护他一样。

加文看上去若有所思，而且很难过，提及约翰故去的父母一向令他如此。约翰从来没有见过他的父亲阿尔奇，他父亲在他出生之前就去世了，但是加文经常告诉他，他和他的父亲有多么相似。加文似乎也很思念凯瑟琳，仿佛他已经将她看作自己的亲生女儿。

“我必须展示某种成功迹象，约翰。我一直在等你……等你在庄园完成训练。这样你就能来帮我了，就像你母亲过去经常做的那样。我曾一度希望我们能够制订出一个计划，恢复我们的财产。”

加文从来都不想让约翰跟着布里亚克训练。他试过想要让他远离庄园，安安全全地待在“旅行者号”上。但是当他们的财产开始缩水，他不得不同意约翰离开，同意他去追随凯瑟琳的道路。

加文本来停下来去拉他领带的结，仿佛它令他窒息，但是现在他继续说道。“约翰，”他说，“在两周前布里亚克给我打电话，告诉我你得离开的时候——”

“两周前？爷爷，布里亚克两个晚上之前才告诉我我失败了。您没看明白吗？他从来就没打算履行他对我的义务——对我们的义务。他从来就没打算让我通过试炼，他早早地就计划好了要让我失败。”

“请让我说完，约翰。”加文一只手的手指敲击着写字台面，噘着嘴唇，显然是在一系列同样可怕的词句中选择一些最好的。“如果我无法增加我们的财富——迅速增加——你就无法成为我的继承人，我也无法继续再留在管理者的位子上。他们会把‘旅行者号’从我手中夺走，把一切都从我手中夺走。所以我——我做了某些我知道你不会喜欢的事——某些我说过我永远都不会——”他顿了顿，匆忙地说了下去，“我们有一个法国竞争者，一个大集团，我——”

随着一声轻轻的敲门声，办公室的门被打开了。一个年轻的男人走了进来，穿过屋子，开始在加文的耳边悄声说话。约翰吃了一惊，他发现自己之前见过这个男人。事实上就是在几天前才见过他。这个男人当时乘坐飞行器来到庄园，还和布里亚克进行了秘密交谈。

约翰立刻想到了奎因，想到了她坐在谷仓的阁楼看着电视上关于法国商人和家人神秘失踪，或者更可能是被杀害了的新闻。他瞬间明白了他的祖父都做了些什么。他感到怒火从五脏六腑上升，紧紧地攫住了他。他能做的一切就是保持沉默，直到那个男人离开房间。

男人离开后，约翰从椅子上起身，身体探过写字台，向下瞪视着加文。他可以感觉到自己的脸在变红，在发烫。加文看上去非常羞愧，他缩进椅子，眼睛躲闪着不肯和约翰的视线对上。

“爷爷——您——您让布里亚克去追杀那个法国家庭？当布里亚克打电话来说我的事情的时候，您*雇用*了他？您付钱给他，让他去做他的那些勾当？去除掉他们？”

“我当时走投无路了，约翰。我没有让你或者你母亲去为我做这件事。我们陷入绝境了！现在那些公司对我们来说是轻而易举的猎物了。我们的财产——”

“我不在乎那些钱！”约翰喊道，两只拳头重重地捶在桌子上，“我不在乎商业！凯瑟琳警告过您的，永远不要用其他人来为您做事！*尤其*不要用布里亚克。他是——您还不明白吗？这样他就有更多的理由永远不去训练我，永远不让我成功。既然您会找他去做这种事，他为什么还要训练我呢？您在让他重新控制我们的生活——”

“但是我*确实*在乎那些钱，约翰，”加文反驳道，在约翰对面站起来。他将声音压得非常低，这样他就不至于再次咳嗽，但是这低语有着喊叫声的全部力度。约翰意识到，在他们这场对话中，他的祖父第一次显得强壮，同时看上去也非常丧心病狂。加文又喝了一小口茶，他紧紧地握着茶杯的把手，紧得茶杯都在颤抖。“我*确实*在乎那些钱。那是我为我儿子选择你母亲时被许诺过的东西。我以为在她死后我可以让事务保持运转，但是我做不到。我那时做不到。我很抱歉！”

他又啜了一口茶，但是这么做的时候他咳嗽起来，茶水溅满了写字台。他用那双狂热的眼睛看着约翰，用袖子疯狂地擦着写字台：“他们不能把我赶出去！这艘飞艇，这些财产，这是我留给这个世界的东西，约翰。是我的，和你的。但是如果你想和我对抗，如果你想叱责我，我不会对我做出的事情承担任何责任！”

他的表情现在已经彻底疯狂了，双眼圆睁，茶水顺着下颌滴落下来。

约翰无法看他。他让自己的目光垂下来，视线落在他祖父写字台后的橱柜。柜门半开着，他可以看到柜子里有几个打开的盒子，一些胡乱堆放的衣服和机械部件。这些东西和加文通常有条不紊、干净整洁的办公室完全不搭调。

约翰感到很奇怪，于是他透过半开的柜门查看了所有的东西。在最底层的隔板上摆着一个脏兮兮的工具箱，是机械工会用来修旧车的那种，里面有油迹斑斑的各种扳手，还有一个用来焊接的小型喷灯。那里还真的有汽车的配件——一个古旧的变速杆，还有一个汽油发动机里满是污垢的古怪装置。这些东西旁边是一堆堆乱七八糟的T恤和夹克，看上去它们似乎是一个青少年男性的所有物。

约翰立刻就明白了，这些是阿尔奇的遗物。它们曾经一度属于他的父亲，属于加文的儿子。阿尔奇喜欢车。这是加文告诉过约翰的关于阿尔奇为数不多的事情之一。在很多年前，他骄傲地谈起阿尔奇的这项爱好，那时约翰很高兴能够了解一些与阿尔奇有关的事情，但是事实上，修理旧车离约翰自己的生活重心实在是太远了，这让他觉得难过，仿佛他和他的父亲只能是陌生人。

多年以前，加文将他儿子的东西打包装箱，保存起来，他说在阿尔奇去世的重大打击之后，这是让他能够继续活下去的唯一方式。但是现在他沉浸在对他早逝儿子的回忆中不能自拔。

由于约翰开始注意看了，他发现在加文的西装上有一道道油迹，在他的指甲和手掌上也有机油的痕迹。他一直在摆弄阿尔奇的遗物，也许独自一人在这里一坐就是几小时，迷失在过去之中，陪伴他的只有这些遗物。这实在太不像加文的作风了，约翰不禁疑惑：*他的神志问题到底已经有多严重了？*

约翰不关心家族的财富。但是事实上，他需要他祖父的资源和人力。为了得到仪式剑，他现在就需要这些。虽然加文在现在的状态下显然无法进行理智的对话，也无法对任何事务负责，他仍然是当前的管理者。

*等我拿回仪式剑，我就能远离所有这一切了，不是吗？*约翰问他自己。然而……*探寻者无法通过使用仪式剑登上"旅行者号"*，他的母亲曾经这样说道。这艘飞艇还有价值，"*旅行者号*"也仍旧可以保护他。而且它是基于他母亲的努力工作才造出来的，会有其他人来控制这艘飞艇的想法令他感到愤怒。

约翰把身体探过写字台，将不断滴落的茶水从加文的下巴上小心地擦掉。老人仍然站着，但是他的视线现在垂下来落在了写字台上。老人伸出一只手抹过写字台桌面，仿佛他不明白桌面为什么变湿了。约翰感到一阵怜悯。也许，就像玛吉说过的那样，加文最终会好起来的，但是即使不是这样，即使他会永远地疯掉，约翰也不觉得自己能够抛弃他，毕竟加文的疯狂是凯瑟琳的错。

约翰又坐了下来，感觉自己筋疲力尽。

"您想要恢复我们的财产？"最后约翰这样问道，"给我几周时间，我会把他们从我母亲那里偷走的东西夺回来。我也会帮助您。"

加文似乎又恢复了平时的样子。他坐回椅子上，眼睛聚焦在孙子身上。最后他说："几周时间？"

"几周时间，祖父。我需要制订一个计划，找到合适的人手。您得给我人手。"

"约翰，他们在监视我做的所有事情，等着突然袭击我。他们想要证明我——我——我不够有竞争力。我不知道我能不能给你——”

“爷爷！您得恢复镇定，振作起来。您仍旧是掌管大局的人。如果我能得到我需要的东西，您就可以把这个家族的其他人全都抛在脑后。他们全都无关紧要，我们可以做任何我们想做的事。”

“没错，没错，好的。我会搞定的。”他说，再一次环顾房间四周，寻找着更多潜伏的间谍。老人注意到自己身后的橱柜柜门开着，露出了阿尔奇的遗物。他愧疚地看了一眼约翰，将门推上，然后转身背对着橱柜。他喃喃地说道，“别大喊大叫的，约翰。求你。喊声会让我头晕。”

看到加文垮着肩膀坐在写字台边，约翰心软了。他轻声地说：“您会好起来的，爷爷。我会把事情都办妥的。”

约翰离开了加文的办公室，穿过走廊走向“旅行者号”的舰首，走到舰艇上层。在舰艇的顶层，从他的房间可以看到伦敦那令人惊叹的景色。尽管当时他还很小，他仍旧记得“旅行者号”开始建造的时候，那时仪式剑还是凯瑟琳的，而她让加文积累他们的家族财富成为可能。

约翰穿过房间走到窗边。每年的假期他都会从庄园回家，在苏格兰训练的时候，他的房间大部分时间都是空着的。所有东西和他离开时一模一样。

在“旅行者号”艇首的厨房，他可以看到泰晤士河两岸。远处，他可以分辨出那栋他最后一次见到他母亲的建筑物的尖顶。他在那里站了片刻，回忆着那个秘密的房间，当时他发现了那个房间，又在一个夜晚偷偷溜到了那里，并不知道这一简单的叛逆之举最终会带来怎样严重的后果。“旅行者号”慢慢向前滑行，而他则一直看着那栋建筑物，直到舰艇到达它 8 字形的滑行轨迹的底端转弯，然后原路返回。

约翰努力不再去看窗外的风景，穿过套间走向最后一间房间——他的卧室。他将一面木板墙滑到一边，露出他的衣柜，在衣柜深处有一个大大的保险箱，保险箱嵌入飞艇的钢铁舰体。仆人们、工人们，可能甚至加文自己，一定都一度盯着这个保险箱，疑惑约翰在里面藏了什么东西。他的祖父声称对凯瑟琳的做事方式没有任何的好奇，声称自己不想知道她的秘密，然而约翰可以打赌，祖父一定雇过价格昂贵的锁匠试图打开这个保险箱，好让他能够看看保险箱里面藏着什么东西——希望找到某种带有魔法的符咒，能够让一切恢复到凯瑟琳活着时候的样子。但是保险箱是由他的母亲和“旅行者号”的建筑师共同设计的，想要强行打开它，需要将飞艇本身也拆开。

约翰输入密码，让保险箱扫描他的眼球。随着吱吱声，保险箱厚厚的金属门打开了。里面只有一件东西，他母亲给他留下的最后一样东西——在保险箱的保护垫正中央放着一个意识扰乱器。

看到意识扰乱器，约翰感到一阵深深的厌恶，但是他仍旧拿起了它，把它拉出保险箱。意识扰乱器就像它看上去的那样沉甸甸的，通体几乎都是由泛着虹彩的金属制成，非常坚硬，还有粗粗的皮带，加重了武器的重量。他将意识扰乱器拿到床上，将它放在膝盖上。触碰意识扰乱器让他紧张，胃里还有一丝轻微的恶心的感觉，尽管如此，他还是强迫自己检查了意识扰乱器的每一面。生存还是死亡，心智健全还是精神错乱——他将这些东西全都握在手里。

去做那些必须要做的事情，他的母亲这样告诉他。布里亚克一直都在阻挠他，奎因现在也不会帮助他了，而加文几乎丧失了神志。实现诺言现在取决于约翰自己。他可能会不得不做些不好的事情，但是他会去做那些必须要做的事情，以他能做到的最好的方式。

如果奎因现在能够看到他，她会怎么想？奎因。他想象着她坐在他的身边，想象着他俯下身去亲吻她。*会有很多东西试图拉着你偏离你所选择的道路。仇恨是其中之一，爱也是。*

他强迫自己集中注意力。意识扰乱器是为了植入恐惧而被创造出来的。如果它能够起到这个作用，他就不需要用它开火了。而奎因——奎因已经告诉他，她会走得远远的。

第十章 莫德

午夜前后，月亮仍然尚未升起，她独自一人身处近乎黑暗的森林之中。她以自幼学习的安静步态移动着。这是她现在所知道的唯一的走路方式。她的身体已经伸展过那么多次了，它移动的方式和时间流逝的方式一样：平稳流畅，稳定持续，富有韵律。

庄园的孩子们叫她初阶裁决者。这当然不是她的名字。她确实还有一个名字，尽管再也没有人用这个名字称呼她了。不过如果她愿意的话，她还是可以记起这个名字的。

她将那三个学徒看作孩子——其中两个现在是完成了宣誓的探寻者，尽管根据某种算法他们比她年纪要大。那是一个没有清楚答案的谜。

莫德。她想起了这个名字，这个名字像是一件从海底漂上来的宝物一样浮上了她的意识表面。*我的名字是莫德*。

她听到他们把她的同伴叫作中阶裁决者，尽管事实上他只是中年的那个裁决者，而她亲爱的老师则是高阶裁决者。那些关于裁决者的知识，这些年轻的探寻者尚未被教授。

她的肩上扛着一只被她用箭射倒的小鹿。她走路的时候，小鹿变得越来越沉重，但是重量无关紧要。尽管不舒服，她还是做了自己必须做的事情。

在一双正常的眼睛看来，森林里的光线不足以让她找到路。然而对于初阶裁决者而言，只要星星微弱的光就足够了。也许这是经常舒展身体的结果之一，也许这是她年迈的老师教导的结果，反正她的眼睛对光线的敏感度可以满足她的需要。她的眼睛学会了随时将周围的光线收集起来，直到它们拥有的光线可以满足即将到来的工作需要。

远处传来一个声音。她步子迈到一半停住，脚悬在距离地面几英寸高的地方。她可以听到河流遥远的歌唱，听到夜间活动的鸟类在树林中狩猎，她甚至还能听到昆虫在她脚下的泥土中蠕动着的声音。但是这个声音是不同的。它从她南边的方向传来，位于庄园最荒凉的地方。在她凝神静听的时候，她又听到了这个声音。这是麻烦的声音。

她的身形立即移动，动作加快。一瞬间，小鹿就从她的肩上落到了地上。在小鹿落到林地的地面之前，她已经在树木之间奔跑起来，她向着南边空地边缘的那棵巨大的榆树跑去。她的身体移动得如此迅速，在她飞快地掠过地面的时候她几乎感觉不到地面的触感。然后她跑到了榆树边，跃上较低的树枝。她像一只美洲豹一样扒着树干爬到榆树的最高处，隐蔽地站在榆树的叶子之间，望向南边声音的来源。

在那儿有几匹马，六匹马的马背上坐着人。她从高处仔细查看整个庄园。对于其他人来说，这些人和马匹还不会被看到。他们选择了一条不易被察觉的理想道路进入庄园。

她将自己的视界延伸开去，就像她年迈的老师教过的那样，让她的视线穿过中间的距离抵达那些人。于是她立刻就可以从近处检视他们，仿佛他们就站在她的面前。他们带着武器，戴着面具——但是其中一个人对她来说很熟悉，虽然他的脸被蒙住了。

他们有一个意识扰乱器，那个熟悉的人正用带子将它绑在另一个人的身上。她将自己的听力范围也延伸开去，将他们的对话带到她的耳边，仿佛她就站在他们之间。

“这也太他妈沉了。”意识扰乱器在他背后绑紧的时候，那个男人这样说道。

“记住，它唯一的价值在于激发恐惧。”另一个人说道，是她认出的那个人。他的声音很平静，而这一切全都不对劲。他听起来像一个恶魔，而不像是一个人，他的声音是一种抓挠般的嗞嗞声，“除非有我的命令，否则不要开火。明白吗？这里有无辜的人。我想要的只是那把石剑。”

男人嘟囔着表示听到了，他的手指探索着意识扰乱器的控制部分。其他人在检查他们的武器，而马则焦躁不安地走来走去。

庄园遭到了攻击。

她会放出她的思绪。她会用她的意识去联系中阶裁决者，也就是她的同伴。这是警告他最快的方式，而他可以决定是不是要警告庄园里的其他人。于是她在意识里靠近了他，将她的意识越过他们之间的距离投向他所在的小小石屋。他在那里，她可以感觉到他的存在。但是一触碰他的意识，她就退缩了。对于她年迈的老师，她可以轻松地通过这种方式进行沟通。然而对于中阶裁决者而言，情况则有所不同。他们两人之间的厌恶之情实在是太强烈了，在她能够发送她的意念之前，那些思绪就在她的意识中消散了。

她得当面告诉他这个。他会打她，她知道，当她对他说任何不是他问的问题的答案的东西时，他都会这样。但是等他听到她必须说的话之后，他应该不会打得太狠。

初阶裁决者从树顶荡了下来，从一根树枝下落到另一根，最终落在森林柔软的地面上。她已经开始跑了起来。

第十一章 忍

忍在训练场对面摆好了三个训练用的假人。已经过了午夜时分，整个训练场都是他一个人的了。他从一个假人移动到下一个假人，以舞者般的优雅动作在地面上移动，在他经过它们的时候猛地击打假人的身体。今晚他没有带任何武器——他使用的只是自己的拳头。

最大的那个假人几乎是他父亲的身形大小，他特别猛烈地攻击了它。每一拳代表了上个月的每一天。他用拳头连续地击打假人的上腹部，将那做工粗糙的人体模型打得沿着地面一路向后退去。然后，他开始攻击下一个假人。这个假人比较接近布里亚克的身形大小，在忍的拳头像雨点般落在假人身上的帆布上时很容易从它身上想象出布里亚克的脸。而第三个，那个个头最小的假人，它是谁呢？也许是奎因？当他攻击它的时候，他感到了一种喷涌而出的怜悯之情。他努力想象着它的脸，击打的力道越来越大。忍的动作越致命，他的这场战斗就结束得越快。他只是让假人尽快解脱。随着一记上勾拳，假人被打倒在地。

“没有什么和我们之前想的一样，”他对那个最小的假人喃喃地说道，“我只是为了你才留下来。”

在随之而来的寂静之中，他站住不动，凝神静听，一个指关节往地上滴着血。远处传来一阵轰鸣声，就像暴风雨的声音。或者是像……火的声音？在他走向训练场门口的时候，他听到了公共牧场对面的喊声。

第十二章 奎因

“你脏死了，你自己知道吗？”奎因抓住马的鬃毛时这样问道，“都有点儿分辨不出你究竟是一匹马还是一头猪了。”

她在马厩里给耶伦梳着毛，耶伦是奎因母亲在她年满十岁的时候送给她的一匹高大的栗色骏马。在她刷着耶伦的脖子时，耶伦友好地轻轻咬了她几口。除了耶伦之外，在马厩后面还有一捆新鲜的干草。奎因想着自己今晚是不是可以睡在这里。在她更小一些的时候，她这么干过几次，蜷缩在她的大马旁边。此时此刻，这比睡在家里更有吸引力。

几滴泪水滑过她的脸颊，落在马厩的地上。她草草地用手背擦了擦眼睛。这种情形在过去的一个月里经常发生——什么事都没有，她突然就开始流泪。有一滴泪珠滚下她的脸颊，但是她无视了它；她对自己的软弱感到厌烦。

“转身！”她命令道。耶伦呆呆地看着她，耳朵抽动着。她将它的脑袋拉过来，走到它的另一侧，“你已经把英语忘掉了，是不是？你这个大家伙？”

和马在一起的时候，她还有幽默感。而和人类在一起的时候，她的幽默感干涸了。这一年她没有和耶伦一起度过太多时间，她的注意力都在约翰身上。但是约翰已经走了。奎因自己本来也要走的，但是她还在这里。现在，这匹马是唯一的同伴——不会让她想起那些她更愿意忘记的东西。

“轻点儿，”耶伦跺了一下蹄子，奎因这样安抚道，“不然我就不给你洗掉泥巴了。”

之前她发誓要离开，但还是留了下来。约翰离开的那个晚上，她一个人睡在了悬崖边上那间谷仓的阁楼上。第二天早上，她是被透过东边窗户照进来的阳光给弄醒的。

她在那里躺了几分钟，感受着落在她紧闭着的眼皮上的融融暖意。太阳缓缓地升起，而她仍旧一动不动，直到阳光洒满了她的胳膊和手。阳光的热度在她左手腕上的仪式剑形状的烙印上激起了点点痛感。虽然伤处已经裹上了绷带，它还是开始抽痛起来。

烙印还在那儿。它永远都会在那儿，提醒我我用这双手都做过什么。

她可以离开，她那会儿这样想，但是离开也无法改变什么。她知道自己是什么，每次一个陌生人看她的时候，她都会纳闷儿他们是不是也知道了。而且如果她离开了，菲欧娜和忍又该怎么办呢？他们会被抛下，在没有她的情况下留在庄园，被困在布里亚克身边。

所以，她留了下来。

在最初的那个晚上之后，布里亚克又带着她和忍执行了五次任务。现在她全都明白了：他们庄园背后的财富，以及她的家族是如何幸存下来的。而这一切中没有什么是高尚的。

每执行一次新的任务，离开的想法就变得更加遥远。在她成长的过程中，她被教育要像遵从法律一样遵从布里亚克的话。想要打破这个习惯非常难。而且她越是帮助他，参与的任务越多，她就变得越像他，也就越没有离开的资格。约翰说过她生来就注定是要使用仪式剑的，而她则纳闷儿自己是否生来就注定要像布里亚克一样。

现在，在畜栏里，看着自己的双手将刷子刷过马背，她被一种感觉压倒了——她的肢体仿佛从她身体中脱离开来，仿佛她的身体属于另外的什么人。她的新伤痕正在痊愈。有她小臂上那道她父亲在最后一次练习战中划开的线状伤口，有初阶裁决者的刀子在她脖子上划出的细小伤痕，还有她左手腕上的烙印。烙铁带来的水疱已经消退，留下的只有仪式剑形状的烙印，烙印仍旧是鲜艳的粉色，非常敏感。伤疤感觉起来也很陌生，仿佛那是另外一个人身上的痕迹。

奎因没有注意到，她停止为耶伦刷毛了，正盯着自己套着硬毛刷的右手。她动了动自己的小手指来确定自己的手仍旧听她使唤。

“约翰……”她大声地说，然后停住了，觉得很尴尬。

她经常想象他和她在一起的场景，他用双臂环绕着她，她将头枕在他的胸膛上。在这些白日梦结束的时候，她会觉得非常冷，并且纳闷儿，在她不在他身边的现在，他的眼睛是否仍然那么孤独。即便如此，她还是为他的离开而感到高兴。约翰想要成为一名探寻者，即使是在她警告了他之后。离开庄园让他不至于犯下那个严重的错误。

耶伦又一次跺了跺它的前蹄，抽动了一下耳朵。

“轻点儿。”她喃喃地说。

耶伦又跺了跺蹄子，并且开始拉扯他的缰绳。她听到其他马也在畜栏里又是嘶鸣又是跺脚。然后她注意到了一种味道。

烟气。

她停下动作，开始注意听。喊声从远处传来，还有一些其他什么声音——一种低沉的轰鸣声，现在她意识到这声音出现有一段时间了。奎因悄悄溜出耶伦的畜栏，走向马厩的门。

她将门偷偷打开，感到了一股热浪，她发现自己正对着门外的一堵火墙。她花了片刻才明白过来自己看到的是什么。谷仓附近的树在燃烧，不仅仅是在燃烧——它们被火焰完全吞没了。

人们在公共牧场对面喊叫着，她可以看到远处的身影——许多马在奔跑，而马背上坐着人。庄园遭到了攻击。

奎因将门关上，在上面靠了片刻，评估着眼前的形势。火焰距离马厩的木质结构只有几码远。马匹全都在跺蹄子和嘶鸣，其中有一些还在踢马厩。

她将手放在耶伦的鼻子上让它镇定下来，又将缰绳套在它的头上，然后迅速地将一张盖毯和马鞍扔在它的背上。

她从马厩另一侧的门缝中向外看，看到一片黑暗。那些男人和火焰还没有到达谷仓的这一侧，她将门推开，将马从畜栏里赶了出来。烟气变得越来越浓，马群开始惊慌起来，但是奎因用绳子在它们侧肋抽了一把，驱赶它们从敞开的门口跑出去。在夜色中，马儿们在她周围乱转，害怕得不敢远离马厩。

有什么东西从奎因的视野中划过，距离她只有二十码。在她伸手去抓耶伦的缰绳时，挤奶站附近的一棵橡树突然燃烧起来。她瞥见在橡树高处的树枝间有一支火把，现在她可以看到扔火把的人影，人影穿着深色的衣服，戴着面具，骑在马背上穿过了公共牧场。

天气已经干燥了好多个星期，随着一声轰鸣，那棵橡树开始剧烈地燃烧，令马群陷入了恐惧。一匹马突然狂暴地从其他马匹之间冲了出去。奎因被困在马群之中，这时，包括耶伦在内的所有的马匹都冲向了森林。

她跌倒了，但是有人拉住了她。

“奎因！”

“忍！”

他的头发上沾着灰烬，脸上也有几抹污痕。

“快点儿，”他说，“我们得躲到树林里去！”

在一片烟尘之中，他们奔跑着，直到他们抵达树林。他们在树枝下面停了下来，不停地咳嗽。

“有一栋屋子着火了，”他告诉她，“是你的屋子。我从公共牧场对面看到的。”

像她一样，忍也将他的软剑别在腰间。他背上还斜背着一把看上去好像马上就要散架的老旧的十字弩和一袋弩箭。

他拿走了训练场贫乏的武器装备。

“是谁在攻击我们？”她问出了这个问题，想象着是一群群影影绰绰的受害者前来庄园找他们复仇。但是答案显然没有那么神秘。问题一经出口，她就明白了是谁在攻击他们。她感觉到胃底传来一种令人反胃的刺痛感。虽然他把我踢出局了，约翰之前说过，我还是会自己想办法回来的。奎因意识到，她自己内心深处的一部分一直在等着他。但是不是以这种方式。他真的要纵火烧毁庄园吗？

“我们在另一侧会将形势看得更清楚些。”忍这样告诉她，不去看她的眼睛。

“我母亲呢？”

“没看到她。”

她又要开始跑起来，但是忍抓住了她的胳膊。

“等等，”他说，“等一下。我们要怎么做？”

“我们要找到我母亲，然后找到我们两个的父亲——”

“为什么？”

“什么为什么？”

“我同意我们应该找到菲欧娜，但是我们为什么要去找布里亚克和阿利斯泰尔？”他问道。

“我们受到攻击了！他们两个是比你我更厉害的战士。”

“我们没有受到攻击，他们才是受到攻击的人。这就意味着他们的注意力被分散了。”他看着自己的脚，自出生以来被培养的忠诚令他难以大声地说完他的所思所想。最终，他直视着她的眼睛说道，“奎因，我们一向不聊这个，但是在他们强迫我们做了那些事之后，我们为什么还要留下来呢？”

因为自己那无意识地要追随父亲的直觉，奎因很是挣扎了一会儿。但是忍说的是对的。他说的那些话是她本来就应该说出来的。他在建议他们两个去做她一个月前就该做的事情。庄园也许会烧毁，但是这里已经再也不是他们的家了。

她缓缓地说:“我们先找到菲欧娜，然后一起离开。”

“如果我们足够幸运，布里亚克和阿利斯泰尔会以为我们是被杀掉了,”他对她说,“这是我们的机会。一个完美的机会，一个不会再次出现的机会。”

她点头同意:“好的，让我们找到我的母亲。”

他们一直跑，直到绕过公共牧场的边缘，到了一幢幢小屋附近。他们在那儿停下，蹲在一棵倒下的大树后面。骑在马背上的男人在放火点燃那些建筑物。她自己的小屋在燃烧。小屋后面稍远些的地方，她可以看到忍的小屋也在燃烧。还有其他屋子，那些在树林更深处的屋子，它们中的很多栋已经有数十年没有人居住过了。所有的屋子都在燃烧。

“你看到她了吗?”奎因问道。

“没有——看到了。她在那儿!”

菲欧娜站在公共牧场的中间，面向牧场，就在挤奶站旁边。她美丽的脸庞被惊恐的表情扭曲了，而她的发梢也着了火，橘黄色的火焰在她的红发上燃烧，在她奔跑的时候，她的头发带着火焰飘在她的背后。她为什么要横穿草地，而不是往森林里面跑?奎因心里一沉，她注意到了她母亲东倒西歪的步伐，她喝醉了。

奎因要去追她，但是忍一只手摁住她的肩膀，令她在那里停住不动。

“他们也看见她了!”他低语道。

他说的是对的。三个骑着马的男人正纵马追逐着菲欧娜。

“你看。”忍说道。

现在可以清楚地看清领头的骑手了。他戴着面具，但是无论怎样，他们两个都能认出他来。

是约翰。她之前也猜想袭击者是他，但是亲眼看到他戴着面具放火烧毁庄园又是另外一回事。而且他现在正骑马追逐着菲欧娜。

“他恨的是布里亚克,”奎因说道,“他一直都恨他，他不会伤害我母亲的，我知道他不会那么做。忍，我们是不是要帮他？他想要的只是……”

三个骑手追上了菲欧娜，奎因的声音弱下来。两个男人抓住菲欧娜，将她粗暴地拉到马鞍上。奎因可以听到她母亲的咒骂声从草地对面一路传了过来。

奎因站了起来。忍抓住她的胳膊，将她一把拉了回来：“你要干什么？”

菲欧娜在远处尖叫起来。其中一个骑手抽了她一耳光，现在她的双手被绑住了。

“我——我得过去和他谈谈。”

“不行！”忍用气声说道，紧紧地抓着奎因的胳膊，“他在袭击我们。他在放火烧毁庄园。他可能会做出任何事情，你明白吗？伤害你的母亲，伤害你。他现在已经不是你的男朋友了！他和以前不同了！想要带着菲欧娜离开，我们需要更好的武器。”

奎因冷静下来，开始理解了忍的话。“你……你说的对。”她做出巨大的努力，不再看向约翰。他……她不知道此时此刻他对她来说到底意味着什么。他是她的敌人，还是只是布里亚克的敌人？他真的会伤害他们吗？

她看到草地那边菲欧娜仍旧在那些男人手中挣扎着。他们显然想要伤害她，而奎因打算带她的母亲活着离开庄园。

“你知道他们把枪都放在哪儿了吗？”忍问道，“在你们的房子里吗？”

“枪不在训练场？”

忍摇了摇头：“来吧，我们把两栋房子都检查一下。”

他拉起她的手，一起跑向燃烧着的一栋栋屋子，跑的时候身体仍然紧紧贴着树林。他们跑过约翰之前住的屋子。这栋房子也被放了火，着火的时间还不长。屋子里的家具正在燃烧，浓烟从门口涌了出来。他们没有理由把所有的一切都点燃。这种行为纯粹是出于仇恨。

在森林的边缘，他们穿过奎因屋子前面的一块空地。奎因的屋子已经不再像是一间屋子了。待他们赶到，奎因的家完全被火焰吞没了。

第十三章 莫德

初阶裁决者与中阶裁决者站在离农舍和谷仓很远的地方。他们站在森林里一座小山丘的山顶，背靠树干，身上裹着斗篷，几乎彻底隐形了。从初阶裁决者所在的高处，可以看到人们的家在燃烧——除了裁决者的小屋。

她的脸颊被中阶裁决者打了的地方传来一阵阵钝钝的抽痛。在疯狂地奔跑之后，她跑到了中阶裁决者居住的农舍，还没来得及开口告诉他他们受到了袭击，他就一拳打上了她的脸颊。她还是不管不顾地解释起来。片刻之间，在中阶裁决者的命令下，他们带上他们所有的每一样武器，没入森林之中。

一个女人在山丘下的草场上喊叫着，是那个有着红头发的女人——她的名字叫菲欧娜。初阶裁决者注视着两个男人将她头发上的火扑灭，然后将她举到一匹马的马背上。莫德将自己的视觉和听觉都投向她，仔细地观察着，这时男人中的一个打了菲欧娜，而那个她认识的年轻男子——尽管他戴着面具，声音也被伪装得严酷而带有金属质感——将菲欧娜的双手绑了起来。

“别打她！”那个年轻男子以他奇特的声音说道，“我不希望伤害到她！”然后他对菲欧娜说，“拜托，请你不要再挣扎了。我要的只是布里亚克。”

“我想帮助他们。”初阶裁决者说道。这句话以一种沉静安详、富有韵律的方式从她的口中说出，一如她身体的行走和思绪的转动。她的声音似乎并不带有任何感情，尽管她可以感觉到自己的情绪。“他们中有好几个是完成了宣誓的探寻者。”

中阶裁决者的胳膊抡了过来，抽到她另一边的脸颊。她已经知道他会这么做。在被她改变过的时间感知中，她看到他的胳膊抡向了她，如同远处的暴风雨来临。她可以移开身体，但是她没有理由那么做。现在不任由他打她，他会另外再找一个时间打她，而且下手会更重。

她想要帮助庄园的居民——尤其是如果她能够在不伤害到那个戴面具的学徒的情况下这么做的话。但是事实上这不是他们的职责。完成了宣誓的探寻者意味着拥有自主权。裁决者的职责是观察，是监督新的探寻者履行他们的誓言，只有在某些特殊情况下他们才会介入。现在发生的这一切——两个对仪式剑有着同等所有权的家族，因为仪式剑所产生的争执，不在他们的管辖范围之内。即使是她年迈的老师也会同意中阶裁决者对这件事的看法。他们的职责只是保护属于裁决者自己的仪式剑，而它正在她同伴的斗篷里，挂得好好的，位置离他刚刚用来打她的那只手很近。

介入这些不是他们的职责。但是过去他们曾经介入过。一个念头缓缓地浮上了她的意识表面：*一个有着浅褐色头发的女人，一个躲在地板下的小男孩*……他们本来不该介入的，然而他们还是那么做了。*看看结果发生了什么*。在公共牧场上，那个戴着面具的年轻学徒在大声地命令着其他人。*小男孩变成了男人，而这个男人非常愤怒*……

第十四章 奎因

透过她那正在燃烧的家的窗户，奎因可以看到火焰正吞噬他们的厨房桌，火苗从木质地板的缝隙中舔舐上来。客厅的四壁，连带他们摆放着武器的古老的陈列柜，一切都在熊熊燃烧，房顶的木头横梁也是一样。整栋房子释放出巨大的热量，令她无法靠近。无论房子里面可能藏有什么样的武器，现在它们应该都差不多算是报废了。

之前忍独自一人去搜索他自己的家了，所以在她检视自己小屋周围的区域时，奎因是孤身一人。不远处是一间石室，火还没有烧到那里。即便如此，在她抓起石室门上的旧锁键入密码的时候，滚滚热浪还是扑面而来。奎因将门猛地打开，他们的武器展现在她的面前。

她的软剑已经别在腰间，但是她还是一把抓起几把刀子，还有她的斗篷。她在石室的墙上小心翼翼地摸索着，想要找到布里亚克可能藏有其他武器的暗格。她的父亲很可能会将武器藏起来不让她发现，她什么都没有找到。

一声巨大的爆裂声刺穿了火焰燃烧的声响，几乎像是一支霰弹猎枪开火的声音。奎因从石室前向后退开，刚好来得及看到她的小屋的屋顶塌陷下来。屋顶的横梁劈开了，巨大的石板向内滚落下来。

屋顶塌陷，于是烟囱向侧面倒了下去。整座砖石建筑向着奎因所在的石室砸了下来，而奎因猛地向后跃去，避开了，仿佛这座建筑是由纸做成的。炙热的石头雨点般地落在她的周围，而她跌跌撞撞地躲开了它们。

等到整座砖石建筑尘埃落定，她在石室的瓦砾下发现了某种平坦、坚硬、饰有花纹的东西。她跪下来，开始挖掘。是金属。新鲜的空气涌入了房子里的火焰，一轮新的热浪扑向她，她遮住自己的脸。她挖起几把泥土和石头，发现了一个保险箱，保险箱深深嵌在泥土下的水泥中。

没有什么明显的能够打开保险箱的方法。保险箱一定是被设计成只有布里亚克的触摸才能打开的模式。这个保险箱比保存枪支所需要的来得更加安全牢固。在整座庄园里，只有一样东西的价值能够高到需要这样一个藏匿之所。

周遭的温度已经变得令人无法忍受了。奎因将她的软剑拔出来，又抖动了几下手腕，软剑变成一柄粗粗的匕首，匕首的末端是一个细细的针尖。她将武器锋利的尖端直直地砸向保险箱的边缘，砸向保险箱门的合页必然会在的位置。软剑弹开了，只留下一个小小的凹坑。

她将匕首的尖端放回那个小小的凹坑之内。软剑的材质可以直接被使用者操纵至分子级，如果你能掌握这样做所需要的微妙动作。奎因清空她的脑海，集中注意力，无视周围可能点燃她头发的滚滚热浪。她用手腕做出了一系列细微的动作，令软剑的尖端变得更细更长。

风向变了，浓烟开始冲击着她。她闭上眼睛，再一次移动了手腕，想象着武器的尖端变得更长，想象着它将自身延伸到极细的程度，细得足以切开金属。她可以感觉到软剑几乎是以察觉不到的方式一路向下穿透了保险箱的表面。她又一次操纵着她的武器，令剑的两刃变得和刚刚的剑尖一样锋利。在她这么做的时候，软剑开始以一种稳稳的、持续的方式向下切割着保险箱。它穿透了金属。她将武器沿着切开的缝隙缓缓拖动，切开了所接触到的地方。保险箱门的一个合页在她手下断开了，然后是另一个合页。突然之间，保险箱的门松开了。奎因用软剑将它撬了起来，扔到一边。

在保险箱里放着的是仪式剑和闪电权杖，它们静静地等在那里，等着一个探寻者、它们的主人，来拿起它们，使用它们。

奎因知道，如果她和忍真的要抛下庄园以及庄园里面的一切，她就不该拿起仪式剑。她可以把它留给她的父亲，他可以继续使用它，就像他一直以来做的那样。或者……或者她可以将它拿给约翰，既然约翰那么想要得到它。

她再一次将自己的脸遮起来，以阻隔周围的热量，她努力想要在重重烟气中锁定约翰所在的位置，但是她周围的浓烟全是黑色的。

她又转向保险箱。她可以将仪式剑拿给约翰，要求他释放她的母亲。或者她可以将它给他，让他冷静下来，然后坐在他的马背上和他一起离开。这样他们就可以在一起了。他的愤怒，这场突袭，都只是布里亚克对他不公的结果。

然而那天下午在悬崖边谷仓里的那场谈话的内容回到了她的脑海之中。*可是如果我们能够决定呢，奎因？*当时他这样耳语道，*我们会做得更好。我们会做出正确的选择，好的选择。*想象自己在拥有了力量之后会做出正确的选择，这是很容易的事，但是将生与死都掌握在你的手中，由你自己来决定对方得到的将是二者中的哪一个，约翰并不明白这是一种什么样的感觉。

如果他真的得到仪式剑，他就需要奎因来训练他如何使用它。她会需要帮助他迈出通往*彼处*和世界之外的地方的最初几步。她需要为他领路。

“对不起，”她低声说道，同时从保险箱里拿出了石剑和权杖，将它们藏在她的斗篷里面。“我不会成为那个将你变成又一个布里亚克的人。”

除此之外，在保险箱里还有一些其他东西。那是一本有着皮面和皮质绑绳的笔记本。笔记本的封面久经摩擦，变得平滑光亮，仿佛在过去的岁月里有无数双手曾经充满爱意地抚摩过它。她翻阅着纸页，发现它是一本某种形式上的笔记。其中很多页是由清晰的女性笔迹写就，但是各种其他字体也在上面留下了大量的痕迹。早期的纸页上是很久很久以前流行过的潦草难辨的细长字体。还有的纸页上是美丽的铜版印刷字体，只是被一支漏水的钢笔的墨迹给弄脏了。本子里面还有一些零散的精致柔软的单页——她猜是上等皮纸，回忆起她母亲的一堂历史课。这些单页被精心地装饰过和仔细地折叠过，塞在了其他的纸页之间。

在奎因迅速的检视中，她注意到本子里有数十个手绘插画，插画中有很多都是粗糙的动物形象。她的眼睛被某个特定的插画吸引了，那是在某一页纸上面的角落里的图形：三个互相连锁的椭圆形，像是一个简化版的原子。

远处传来一声叫喊。奎因小心地将笔记本塞进斗篷的口袋里，然后她离开了，从小屋跑向树林。之前忍去了他自己的屋子，去查看他是不是能在那里找到藏起来的枪支。然而当她赶到他的小屋时，她发现它也变成了一堆巨大的篝火，并且向内塌陷下去。忍不在那里。

公共牧场向南的地方，响起了一声震耳欲聋的轰鸣声，仿佛某个巨大而又沉重的东西倒在了地上。奎因转身，但是浓烟太多了，她无法找到声音的来源。不过她可以看到她自己的小屋的位置，在那儿她看到了她的父亲。他从她现在所处位置东边的树林里出现了，正走向他们燃烧着的房子，他低低地伏着身体，防止被人发现。

布里亚克穿着普通的外出服，奎因意识到就在刚刚她的父亲又一次离开了庄园，他经常这样出行——每次这样的出行都会在不久之后带来另一个新的任务，她和忍会被命令要执行的任务。她不知道联系她父亲完成这些任务的秘密渠道是什么，但是很显然，在很久之前她的父亲就已经建立起了一套行之有效的方法，让有需要的人群能够找到他。

布里亚克在离他们家房子有一段距离的位置停下来，向着南边往公共牧场对面看去。方向不定的风将烟全部吹净有一会儿了，布里亚克，还有站在忍那正在燃烧的家的旁边、处于有利地形的奎因，可以看到约翰的人马在工坊那里集结了。从这么远的地方很难看清楚细节，但是有一匹马驮着两个人，其中一人有着长长的红发。她的父亲短暂地看了一会儿，继续走向他们家的房子，没有往奎因母亲的方向再看上一眼。他甚至都不在乎，她意识到。

布里亚克到达房子后会开始寻找仪式剑和闪电权杖，奎因打算在他注意到它们的消失之前就走得远远的。

她和忍之前商量好了，如果他们两个分开了，他们要跟着菲欧娜。奎因开始向着那个方向移动，而烟又一次变浓了，将她隐藏在其他人的视线之外。

第十五章 约翰

在奔跑着的马匹身上的绳子的拉扯之下，工坊的门向外迸开了。在工坊里，约翰和他的手下发现阿利斯泰尔·麦克贝恩庞大的身体缩在工作台上方，头上戴着耳机，正聚精会神地研究着一个小小的机械装置。这个装置发出一阵深沉的震动，震动的传送范围远远超出了工坊自身。约翰可以在自己的肺里感觉到这种震动。

在工坊大门摔碎在地的时候，阿利斯泰尔这个大块头惊讶地跳了起来，然后转身面向他们六个。阿利斯泰尔的眼睛迅速地找出了那个拿着意识扰乱器的人，又将菲欧娜被绑在最远处的马匹背上的情形尽收眼底。他一边摘下耳机一边转向约翰。

“你需要一个面具才能和我交手？”他问道，“你坦诚的美德在哪里？”

“这是我应该问你的问题。”约翰答道，绑在他喉咙处的小盒子将他的嗓音变成了某种恶魔般的声音。

“你连自己的声音都不能用吗？”阿利斯泰尔问道，“这么多年来，我训练的是一个懦夫吗？”

约翰早就知道他们全都会认出他来，但是他仍旧无法不加伪装地踏入庄园。他到这里是来夺回本该属于他的东西。他知道为了达到这个目的，他不得不恐吓庄园的居民，而戴上一个面具之后，面对他们，恐吓他们，命令他们，这一切变得容易了许多。

而且，面具使他感到了解脱。这么长时间以来，他一直强迫自己把对布里亚克的恨意处于严格的控制之下，现在有了这层伪装，他可以允许仇恨浮上表面。他点燃了自己位于树林深处的小屋。布里亚克让他在那里待了那么多年，与世隔绝，如同允许一只流浪的动物坐在营地的边缘，可以看到营地的篝火，却感觉不到它的温暖。让所有的恨意喷涌而出，看着那栋建筑燃烧，这感觉棒得可怕。

在他来得及下令阻止之前，他的手下将其他房屋也一并点燃，他发现看着这些屋子燃烧，彻底地毁掉布里亚克的家，给他带来一种解脱的快感。毕竟，它们只是些房子——他的手下在放火之前确认过里面空无一人。尽管约翰并不讨厌伤害布里亚克这个主意，庄园的其他人是另外一回事。他想确保他们安全无虞。

在任何地方都没有看到奎因，这一点令约翰如释重负。她一定是已经走了，就像他们最后一次在一起时她所说的那样。她在很远的地方，很安全。

现在，在工坊外，约翰跨坐在他的马背上，将眼睛转向阿利斯泰尔身后桌子上的器械。它看上去像一个大力钳，但是它不是用金属做成的，而是由和软剑相同的油状物质构成。在它里面紧紧包裹着的是一把仪式剑。

在此之前约翰从来不被允许进入工坊，也从来没有见过这个器械。他再一次看向现在正挂在阿利斯泰尔脖子上的耳机。他意识到，这种震动感不是大力钳发出来的，而是仪式剑本身传出来的。阿利斯泰尔在对仪式剑做着什么，也许是在调整它，而耳机则是在保护他的耳朵。

“这是谁的仪式剑？”约翰用他那被扭曲了的声音问道。

“这一把碰巧是我自己的，”然后他又以更为柔和的声音说道，“你是在纳闷儿它是不是她的？”

约翰从马背上滑下来，走进工坊，同时对拿着意识扰乱器的手下点了点头。这个手下用手在武器侧面一划，意识扰乱器以一种尖锐的嗡鸣声猛然苏醒。

“现在小心点儿，”阿利斯泰尔对那人说道，“那个小玩具很危险。我敢打赌他没有告诉你它有多危险。”

约翰仔细打量着大力钳中的仪式剑。在仪式剑柄底部有一个小小的雕刻图案，一只雄鹰——那是阿利斯泰尔和忍他们家族的纹章。不是他希望自己能够找到的纹章，但是拥有任何一把仪式剑都比没有要好。

“我告诉过你了，它是我的东西。”阿利斯泰尔重复道。

约翰观察着大力钳本身。细看之下，它比乍一看时要更加复杂一些。石质的仪式剑有好几个地方都被紧紧地固定住了。还有某种剃刀似的东西盘旋在仪式剑的表面上方，约翰猜那东西是用来削掉多余的微量石头，以便使仪式剑的震动达到完美。不过这把剃刀如果被错误地使用了，可能会对仪式剑造成损坏。约翰向其中一根控制杆伸出手，然后又停了下来。他不想冒损坏仪式剑的风险。

“我怎么将它拿出来？”他问道，让他的声音保持平静，这让他的话听上去像是一声咆哮。

“这可不能告诉你。”阿利斯泰尔说道，目光牢牢地锁定在意识扰乱器上。

约翰很难不去喜欢阿利斯泰尔，毕竟他曾经一度努力想要帮助约翰的母亲。但是约翰提醒自己，眼前这个高大的男人多年以来也同样是布里亚克·金凯德的忠实伙伴。约翰打算带着一把仪式剑离开，如果阿利斯泰尔帮助他，一切将变得很简单，没有人会受到伤害。他缓缓地把枪举到阿利斯泰尔的头部位置，保持手部稳定不动：“你可以告诉我。我知道你可以的。”

“好吧，被你发现了。我可以告诉你，但是我不会那么做。”

“事情不一定要用武力来解决，”约翰说道，他的声音仿佛是什么东西在摩擦，并且发出嗞嗞的声响。

“恐怕需要这样。”阿利斯泰尔回答道。

约翰微微地点了点头。意识扰乱器发出一声更高的哀鸣，准备要开火了。

“孩子，如果我身处意识扰乱器的力场之中，我会更有可能告诉你方法吗？”

“很好。”约翰有点儿迟疑，希望可以信任自己的手下，信任他们会听从命令，信任他们在没有直接指示的情况下不会杀掉任何人。然后，他向马背上坐在菲欧娜后面的男人打了一个手势。

那人将一把刀子抵在菲欧娜的喉咙上，菲欧娜发出一声被勒住般哽咽的哭喊。与此同时，约翰避免看向她所在的方向，他将自己的视线锁定在阿利斯泰尔身上。

“将仪式剑从仪器上拿下来。”他沉稳地说。

“我不能这么做。”阿利斯泰尔说道，“无论我自己感受如何，仪式剑都要比一条性命更为重要。”然而他的眼睛却在述说着完全不同的内容——他的目光又一次瞟向了菲欧娜。

约翰硬起心肠，又做出一个手势。他的手下开始在菲欧娜的喉咙上划出一个浅浅的伤口。她疯狂地在他手下的怀中挣扎，血沿着她光洁白皙的皮肤淌了下来。

*只是一点点血而已。他不会割得很深的，*约翰这样告诉自己，*请不要深深地割伤她！*他咽了下口水，让自己凝视的目光锁定在阿利斯泰尔身上。当菲欧娜脖子上的伤口被越划越长的时候，这个高大的男人看向地面。最终，阿利斯泰尔点点头，屈服了。他将手伸向大力钳，开始松开固定仪式剑的操纵杆。抵在菲欧娜喉咙上的刀子停止了动作。

“小心点儿。”约翰对阿利斯泰尔说道。

阿利斯泰尔的双手缓缓地在仪器的多个操纵杆上移动。随着仪器的松动，仪式剑自己也开始移动。等到约翰预期仪式剑会掉到桌子上的那一刻，阿利斯泰尔非常轻柔地用两只手握住了最长的一根操纵杆。他将操纵杆旋转一周，粗壮的手臂绷紧了——他以一个突然而又粗暴的动作将操作杆猛地扳向他自己，仪器里的刀片深深地咬住了仪式剑。

仪式剑立即散发出一阵可怕的震动，他们可以在牙齿和骨头里感受到这种震动。这种震动仿佛是金属被撕裂，或者玻璃迸碎一样。约翰自己的肌肉也自发地绷紧了，他握紧了拳头，双腿也开始痉挛。

房间的另一端，扛着意识扰乱器的男人也经历了同样的肌肉绷紧，同时他胯下的马蹒跚着后退，显然也受到了影响。男人的右手不由自主地夹紧了意识扰乱器，于是意识扰乱器开火了。

约翰的牙齿在不受控制地咬合。他看到意识扰乱器的火花冲向自己，但是他几乎无法移动他的双腿。在巨大的努力之下，他向地面扑倒过去，仿佛一袋砖头倒在了地上。

火花从他头上飞过，撞上了阿利斯泰尔。

仪式剑的震动突然停止了，仿佛是被一种看不见的力量所掐灭。

在每个人缓缓地恢复了对自己肌肉的控制时，周围一片寂静。然后阿利斯泰尔开始尖叫，不停地捶打着自己的脑袋。

约翰挣扎着站起来，将固定着仪式剑的仪器一把抓过来。他看到了仪式剑停止震动的原因。仪器内部锋利的刀臂深深地切进了仪式剑的剑柄，将仪式剑打碎了。一些石头碎片仍然锁定在仪器内部。另外的碎片则散落在工作台上，和一大把沙砾状的灰尘混在一起。石头自身的颜色也改变了，变得更加灰暗，表面暗淡而没有生气。之前存在于仪式剑中的能量已经彻底消失了，无论这种能量究竟是什么。

阿利斯泰尔跌跌撞撞地走向谷仓的门口。他红色的头发全都竖了起来，五彩缤纷的火花在他的脑袋和肩膀周围跳着舞。他无法走成一条直线，而且他总是不停地回过头来击打着空气，然后又继续蹒跚着走向门口。菲欧娜一边看着他一边恣意地哭着，而约翰的手下则震惊而沉默地盯着他。

看到阿利斯泰尔在那片彩虹般的光芒中蹒跚着走出门，约翰感到了一阵翻滚的恶心感。这种感觉中混杂着后悔，这后悔的感觉是如此强烈，几乎是一种肉体上的疼痛感了。不，别是阿利斯泰尔!

他跑向他的马，一跃而起上了马鞍。他将马赶到拿着意识扰乱器的男人身边，狠狠地抽了他一耳光。他知道阿利斯泰尔的状况不是那个人的错，然而他无法止住自己的愤怒——他对布里亚克感到愤怒，是布里亚克让他陷入了如此境地，他也对自己感到愤怒，因为他令情况失控了。

“你怎么能这么做呢？”约翰用他那扭曲了的声音尖叫道，“他曾经是一个好人，你把他毁了。”他将双手放在脑后片刻，命令道，“去找布里亚克！”

约翰的爆炸管引发的爆炸轰掉了半面墙壁，但是那个枯槁的人形没有动弹丝毫，甚至连一丁点儿的畏缩都没有。人形在病床上的位置，以及在它脑袋周围舞动着的微弱的火花，都和一个月以前一模一样。

约翰穿过烟尘走进房间。他的眼睛扫过沿后面墙壁摆放着的医疗仪器，他在病床床边的一把椅子上坐了下来。

他从来没有和这个人形单独待在一起过。他总是和布里亚克一起过来，而且总是非常警惕。现在，他的手指轻轻地摸索到那件盖住了人形的老旧病号服的衣襟，将它拉起来，人形那肌肉萎缩的左腿露了出来。在大腿根部，有一个皱起的伤疤，长度有一个男人的手那么长。它看上去仿佛是一处曾被小心缝合起来的剑伤或者刀伤。

约翰早就知道他会找到那个伤疤，但是它的出现仍旧令他大吃一惊，无法呼吸。布里亚克曾经两次站在这儿，逼迫约翰看着这个逐渐衰弱、备受折磨的人形，享受着变态的快感，而约翰则竭力假装自己并不知道这是谁。

约翰松开了病号服，让它落回原来的位置。尽管他无法忍受触碰这具躯体的想法，他还是强迫自己将一只手放在了那骨瘦如柴的肩膀上。他仔细端详着那深深下陷的双眼、那肌肉萎缩的鼻子、那突出的下颌骨。那张脸曾经的样子，一点儿都没有留下。

他拿出一把刀子，将它举到人形的胸膛上方。他告诉自己，只需用力一捅，将刀刃捅进它的心脏，就可以了结它的性命。他将刀子举在那里，举了整整一分钟，努力想要捅下去，但是他做不到。最终，他让自己的手垂落到身体一侧。

他在床边坐了很久很久，不确定接下来该做什么。仿佛再也无法支撑它的重量一般，他的脑袋向前垂了下来，直到它贴在了人形旁边的床垫上。他闭上双眼，将脑袋用力埋进老旧的床单里。刚开始，他哭得很轻，但是很快他的哭泣就变得猛烈了。他的身体在抽泣中痉挛，这是一个小孩子发现他的整个世界都要终结了的时候会采取的哭法。

最终，他从床边站起来，仍旧哭泣着，盲目地切断了所有的静脉输液管。他一个一个地关掉了房间里的每一样医疗设施。

等到所有的医疗仪器都陷入沉默，他转过身去看床上的人形，以为会看到某些变化。但是没有任何变化。那个人形仍旧是全然静止的，而火花仍旧在它的躯干四周舞蹈着。

他意识到，在人形最终死去、火花完全熄灭之前，可能需要几小时，甚至可能是几天。不过在过了这么久之后，这种死法一定是毫无痛苦的吧。

他站在墙上的大洞旁边，松开了脖子上的变声器，这样他的声音听起来就不再像是恶魔了。“很快，我就会将属于我们的东西夺回来了。”他悄声说道，他自然的声音在他自己听来，显得非常陌生。“我会让他们为对你所做过的那些事情付出代价，并且让一切恢复到原来的样子。”他顿了顿，最后一次看向那具躯体，“再见了，母亲。”

他再一次将变声器在喉咙上绑紧，走了出去，走进夜色之中。

第十六章 忍

忍抓住他父亲强壮的双肩，试图稳住他。阿利斯泰尔向着儿子抡了一拳。忍闪开了，然后发现他父亲的双手掐住了自己的脖子。但是，在阿利斯泰尔能够对忍造成伤害之前，他的思维已经转到了其他方向。他松开了忍，跪在地上，用脑袋撞着地面。

“爸，你还认识我吗？”

忍将阿利斯泰尔的脑袋转了过来，这样他们就可以看着彼此的眼睛。月亮升起来，照亮了森林的地面。他的父亲静止不动了片刻，双眼大睁，眼神空洞，眉毛那里是一道道他自己将头撞在地上所造成的擦伤。他向前猛地冲过去。他的双手再一次伸向忍的脖子，指甲划破了忍的皮肤。就像刚刚一样突然，他又停住了动作，呻吟着，开始捶打自己的双腿。

*意识扰乱器的力场会扭曲你的思维，使其失真。你形成了一个念头，但是意识扰乱器的力场篡改了它，又将篡改后的版本反馈给你。*忍想起阿利斯泰尔自己曾经说过的话。多年来，他一直将意识扰乱器的危险不停地灌输进他们的脑袋。*你的意识会将它自己打成一个结，扭曲，然后瓦解崩溃。*你会想要自杀，但是你又怎么能够做得到呢？甚至连自杀这个想法都会迅速地脱离你的控制……

浓烟笼罩着庄园的很大一部分地区，令呼吸和视物都非常困难。忍检查过他自己的屋子，寻找装满枪的箱子，但是除了在他家曾经的位置上的一个火柱，他什么都没找到。他后来又走得更远了些，走到裁决者们居住的屋子，希望那里能有一些可以让他拿走的武器。那些建筑物虽然没有着火，却是空无一物。裁决者早已带着他们的所有物离开了。

他和奎因早先约好，如果他们被迫分开了，他们会追随着菲欧娜的踪迹，所以他当时往回走，绕过了公共牧场，穿过森林走向工坊。在他走到一半的时候，在树林没有被浓烟触及的一个部分，他遇到了他的父亲。阿利斯泰尔正跌跌撞撞地从树林间走过，被一片闪烁的火花所围绕，这火花将是阿利斯泰尔的终结。

忍很羞愧地发现，他并不为阿利斯泰尔而感到难过。如果他的父亲是在短短的几周前被意识扰乱器击中——在他们进行第一次任务之前——忍一定会极为崩溃。但是现在他的心已经麻木了。真的麻木了。先前，阿利斯泰尔任由他做出了错误的决定。诚然，阿利斯泰尔警告过他，但是他的警告过于温和，在当时忍无论如何都不可能明白。那个时候，他怎么可能会明白呢?

他的父亲任由他参加了第一次任务，任由他完成了宣誓。阿利斯泰尔一直都知道这意味着什么，而他却放任这一切发生。他还陪着他们以及布里亚克参加了更多次的任务，从来都没有说过一个字。

“你为什么不阻止我呢?”忍朝着阿利斯泰尔大声喊道，“如果你解释了，我会听的……”

阿利斯泰尔咬着牙，似乎正在自己的脑中进行着一场搏斗。他大叫出声，同时成功地从腰带上拔出一把刀子。他用刀子向着空气猛砍，并用刀柄击打他自己的头。他举起刀子，狂暴地向忍砍了下去。

忍挡住了他的攻击并推了他一把。阿利斯泰尔一屁股坐倒在尘土之中，但是他的手仍将刀子按压在忍的身上。忍意识到，贴在自己皮肤上的不是刀刃，而是刀柄，阿利斯泰尔正将刀柄往忍的手里塞。

忍抓住了刀子，而他的父亲则一个翻滚滚开了，手指抓挠着树根。他踢向儿子的双腿，忍向后退了一步，躲开了他的攻击。

他应该帮他父亲了结这一切。那是你应该帮助一个被意识扰乱器力场困住了的同伴所做的事——了结这一切。意识扰乱器力场是永久性的，只有残忍的恶魔才会让另一个人忍受这种痛苦。

如果我成了一个恶魔，忍想道，那也是因为你的缘故。是你的袖手旁观，让我变成了这个样子。

忍将刀子别在腰带上，转身离开。

第十七章 奎因

奎因透过浓烟追踪着约翰的声音，周围的烟雾非常浓重，她不得不用斗篷遮住口鼻，贴着地面爬行。她已经追着他的声音走遍了公共牧场，最终她离得越来越近。

当然，她所追踪的并不是约翰真实的嗓音，而是他所使用的那个奇怪的、刺耳的、有着金属声响的声音，仿佛这个假声可以将他本人从他正在做的事情中分离开来。她希望忍也可以听到那个扭曲的尖锐嗓音，希望他正抱着一大堆武器在附近等着。她不想伤害约翰，但是如果她想将她母亲救回来，武器似乎必不可少。

“我手上没有你在找的东西。”这是一个穿透浓烟的新的声音——她父亲的声音。

“你有的，”约翰说道，“你把它给我，就可以换回你的妻子。”

“换回我的妻子？”布里亚克重复着他的话，声音里带着嘲弄，“这就是你谈判的筹码？”

这时一阵微风吹起，奎因出乎意料地踏入一片清净的空气之中。月亮升起来了，她发现自己又一次身处田野边缘她那冒着烟的小屋的残骸旁边。她的母亲就在她的正前方，仍然在马背上，一个男人在母亲身后的马背上。不远的距离之外，约翰和布里亚克面对面地站在公共牧场的牧草之中，骑着马的男人们将他们围在了中央。

奎因在三英尺高的烧焦了的植物茎秆中蹲得低低的，就在区区几小时之前，这里还是一片碧绿的草地。

“你只能杀掉我的妻子一次，”布里亚克回答道，“然后呢？”

你是个禽兽，奎因想道，瞪着她的父亲。

“你是个禽兽。”约翰用他那变了声的声音说道，将奎因的想法大声地说了出来。

“没错，我是个禽兽，”布里亚克赞同道，“但是我手上没有仪式剑。”

“好吧。”约翰说道。

奎因看见约翰掏出一把手枪，对着布里亚克的腿开了一枪。她的父亲喊了一声跌坐在地，血沿着他的大腿洇透了他的裤子。

“还有一个对称的伤疤在等着你。”约翰以他那非人类的声音说道。

奎因知道，她父亲在她面前流血的这一幕应该令她感到困扰，但是看到他的痛苦，她不受控制地感到了一种强烈的满足感。*如果需要的话，布里亚克会杀掉我们中的任何一个人*，她想道，终于对自己承认了事实的真相。

她的视线又回到约翰身上。她看不到他的脸，因为他还戴着面具，但是他对布里亚克的仇恨以及他对仪式剑的极度渴望似乎从他的整个身体向外散发着。*他对仪式剑的渴望会强烈到不惜伤害我的母亲吗？*她纳闷儿。她有一种想要将仪式剑从斗篷里抽出来然后扔给他的强烈冲动。这一简单的举动可以在一瞬间结束这场袭击，同时令约翰感到满意。

*可是然后呢？*她问她自己。*可是如果我们能够决定呢，奎因？*在悬崖边的谷仓里约翰曾经这样对她耳语道，*我们会做得更好*……

“仪式剑在哪儿？”约翰再一次逼问布里亚克，将奎因带回现实。

“它不在我手上！”布里亚克叫道，用手紧紧捂住他受伤的腿。“杀了我，杀了她，杀了随便哪个人都可以！可是它还是不在我的手上！”

是开始行动的时机了，现在所有人的注意力都在她父亲身上。奎因屈膝向着她的母亲移动，身体在草中伏得低低的。随着她的接近，她可以看到在菲欧娜的脖子上有一抹红色——菲欧娜的脖子被严重地割伤了，血肉模糊。是约翰将她伤成这样的吗？

奎因从刀鞘中拔出刀子，想道：*母亲，我希望你现在清醒过来了。*菲欧娜转过头，直直地看向奎因，仿佛奎因已经将这些话大声地说出来了一样。看到奎因的刀，菲欧娜轻轻地点点头，示意她明白了奎因要做的事。她所在的马匹是围成一圈的人中离得最远的，此时此刻处于人群关注的焦点之外。

“我被背叛了，”随着约翰一步步逼近，布里亚克疯狂地说道，“我跟你说，我手上没有仪式剑！”

约翰又对他开了一枪，子弹打中布里亚克的肩膀。布里亚克被子弹的冲击力带得向后倒去，新的伤口流血很快，血液浸透了他的衬衫。

“别担心，”约翰以他那讨厌的假声说道，仍然向着布里亚克逼近，“我会帮你把伤口缝起来的，我在这附近有针线来着。”

奎因看到了她行动的时机。她掷出刀子，她知道自己的技艺远不如初阶裁决者高超，但是还是希望自己的天赋足够厉害。刀子猛地穿透浓重的烟雾，深深地插进了抓着菲欧娜的那个男人的喉咙中。男人试图抓住刀刃，但是在他能够这么做之前，菲欧娜扭过头来，将头向后狠狠地撞向他，将刀子更深地插进他的脖子。

奎因还是将身子伏得低低的，跑向她的母亲。她将菲欧娜和她的俘虏轻轻地从马背上放下来——那个男人的手绝望地抓着他的喉咙。根据他现在发出的声音判断，一两分钟之内他就会死去。奎因拔出刀子，将她母亲手上的绳子割断，然后她们向着浓烟中跑了回去。

等她们跑过燃烧着的房舍，跑到树林之间，奎因停了下来，开始检查菲欧娜喉咙处的伤口。血仍旧在从伤口中往外渗，但是割伤并不深，短时间内不会致命。是因为约翰和他的手下只是想割一个浅浅的皮外伤吗？还是纯粹是因为菲欧娜比较走运？

“你父亲……”菲欧娜悄声说道。

“我们这就离开。”奎因坚决地说道，虽然她没有把话说全，但是她的意思很明显：我们这就离开，不带上布里亚克。“我们一找到忍就走。”

她拉起母亲的手，一起向着森林更深处跑去，沿着公共牧场西边的方向。除非忍已经离开庄园，这是他唯一可能去的地方了。

“约翰可能会杀掉你的父亲。”她的母亲气喘吁吁地说。

从她们最新所处的位置，她们可以再一次看到布里亚克。约翰拿着一把刀子，一点一点地逼近布里亚克。在那一瞬间，奎因意识到她希望约翰能够干掉布里亚克。无论约翰是否危险，无论约翰是否神志清醒，她都希望他能够杀掉布里亚克。这样他就可以放她自由了；这样他就可以放他们所有人自由了。她正要回答她的母亲——如果约翰不杀他，那我保证，我会自己动手——这时，她的注意力被树林深处一个移动着的庞然大物吸引了。

“快看！”她低语道，“是耶伦！”

第十八章 莫德

初阶裁决者和中阶裁决者栖息在森林边缘附近一棵巨大的橡树的枝叶之间，注视着那个戴面具的学徒。学徒手里拿着一把刀子，正逼近布里亚克，布里亚克则受了伤，倒在公共牧场的草地上。布里亚克开始大喊大叫：

“你不能再袖手旁观了！你不能！”

她的同伴站得仍然和石头一样静止，他的呼吸也如此轻缓，以致她很难听到他的呼吸声，尽管如此，在他注视着布里亚克的时候，中阶裁决者的身体里有一种紧绷的张力。

“你得帮帮我！”布里亚克喊道。

他是在对我们说话，初阶裁决者意识到。*不*，她纠正她自己，*他是在对中阶裁决者说话。这两个人之间有许多秘密。*

而中阶裁决者在听他说话。她将脑袋微微转过去观察中阶裁决者。他的身体在逐渐绷紧，他在准备着要加速冲出。

“先生，”她说，用巨大的注意力来组成这些词句，“像您说过的那样，我们在这里只是观察者。”

以他现在栖在树上的位置，他没法儿打她。而这一次，他似乎都没有考虑过要打她。他的意识只集中在布里亚克身上。

在公共牧场上，那个戴面具的学徒同样也意识到了，布里亚克是在对裁决者说话。

学徒站了起来，向着空中喊道：“你必须——”

但是他其余的话被他那非人类的刺耳假声声响一扫而空。他试图再一次大声喊叫，发出的只是噪声。他的变声器不再正常工作了。

“如果他用刀子割伤我，”布里亚克大喊道，“我不知道自己可能会说出什么来。或者他会发现什么。那本笔记……”

初阶裁决者的视线锁定在中阶裁决者身上。他的身体动作平衡在缓慢和迅速之间，双脚踩在树枝的边缘。中阶裁决者在害怕布里亚克所知道的某个事物——他在害怕布里亚克可能会揭露的东西。*还有那本笔记*。她记得那本笔记，还有地板下的那个小男孩。

学徒从喉咙上扯下了什么东西，用他真实的声音喊道：“你不能插手。你们是有法则的。是他先打破法则的！”

初阶裁决者将她的视线投向布里亚克。他的腿和肩膀都在严重地流血，明显可以看出，他的气力正在流失。如果他们等的时间足够长，他显然会因为失血过多而死。

“先生，他说的是对的，”她说道，“布里亚克首先抢走了仪式剑——”

中阶裁决者一跃而起，开始行动。他从树干另一侧探过身，将她从她的树枝上一把扯下来，扔向地面。高度只有十英尺，她以一个翻滚轻松地融入坠势，但是中阶裁决者的责备之意是不容置疑的。她从地面上抬起头望着他。他的手中端着一把十字弩，一支弩箭已经搭在弦上，拉开，即将射出。

“由我来做决定，”他告诉她，“而你，必须服从。”

“帮帮我！”布里亚克又一次喊道。

中阶裁决者放出了弩箭，约翰的一个手下翻身落马。

“对他们放箭。”中阶裁决者命令她。

初阶裁决者也加快了动作，将她自己的弓操在手中，一支箭被立即搭上了。她将羽箭射出，看着它射中约翰另一个手下的肩膀——和她打算的一样——然后将他射落在地。

那个学徒和他剩余的手下——现在只有两个人了——陷入一片混乱。在其中一人试图纵马逃跑的时候，中阶裁决者又射出一支弩箭。马被击中，而那个人翻身落马，滚倒在地。

现在，那个学徒只剩下一个手下了。他们乱作一团争相想要逃跑，学徒是站在地上，而另外那个人，那个拿着意识扰乱器的人仍旧骑在马上。初阶裁决者用箭瞄准学徒，她可以轻易地杀掉他，她需要做的只是松开她拉开弓弦的右手。然而这不是她的职责，无论中阶裁决者怎么说。为了避免介入，他之前阻止她帮助庄园的其他人。出于同样的原因，他无法正当地命令她杀掉约翰。他们已经做得太多了。那个小男孩现在是一个男人了，这个男人正在逃命，他并不处于他们的管辖范围之内。

中阶裁决者早已跑进空地，正将布里亚克拖回树林之中。她在树林的边缘碰到他，她的弓斜挎过她的肩膀背在背上。他的动作仍旧迅疾如电，他将布里亚克放在地上，然后猛烈地攻击她。初阶裁决者躲过了他的胳膊，但是在他另一只手里还握有一把匕首，而他将它深深地插入了她的侧腹。

她倒退几步，感到他匕首的刀刃从她的身体抽出，她的手紧紧地捂住伤口，血从她的手指间涌出。

初阶裁决者自己的手也握着刀子猛然出击，中阶裁决者的胸膛被划伤。

“你没有杀他。”中阶裁决者说道。他的声音仍旧处于加速中，但是他的动作开始恢复他们平时不慌不忙的节奏。他的胸膛在流血，但是他无视了自己的伤势。“你本该杀掉他的。”

初阶裁决者没有回答他。她正从自己的斗篷上撕下一块布，用来止住她腹部伤口的流血。她又在腰上缠了另一块布系好，将第一块布紧紧地固定住。她感觉到自己的身体正变得虚弱，但是正如她那年迈的老师教过的，虚弱无关紧要，你仍然要继续前行。

“包扎他的肩膀。”中阶裁决者命令道。他自己则跪在布里亚克的左腿边上，做好了一个止血带压在他的枪伤上。于是初阶裁决者跪在另一侧，为布里亚克肩上的伤口止血。

等到他们结束了动作，布里亚克几乎失去了知觉。中阶裁决者将身体俯向他，伸手掀开布里亚克的一只眼皮。

“笔记在哪儿？”他问道。他胸膛上那处伤口的血滴在布里亚克的衬衫上，但是他仍旧对那道深深的刀伤毫不在意。

“在安全的地方，”布里亚克含混不清地说，“只要我是安全的。”

“在哪儿？”中阶裁决者再次质问道。

“在安全的地方……”

说完，布里亚克就失去了知觉。中阶裁决者猛烈地摇晃着他，但是他没有苏醒过来。

初阶裁决者一边看着这一切，一边跌坐在地上。她将意识投向她的伤口，发现它现在也在缓缓地滴血，血液滴落的速度和她自己现在的速度一致。然而在他刚刚割伤她的时候，她的血喷涌而出，与她的战斗速度相同。她可以看到大摊的血液已经渗入附近的地面。伤口无关紧要，但是如果血流的足够多，她的身体会直接停摆。

中阶裁决者站在旁边，高高地俯视着她，同时从他自己的斗篷上撕扯下一条。在他这么做的同时，他用一只脚恶意地戳了戳初阶裁决者的伤口。他俯视着她，像她曾经见过的他看着一只小动物时的样子——仿佛她的痛苦对他而言是让人愉悦的。她无法避开，但是她也没有尖叫出声。

从他斗篷的一个口袋中，中阶裁决者将裁决者的仪式剑抽了出来。它比其他仪式剑要小一些，做工更加精致。初阶裁决者躺在地上，可以清楚地看到剑柄根部刻着的纹章：三个互相连锁的椭圆形。中阶裁决者将巧妙隐藏在仪式剑背面凹槽里的精致的闪电权杖取了出来。当他将它们击打在一起，震动感席卷了她的全身。

中阶裁决者在空气中划出一个圆圈，切开现实世界的组成物质，打开了一个通往彼处的“门”。他抓住布里亚克胸膛的位置，将他一把扯起来抱住。

“现在你可以去死了。”他对莫德说道。

然后，他抱着布里亚克，跨过“门口”的空间异常点，没入世界之外的黑暗之中。

初阶裁决者可以通过“门口”看到中阶裁决者。他将布里亚克放了下来，正用他刚刚从斗篷上扯下的布条包扎自己流血的胸膛。初阶裁决者抓着泥土，将她自己的身体一点一点地拖向那个“门口”，“门口”和现实世界之间的边界随着涌入彼处的能量而搏动着。但是她的身体并不听从她的命令。当“门口”丝丝缕缕的光与暗的触须开始失去了形状，开始沸腾着融为一体，并且坍塌崩溃的时候，她才只往前移动了几英寸。片刻之后，空间异常点消失了，将中阶裁决者一并带走了。

他曾经承诺过不会伤害她，但是庄园的混乱情况给了他一个诱人的借口。有朝一日，当他需要向她的老师解释发生在她身上的一切时，他可以将她的死归结于约翰对庄园的袭击。

她将自己的头安然地放在地上。森林的地面贴着她的面颊，非常清凉。随后，她的眼睛缓缓地闭上了。

第十九章 忍

当忍的手指摸到刀柄上的铭文，他已经几乎要跟着约翰扭曲的声音走到公共牧场北边的边界了。在离他最近的房舍燃烧着的橘红色火光中，他将武器举到眼前，发现刀柄处刻着一些字母和数字。他研究了片刻之后才清晰地认出了这些字母：***HK MMcB AMcB***。在它们旁边，一个年份被精细地刻在了刀柄尽头的位置。

他用一根手指描摹着字母的笔画，仿佛不能完全理解他看到的内容。

HK MMcB AMcB

而刻在刀子上的年份是——六年以前。

MMcB。***McB*** 当然是麦克贝恩，他自己的姓氏。而 ***MMcB*** 只可能是真理子·麦克贝恩，他的母亲。而 ***AMcB***——这指的是阿利斯泰尔吗？那 ***HK***……

之前他父亲将刀子塞到他的手中，刀柄朝着他。他的父亲并不是想用刀子捅他。即使是被困在意识扰乱器的力场之中，阿利斯泰尔还是用足够的控制力控制住了他自己的神志，将这把刀子给了他的儿子。而刀子上刻着的是这条讯息。

忍的母亲死于七年前的一场车祸，然而这把刀子上刻着她和忍的父亲的名字缩写，以及一个比七年前更近的日期。有没有可能是……

“哦，上帝啊。”这几个字不受控制地从忍的口中脱口而出。

先前，他将他的父亲留在了那儿，任由他以最可怕的方式死去。他拒绝给予他父亲一丁点儿的怜悯之情——而面对任何人，哪怕是你的敌人，你都不会吝啬这点儿同情。先前在面对阿利斯泰尔的痛苦的时候，他表现得像是一个被宠坏的孩子。而现在，他童年生活的点点滴滴，有关他母亲家族的只言片语，开始拼凑在一起，他明白了。

*她是个日本人，忍，但是她的家族在香港居住了很长一段时间。*有一次阿利斯泰尔曾经这样告诉他，那时他们两人正单独走在科瑞克莫村的海岸边。*有时候，我会想象你也在那儿。*

忍再一次看了看刀柄上的铭文。他可以想象她将刀子带到某个地方，让人在上面刻下这些字。他可以想象他的父亲收到这份秘密的礼物，将这把刀子随身带了这么多年，这是她安然无恙并且从未忘记过他们的证明。这有可能是真的吗?

他沿着来路往回跑，用一只手臂挡住嘴巴，防止浓烟进入他的肺里，不过森林中的空气要清新一些，于是他得以更快地在树林中穿行。

他在一座小山丘的半山腰上找到了阿利斯泰尔，阿利斯泰尔正四肢摊开着趴在地上。忍一下子跪在他父亲的身边，竭力想要找到意识扰乱器力场的火花，但是现在在他父亲周围只剩下一点点火花，即使是在只有昏暗月光的森林中，他也可以看到这些火花正迅速地暗淡下去。忍心里一沉，他双手放在父亲的身上，推着他将他的身体翻过来，翻成了仰躺的姿势。

这个高大的男人躺在那里一动不动，眼睛半睁着。他的脸割伤得非常严重，而在他脑袋的一侧有一大片流着血的地方，他那里的头骨被撞碎了。

忍摸了摸他父亲的脖子，没有了脉搏。阿利斯泰尔死了。在忍的注视下，意识扰乱器最后的火花也熄灭了。

通常而言，一个被意识扰乱器力场困住的人无法将思维连接在一起达到足够长的时间，通过自杀来结束自己的痛苦也就成为不可能。但是就在旁边，有一块小小的卵石上面染满了血，讲述着不同的故事。在看上去是很多次尝试之后，阿利斯泰尔成功地将脑袋狠狠地撞在了那块石头上，力道大得足以实现他的目的。忍拒绝为他父亲做的事情，他父亲自己做到了。

忍跪坐在那里，被巨大的、吞噬了一切的悔恨淹没。

“我很抱歉……”忍气喘吁吁地说道，“我实在是太抱歉了……她真的在那儿吗？这么多年来一直在？哦，上帝啊，我真是个一文不值的垃圾……”他将额头靠在他父亲的胸膛上，因为愧疚一时之间动弹不得。

马蹄声从小山的另一侧传来，提醒着忍他正处于一场战斗之中，他的痛苦和不幸需要再等一等。他强迫自己从阿利斯泰尔的身边离开，然后跑了起来。

在小山的山顶，从众多树木之间的一处缺口泻下来的更为明亮的月光之中，迎接他的是令人宽慰的景象。在他所处位置的下方，在斜坡的底端，是奎因和菲欧娜。奎因骑在耶伦背上，将她的母亲拉上来坐在她的背后。忍出现在山顶的时候，奎因抬起头看见了他，招了招手。她将手伸进斗篷里，抽出了那把仪式剑。仪式剑映着月光，在她手里似乎微微发着光。

忍感到了一阵希望。他们可以马上一起离开庄园。他开始向山下奔跑起来，跑向她们。

“奎因！奎因！你在这儿！”

忍猛地转头。是约翰，他在用他真实的声音叫她，而他的声音听起来非常困惑。他骑在马背上，和那个拿着意识扰乱器的男人一起，他们两个刚刚进入山下这片空地。

约翰将他的马赶向奎因，而忍见证了约翰看到奎因手中的仪式剑的那个瞬间。

“它在你手上，”约翰说道，“感谢上帝它在你手上！”

奎因拽了拽耶伦的缰绳，马开始向后退去。她看上去非常矛盾。

“没关系的，”约翰告诉她，“你安全了，仪式剑安全了，我们找到了彼此。我以为你早就走了。”

奎因扫了一眼忍，忍依旧在半山腰的树丛中，约翰看不到他。*她想要离开*，忍想道，*但是她想要的是在不伤害约翰的情况下离开*。而在阿利斯泰尔身上发生了那种事之后，忍已经没有了这种顾虑。

“我不能把它给你，约翰，”她声音颤抖着说道，“你不应该拥有它。我很抱歉，但是你不应该拥有它。”她的视线又和忍对上了，而他明白了她的意图。他们要摆脱约翰，并且要使用仪式剑。

在约翰可以更靠近一点儿之前，奎因将耶伦的脑袋往回一拽，用脚后跟用力踢了马一脚，于是她和菲欧娜一起骑在马背上疾驰而去。

“奎因，等等！你听我说！”约翰踢踢他自己的马，跟了上去。

*她再也不会听你说话了！*忍带着一种近乎恶毒的喜悦想道。在那一瞬间，他将十字弩从背上取下来，将一支弩箭搭在弦上，箭射了出去。

弩箭没有射中约翰，但是箭杆没入了约翰的马鞍，刺入他坐骑的肉里。约翰的马抬起前蹄，用两条后腿站立着昂首嘶鸣，疯狂地跑到另一个人的坐骑前进的方向上。那个男人因为胸前绑着沉重的意识扰乱器而动作笨拙，他在鞍上的身体摇晃了一下，几乎落下马来。忍抓住了那一瞬间，从树后一跃而起，向着山下跑去，跑向他们。

他还没有跑到一半，约翰将他自己的十字弩拿了出来，并且重新控制住了他那匹受伤的马。他开始纵马追赶奎因，飞快地跑向公共牧场。

忍则一口气跑向那另一个男人，赶上了他，然后将他从马上猛地一把拉了下来。对方摔倒在地，几乎被意识扰乱器的重量给压垮了，忍开始用十字弩往他的头上砸去，将老旧的弩都砸碎了。

“这一下是为阿利斯泰尔报仇！”他大喊道。

他跃上马背，纵马追赶着约翰。奎因和菲欧娜在前面，骑着耶伦横穿公共牧场。而约翰则用缰绳抽打着他的坐骑，一股血沿着马那白色的侧肋流下来。

在他们赶到草地的时候，忍踢了一脚他自己的马，又用缰绳抽了它一下，强迫它全速奔跑。随着马匹的一阵加速，他赶上约翰，跑到了约翰身边。他们两个现在不相上下。刚刚起风了，风将公共牧场上的浓烟吹走，而天空中的月亮明亮得惊人。

“我只想拿回属于我的东西！”约翰向他大喊道，脸上仍然戴着面具。

“那阿利斯泰尔又是怎么回事？”

“我的计划不是这样的！当然不是这样的。”

忍探出身去，试图将约翰推下马。但是约翰没有落马，反而抓住了忍的胳膊，突然地将忍拉向自己，让忍一下子失去了平衡。忍用一只手狠狠地钳住了约翰的肩膀，阻止他自己从马背上滚落。然后他又用另一只手去摸索约翰的马的缰绳。

约翰将缰绳一把扯走，他的坐骑也改变了前进的方向，将忍从马鞍上彻底地拉了下来。在忍完全脱离了马背的时候，他的腿胡乱地踢蹬着，同时在他的整个身体撞上约翰的那一刻，他用手死死地抓住了约翰的肩膀。为了防止摔下去，他将自己的双腿缠住约翰的一条腿，疯狂地去抓马鞍的鞍桥。

尽管他们胯下的马一直在奔跑颠簸，忍还是可以感觉到约翰的手在摸索着寻找他的枪。然后，那冰冷的武器抵在了忍的肩膀上。约翰要开枪了！忍的手搭在马鞍的鞍桥上，手指则摸到了缰绳。他用一根手指钩住了缰绳的皮带，并将缰绳拉向自己，将马的脑袋猛地拉了下来，拉向一边。

那匹马抬起前蹄，用两条后腿直立着，旋转着，差一点儿摔倒，将他们两个都甩了出去，令他们在草地上滚作一团。枪响了，但是没有伤到人。他们开始互殴，仿佛这是酒吧里的一场争吵或者打架，只有一点除外：约翰的胳膊——拿着枪的那一条——无法正常工作了。他在摔倒的过程中伤到了它。他又开了一枪，非常狂乱，而忍将拳头狠狠地砸向对方受了伤的手腕，他感到约翰的手腕被打断了。约翰猛地发出一声尖叫，同时松开了枪。

从距离他们只有三十码开外的地方，拿着意识扰乱器的那个人穿过草地跑向他们。忍可以听到意识扰乱器准备开火前的嗡鸣。一瞬间，他站了起来，向着奎因全速奔跑。

第二十章 奎因

奎因感到一阵刺痛在她的胸膛蔓延，然后是麻木感，她将耶伦的缰绳勒住，令它停了下来。她突然发现自己有点儿呼吸困难。

忍向着她徒步跑过来。她将仪式剑举过头顶，将闪电权杖也从斗篷里拿了出来。

“妈妈，紧紧地抓住我！”她说道。她看到菲欧娜将双臂环上了她的腰，但是她感觉不到它们的触碰。

忍只跑完了一半的距离，而约翰现在重新回到了马背上，踢着马让它跑起来。约翰自己也受了伤，但是他正处于一种不管不顾的愤怒之中。奎因知道，她可以让这一切结束在此时此刻；她可以把仪式剑给他。他求她帮忙。但是她不能这么做。他伤害了菲欧娜，还企图对忍开枪，而这两个人从来没有伤害过约翰。如果为了得到仪式剑，他可以伤害他们，那么一旦得到了它，他又会做出什么事？

“抓住了，妈妈！”她再一次大喊道，然后她踢了踢耶伦，让它跑向忍。“忍，快点儿！”

尽管疲惫感已经蔓延到了她所有的肌肉，她还是成功地将仪式剑和闪电权杖击打在一起。

在约翰的马跑向他们的声响和她自己吃力的呼吸声之下，她可以感觉到仪式剑的震颤。她开始觉得眩晕，双臂似乎也重若千斤，但是她还是拉了拉缰绳，令耶伦停了下来。她抓着耶伦的鬃毛，向前探身，并用仪式剑在马前方的空气中划出一个巨大的圆。

忍几乎已经跑到她身边，一路跑来的过程中，他的红发上沾着灰烬，他的眼睛里闪着凶猛的神情。而约翰并没有被落远。

丝丝缕缕的光明和黑暗缠绕在一起，在他们前面形成一个圆形的“门”，“门”的边缘随着涌向“门内”的能量嗡鸣着，通向一片黑暗。

“奎因，不要！请等一等！”约翰喊道。

她感觉不到自己的胸膛部位了，麻木感正蔓延到她的双臂。随着她母亲更紧地搂住她的腰，她可以感觉到腰上有了压迫感。她重重地踢向耶伦，马儿向前跃去，划出一道高高的、完美的弧线，仿佛奎因是在赶着它跳过一道栅栏。就在“门口”边缘的线条开始变得模糊的时候，就在光与暗的触须嗞嗞作响着开始坍塌的时候，它带着她们干净利落地穿过了那个打开的“门口”。

“忍！”她努力想要大喊，但是她的声音发出来后显得毫无力气。

忍赶到了。他往前一扑，扑向她身后已经开始关闭的入口。那黑色与白色的触须现在像是一条参差不齐的河流，带着忍和他们一起进入黑暗之中。奎因及时地转过头去看约翰，约翰将面具扯了下来，仍然骑着马追赶他们。在他透过逐渐消失的“门口”看向她的时候，他的脸上是极度痛苦的神情，然而他的目光没有看向她的脸，而是落在了她的胸膛上。

“哦，上帝啊，不……奎因……”她听到他这么说。

她低下头，看到一大片红色在她的衬衫前襟晕染开来。她被子弹击中了。

然后，空间异常点开始自动地恢复正常，将庄园所在的那个世界关在外面，将他们留在了黑暗之中。

第二十一章 奎因

奎因从马背上摔了下来，摔落在一片虚无之上。

她的母亲和她在一起，在那里的某个地方。奎因可以感觉到菲欧娜的双臂在摸索着寻找她的身体。

“我看不到你……我看不到你……”她母亲的声音显得很奇特，像是她真实声音的一个回声，很细，而且拖得很长。

奎因还是感觉不到她的胸膛部位，但是她知道麻木感不会永远持续下去，等到麻木感一结束，她会处于极度的痛苦之中。她开始发抖，她的呼吸也开始破碎。

“我被子弹打中了，”她气喘吁吁地说，“不过也许这样也不错……”

“嘘，嘘，别说话。”菲欧娜说道。

他们的腿和胳膊挤在一起乱作一团，仿佛有十个人跟着他们一起进来了似的。

“约翰可能会杀了你……所有的一切就都毁了……”

“嘘，别说话了，奎因。”菲欧娜的声音听起来很远，虽然奎因很确定她母亲的手正按在她的腹部上。“什么一切都毁了，孩子？你和我在一起呢。我们顺利逃走了。”

“妈，我做了坏事，做了那么多坏事。我没法儿摆脱这些事情。”

“*我来自何方，又去往何处，一切清晰无误……*”她听到忍在低声呢喃着诵词。他离他们越来越近了。

她自己的时间感也在发生着变化：“过了多久……”

“什么过了多久？“

“……我们来到这里有多久了？”奎因虚弱地说道。

“我不知道。”菲欧娜从很遥远的地方说道。

一只手挨上了奎因的右臂，然后又是另一只挨上了她的左臂。即使是在黑暗之中，她仍然可以分辨出，那是忍的手。他的手沿着她的胳膊一路向下摸去，动作中有着某种充满智慧、沉着可靠的东西，他从她手中拿走了仪式剑和闪电权杖。她感到很冷，而他贴着她的部分很暖。

“我不知道要去哪里。”她低声说道。

“我知道，”忍这样告诉她。他将她拉过来挨着他，“你能保持清醒吗？”

“我不知道……”

“努力试试，你得努力试试。”

“所有的一切都是一团糟。”她低语道。

“没错。”他同意道。

在仪式剑微弱的光芒中，她看到他的双手在仪式剑的刻度盘上移动着，将刻度调整为一组新的坐标。

当忍将仪式剑和闪电权杖撞击在一起，震颤感吞没了她。她缓缓地闭上了眼睛。

“奎因，求求你保持清醒。”她可以感觉到他的动作，“菲欧娜，你得抬起她的脚。菲欧娜！”

奎因强迫自己睁开眼睛，她看到一个新的空间异常点出现，也听到了它的嗡鸣。他们在抬着她，有新鲜的空气拂在她的脸上。当她再一次睁开眼睛的时候，他们已经出来了，处在某处开阔的空间，而明亮的阳光正照在她的皮肤上。

她正处于清醒边缘。她听到了警笛声，其他人的声音，他们在说着一种不同的语言。在她周围是亚洲人的面孔。她的胸腔被一种压倒性的炙热的强烈痛苦填满了。

她又将眼睛闭了很长一段时间，然后她看到了一个点着很多蜡烛的安静的房间，以及一个有着灰色头发、斜眼睛和一张开朗面孔的小个子男人。疼痛开始远去。她在这里待了多久了？几分钟？几小时？几天？也许她并不在这里；也许她仍旧在彼处。她能听到自己在说话，然而她的眼睛无法睁开。

那个小个子男人对着她喃喃地说着什么。奎因不确定自己听明白了他说的话。她的耳朵似乎塞满了棉花。但是即便如此，一种幸福的感觉还是包围了她，她再一次失去了知觉。

第二十二章 忍

忍一直等到深夜，在这个时间段跨海大桥似乎最为人迹稀少。他在扭曲的走廊和黑暗的楼梯井之间找到了路。最终他出现在跨海大桥外侧的木椽之间，走在木椽的最边缘，如同一个走在平衡木上的体操运动员。

从这里，他可以看到港口，看到跨海大桥两侧的万千灯火，这比他在任何一个地方看到的灯火都要多。岸边的海水非常明亮，反射着建筑物的灯光，那些建筑物又细又高，仿佛是巨大的草叶，在夜色中轻轻地摇曳。但是在这里，在桥下，水是黑色的。

他父亲的样子深深地烙印在他的脑海中：阿利斯泰尔咬着牙，面孔由于疼痛而扭曲着，沾满了血的脸上到处都是将自己的脑袋撞在地上而形成的伤口。他一次又一次地感觉到阿利斯泰尔将刀柄塞入他张开的手里，以他最后的一点儿神志努力地试图帮助忍。而忍却没有为他做任何事。

这都是约翰的错，这场袭击全都是约翰的错。但是他能够因为约翰痛恨布里亚克而责怪约翰吗？他能够因为约翰攻击了他们而责怪他吗？他不能。如果他处于和约翰同样的情况，他可能也会这么做。他也梦到过追杀布里亚克。

而他，忍，是阿利斯泰尔的儿子。他本可以在他父亲最需要仁慈对待的时候给他一个仁慈的结果，但是他拒绝了。那是他自己的选择。

他将一只手搭在上方一根钢铁横梁上，支撑着自己将身体探到桥下那随着潮汐流动的深水上方。他拉出藏在他衣服下方的闪电权杖，并将它尽其所能远远地扔了出去，扔进深深的水里。然后他跃到了另一个木椽之上，又跃向下一根，沿着跨海大桥的外部结构移动着。等到他似乎移动到了跨海大桥的正中央时，他拿出仪式剑。他将它高高地抛出，仪式剑在夜空中划出一道弧线，他看着它弧线下坠，看着它击中水面，消失不见。

让海洋带走它们，让它吞没那些火花的记忆，让它吞没所有这一切……

他往跨海大桥中间的道路走去，向着谭医师的家前进。他爬上一道外楼梯，透过二层楼的一扇窗户看进去。在一间点着蜡烛的屋子里，奎因躺在桌子上，胸膛被一种复杂的绷带裹着，身上插满了末端烧着草药的针灸针。他可以看到菲欧娜躺在另外一间房间里的沙发上，正在睡觉，脖子上也缠着绷带。

先前他很确定地以为奎因已经死了。当他们抬着她走到桥上的时候，她已经没有了呼吸，身体也开始冷掉了。现在，她的眼睛仍旧闭着，但是在她的两颊上有了一抹红晕。就在他看着的同时，她甚至开始说话了。

谭医师俯身在奎因头部上方，正在悄悄地说着什么。约翰将两只手压在窗户上，将玻璃向上滑动几英寸，以便可以听到他在说什么。

“孩子，孩子，”谭医师这样说着，嗓音仿佛是人发烧时做的一场热梦中的呓语，“没有必要这样。”他一只手抚平了奎因额头上因为焦虑而出现的皱纹。“你可以忘掉它，如果你想要这样做的话……你可以将一切全都忘掉。”

奎因的头不安地转动着。

“忘记……这和做决定一样简单，和躺在一张温暖的床上一样舒服。”谭医师呢喃道，“孩子，你死而复生，而彻底地从头开始是我所能给你的礼物。”

在奎因紧闭的双眼上方，她的眉头又皱了起来。

“做出这个选择可以像心跳一样快，也可能像一生那么长。你可以将一切都抛在脑后，”谭医师低语道，“你要如何选择？”

一种备受困扰的表情掠过奎因的脸孔，在忍的注视下，奎因对谭医师喃喃地说了些什么，她的五官放松下来。过了一小会儿，她看上去似乎陷入了自然的睡眠。

这可能吗？你可以像从黑板上擦去粉笔的笔迹然后开始画上新的线条一样抹去过去的记忆吗？忍将手掌根部按在眼睛上，努力试图将他父亲那脑袋沾满血，躺在林地上的景象从脑海中驱赶出去。

躺在那儿的是奎因，他的表妹（*亲缘关系很远的表妹*！他一直总是想要指出这一点）。他应该待在她的身边。也许，等到她最终康复的时候，她会以他一向看待她的方式来看待他。在他们一起完成宣誓的那个晚上之后，他曾一度想要带她走，但是他没有那么做。等到现在，已经发生了太多令人不快的事情，令他每一次看到她时就要想起它们。事实的真相是，他再也无法用他希望奎因看待他的感觉来看待他自己了。他之前参加了布里亚克所有的任务，他抛下了他的父亲，他并不是自己应该成为的那种人。

他会离开这里。而奎因会留下，和谭医师一起休养身体，然后她和菲欧娜会自由地消失在世界上任何一个遥远的地方，在那儿，没有人找得到她们，包括忍在内。

“再见，奎因。”忍低声说出这几个字，转身跑下了楼梯。他迅速地走下大桥，在这座新奇而陌生的城市中融入夜色，在这座城市里，他的母亲在等着他，他希望能够在这里重新开始他的人生。

插曲

其他时期，其他地点

第二十三章 约翰

约翰在小床上睡着了。当听到有什么东西砸碎了的时候，他醒了。有人在外面的客厅里，而且弄出了许多噪声。过了片刻，又传来一声东西砸碎了的声音，随后他又听到了几声，然后是一个人的说话声，对方在咒骂着什么。那是他一直在等待的声音。他的妈妈回来了！

约翰两条小腿一晃，从床上下来跑了出去，跑进客厅。她就在那儿，站在客厅地板的中央。在她面前是一个倒扣的箱子，木头抽屉全都拉了出来，抽屉里的东西散落一地。

他只是顺便注意到了这些细节，因为那儿还有某种更为重要的东西——血。到处都是血。在某一瞬间，他以为那是颜料。但是它看上去不像颜料，它看上去更加……真实。他母亲的裤子上满是血。在她脚下的地板上是一摊血，那些从抽屉里掉出来的纸张上面也溅满了血。她浅棕色的头发向后束在脑后，上面也丝丝缕缕地沾上了血。

“妈妈！”他叫道，害怕得更加不敢靠近她。

凯瑟琳停止了对抽屉的疯狂翻找。

“约翰……”

她看到他很吃惊，几秒钟内甚至都没有动弹。她盯着他，眼睛和嘴巴周围的皮肤紧绷着。

约翰的注意力则集中在她左腿的伤口上。她的裤子撕开了，一条布条绑在伤口周围，但是它仍旧在流血。血流得到处都是。

“宝贝，”她说，“你在这儿做什么呢？”

“我——我找到了这个地址。在家里，在你口袋里的某个东西上。”他向她迈出一步，停了下来。看起来她可能会对他发火。

她又动作起来，在散落一地的纸张之间翻检着、搜寻着。她的手指在一本厚厚的笔记上合拢了，笔记本被皮质的封面装订在一起。她盯着它，仿佛在真的找到它之后，她又不确定要用它做什么。

“我并不想让你出现在这儿。”她说道，与其说是在对他说话，不如说是在说给她自己听。这句话令约翰感觉很糟糕。他是完全靠着他自己一路来到了这间公寓，来给她一个惊喜。

她的呼吸很困难。她摇摇晃晃地走到约翰身边，跪了下来，这样她的蓝眼睛就和他的一个高度了。她把双手搭在他小小的肩膀上，一股血液的锈蚀味充斥了他的鼻腔。这太可怕了。“你本来应该在‘旅行者号’上，在安全的地方。”

“我——想见到你。你走了那么长时间，而且你还受伤了。”

他可以分辨出她并没有真的在听他说话。相反地，她歪着脑袋聆听着其他东西，或者是其他某个人。或者她是在数着她脑袋里的什么东西。

“他们很快就会赶到这儿的。还有多少时间？我们能来得及脱身吗？”

虽然约翰只有七岁，他也能够知道她是在对她自己说话，并不指望他来回答。她将皮面的笔记本塞在约翰裤子的腰带里，努力站了起来。

“来吧，”她说道，拉起他的一只小手，“我没法儿送你回家，但是我可以送你到靠近家的地方。去找警察，告诉警察你的祖父是谁。你得把笔记藏好了——玛吉知道该把它藏在哪儿。”

“什么意思？”他问道，拉着她的手，努力想要让她看着他。“我们应该去看医生，不是吗？”

凯瑟琳从夹克里拿出一样什么东西，那东西看上去像一把短剑，是用石头制成的。她开始转动石质短剑剑柄上的刻度盘，然后她顿了顿，眯着眼睛，仿佛很难看清刻度盘一样，尽管石剑就在她的眼前。

“我能帮忙做点儿什么吗？”约翰问道。

她低头看着她左腿大腿上那道深深的伤口，又一摊血在约翰的脚边形成了一个小水洼。就在那时，他意识到，在那间公寓的门口并没有血迹。斑斑血迹是从屋子中央开始出现的，又在那里结束。

凯瑟琳失去了平衡，一条腿重重地跪了下去。

“不，不，不。”她喃喃地说道。她将双手摁在约翰的双肩上，试图以这种方式支撑着自己站起来，但是她的双腿不再听使唤了。她的力气已经完全消失。约翰感到一阵恐慌席卷了他的全身，因为他不知道要怎样才能帮上忙。

“我没法儿带上你，”最终她低声说道，“我自己可以冒险，但是我不能冒着将你留在彼处的危险。”

滚烫的眼泪涌出了他的眼眶，他们两个一起坐倒在地板上那摊血迹的边缘。“求求你，妈妈，我们能不能去看医生？他们有绷带和别的东西，他们可以治好你的腿。”

她刚刚倒下来的时候是坐着的姿势，看上去她似乎无法让眼睛一直睁着了。她挪得离他更近了一点儿，用她血迹斑斑的手将他的头发从脸上拂开，然后将身体探向他。

“我只有几分钟的时间。他们很快就会弄清楚该到哪里来追踪我。这不会花他们太长时间。”

她用双手抱住头，努力想要思考。

“把笔记拿过来，”她指着墙边的一个橱柜说道，“看看柜子里面。”

约翰用颤抖的双手将皮面笔记从腰间抽出来，走到屋子另一端。在柜子最底端，有一个敞开着的金属保险箱。

“把它放进去，关上保险箱的门。红色的按钮是用来锁上它的。他会想要找到它……这就给了我谈判的筹码……”她的声音变得越来越弱。

约翰照着她说的去做，将笔记锁在保险箱里。他转身面向他的母亲，她在吃力地喘息：“我需要你……完全按照我说的去做，动作要快。你能做到吗？”

他沉默地点点头。

“好孩子。在那个长凳那儿……有一道门。我不能碰它，不然会留下血迹……你去打开它。等等——你的鞋子。”她仔细地检查了他的鞋子，它们奇迹般地没有沾上血。“很好，去把门打开吧。”

约翰走到客厅一侧那个长长的长凳旁边，将上面组成凳面的沉重嵌板抬了起来。嵌板下面的空间是棺材形状的，里面装着一些零碎的物品——几个枕头，几把工具，一张床单。

“你想让我进到这里面去？”约翰问道。

“不是那儿……是那儿的下面。下面还有一道门。你能感觉到……一个小小的控制杆。你推动控制杆，那道门就会滑开。”

约翰在长凳下面的空间底部到处摸索着。他小小的手找到了那个隐藏的控制杆。他推了推它，“棺材”的底部向着墙壁里面滑进去几英寸。

“如果你能做到的话，把东西都留在上面。”她说道。

他爬进长凳底下，挤进长凳底部的那道门里。

“现在把门滑上。”凯瑟琳说道。

约翰将枕头和其他物品放在一边，这样它们就不会被关上的门夹住了。他俯下身，拉动上方的嵌板。他之前还担心这会让他处于黑暗之中，但是他发现他看得到东西。在长凳底部有一些小小的狭槽状的空隙，透过这些空隙，他可以看到长凳外面的客厅。

他的母亲躺在几英尺外的地板上。她的眼睛睁着，但是眼神空洞。她的胸膛上下起伏，片刻之后，她闭上眼睛，积攒起力气，将自己挪得离他更近了一点儿。他可以通过那些空隙看到她的脸。

“在你身后还有一个控制杆，”她说道，“它会让凳面关上。”

约翰转身，沿墙壁摸索着。他的手指找到一片扁平的金属，然后按了下去。在他头顶发出一声巨响，与此同时，那沉重的凳面合上了。

凯瑟琳从地板上拿起那把石剑，将它摆好，这样约翰可以清楚地看到它。现在她的呼吸声开始变得奇怪，仿佛空气无法完全进入她的身体。

“妈妈，能求求你去看医生吗？”他问道。他又开始哭了，尽管他努力想要停下来。“我会待在这里的，如果那是你想要的。”

“我需要你非常仔细地听我说。”为了呼吸，她停了一下，“你看到这把剑了吗？”

“看到了，妈妈。”

“这叫作仪式剑。重复一遍……这样你就能记住了。‘仪——式——剑’。”

“‘仪——式——剑’。”他低声说道。

“这是你与生俱来的权利，约翰。它在我们家族中已经……传了几百年……可能有一千年了……”她停了下来，努力想要呼吸。这一番努力花了好几分钟。

“也许你可以在看过医生之后再告诉我这些。”他建议道。比起他爬到藏身处之前的时候，凯瑟琳周围的地板上又新增了许多血。他更近地靠向木头长凳的狭槽，然后他的脚踢到了什么东西。约翰将手往下伸，摸到了平滑冰冷的金属。在他藏身处的地上有个类似于头盔的某种东西。他将它挪到一边，这样他就可以蹲得离那些空隙尽可能近了。

“我们是一个古老的家族。曾经被背叛过……被杀害过……被掠夺过……”她又停了下来，“该死，没有时间了……玛吉会把一切都告诉你的。”她将石剑倾斜向他。“这个之前被人偷走了，被偷走了一个世纪……而我把它拿回来了。”她将仪式剑更近地伸向他，“你看到这个了吗？”她指了指剑柄末端的圆头，那上面刻着一个小小的动物。

“狐狸。”约翰说道，这个词在他的喉咙里哽住了。

“狐狸。这是我们家族的纹章，刻在仪式剑上……仪式剑是能够执掌生与死的力量。”她悄然笑了，笑的时候时不时地努力想要呼吸，“除了现在……现在它是我死掉的原因了。”

“妈妈，求求你——”

“你会拥有执掌生死的力量，约翰。你会拥有选择的权利。他们……背叛了我……他们认为我们家族人丁稀少，软弱无望……容易被杀掉……我们容易被杀掉吗，约翰？”

“不是的。”他低声回答道。

“不是的。仪式剑会让你……拥有决定的权利。他们会把它夺走，但是你要将它重新拿回来。”

“我要怎么——”

“我会让他们同意的……我会谈判的。布里亚克。布里亚克·金凯德。念一遍这个名字。”

“布里亚克·金凯德。”

“他刚刚是和其他人在一起的，所以我想会有……见证者。我会让他发誓……发誓会教育你……如果你要求的话。一旦你完成了宣誓，他就必须告诉你……你想知道的任何事。任何事，约翰。但是你必须完成宣誓，并且必须强大到足以将它夺回来。”

“我的誓言会是什么呢？”

“到时候会讲得通的。笔记……我比他们知道的都要多……比他们两个都多。”她在微笑，“在正确的人的手里，它和仪式剑一样珍贵。现在我会暂时把它给他，但是日后你必须再一次找到它……还有……我们已经在这本笔记上写了……数千年了……我差一点儿就……”

她不得不停下来。他可以看到她在呼吸，但是呼吸似乎并没有对她产生任何效果。她身下的血泊变得越来越大。约翰纳闷儿一个人的身体里怎么会有那么多血。最后，她继续说道：“你宣誓的事情，还有我们的仪式剑，有狐狸纹章的那一把。对我发誓……”

“我发誓。”他说道。

“约翰，再说一遍。”

“我发誓。我会做到宣誓的事情，还会夺回我们的仪式剑，有狐狸纹章的那一把。”他的眼泪现在正恣意地流淌，他可以听到它们落在他身下木头上的声音。

她将仪式剑放在身边的地板上。她的胸膛在快速地起伏：“你必须勇于行动……必须忍心杀人……”

“这是什么意思？”

“这是活着……必须要做的事情……有的时候为了钱也是……就像我为我们建造‘旅行者号’时所做的一样……这些是无关紧要的死亡……还会有一些意义更为重大的死亡……让他们为这一切付出代价……”她指了指在她身下漫延的血泊，“去做任何必须去做的事情，不要受任何人摆布，明白了吗？”

“我们的家族会再一次崛起，而其他几个家族则会衰落……像他们早就应该的那样。”她的声音正变得越来越轻。等到后来，几乎变成了一声耳语，“闭上眼睛。”

“你就不能去医院吗——”

屋子里出现了一阵震动，频率很低，然而非常尖锐。约翰可以在自己的胃里感觉到这种震颤。

“他们来了……”凯瑟琳说道，她自己的眼睛也闭上了，“无论你看到了什么……都不要发出一点儿声音。告诉玛吉发生了什么……”她的声音逐渐减弱，在约翰看来她好像是睡着了。她又动了动，“约翰，向我发誓，一点儿声音也不要出。”

“我发誓。”他低声说出这几个字。

凯瑟琳露出微笑。

约翰用手擦了擦眼睛，然后在狭槽漏下的昏暗光线中，他看到自己的袖子现在变成了红色的。他母亲的血先前一定是在他的脸颊上结成块了。

震动在逐渐增强，充斥了他周围的空间。然后，凭空地出现了一些语声。几双脚走过客厅的地板，尽管客厅的前门并没有打开过。震动开始渐渐减弱，他听到两个男人的声音。其中一个的声音很奇怪，语速很慢，另一个则非常粗哑，语速很快。他看不到他们两个的脸，但是其中一个男人在长凳和凯瑟琳之间停住了，于是约翰看到了他的靴子——靴子很厚，皮子很旧，有着粗方跟和金属鞋尖。它们是属于一个杀手的靴子，他这样想道。

另一个男人的双腿和双脚走过房间，约翰很难看到它们。但是在附近还有另外一双鞋子，第三双鞋子，比前两双小很多，是用旧式的软皮制成的。这双鞋子看上去有可能是女孩的，但是鞋子的主人没有说过一个字，只是跪在地板上，背对着约翰，开始包扎他母亲的伤口。这个身量小一些的人有一次转过头，于是约翰瞥到了皮质头盔下的那双眼睛。他担心这双眼睛会看到自己，于是将眼睛紧紧地闭了起来，希望这样就能让他自己不被看到。他无法让自己停止哭泣，便用一只胳膊埋住脸来捂住自己的哭声。

一个男人的声音在质问："东西在哪儿？"

他的母亲在回答他。她的呼吸声很粗重，但是尽管如此，她的声音还是很温柔："就在那儿。你可以强行打开那个保险箱，不过这会毁掉它，或者你可以对我许下一个誓言……在这些见证者面前。"

约翰听到了一个新的声音，是另一个男人的声音，从房间的另一头传来，位置很低，贴近地面。

"我是你的见证者，凯瑟琳。"那个声音说道。这些话说得很吃力，仿佛说话的人正承受着巨大的痛苦。

约翰鼓足勇气，将眼睛睁开了片刻，希望看到刚刚是谁在说话。他瞥见一个有着红发的高大人影躺在地上，用手抓着胸膛，仿佛受了重伤。然后那个身量较小的人影直接走到约翰的面前。又是那个女孩。他再次紧紧地闭上双眼，将自己的身体向着藏身之处的后方缩去。

他的母亲又讲了一会儿话，语声轻得约翰无法听清具体的词句，然后传来一阵尖锐的嗡鸣，嗡鸣声变得越来越大，接着是一声爆裂声。那声音是如此可怕，约翰不得不用两只手捂住耳朵。过了一阵之后，约翰将眼睛睁开，他看到彩色的光在屋子里到处闪烁着、舞蹈着。他又闭上了眼睛，努力让自己的身体缩得尽可能小，同时变得尽可能安静。

直到很多小时之后，他才从长凳里爬出来，走出了那间地板上血迹斑斑的空公寓。从那里，这个失去母亲的七岁男孩带着一个沉重的誓言，一路穿过伦敦，回到了“旅行者号”上。

第二十四章 莫德

他们在玩“俘虏基地游戏”（译注：prisoner's base，儿童分成两队，抓住对方成员即可增加己方队员基数）。现在轮到莫德从一队孩子中跑出来，跑向市镇广场，让男孩中的一个人追着她跑。莫德尖叫一声就在一片泥泞中飞快地跑走了。她回头扫了一眼，看到追赶她的是那个跛足的高个子男孩迈克尔。迈克尔虽然跛足，但是他仍然跑得非常快。他发明了一种特别的摆动跑法，而且因为他的腿很长，在她跑过一个个水洼和老式板车留下的深深车辙的时候，他仍旧很好地跟上了莫德。

而其他孩子，全部的十五个人，开始四散跑开，穿过市镇广场，跑进连着广场的条条小巷，每个追人的孩子都试图碰到那个被他追逐的同伴，为自己的队伍里添上一名“俘虏”。

七岁的莫德尽可能快地摆动着她的两条小腿，但是在广场地势稍低的地方，在穿过泥巴和动物粪便的时候，她的速度仍旧不够快。她连衣裙的裙摆曾经一度是一种非常浅的颜色，但是现在，上面已经沾满了淤泥，以及这个秋日早晨刮遍了全镇的树叶。

她冒险向身后看了一眼，发现那个跛足的男孩停了下来。他在淤泥里弄掉了一只鞋子，正在努力试图在不踩到地的情况下重新把脚塞回鞋子里。莫德躲进一条巷子里，跑了十步，然后闪进巷子侧面的一条小路上，这条小路通往酒馆后面。在那儿，她沿着墙壁慢慢地移动着，后背紧紧地贴在石头墙壁上。她听到男孩的脚步声一路走到了巷子里。她试着紧闭眼睛，以为这样就能够让她不被发现，但是当迈克尔的脚步声走近时，她还是忍不住偷看了一眼。迈克尔刚好跑过了头，跑过了她藏身的通道的入口。

“小莫蒂，你在哪儿？”她听到他从更远的地方一路喊过来，“你出界了！游戏里‘监狱’的院子就到这里为止。”

莫德笑了起来，往小路里走得更远。小路会引领她走到另外一条街道，从那儿她可以在不被捉到的情况下回到她的“基地”，同时又不会出界。

“莫蒂！”那个男孩又喊了一声，“别耍赖！”

他的声音离她更远了。他已经继续往巷子里面走去，等她从另一边跑出来的时候，他就离得太远了，抓不到她了。

在她一点点地往光线昏暗满是泥泞的过道深处走去的时候，她的鼻子里充满了动物的气味。在她的左边、小过道通往小酒馆后面的石头院子，有几匹马拴在那儿。这个地方的动物粪便似乎几个星期都没有铲过了，味道简直压倒一切。莫德悄悄溜过通往院子的入口，打算溜进旁边更暗一些的过道里，就在这时，有什么吸引了她的注意。

在小酒馆的后面是一间房间，房间的墙壁直接贴着这条偏僻的小道，一扇窗户上的百叶窗半开着，她可以听见里面的几个声音在争论着什么。

“别以为你会改变高阶裁决者的想法，”一个声音这样说道，“在你之前也有许多初阶裁决者，但是我还是在这儿。”莫德的兴趣被勾了起来。男人的声音听起来很残酷，这令她感到害怕，与此同时，他的语声又带着外国口音，这很有趣。他在讲她的语言，但是说话的方式又很奇怪。

“你不能阻止我和我自己的老师交谈，”另一个声音说道，听起来要年轻得多，“我们两个许下了同样的誓言。”

“誓言！”稍微年长些的男人说道，几乎是将这个词从嘴里像吐口水一样吐了出来。“我的时间跨度被拉长了太多年，多得数都数不清了。”

他说的“拉长”是什么意思？她纳闷儿。这个人是身量又瘦又长吗？他被绑在拉肢刑架上折磨过吗？莫德的好奇心占了上风。她蹑手蹑脚地靠得更近了。她可以通过踮起脚尖从百叶窗和石墙之间的缝隙往房间里偷看。房间里很黑，几乎和她藏身的小过道一样黑，然而她刚好可以看到两个男人的脸。其中一个年纪大些，另一个则很年轻——几乎还算不上是一个成年男人。但是无论哪个看上去都不像是被拉长过。

“你和一个女人在一起，”年轻的那个说道，“我看到你了，在楼上的房间里。”那个年轻人说话的方式同样很奇怪。他并不像一般的外国人那样有口音，但是他的话说得很慢，仿佛他是提前就把一切都想好了，现在词句在以一种稳定的方式从他的嘴里流淌出来。

“没有人在乎你看到了什么。”年纪大些的那个人说道。

“我们对人类历史置身事外，所以我们的头脑才会足够清醒。这是我们的誓言。我会让高阶裁决者知道这件事的。”男孩动了动，仿佛想要走出去，走到拴着马的院子里去，但是年纪大些的那个人迈步上前，挡住了他的去路。虽然他们两个说话的速度很慢，他们的动作却很快。莫德想不通他们是怎么做到如此迅速地穿过房间的。她得稍微变换一下脚下的姿势才能将他们两个全都收入眼底。百叶窗上缺了一小块木头，她可以通过这个参差不齐的小口看到他们。

“高阶裁决者什么也不会知道。”年纪大些的那个人说道，胳膊挡在通往拴着马的院子的门前。

“让我过去。”男孩说道。

“只有我允许的时候你才能过去。”在年纪大些的那个人手里是某种闪闪发光的东西，在片刻之前，它还没有出现在他的手里。莫德觉得那可能是一把刀，但是它是怎么那么快就到了他的手里的？她意识到男孩手里也有了一把刀。像魔法一样，武器就那么出现了。

“在我之前的那个初阶裁决者，在他身上发生了什么？”男孩问道，举起刀，以抵御对方的刀，他的眼睛仔细观察着年纪大些的那个人的脸。“是你干的。”

“是吗？”年纪大些的那个人问道，“你不在那儿，高阶裁决者也不在那儿。谁能说是我干的呢？”

两个人的刀都砍了出去。从莫德的角度，看上去好像是有很多条胳膊在挥动，模糊一片，刀刃的道道闪光一次又一次地闪烁着，一把刀似乎没入了年轻男孩的胸膛。

然后，男孩往地上倒下去。年纪大些的那个人将一只手绕过男孩的后背，悄无声息地帮助他安静地倒在地上。

当男孩终于躺倒在了地上，他喃喃地说道：“我把它写下来了。所有的一切都写下来了。”他的声音很轻，莫德花了片刻时间才弄明白他说了什么。

年纪大些的那个人抓住男孩的衬衫，粗暴地摇晃着他：“你都写了什么？”他问道。

“关于你的很多东西，”男孩说道，声音比刚刚更轻了，“其他人会知道你在做什么……”

年纪大些的那个人摇晃他的力道变得更大了。

“写在哪儿了？”

男孩的嘴唇上浮现出一丝微笑，但是他没再说一个字。他盯着年纪大些的那个人，而莫德不知怎么就明白了，男孩没有了呼吸。

莫德倒抽一口冷气。在她短暂的人生当中，她见过的死人也有几个。冬天的时候，乞丐们有的时候会在市镇广场或者路上冻死，但是她从来没有目睹过一个人死亡的过程。莫德立刻意识到自己发出了太大的声音，她尽可能快地从墙上滑下来，以便让对方看不到自己的脑袋。

片刻不到的时间，那个男人出现在窗口，就在她的身体上方。眨眼之间他就横穿了整个房间，现在他正站在百叶窗前。她可以听到他的呼吸。

百叶窗被猛地推开了。莫德闭上眼睛，努力想要让对方看不到她，整个身体紧紧地贴在墙上，仿佛她可以将自己的身体挤进石头之中。在百叶窗下有一个宽宽的窗台。她可以感觉得到，他就在她头顶上。窗台的宽度足以挡住她的身体，让他看不到她吗？她不确定。她可以感觉到在她裙子和胳膊上湿湿的淤泥，这让她看起来只是昏暗的过道里一个模糊的黑影。也许他会看不到她。

突然之间，那个人从窗口消失了。莫德没有留下来等着看他下一步会做什么。她连滚带爬地站了起来，身体还是紧紧贴着小道，小道现在已经非常狭窄了，她不得不又走上了一条岔路。匆忙之间，她将几个水桶撞翻在酒馆隔壁肉店后面的猪食槽上，响起了一片嘈杂的金属撞击声和动物的尖叫声。莫德开始跑起来，怕极了那个在身后追着她的男人，离得很近的两边墙壁在她经过的时候擦伤了她的两条胳膊。

最后，她跑进一条宽了一些的巷子，巷子里面全都是人。这条街道非常泥泞，泥巴将她的双脚一直吞没到脚踝，但是她完全不在乎。在巷子尽头，她转了个弯，如释重负地发现市镇广场和她离开时一样人潮涌动，熙熙攘攘。她赶紧隐入那些在肉店门前乱转和拉着板车前往市场的男男女女中。

就在她走过酒馆门前的时候，一只手抓住了她的肩膀。她转身，心里蹿起一阵恐惧，她发现自己正抬头看着那个她在后屋看到过的男人。现在他披着一件长长的斗篷，但是他的脸还是和之前一样。

“你。”他对她说道。

莫德动弹不得，她觉得一把刀会突然出现在他的手中。

“给我打水回来，”男人说道，“我需要清洗。”

男人把她当成了酒馆的女招待，他并没打算捅她。她身体一扭，将肩膀从他的手中挣脱出来，往广场上跑去。

片刻之后，一只手又一次抓住了她。莫德攥住一只拳头，转身将拳头猛地抡向抓她的人。她打中了迈克尔，那个跛足的男孩，正好打在他脸的正中央。他往后倒下去，倒在了深深的泥泞之中。

“我抓住你了，莫蒂。你是我的俘虏啦！”他说道，同时在泥泞中四处打滑，努力想要重新站起来。

“好的好的，”她同意道，看到她的朋友，这让她感到如释重负。“我是你的俘虏了。”她抓住迈克尔的双手，帮他站了起来。

他们两个一起走向广场的最高点，在那儿，大部分的孩子集合在一起，开始玩起了新一轮的“俘虏基地游戏”。跛足男孩得意地将她“押送”给其他人——他成功地带回了一个“俘虏”，所以并不太在乎她用拳头打了他的脸。

几个星期之后，当莫德已经将酒馆和持刀的男人从脑海中抹去的时候，她被带出自己的家，去迎接一位尊贵的来访者。那天早上，她在一浴盆的热水中，被擦洗得非常干净，此刻她穿着一件昂贵精致但是很不舒服的连衣裙，这是她的母亲和女仆费了很大劲才强迫她穿上的。她的头发被编成辫子，还系上了缎带。

莫德的父亲是他们男爵领主的表亲，他们家族则住在小山山顶一座大大的、俯瞰着整个村庄的石头房子里。尽管莫德经常偷偷溜走去和村民的孩子们一起玩儿，她仍然非常清楚地知道她不是他们中的一员。比如，莫德识字，这是村子里的其他孩子不可能做到的事情。

她感觉，就是因为她受过教育，此时此刻她才会被送走，才会要跟着这个来访者离开。这是在 1472 年，被送走是非常寻常的事情。她的一个哥哥被送到修道院去接受教育了，而她的另一个哥哥则是他们男爵亲戚的侍从，现在住在宽宽的大河对岸，住在山上的城堡里，她可以从远处看到这座城堡。

女孩们常常会被送去服侍遥远地方的大家闺秀和贵妇人，但是这位来访者显然不是某个显赫家族的代表。他穿着一件简单的长袍，像僧侣一样，长袍系在腰间，在长袍上面还披了一件长长的斗篷，而且他很老。莫德只有七岁，她不知道他究竟有多老，她也没费太多精神去猜测这一点——她注意到他长长的头发里夹杂着灰色，他胡子的长度超过了他的脖子，这就足够了。

莫德的父亲没有任何和他关系亲密的人，而且整个家庭的所有成员都害怕他，包括莫德自己也是一样。然而他对待这位穿着简单长袍的老人的态度仿佛是对待来访的皇室成员。他让仆人端来酒和食物，为老人提供住处，然后又让仆人上了更多的酒。

老人礼貌地应对了他的那些提议，除了一顿简单的餐食，他将其他东西都拒绝了。在莫德被介绍给他之后，他的全部注意都集中在了莫德身上。他的双眼立刻将她的一切尽收眼底——它们所看到的不仅仅是她的衣裳、鞋子、头发，这些毕竟都是她母亲的杰作，它们看到的是更多的某些东西，是她内在的某些东西。他的面孔非常严肃，然而那双眼睛却在微笑。

一开始的时候，莫德拒绝和他一起离开，在看到她父亲脸上强烈的尴尬之色时她感到震惊又满足。这位年老的来访者并没有和她争论。相反地，一朵花出人意料地出现在他的手中。她没有看到它是怎么到了他的手里，但是花就在那儿，像魔法一样，而他在将它展示给她。

有那么一会儿，莫德有点儿心神不宁——但是仅仅是一会儿。花闻起来很甜，而老人将它别在了她的耳朵后面。在她意识到是怎么回事之前，她已经和他走在了下山的路上，一小袋她的东西甩过老人的肩膀，背在他的背上。当她回头看去的时候，她看到她的父母站在山顶路的起点，目送着她离开。她的父亲通常会因为她的举止而生气很久，这是她第一次看到他为她感到骄傲。

“你会再见到你的父母的，”老人看到她回头，这样告诉她道，“我向你保证，在接下来的几年里你会见到他们很多次。”

他有一种很奇特的说话方式，字句从他的口中说出，仿佛像是圣歌，或者是诗。他的有些词句对她来说也很滑稽，仿佛他所学过的这些词句的说法和她自己所学过的不同。一开始这也令她感到不舒服，但是她已经开始习惯了。

“我下一次见到他们是什么时候？”她问道。

“很快就可以，”他保证道，“再过一段时间，如果和我在一起的生活不适合你，你也可以回到他们身边。所以你看，没有什么可害怕的。”

“你是怎么让花出现的？”她问他。

“它只是在我的口袋里。”

“我没有看到你从口袋里把它拿出来。花本来没有在你的手里，然后它就出现了。”

“啊，你很擅长注意细节，我欣赏这一点。”他告诉她说，友善的眼睛里闪烁着光芒，“如果我必须那么做的话，我可以移动得非常快。”

“但是你根本就没有移动！”

“我移动了的，只是移动得非常快。等我开始训练你之后，你也可以的。”

听到这句话，莫德笑了。在她遇到他时，她早就明白了这一点：他打算教育她。她怀疑这种教育会比她父母所计划的那种要有趣得多，她父母教育的侧重点是针线活和器乐。

他们又静静地走了一会儿，莫德觉得他们两人之间的沉默是一种令人感到舒服的沉默。

“我希望和你一起的生活会适合我。”过了一会儿，她说道。

然而，当她遇到了他们的旅伴时，她的好感消失殆尽了。先前她努力地将酒馆里的那个男人忘掉了。而现在，他就站在她的身边。老人将他介绍为她的同伴和老师。那个男人残酷的双眼仔细地观察着她，然后对老人点点头，他并没有对莫德说出任何欢迎之词。

莫德感到一阵恐慌——他认出她就是酒馆门前那个无视了他的命令，没有给他打水回来的女孩了吗？他认出她就是酒馆后面巷子里的人了吗？但是不会是这样的，哪怕他之前看到了她，她当时也是脏兮兮的，还穿着旧衣服，而且她不认为这个男人能够逐个地认出孩子们来。对他来说，很可能一个孩子和另一个孩子长得都差不多。

“我们会好好照顾这个初阶裁决者的。”老人以他沉稳的声音对另外那个男人说道。

那个男人咕哝了一声算是回答，同时将一个袋子扛过肩膀，于是他们三个人继续沿着路向前走去。

莫德偷偷地拉住了老人的手，当老人紧紧地攥住它的时候，她感到了一点儿安慰。她明白，在此之前他们一起的有三个人。老人、中年人，还有她在酒馆里见过的那个男孩。现在他们叫她“初阶裁决者”。她是在取代那个男孩，而他先前则是在取代其他人。

他们继续前进着，她不敢看那个中年男人。如果他在小酒馆里说的话属实，那么到现在为止已经有过好几个像她一样的年轻人了，而他们中的所有人现在都死了。她突然想到了逃跑，逃回家里，但是那也许会让对方起疑然后让他决定去追赶她。而且除此之外，她也不想离开那位老人。

也许老人感觉到了她情绪的变化，老人倾身靠向她，又开始对她讲话了。

“现在，孩子，如果你要留下来和我们住在一起，你必须知道我们对人类历史置身事外。为什么要这样？”他敲了敲脑袋侧面，“因为这样我们的头脑才会足够清醒，才能够进行裁决。暴君和为恶者们要当心了。”

这些是和她从小酒馆里的那个男孩那里听到的一样的句子。莫德飞快地看了一眼另外那个男人，对方的脸上没有显示出任何听到了他们两个谈话的迹象。

“起初，”老人对她说道，嘴边浮现出一丝笑容，“起初是宇宙的嗡鸣声……”

第二十五章 约翰

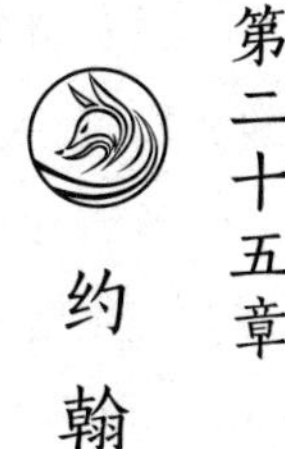

“我没有在哭！”约翰说道，把脸更深地埋进一堆衣服中。

“约翰，从里面出来。”玛吉的声音从储藏室门外传进来，语声非常温柔。

“我没有在哭。”他又说了一遍，感觉到他母亲的蓝围巾将他的眼泪一点一点吸干。

储藏室的门把手咯吱作响，是玛吉想要进来。约翰在一片黑暗之中将他母亲的遗物紧紧地抱住。他将凯瑟琳的围巾之一作为楔子塞在门下方的缝隙，从而成功地让门一直保持关着的状态，但是现在随着玛吉强行将门打开，储藏室里出现了一线光亮。

他将脸藏进布料里面。他可以听见她把门推开了，然后她的双手伸到他的腋下，将他拉了起来。当他睁开眼的时候，他发现她也在储藏室里，跪在他面前，而他自己则面对着她满是皱纹的脸。

“我没有在哭。”他再次低语道，尽管他仍然可以感觉到自己脸上的湿意。

“这些都是什么？”她问道，目光移到储藏室底部那堆东西上，“是你母亲的东西？”

里面有围巾、帽子、照片，还有原本放在架子上的小东西。它们都是最能令约翰想起凯瑟琳的东西。

“他们在把这些东西往箱子里放！他们要把它们拿走！”

“约翰。”

“祖父说，不允许我这么经常地看她的东西。我对他喊了，还踩在他的脚上。我对他说让他下地狱。”

玛吉抓在他肩膀上的动作变得更有力。她那双温柔的眼睛里出现了一种一点儿也不温柔的神情。

“孩子，他是爱你的。”她说道。

“他不爱我！”

“你知道他是爱你的，约翰。”她轻轻地晃了晃他，确保他在注意听。“他不希望看到你难过这么久，已经过去一年了。他在为你担心。”

“他想要让她消失。”

“不。他是担心你会试图变得和她一样，他不想连你也失去。”

“可是外婆，我会变得和她一样的！”

“约翰，你不可以叫我外婆。在这里不可以，如果你还想和我待在一起的话。我告诉了你我们之间的血缘关系，是为了让你知道你还有其他家人。但是我们之间的血缘关系是一个秘密。”

“我很抱歉。我不会再这么说了。”

“我不是你的外祖母，不是你真正意义上的外祖母。”

“你是母亲的外祖母。”

“我比那还要更老，孩子。跟我来。”

她拉住他的手，领着他走出储藏室。约翰任由她让他坐在她那铺着古老绣花床罩的简易小床上，她的简易小床在“旅行者号”上她的仆人房里。仆人房在底层舱位，在这儿，飞艇发动机的噪声很大，不曾间断。

在她房间的墙上有几幅镶了画框的图画，每一幅上画的都是一座城堡。其中有几幅是照片；其他的则是精美的素描。玛吉走到第一幅图画面前，将它取了下来。那是一张黑白照片，照片上是一座有着低低的圆柱形塔楼的堡垒，堡垒的一面墙有一部分被毁掉了。

“这座城堡在哪儿，玛吉？”他问道。

“它碰巧在法国，但是城堡只是为了提醒我在它的背后有什么东西。”她在他身边坐下，坐在小床上，然后将画框翻了过来。她仔细地取下画框的背面，藏在一片布片和照片本身之间的是一小堆照片。玛吉将这些照片取了出来，将它们倒扣着放在床上，与此同时，她的手在颤抖。

“约翰，要了解这个，你还太小了，比我希望的小太多了。除了必须让你知道的东西之外，我现在不会把其他的给你看的。”她开始将照片一张一张地面朝上放在床罩上。“我们没有早些年间的照片，但是我们有的这些已经足够讲述这个故事了。”

最开始的时候，约翰无法弄明白这些黑白照片里的影像都是什么。它们是完全杂乱无章的。突然之间，它们全部在他的脑海中变得清晰明白了起来。它们都是死亡场景的照片，在房间里被撕成碎片的死人。这不是你在电视上看到的那种死亡。照片上的更糟糕，更血腥，更凌乱。

照片上是一个男人、一个女人，还有四个孩子，身上穿着的服装证明他们属于一个多世纪以前的年代。他们的身体被人用刀子剖开了。有人仔细地用刀子深深地剖开他们的身体，而且还剖了很多下。

照片里的男人和女人都被钉在墙上，仿佛是被胶粘在了那里，他们的头向前垂着。当约翰更仔细地看的时候，他可以看到长长的刀子从他们的肩膀处穿了出来，有人用那些刀子径直刺穿了他们的身体，并且刺进了他们身后的墙壁。

在这些照片里没有红色——事实上是没有任何颜色——但是在黑白照片的颜色饱和度中有着某种东西，可以让约翰想象出从那些伤口中涌出并且淌到地上的暗红色血液。那四个孩子没有被钉在墙上，但是他们躺着的姿势同样充满了极度的痛苦，在他们被刀子伤到的地方，衣服被撕开了，他们自己的血将布料全都染红了。最小的那个孩子的年纪不可能超过五岁，他面朝下地躺在他姐姐们的身边，脑袋周围的血泊如同一个黑色的光环。

在小男孩白衬衣的一块干净布料上，有人用沾血的手指描画了一个图案。画的是一个动物。

“他们是谁？”玛吉拿起一张照片，照片拍出了小男孩更多的细节。

“最小的这个孩子活了下来，”她说道，“我们——拍照者发现他仍然有呼吸。这是一个奇迹，尽管在接下来的整个人生中他都不得不跛足。他是你的曾曾曾外祖父，约翰。”

约翰无法将视线从那个小男孩的身上移开，他比约翰还要小，软软地倒在他姐姐裙摆旁边的地板上：“那是一头熊吗？”

“是的，那是杀他们的人的家族纹章。”她说道。

“我们家族的纹章是狐狸。”约翰低语道。

“没错，是这样的。”

在其他画框后面还隐藏着更多的照片。玛吉将画框一个一个地取下来，让他去看。这些照片是一场恐怖秀，它们在时光的长河中穿行，直到约翰开始看到彩色的照片。他们都是些远房的叔叔伯伯，他外祖父那一辈人的父亲们，各种的表亲等。照片里大多数人的年纪都很小，以可怕的方式死去——被捅死、被开枪打死、被勒死、被溺死。在很多张照片中，在死者之一的身体上都用血画着一只动物。

死者的面孔开始模糊起来，但是最终出现了一个约翰能够认出的年轻女人。她蓝色的眼睛在死亡的过程中大大地睁着，双手捂住了腹部大开的伤口。

“这是我的——我的母亲？”他问道。

“不是的，孩子，不过她们两个确实长得很像，不是吗？她是你母亲的姐姐，安娜。”

尽管脸颊上横着一道又深又长的伤口，这个女孩还是非常美丽，而且她看上去是那么像凯瑟琳，约翰很难相信那并不是他的母亲。

“她把它录了下来，”玛吉柔声说道，“我有这段录像，我希望你能够看完它。”

在其中一个画框背后藏着一个薄薄的视频显示屏，玛吉将它抽出来放在约翰的膝上。她敲了敲显示屏，图像开始显现。这段视频可能是一个掉落在地的手机拍下来的，手机应该是在一张床下面半隐藏着，但是图像足够清楚。

约翰不想看，但是他发现自己无法移开视线。他看着他母亲的姐姐，看着她在地板上爬动，一个有着深色头发的年轻男人走到了她和镜头之间。女孩尖叫起来，男人说的话被她的尖叫声淹没，但是他的动作可以看得很清楚。他背对镜头，正用刀子划伤她的身体，动作缓慢而残忍。整个过程中有一次他看了看他的右边，兴奋地和身处房间另一部分的某个人说话，他的话中有几个词可以听清："……没有听……他很生气……"

最终女孩变得悄无声息。等到男人从镜头前移开，约翰可以看到他都做了什么。他在她的腹部横着划开巨大的伤口让她流血至死。而在她的衬衫上，他用她的血画了一个图案——一只公羊。

约翰转过身去，被视频完全地压倒了，但是还有更多的图像。最后一组照片里的房间他认识。那是他母亲死去的客厅，和他最后一次看到时一样。巨大的血泊在地板上漫延，把她的身体曾经躺着的地方也给弄脏了。在他从那间房间里逃出来之前，他自己也看到了这一切。但是先前他没有看到那个画在逐渐干涸的血泊一角的动物图案：一只公羊。

黑暗开始侵入他的视野边缘，恶心的感觉袭遍了他的全身。他蜷缩着身体躺在玛吉的小床上，双臂抱着腹部，过了一会儿，玛吉摇了摇他的肩膀。

"约翰，坐起来。"她说道。

玛吉态度很和蔼，同时非常坚定，而他则按照她说的去做了。她跪在地上，眼睛和他的齐平。他过去常常觉得她是一个非常非常老的女人，但是此时此刻，她看起来既年迈又年轻，因为情感而充满了生气。

"他们一直试图消灭我们，约翰。只有消灭了我们他们才会满意。"

“谁？”他问道。

“其他几个家族。我们处于探寻者的起源和中心位置，他们希望我们消失。几百年来他们一直希望将我们一举消灭。”

“他们也会杀了我的，是不是？”他问她，眼睛里满是泪水。

“一旦有机会他们当然会尝试。”

约翰开始哭起来。

“如果你愿意的话，那就哭吧。”她这样告诉他，“但是眼泪是通往死亡的道路之一。你的母亲选择了一条不同的道路。你明白她的选择是什么吗？”

约翰看了看摊在床上的那些照片，又看了看玛吉。他点点头。

“是进行宣誓，”他说道，“夺回仪式剑，让他们为他们所做过的一切付出代价。还要找到她的笔记，他们拿走了它，那时他们正在……”

“没错，”玛吉说道，“所有的这些。但是为什么呢？”

约翰抬头看着她，不确定问题的答案是什么。

“有了仪式剑和那本笔记，约翰，有朝一日你就可以将那几个伤害了我们的家族毁掉，并且让一切重回正轨。你会成为我们最初的样子，强大，而且正义。”

他又在床上坐了一会儿，回忆着那个有着黑头发的、杀了他母亲的姐姐的男人。在此之前他见过那个人，在凯瑟琳死去的那间客厅里，他看到过那个人的那双靴子，然后是那些终结了她的绚丽的彩色光芒和那可怕的刺耳的嗡鸣。

“约翰，你现在八岁了。还太小了，但是这也没有办法。选择你母亲的道路意味着你必须迅速地成长，你必须愿意——”

“做必须去做的事情，”他补全了她的话，“即使是去杀人。我知道。”

“说起来很容易。但是会有很多东西试图拉着你偏离你所选择的道路。仇恨是其中之一，爱也是。这两样东西无处不在，并且都很危险。”

“看起来似乎所有的一切都很危险。”

玛吉微笑了:“对你来说，是这样的。”

“我已经做出了选择，玛吉，”约翰这样告诉她，“我对她发了誓，”他对着那些照片点点头，“而现在，我也对他们发誓。”他的声音在他自己听来和以前不同了，仿佛在过去的几分钟里，他一下子长大了。

“很好，约翰。现在你要听我讲一些关于你祖父的事情。”她将他的一只手握在手里，迫使他抬头看着她。“他在乎你的母亲，他需要她。但是现在她去世了，就像你的父亲一样。你是他在这个世上唯一的亲人。他是一个软弱的人，他想让你安全。”

“我发誓要开始训练的——”

“你会开始训练的。我们会一起说服加文，最终会的。但是现在，我们需要让他能够有你陪在身边，让他高兴高兴。他的地位，这个家，这一切能在你还小的时候保护你。我把你母亲带到这个家庭中来不是没有原因的。”她指了指仍旧摊在床上的那些照片，双手捧起约翰的脸，将他的头拉过来顶着她自己的。“约翰，你的祖父认为他自己很强大，但是实际上并不是这样。所以，我们不要用我们的秘密计划来烦他。你明白吗？我们要秘密地制订计划。”

约翰庄重地点了点头，他明白。“我们的计划要保密。”他说。

“我会让他找老师来‘旅行者号’上教你格斗。你愿意这样吗？”

约翰又点点头，目光不停地望向摊在他身旁床罩上的那些死亡图像。如果能够知道要如何保护自己，这样会很好。

玛吉又一次倾身靠近他，低语道:“还有一个秘密。你爱你的祖父，他也爱你。但是如果将来这一点万一有所改变的话，我们也有办法来控制住他……”

“先生，您的孙子想向您道歉。”

约翰站在他祖父套间的门外，手里抱着一大箱他母亲的遗物。玛吉站在他的背后。加文微笑着走到一边让他进去，约翰感到玛吉捏了捏他的肩膀，然后他自己走进房间。

“爷爷，很抱歉我骂了您，”他低声说道，“我明白我不应该一直盯着我母亲的东西看。”

“没关系的，约翰。”加文说道，在壁炉旁的一张小沙发上坐下来。约翰爬到沙发上坐在他身边，将凯瑟琳的那一箱东西留在他们脚边的地板上。

加文将一只手搭在孙子的头顶，清了清喉咙，就像他经常做的那样，发出一声奇怪的抓挠般的声响。“你的母亲给了我太多，约翰。我也想让你怀念她。”他低头看着约翰，表情慈祥，“但是当你整天盯着她的东西，我很担心。你不需要——你不需要去做她所做的那些事，那些危险的事。她恢复了我们的财产，事情已经办妥了，我们可以在不冒着失去你的危险的情况下活下去。”

约翰抬头看着老人，点了点头，仿佛他同意他的话。“我明白。”他低声说道。

加文将他更紧地拉到怀里，他们又坐了一会儿，平静安宁地望着炉火。但是很快约翰的目光开始时不时地瞟向地板上开着的箱子。箱子里东西的最上方是一张合影，他和他母亲一起坐在她在“旅行者号”上卧室的地板上，她用双臂抱着他。现在，她的双眼从照片里望着他，而他又可以在喉咙后面尝到自己眼泪的味道了。

他从沙发上下来，将箱子推向他的祖父。

“爷爷，您把这些拿走吧，求您了。”

加文看着箱子里的东西，将最上面的照片拿起来，仔细打量着凯瑟琳的其他遗物。

“你应该留着它们，约翰，这只是很少的一些东西。”

“不，”约翰低声说道，“您是对的。我不应该这么经常地看这些东西，我不想一直都又悲伤又愤怒。”

“你不想把照片留在身边吗，至少把它留下吧？”加文问道。

“也许等我稍微再大一些的时候再说吧。现在我可以在心里怀念她。”他抬起一只手放在胸前，“就像您怀念我父亲一样。”

“没错，就像我怀念你的父亲一样。”加文喃喃地说道。他没有把他死去的儿子阿尔奇的照片摆在身边。阿尔奇在能够娶凯瑟琳、约翰出生之前就去世了。加文说过，他儿子的照片让他难以继续他的人生。约翰现在明白了，他也必须继续他自己的人生——那将是危险的一生，需要他的全部注意力。

加文盖上箱子，凯瑟琳的照片从他们的视线中消失了。但是约翰觉得她仍然和他在一起，而她的姐姐也和他在一起，所有的那些被折磨的、被杀害的人都和他在一起。他在心里怀念着他们。

第二十六章 奎因

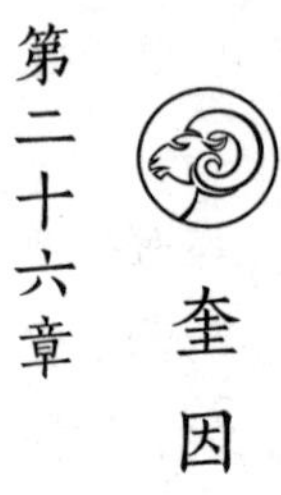

“起初，是宇宙的嗡鸣声。”

忍和奎因盘腿坐在训练场的地板上。先前，阿利斯泰尔将一个老旧的黑板拖到训练场。现在，阿利斯泰尔正站在黑板前面，看上去像一个老师，起码是一个大块头的苏格兰战士所能模仿的最像的程度。他在那头乱蓬蓬的红发下面戴了一副眼镜，这是一个好的开始。然而他同时穿了一件紧身的无袖训练衫，将他粗壮的双臂露了出来。衬衫下面则穿着他的“教师裤”，这条裤子时不时地会在大家面前露面。裤子被仔细地叠过，每条裤腿前面都有一条裤线，但是裤子的效果或多或少地被阿利斯泰尔的赤脚给毁掉了。

这个高大的男人重复着自己刚刚的话：“起初，是宇宙的嗡鸣声。”他看了看他的两个学生，“那是什么意思？”

忍的手举了起来。

“是什么呢，孩子？”

“是所有事物的震动。”忍说道。

奎因举起了手。

“是什么，小姑娘？”

“宇宙中的所有物质都在震动，”奎因说道，“原子、电子，甚至更小的物质都是。”

“没错。你们两个说的都是对的。”阿利斯泰尔将胳膊从双臂环胸的姿势中解放出来，拿起一根粉笔，然后开始画一个原子。他太用力了，粉笔在他能够画完之前就断成了两截。奎因笑起来。

“孩子，不准嘲笑我，”他好脾气地说道，“你想让我觉得难堪，是不是？现在听我说。嗡鸣声不是震动又是什么呢？当某样东西震动的时候，它至少需要两个维度，是不是？至少是上下和左右两个方向。你们同意吗？”

奎因和忍都点了点头，被阿利斯泰尔说出的句子的数量震撼了，因为阿利斯泰尔通常都是尽可能地少说话。也许对于他而言，这堂课也像对他们来说的那样令人兴奋——所以他才会努力想要显得富有学者风度。他转身，又在黑板上画了一个二维的波震动图像。

奎因发现忍在看她。上个月，他们两个都满十四岁了，尽管他们学习格斗已经很多年，布里亚克现在才准许他们开始跟着阿利斯泰尔学习这一部分知识。这意味着他相信他们能够一路走到宣誓那一步。布里亚克相信他们两个有能力成为探寻者。她对忍露出了微笑，为他们两个人感到兴奋。

阿利斯泰尔清了清嗓子：“儿子，如果你连集中注意力听课都做不到的话，也许你应该告诉她，嗯？”

“什么，先生？”忍问道，吃了一惊。他迅速地将目光从奎因身上移开。

在奎因的注视下，忍的脸颊变得通红，他的身体似乎缩了起来。她猜他的父亲大概是用意识抓住了他幻想在科瑞克莫村认识的众多女孩中的一个。那就解释了他在过去几分钟里一直盯着她的举动——他走神了。他长得这么英俊，难怪那些女孩要追他。为了给忍一点儿时间来恢复，奎因举起了手。

“先生，您是怎么读取别人的思想的？为什么我做不到？”

“关于我是怎么读取思想的：我根本就不用那么做。”阿利斯泰尔回答道，“我儿子的念头都在他的脸上明明白白地写着呢，我根本就不需要读心术。”他将眼镜摘下来，用他背心的下边小心地擦了擦眼镜的镜框，脸上摆出一副专业的表情。“你为什么不能读取别人的思想？这个问题的答案是，也许你能这么做。”

“先生，我真的做不到。”

“情况可能是你能做得到，但是不一定会这么做。在你训练你的意识的过程中，像我们一直在做的那样，很可能突然之间你就会读心术了，这可能发生在你成年之前的任何时间点。”他将眼镜重新戴上，而奎因则意识到，眼镜上根本就没有镜片，这副眼镜只是做做样子而已。“一旦你成年了，你就能知道自己到底能不能读心了。我不能。而你的母亲菲欧娜，在她还是一个姑娘的时候突然就具备了这种能力。一夜之间，她就可以像读书一样读心了。但是我想，她现在不大那么做了。”

“她现在也依旧那么做，”奎因主动说道，“主要是我在想一些不想让她知道的东西的时候。”

“啊，当然是这样了。现在，如果我儿子的脸已经不再发烫，我们可以继续上课了。告诉我——物体可以在三维中震动吗？”他们两个都表示同意，“那么在四维之中呢？”

忍举起了手。

“啊，小伙子，你知道这个问题的答案。第四维是什么？”

“是时间，先生。”忍回答道。在此之前他们当然学过这个，但是这其中有什么联系尚不清楚。

“正确。麦克贝恩可以在下课后得到一根棒棒糖。如果他愿意的话，也可以把棒棒糖分给别人。”说到这儿他故意扫了一眼奎因，而忍则看上去又不舒服了。

阿利斯泰尔继续追问着他们两个。他在黑板上画了一个三维的立方体，在它下面画了一个长箭头：“时间。任何震动都在时间中产生，但是宇宙中还有一个非常奇特的现象——”

“比一个穿着背心和礼服裤子的男人还要奇怪吗，先生？”忍问道。

奎因不得不让自己停止微笑。自从忍的母亲去世，阿利斯泰尔对忍来说就承担起了父亲和母亲的双重职责，并且给了忍很多到处闲荡的自由。但是阿利斯泰尔是否会容忍他在课堂上胡闹，这可不一定。

幸运的是，阿利斯泰尔露出微笑，大声地叹了口气："你对我一点儿尊敬都没有吗？这可是我的正装背心，不是吗？现在，请你们不要再闹了。宇宙中还有一个非常奇特的现象。原子、电子，还有一些更小的粒子的震动并不合乎情理。好像有点儿不对，不是吗？然后我们明白了，它们是在我们周围看到的更多的维度中震动。"

奎因的心脏因为期待而跳得更快了。阿利斯泰尔要教给他们一些重要的东西了。她能够感觉得到。

"这个世界上有我们能够看到的三个维度，还有我们能够感受得到的一个维度——时间。但是除此之外，还有更多的维度，还有其他维度，它们压缩在宇宙最微小的震动之中。这些维度如同可移动的、相互连锁的线一样贯穿了我们自己的维度。"

他转身面对着黑板，又画了一些像是被编织在一起织成一片织物的线。"没错，还有时间。在这儿，它是像这样移动的。"他指了指他早些时候在图形上画的直直的长箭头，"但是在那儿，"他耸了耸肩，"时间流逝的方式可能就不那么简单了。如果你能展开那些隐藏的维度，会发生什么？如果你能将它们打开，走进它们当中呢？会是什么感觉？它们会把你带到哪里去呢？"

他的两个学生都沉默了一会儿，盯着阿利斯泰尔和他简单的图画。

最终奎因问道："先生，我们真的能够那么做吗？"

阿利斯泰尔放下粉笔，两条粗壮的胳膊交叉在胸前。他露出了微笑。

"今天的课就上到这儿。"

第二部分

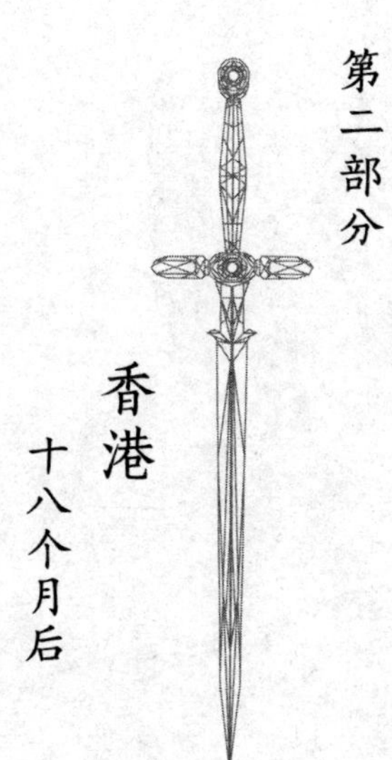

香港

十八个月后

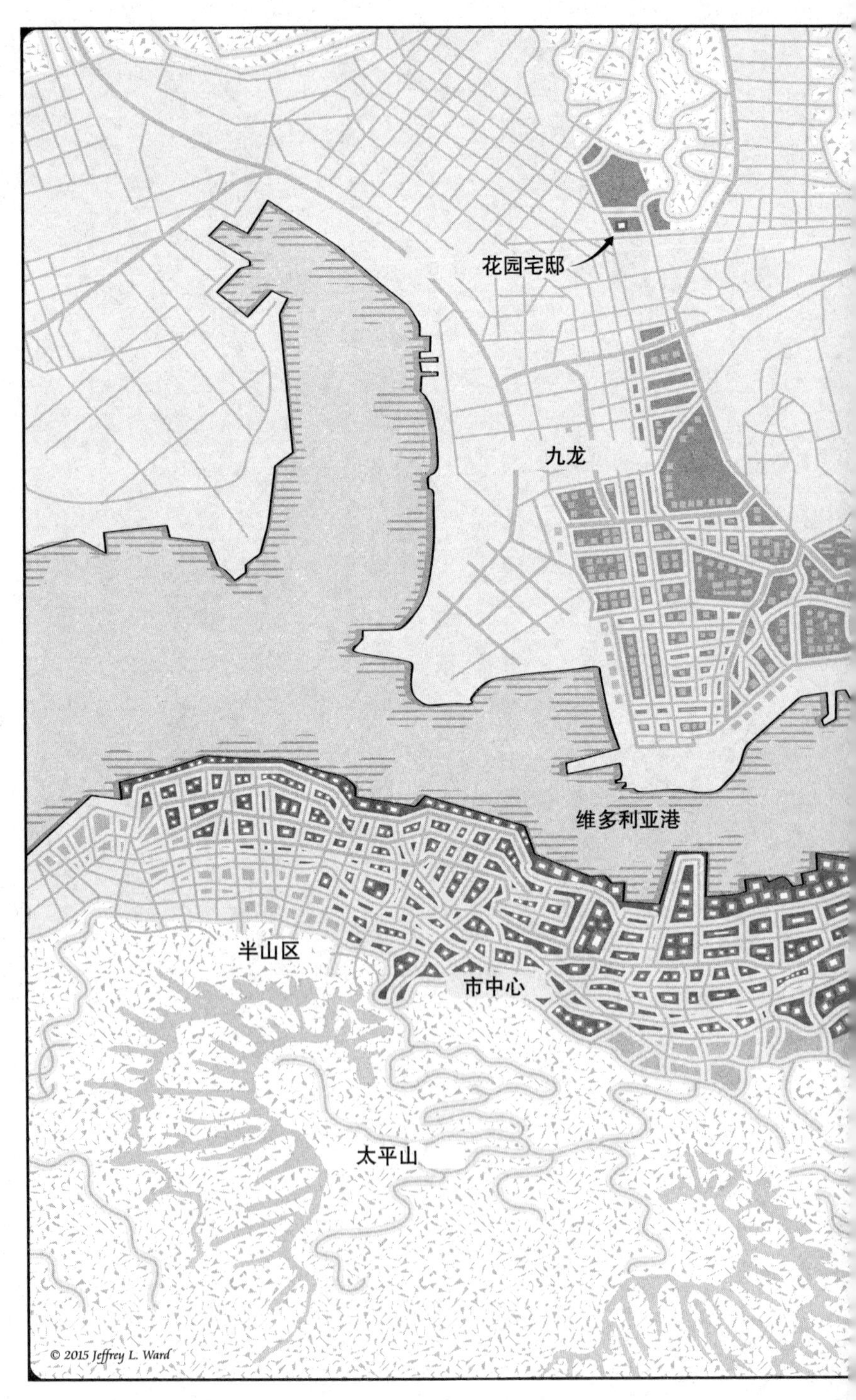
花园宅邸
九龙
维多利亚港
半山区
市中心
太平山
© 2015 Jeffrey L. Ward

香 港
北
观塘
治疗师家
跨海大桥
香港岛
0
1
英里

第二十七章 维多利亚港

小小的潜水器在港口的深水中移动着，将经过的一切都拍下照片。它以Z字形前进着，这令它能够非常缓慢地勘察港口的每一寸海底。每天早晨，它都会在阳光中浮出水面更换电池，并将拍下来的照片传回岸上。然后，它会再一次潜入水下，继续勘探着海底。

在陆地上的某处，多台计算机检查着它传回来的照片，将它们与客户的要求进行比对，并判断海底是否有任何有趣的东西。在一个像维多利亚港这么古老的港口，在一座像香港这么大的城市，水下永远都会有有趣的东西。

这天早上，当潜水器浮出水面，并在一艘巨大的轮船向前航行留下的尾流中上下浮动的时候，它在成百上千个图像中传回了一张图片，图片中是一个细长的石质物体，几乎完全被掩埋在了沙子里。对于人眼而言，它什么都不是，没什么大不了的，但是这个物体能够看到的部分已经足以让一台计算机将它与来自世界另一端的某个客户的奇怪要求进行匹配。

第二十八章 奎因

在她下方，水又深又冷。在水底附近，在太阳从来没有照射过的地方，是漆黑的一片。在那里有什么东西，而且那个东西还在移动。她可以感觉到它从一片黑暗和冰冷的深渊之中升了起来，缓缓地向上爬升。在爬升的过程中，它的速度变得越来越快，它爬到了深蓝色的水层之中，然后到了颜色更浅的水层。片刻之间，它就要爬出水面了。它会继续从水面向上爬，穿过跨海大桥的木椽，穿过房子更低矮的那些层，直到它爬到了屋子里，和她在一起，将她彻底地包裹住。现在，她可以感觉到它，它将她整个吞没，将她往海洋里面拖去，在那里，她会被溺死。

“我们得离开了！”

奎因醒了过来。

她躺在一扇圆形小窗边的一张床上。她的眼睛扫过房间，却没有认出任何事物。一面墙上是一张人体图，上面标着针灸穴位和肌肉反射的位置。在人体图旁边是一本日历，日历顶端画着一条中国龙。房间里还有一个敞开的衣柜，里面挂着朴素的深色衣服。在衣柜旁边是一个戴着头巾、穿着蓝色工作罩衫的医用骨架模型，骨架上方则是一张张看起来完全是陌生人的照片。

奎因往上方看去，低矮的天花板在她的目光中聚焦。天花板上钉着一张地图，将天花板的大部分空间都占据了。地图是以古老的蚀刻版画风格绘制的，画着一座稠密的城市，城市覆盖了整座岛屿，还外溢到了附近的大陆上面。这是一张香港地图——她可以看到以装饰字体横贯地图中心的城市名字。

在地图上，在位于大陆之上的城市的九龙部分和香港岛之间，可以看到一座跨海大桥。那是我身处的地方，她记了起来。她在这里，在她的房间里，在她和她母亲共同居住的房子里，她们在跨海大桥上，跨海大桥地区（桥区）是一个自成一体的世界，位于九龙和香港岛之间。她们是在香港，是在亚洲。这里是她的家，也许这里一直都是她的家。

她转过头向窗外望去。透过窗户，她可以看到在维多利亚港另一侧的高楼大厦，在她所处的位置下方，可以看到港口灰色的海水，从她身体下方随着潮汐冲走。看着水流的时候，她感到有点儿眩晕。看起来现在是早上。

“你刚刚在喊些什么。”

她的母亲站在奎因卧室的门口。菲欧娜穿着一件浅色丝绸制成的连衣裙，深红色的长发梳成一个复杂精致的发型，环绕着她瓷器一样光滑白皙的皮肤和她的蓝眼睛。她在门口迟疑了一下，看上去相当美丽。片刻之后，她在奎因床边小心地坐了下来，仿佛像是担心她的女儿会咬她一样。奎因注意到她母亲的动作充满自信和优雅——这意味着她今天还没有开始喝酒。

“你还好吗？”菲欧娜问道，“你刚刚在说什么离开。”

奎因闭上双眼，仍然觉得眩晕。她梦中的感觉仍旧笼罩着她，某种东西在不停地爬升，爬升……

“你还好吗？”菲欧娜又一次问道。

她母亲凉凉的手碰到了她的额头。梦境消失了，她的眩晕感也消退了。她自己的生活重新回到她的身边，她睁开了眼睛。

“你好啦。”菲欧娜说道，微笑着低头看她。

奎因希望母亲能够将手从她的额头上拿开。菲欧娜上一次洗手是什么时候？所有和菲欧娜一起共度时光的男人，还有“药吧”所有的

“药”，她母亲触碰的一切，其他人、其他场所的小小碎片，都会留在那只手上，而那只手现在在触碰奎因。这令她感到很不舒服。

她一个滚身远离菲欧娜，离窗户更近了些，也令菲欧娜的手从她的头上滑落下来。

“我没有得病，奎因。”菲欧娜平静地告诉她。

“我没有那么说。”

“你不需要说出来。”她的母亲起身，走回到卧室门口，“我还有一个约会，我会回来吃晚饭。如果你觉得你能做到的话，也许我们两个可以一起吃饭。”奎因没有做出任何回答，菲欧娜转身离开了房间。

她把它们叫作约会，奎因想道。

“它们*的确是*约会，”她的母亲一边走下楼梯一边喊道，“就像任何一个女商人会有的约会那样。”片刻之后，挂在前门的铃铛响了，菲欧娜离开了房子。

奎因闭上眼睛，将被子拉过头顶盖上。她在那里又躺了几分钟，却再也没有了睡意。反正她也不确定自己真的想要重回梦乡——那个梦很可能仍旧在等着她。

她可以感觉到她母亲先前碰到她额头的地方。那些细小的微粒就在那里，在她的皮肤上。那些微粒可能是人的肉眼所看不到的，但是奎因可以感觉到它们。

将被子一把掀开，奎因走到浴室，在那里她花了几分钟时间洗手洗脸，像她以往做的那样刻意回避看自己赤裸着的左臂。等她终于感觉自己干净了的时候，她套上一件长袖衬衫，将它的袖子拉下来遮住她的手腕，然后看了看她在镜子中的影像。

“奎因。”她说道，仿佛是在练习自己名字的发音。她深色的头发很长，而她的肤色则和以往一样苍白，这是因为她将大部分时间都花在了桥区的暮色之中。她觉得自己深色的眼睛看上去比她实际的年龄——十六岁——要更老一些。

第二十八章
奎因

她从卧室角落里的骨架上面拿回白色的头巾，将它系在头上。她也将蓝色工作罩衫从骨架上拿下来，套在身上。工作罩衫和头巾标志着她是一个治疗师。她只有十六岁，对于这个职业来说还太年轻，不过当然了，她还在训练中。她的目光扫过贴在墙上的照片。现在她认得他们了——他们都是她的病人。她为他们每一个人都做了一些好事。能够有这样一份职业，她实在是十分幸运。她在以一种微小的方式令这个世界变得更好。

她倾身向前，将额头抵在骷髅头骨的额头上，低语道："今天，我会帮助某个人。如果比较幸运，我可以帮助很多人。如果非常幸运的话，我会——"

楼下有人敲门，打断了她早上的例行仪式。她还没走下楼梯的一半，敲门声又响了起来，这一次敲门的人更用力了。

"来了！"她用中文喊道。

"急诊！"门外的人也用中文说道。那是奎因熟练掌握的几个中文词汇之一。她将门一把打开，看见门外站着的是一个四十岁左右的亚裔女人，怀里抱着一个小男孩。

"急诊。"在看到奎因的西方人面孔之后，女人又用英语说了一遍。

"发生了什么？"奎因一边问，一边将小男孩从女人的怀里抱了过来，抱着他走向里屋。在那里，她将孩子平放在诊疗台上，诊疗台的周围是许多高高的架子，上面摆满了中草药，还有一排排她正在学习使用的针灸用针。

"是某种毒品。"女人告诉她。女人的口音几乎察觉不到，仿佛她的母语就是英语一样。她很恐慌，但是说话依然很有条理——她不是一个容易失控的人。"他的哥哥——他一定是把什么东西留在抽屉里了。明夫发现了它，把它吞了下去。我不知道是什么。可能是湿婆烟，或者甚至是鸦片……"湿婆是目前流行于桥区最下面几层的酒吧里的毒品之一。

“你知道我只是个实习生吧？我们应该去找我的老师，谭医师。”

“我已经去过了，”女人说道，“谭医师今天早上出门了。他的母亲告诉了我你的地址。”

奎因可以想象谭医师那瘦小而年迈的母亲让这个女人来找她时的情景。奎因家和谭医师家中间只隔了三座房子，但是那并不意味着这是这个男孩的最佳去处。女人现在正仔细观察奎因的面孔，仿佛是在那里寻找其他什么东西。

“求你了……”

奎因开始检查男孩无力的身体，他的眼睛、他的指甲、他皮肤的颜色——所有谭医师教她去检查的地方，去寻找那些能够表明病因的迹象。有点儿奇怪——男孩有着和他母亲相似的面孔，但是他的头发有一丝红色的色调。也许是她以前见过的。她迅速地在男孩的头部、手腕和脚踝插入三根针灸针。

“他摄入毒品多久了？”

“可能半小时。”女人说道。

“实际上，我觉得我们应该去医院——”奎因开始说话。

“奎因？”

“嗯？”

女人对自己点了点头：“奎因，谭医师相信你。他的母亲是这样说的。所以，我也相信你，奎因。”

女人一直在反复说她的名字，就像奎因几分钟前在浴室里一直反复念叨她自己的名字一样，这有点儿奇怪。女人将双手搭在奎因的肩膀上。

“求求你。现在去其他地方已经太晚了，帮帮他吧。”

奎因点点头。她集中精神，让自己进入一种高度敏感的观察状态。谭医师把这视为她的特殊天赋。他说，为了做到她能够如此自然就做到的程度，大多数治疗师需要努力一辈子的时间。在看到她的潜力之后，谭医师——桥区最厉害的治疗师之一，将她收为了学徒。

奎因站在那里，俯视着男孩，让自己的呼吸平静下来。除了躺在她面前的孩子之外，她所有的意识都清空了。她的感知开始发生变化。片刻之后，她可以看到隐藏在普通人视野范围之外的东西。她观察到男孩周围流动着明亮的、铜色的线条，那是他身体的能量场。所有人在身体周围都有这样的能量场——这些电场也可以通过特殊的仪器进行观测。但是像奎因这样直接看到能量场是非常不同寻常的，这是精神高度集中的表现。男孩身体周围的明亮线条被一些黑色的、形状不规则的黑雾打破了，那些黑雾悬在男孩被毒素影响到的器官上方。

“他必须将毒素排出来。”她说道。此前她帮谭医师处理过几十个类似的病例——在桥区总是有毒品问题——但是她从来没有治疗过如此年幼的病人。

“你之前有没有成功地让他吐出来过？”

“没有。我试过了……”

没有多少时间了，小男孩慢慢进入休克状态。奎因打开她的视界。现在，她可以看到她自己的能量场了，明亮的线条沿着她的双臂上下流动，在她胸膛上的旧伤周围则是小小的混浊的旋涡。她集中注意力，感到她的能量通过手臂一路流淌下去，仿佛一条电流的洪流。谭医师也许对她控制自己意识的能力印象深刻，但是对她自己而言，这似乎很容易，仿佛她这一生都在为了做到这一点而接受训练。也许她之前的确是在进行这方面的训练。在桥区之前的人生都从她的记忆中消失了，她可以以自己想要的方式自由地进行想象。她喜欢告诉自己，她从生下来就一直训练集中自己的思维，以便能够以这种方式来帮助别人。

她将手指拂过男孩器官上方的团团黑雾，让她自己的能量和他的结合在一起。黑雾移动了，在一瞬间里似乎开始扩散。男孩呻吟起来。

“发生了什么？”男孩的母亲问道。

奎因没有回答，她将自己的能量导向男孩的胃部反射。他的身体抽搐起来。

她轻轻地将他推成侧躺的姿势，抓过来一个桶。男孩的身体又抽搐了一次，然后他开始呕吐，整个身体都在收缩，同时将胃里所有的东西强行吐了出来。

奎因看到男孩身体上方的黑雾在发生变化，开始消散，男孩的眼睛眨了眨睁开了。奎因在他身上好几个地方检查了一下他的脉搏，然后放松下来。他会没事的。

"明夫，明夫。"他的母亲低声呼唤道，俯身看着他。男孩喃喃地答应了一声。

一瞬间，在奎因的视界恢复正常的时候，女人的脸和男孩的红发看上去是如此熟悉。她几乎可以想象他们站在一片草地上，阳光在牧草上跳跃……

"奎因。"

她抬起头，发现男孩的母亲跪在她面前的地板上。现在明夫在诊疗台上坐了起来，还很虚弱，但是好多了。在奎因没有注意的时候时间悄然流逝。她意识到她的眼睛之前一直闭着，她的脑袋支在手里。此刻她正坐在一把椅子上，手上还拿着满满的一杯水。

"我觉得在某一瞬间你的意识可能离开我们了。"女人对她说道。

"很抱歉，"她回答道，"我……有点儿出神了。"

"你多大了？"女人问道。她的语调有点儿奇怪，仿佛她问这个是为了确认她已经知道的某些东西。

"我十六岁了。"奎因回答道。有一段时间，在她刚从胸膛的伤中恢复过来的时候，她很难记住自己的年龄，但是她现在很频繁地提醒着自己。那会儿她是十五岁，现在她快十七岁了。

"十六岁。"女人像是在脑海中进行着某种计算——也许是在计算奎因学习了多久。"你做得非常好。你在这里有朋友吗？"

"朋友？谈不上有。"奎因有点儿惊讶于女人这个问题的私密性，但是同时她也为她自己的回答而感到困扰。为什么朋友这个概念对她来说会很陌生？

她站起来，将手上拿着的那杯水递给了女人："让他把水全都喝了，今天上午再喝三杯。我需要给他准备一副草药，你能在几小时之后过来拿吗？"

在小男孩把水喝完的时候，奎因又小心地洗了一次手。女人碰了她的肩膀几次，但是她很确定女人的手从来没有直接接触过她的皮肤。她不会为布料上的细菌而烦恼，即使她怀疑这些细菌就在那里。如果她任由自己烦恼这些，她就得把整天的时间都浪费在洗衣服上了。

当她在水池边洗好手之后，她把衬衫长长的袖子尽可能低地拉了下来。左边的袖子将一个令她烦恼的疤痕遮住了，她不喜欢看到这个疤痕。

很快，女人就抱着男孩明夫从前面出去了。

"谢谢你，奎因。"女人又以那种奇怪的、小心翼翼的语气说了一次她的名字，就像她很喜欢它的发音似的。

等门在他们身后关上，奎因又静静地站了几分钟。*我救了一个孩子的命*，她告诉自己，*我救了一个孩子的命*。也许那个女人会允许她为男孩拍一张照片挂在楼上的墙上。

在她的唇角有一个上翘的动作。这令她觉得有些惊讶——她的嘴已经不习惯微笑了。

第二十九章 忍

忍在流汗。虽然水很冷，但是他仍然可以感觉到汗水在面罩内顺着他的额头流下来。他将汗水从眼中眨了出去，并在往更深处游去的时候调整了他的头灯。他的朋友布莱恩在他身边潜水，他们两个的潜水服腰带上都带着沉重的回收设备。在他向下游向更黑暗的水域的时候，布莱恩的大肚子令他看上去像是一条巨大的海鲈鱼。*而我则是一条梭鱼*，忍想道。在过去的一年里，他变得非常瘦，以至于透过厚厚的紧身潜水服能看到他的一根根肋骨。

他们刚刚进入了大海沟，这是位于维多利亚港海底的一条非常深的海沟，洋流将港口的各种残骸冲到这里，埋在了海底。在他们沿着海沟高高的沟壁之间前进的时候，海水的颜色深了许多，也冰冷了许多。在他们头灯的光线中，许多影子漫无目的地移动着，忍则不得不过几秒钟就眨一下眼，以便将汗水从眼中眨出去。

“布莱恩！”他叫道，“这下面闹鬼。”他并不是真的在说话，因为他的嘴巴被呼吸调节器塞得满满的，只有一串混乱的声音随着许多气泡从他的口中涌了出来。和往常他试图在水下进行对话的时候一样，布莱恩无视了他。

汗水要把忍逼疯了。他抬起护目镜，让海水冲洗他的脸。然后他吹干净他的面罩，游过去追上布莱恩。

一群真正的海鲈鱼游过，它们轮廓的剪影映在海沟的沟壁上，显得怪异而可怕。那天早上忍吸了湿婆，他在和布莱恩一同居住的那个可怕的房间里点燃了这种毒品，吸进了它的烟雾。他们两个住在九龙郊区贫民窟里一家电影院的楼上。湿婆会改变你的视觉和听觉，在进行一天的体力劳动之前吸湿婆从来都不是什么好主意，尤其是在进行像潜水这么复杂的体力劳动之前，但是除非是被吓得魂不附体，否则忍很难过得开心。

他抓住布莱恩的肩膀。

“那些影子在跟着我！”他喊道，再一次吐出一大堆气泡。

布莱恩将他腰间的写字板拉到身前，用那特殊的马克笔在写字板背面写道：

闭嘴。

“你才该闭嘴呢！”忍说道，又吐出不少气泡，不小心吸进满满一口海水。他将海水咳了出来。然后他笑起来，被吓坏的同时也感到了极度的兴奋。潜水和他过去生活的差异简直不能更大了，甚至比从高楼大厦和高高的大桥上纵身跃下的差异更大，在香港度过的最初六个月里，他一直是这么做的：从高楼和大桥上跳下去。

他们已经接近海沟的底部。海沟底部布满了长长的狭槽，里面藏着各种各样的宝藏。在一座像香港一样大的城市里，在一个几百年来一直对各种船只开放的港口，你可能会在这里找到的东西简直层出不穷，永无止境。

利用一盏水下喷灯，布莱恩和忍有一次曾将一整辆劳斯莱斯从海沟的南端一点一点地打捞了上来。还有一次，他们用炸药一路炸穿了一艘古老的日本补给舰的舰体，找到一个装满了“二战”时期的武器的保险柜。

布莱恩正跟随着绑在他胳膊上的一个仪器上的导航装置。在他们用头灯的光线扫遍整个区域的时候，阴影又变得狂乱起来。忍可以发誓，就在他们视线之外还有其他潜水者在徘徊，每当他转过头来，他们就飞快地蹿开。

他从布莱恩手里抓过写字板写道：

他们在监视我们。

布莱恩将忍的双手打开。就在他们下面，一条狭槽里面有各种炊具的陶瓷碎片，还有一台老旧的电视机，破损的玻璃屏幕里藏着一条鳗鱼。

忍又抓过写字板，草草翻过一页页防水纸页，翻到他们的工作订单页。在出发潜水之前，他把文书工作都留给了布莱恩去做，根本没有费心检查他们这次究竟要找什么。在纸页的上半截是他们被派出来寻找的东西的图像，是用潜水器在大洋海底拍到的照片。在照片旁边是一幅图画，画着他们要寻找的东西的整体样子。是某种匕首状的东西——手柄是由几个不相连的石环一个叠着另一个构成，每个石环上都刻着许多符号。

忍感到一阵恐慌。在他那被毒品湿婆改变了的感官中，感觉好像一只冰冷的手抓住了他的肠子用力攥紧。他们是被派来寻找那把他自己一年半以前从跨海大桥上扔下来的仪式剑。

“我们不能这么做！”他对布莱恩说道。

就像之前一样，从他口中出来的只有气泡，布莱恩甚至都没有回身，忍伸手去抓布莱恩的肩膀。

“停下！我们得回去。”

他太焦虑不安了，结果又一次忘乎所以，在呼吸调节器旁又吸进了一大口海水。在他将海水咳出来的时候，布莱恩沿着海槽狭长的沙丘继续搜索着，完全无视了他。等到忍再一次能够正常呼吸，布莱恩正向他挥手，脸上带着胜利的表情，他的左手握着那把仪式剑。

忍以他能在水中移动的最快速度游过去，将石剑从布莱恩的手中打了出去。仪式剑打着旋儿飞出去，向海沟底部沉下去。

布莱恩立即去追，但是忍抓住他的脚踝，将他猛地向后拉。布莱恩·权块头很大，人很友善，从不轻易发怒，但是现在他光火了。他向忍踢了过去。忍闪向一边，又拉住布莱恩，拖着他赶紧远离了仪式剑，仪式剑现在杵在他们下方十英尺处的沙子中。

布莱恩猛力地推着忍，忍抓住布莱恩的双臂不肯松手。布莱恩将他巨大粗壮的手从忍的手里挣脱了出来，横扫忍的胸前，将忍戴着的呼吸调节器的输气管一把扯了出来。一连串的气泡从输气管中涌出来，忍的氧气散进水里。就在忍胡乱地挥动着手臂想要阻止气泡涌出的时候，布莱恩潜向更深的水域。

死亡的威胁迫使忍控制住了他的恐慌。他镇定下来，没有跟着布莱恩，而是伸出一只手小心地绕过氧气瓶的总阀，扳动曲柄关闭了总阀。气泡停止了。

他又花了一点儿时间将输气管重新连接到呼吸调节器的衔口上。当他终于将氧气重新供给并且大口大口地吸进的时候，布莱恩正向上方游向他，仪式剑安全地别在他的腰带上。忍这位大块头的朋友在他面前停下来，将写字板拉到身前。在工作订单页上，在仪式剑的图像下面，写着他们打捞到它所能得到的报酬。布莱恩的手指往打捞费上戳了几下：如果石剑以完好状态带回岸上，他们将得到三倍的报酬。然后布莱恩转过身去，游向海面。*大海鲈赢了*，忍想道，*布莱恩永远都不会放弃那么多钱*。

忍又在那里漂浮了片刻。湿婆的药效正逐渐退去，他的头开始疼起来。他缓缓地跟着布莱恩游着，时不时地把头从一边转向另一边，以期发现埋伏在他们视线之外的单独行动的潜水者。

就是在这样做的时候他看到了它。闪电权杖几乎完全被埋在了一溜沙丘中。只有末端扁平的刀刃在水中竖着，挨着一个破了的马桶。忍游过去，将权杖从沉积物中拔出来。

这把石质器物和十八个月前完全一样——它一路落到维多利亚港的海底，又沿着海底到达海沟，这个过程完全没有对它造成任何损害。

他抬头看看布莱恩，布莱恩正在他前面很远的地方游着。显然，没有人在寻找闪电权杖。没有闪电权杖，仪式剑就毫无用处。他双手抓住闪电权杖的两端，然后抬起一只膝盖，觉得他可以将它折成两段。但是在他这个动作做到一半的时候，他停了下来。在数月前，他可以做到将它扔掉，但是将它彻底毁掉是另外一回事。他考虑着要不要将它埋在海槽里，但是他发现自己也无法那么做。现在它在他的手里，正如他父亲先前一直告诉他的一样，这是人类历史上最珍贵的手工制品。

我的父亲……他不愿去想他。然而他无法摆脱这种感觉：阿利斯泰尔不会希望他将闪电权杖丢弃。

“真该死！”他喊道，令他周围的海水充满了气泡。

这件东西过去曾经用来……做他现在都不愿意去想的事情。但是严格来说，那些事情并不是闪电权杖的错。忍在水中又徘徊了一会儿，对自己吐着气泡喃喃地咒骂，闪电权杖握在他的手中。最终，他将它偷偷塞进了腰间的袋子里。

他赶上了布莱恩，两个人在路径点的水中停留等待着，互相怒目而视，他们在等着潜水服减压，以便能够一路游回水面。在互相怒视了几分钟之后，布莱恩在写字板上写道：

你刚刚为什么那么做？

忍拿过写字板写道：

对不起，大海鲈。都是我的错。

他那大块头的朋友似乎接受了这个说法，等他们在打捞现场沿着岸边走的时候，布莱恩已经在一边微笑着一边考虑把钱花掉的多种方式了。

“再来几根湿婆？”他问道，友好地推了忍一把。

“不了，不然我永远也没法儿睡着了。”

“你什么时候睡着过？”布莱恩问道。

“你这话说得没错。”

他们将中文和英文混着说，这在香港的年轻人中很流行。这种做法对忍来说效果不错，也合乎情理。诚然，他有的是日本血统而不是中国血统，而他的所有中文都是在过去的一年半里一点一点地学会的——他学得很快。

他们进行打捞的地点是在一个叫作观塘的地方，在这里可以看到港口的西南一侧。从他们走路的地方，忍可以看到横跨水面的跨海大桥那巨大、高耸的外壳，它最顶端的穹顶的设计看上去像是一大片东方式船只和西式船只的船帆。在跨海大桥之外，在海港的另一侧，香港中环的摩天大楼在下午三点多的薄雾中刚刚可以看得到。

忍扫了一眼仪式剑，它好好地别在布莱恩的腰带上，他纳闷儿什么时候仪式剑会被送到要它的人手上。*还有一点，是谁在找它呢？*

他的疑问几乎马上就得到了解答。沿着打捞现场，穿过一堆堆回收来的电子元件、汽车零件和旧船部件走向他们的是两个男人。走在前面的是他们的工头，他是一个瘦小的菲律宾人，总是不停地对他们嚷嚷，但是他从来不会真的生气，只要他们能从海港的海底将他想要的东西捞上来。走在后面的男人是个年轻的白人，他在泥泞中走着，完全不在乎把裤子和鞋子弄脏。

是约翰。当然是他。在过去的一年半里，他大概一直在和世界各地的打捞公司联系，现在，仪式剑直接让他来到了香港。并且完全无心地，让他直接来到了忍的面前。

在忍的内心非常遥远的一部分，他知道自己应该杀了约翰。他应该马上就沿着岸边跑过去干掉约翰，片刻也不犹豫。那将会是一种体面的做法。但是他已经知道自己不会那么做了。因为约翰，阿利斯泰尔才落得那种下场。事情的发生的确是因约翰而起，但是，这不仅仅是约翰的错。还有很大一部分是布里亚克的错，甚至是阿利斯泰尔自己的错。他的父亲和姑父选择去做某些事情……去做那些忍不允许自己再去想的事情。

还有其他一些事情是约翰的错——比如奎因受伤，还有她对约翰的痴迷。然而现在……奎因不再是忍的责任了。他对她道了别，然后将苏格兰的一切都抛在身后，包括他的父亲在内。他现在真正需要的是某种能够让他不再记起这些的东西。

“那我们到时候要怎么做？”布莱恩问道，忍的沉默令他感到挫败，“也许去哪个昂贵的高档鸦片馆？”

“好啊，没问题。”忍漫不经心地同意道。

他仍旧穿着他的潜水装备，他的红发早先已经剃短，还染成了像豹纹一样的黑黄相间的颜色。他在鼻子和一侧眼眉位置都打了洞，他也比之前更高更瘦了。但是他和约翰在一起生活了那么多年，再往前走上三十码，约翰一定可以认出他来。

“嗯，那去哪一家好呢？”布莱恩在问他，“我听说在桥区的第四层有一家不错，就像是中国帝制时代的鸦片馆一样——”

忍收回一条胳膊，在布莱恩的话说到一半的时候直接一拳打在他的脸上。那一下将大块头的布莱恩直接打倒在地，忍接着扑到布莱恩身上，拳头开始像雨点一样落在布莱恩的头上。就像忍希望的那样，布莱恩掐住忍的脖子，身体滚了半圈，将忍死死地压在潮湿的地面上。忍没有再继续挥拳打向布莱恩的脸，而是抓了几大把发臭的泥巴糊了自己一头一脸。

“你刚刚又是在干吗？”布莱恩喊道，“我们并不一定非要去抽鸦片，你可以挑任何你想要的东西！”

现在他掐住了忍的脖子，忍也不再往自己身上糊泥巴，而是开始试图将布莱尔香肠一样粗大的手指从他的脖子上撬开。工头往他们这边跑过来，同时喊着让其他工人过来帮忙。片刻之后，十几条胳膊将布莱恩从忍的身上拉开了。

有人帮助忍坐了起来，他坐在地上，咳嗽着喘息着，全身上下全都被泥巴盖住了。从这个位置，他看着约翰走完了剩下的距离来到他们面前，脸上满是担心他们的打斗会把什么东西损坏的神情。工头正在仔细地检查着仪式剑，故意严厉地斥责布莱恩，因为布莱恩把它弄得沾满了泥巴。

“头儿，反正它之前也是在海底待着。”布莱恩指出了这一点。

然后，在工头将仪式剑上的泥巴抹掉并递给约翰的时候，约翰就站在忍的正上方。约翰近乎虔诚地接过它，将它举了起来，在阳光中检查着剑的石材。仪式剑没有受到损坏，非常完美。他的大拇指摩挲着剑柄底部，忍知道，在那儿刻有一个小巧的狐狸图案。约翰脸上是一种混杂着希望和解脱的神情，令人几乎不忍去看。他将仪式剑塞在外套内侧，沿着泥泞的坡道往回走去，没有往忍所在的方向瞥一眼。

忍用一只手抹过他的额头，看着工头数好他们的报酬递给布莱恩。现在，忍又在大量出汗了，他感到一种剧烈的饥渴感袭遍全身。

“来，让我拉你起来。”布莱恩伸出一只手，将忍拉起来。忍一站起来，布莱恩就一拳打在他的下巴上，打得他又倒在了泥巴里。

忍抬头看着布莱恩，吐出了一大口烂泥：“你这是干吗？”

“你他妈有什么毛病，小梭鱼？”布莱恩喃喃地说道。

“刚刚有一条大海鲈坐在了我的身上！”

他们两个都笑了起来。刚刚发生的一切都无关紧要。今天的工作完成了，而“药吧”在等着他们。

他们用打捞场水管里的脏水冲了冲自己的身体，换上上街外出的衣服。对忍和布莱恩而言，外出的衣服意味着紧身牛仔裤、皮夹克，撕得一缕一缕、用安全别针别在一起的T恤，镶着金属铆钉的手环，那些铆钉非常锋利，他们没把自己的眼睛扎坏真是一个奇迹。忍喜欢将他最粗的手环戴在左手腕上，这样就能将他不愿看到的旧伤疤遮住了。

他瘦了太多，牛仔裤已经不像过去那么紧了，让他得以将闪电权杖向下塞进一条裤腿里，让权杖钝重的刀刃插进他左脚的靴子里。

就在这时他注意到他母亲的一条信息，是手机在他还在水下的时候收到的。信息里让他赶紧联系她。一定是很重要的事儿——她从来没有试图联系过他。他的母亲不仅没有死，还活得好好的，就在一年半以前她和他团聚了，但是她现在已经对他充满厌恶。而这真不能怪她。

他开始给她打电话，这时布莱恩不停地捶着更衣室的门，告诉他抓紧时间。于是他将手机塞回口袋，没再多想。他和布莱恩一起离开打捞场，走进城市之中，石质权杖不停地轻轻敲打着忍的腿。

第三十章 奎因

奎因站在诊疗室的里屋，为那个红发的亚裔小男孩配好了一袋草药之后，她在整理屋子。前门上的铃铛响起来，提醒她有人刚刚进了候诊室。

“妈妈？”她喊道。很长一段时间以来，她第一次渴望见到菲欧娜，并且想要告诉她自己救了一个小男孩的事情。

她走到前屋，发现来人并不是菲欧娜。

那是一个年轻男人。和她年纪差不多，长得非常英俊，有着白皙的皮肤和浅棕色的头发。他背对房间入口站着，蓝色的双眼那样地望着她，仿佛他就要溺水身亡，而她能救他的命。

不知怎的，她的双手失去了控制，一罐草药掉在地上。罐子滚落，里面的草药撒了一地。

“奎因，”对方柔声说道，“真的是你吗？”

在他开口之前，她担心他的声音会不一样，甚至会是扭曲可怕的，但是实际并不是这样。他的声音听起来很普通，而且非常非常熟悉。

他在仔细地观察着她，仿佛担心她可能会做出什么危险或者狂暴的举动。在她弯腰捡草药的时候，他的目光一直追随着她。她也觉得自己可能会做出什么不可预测的举动。但是是什么举动呢？

她不慌不忙地从地上捡起罐子，将它小心地摆在一个长台面上。她觉得自己的动作突然之间变得非常笨拙，仿佛在他面前，她的肌肉不再能够正常工作了。

“奎因。”他又叫了她一次。她认得他的声音，它是如此熟悉。还有他也是，她当然也认识他。不知怎的，她觉得他是自己生命中重要的存在。

“你认识我吗？”他问道。他往她的方向迈出一步。

“当然。”她自动答道，发现自己后退到了身后的屋子门口。能够触碰到那里坚实的墙壁，这感觉很好。她确实认识他。她可以想象自己走过去，将脑袋靠在他的胸口。但是她的意识告诉她，她不记得他一定有很充分的理由。“我当然认识你。”

他又朝她走了一步，好像他无法控制自己，无法忍受离她很远似的。

“那我的名字是什么？”他问道。

奎因咬住了下唇。他的名字就在那儿呢，就在她的舌尖上。是某个普通的名字，然而她就是想不起来是什么。它是她意识中那片灰色区域的一部分，是其他人认为记忆存在的地方的一部分。那是她自己的维多利亚港，将她人生中最初的十五年淹没了。

他走得更近了。他走路的姿势……她在一片田野中，在一间谷仓里，看到过他，在离这里很远很远的地方。在远处有一条河。这些东西如同在你拿走纸张之后留在吸墨纸上的印记——与其说她能看到它们，不如说她能够感觉到它们的存在。

他就站在她面前，奎因的后背紧紧地贴着墙壁。他闻起来有着肥皂和咸咸的海水的味道。

“我的名字是什么，奎因？”

她低语道：“约翰。”

剧烈的眩晕感袭遍她的全身，她的膝盖软了，身体沿着墙壁滑下去。约翰扶住了她。她支起身体，从他身边挪开，进了里屋。

她什么也想不起来，然而想不起来这个动作本身令她筋疲力尽，走路变得艰难。她走得跌跌撞撞，打翻了另一罐草药，听到它散落一地的声音。她不该和他在一起。

“我担心死了，”他在说着什么，“我以为——自从那天晚上——”

“不要。”她的手本能地抬起来阻止他继续说下去，无论他要说的是什么。这是约翰的脸。以前她曾经透过一个大洞看到这张脸在望着她，同时麻木的感觉在她的整个胸膛蔓延……

“感谢上帝你没事。”他气喘吁吁地说，现在他在跟着她，而她则踉踉跄跄地绕过检查台。

在她努力试图抓住架子保持站立姿势的过程中，她又将几个罐子从架子上扫掉了。她胸膛上的旧伤在隐隐作痛。她正往地上倒去；她的腿不听使唤了。

然而她并没有摔倒在地，她被约翰强有力的手臂给抱住了。这种感觉是那么自然。即使他很危险。不知怎的，她知道他很危险。她自己也是一样。他们两个在一起会非常危险。

“我扶住你了，”他低语道，“我就在你身边。”

他抱着她往楼上她的卧室里走去，这个过程感觉就像是在一艘颠簸的船的甲板上。她不介意他触碰她，不在乎他的手放在那儿。她闭上眼睛。然后，他们进到她的卧室里，他轻轻地将她放在床上。

眩晕感更加严重了。以前这个动作也在她身上发生过，在她来到香港的最初几个月里。*是你的过去在试图取代你的现在*，谭医师之前曾经耐心地解释过，*如果你希望的话，你可以将眩晕感留在过去。你需要的只是等待这一刻过去。*

“我就在这儿呢，”他低声说道，“和你在一起。我很想你。上帝啊，我真是太抱歉了……”

和他在一起为什么很危险呢？这毫无道理。她可以睡过去，因为他就在这儿守护着她。一切又恢复正常，因为约翰在这里。

“我也很想你。”她喃喃地说道，将他的一只手握在她自己的手中，失去了意识。

第三十一章 忍

忍透过一片鸦片烟的迷雾凝视着他手中的物体，它在振动。他努力将视线聚焦，最后发现原来是他的手机。谁会给他打电话？现在是正午时分。他和布莱恩，还有通常和他们一起闲逛的那帮潜水员在天黑之前甚至都不会醒来。

他又从抱在他怀里的大烟枪里吸了一口。这是他的第七管了，他正要接近那完美的状态——他的意识平衡地处于他的身体和天空之间：没有忧虑，没有烦恼，同时也没有其他人。

但是他的电话一直在振动。它已经振动了几小时，尽管那是以吸了鸦片之后的时间感来衡量。在现实时间中，可能只过去了几秒钟。

“请你闭嘴。”他对着手机低语道。

可是它不肯听他的话。

忍笨拙地将大烟枪放在托盘上，挣扎着用胳膊肘支起身体，感到非常不耐烦。他揉了揉眼睛，盯着手机。

“是我的母亲。”

他推了一把布莱恩·权，布莱恩正在他身边的硬木床上蜷缩成一团，他自己的大烟枪放在他脸的旁边。布莱恩嘟囔了一声作为回答，然后咕哝道：“梭鱼妈妈。”

电话停止振动，现在它“哔”了一声，表示收到一条信息。他的母亲从来不给他打电话。有什么事在他的意识后排提醒着他。那天的早些时候，她不是也给他打了一次电话吗？一天之内他的母亲给他打了两次电话，这可真是不同寻常。在潜水打捞的过程中被彗星砸中都比这可能性更高。上一次见到他的母亲，她发现他在厨房里失去了意识，燃着的湿婆烟在他身边散落一地，而他的小弟弟则因为烟雾倒在了门厅。真理子当时将一口大煮锅朝他扔了过去，尖叫着说他永远永远不准再踏入她的房子一步。那是几个月之前的事了，此后他再也没有接到过她的任何信息。

没有意识到自己在做什么，忍已经再一次躺了下去。他将烟枪拿到唇边，又长长地吸了一口。

他的目光在房间里飘来飘去。在此之前他从没来过这家烟馆，烟馆里垂着精致的丝绸帷幔，摆着数张雕花描银的硬木床。在桥区有很多收费更低的毒品吧。他通常去的都是最下层最便宜的那些，在那儿你可以躺在一堆用聚苯乙烯塑料泡沫包装的花生上面，和几十个其他烟友挤作一堆。但是布莱恩渴望将他们今天打捞作业所赚到的额外收入全花掉。在这里，周到殷勤的服务员穿着丝绸睡衣走来走去，为他们准备新的烟枪和饮品。他注意到，他们都在鼻子上戴着过滤器，这样就不会对鸦片烟上瘾了。

烟，他想道，那安详宁静的平衡被打破了。*烟与火。我本该杀掉你的，约翰，但是我更憎恨布里亚克和阿利斯泰尔*……他的父亲又出现在他的眼前，暗红色的头发周围是一片火花。现在，忍可以看到那头红发，如同它就在房间的另一头一样。

他迟钝地意识到，那头红发确实就在房间的另一头。尽管他的意识依旧在漂浮着，他的眼神开始聚焦了，他强迫自己望向那个鸦片馆另一端斜倚在一张硬木床上的女人。

她不到四十岁，头发的红色和他父亲的是一样的。她很美——就像他曾经一度认为他的菲欧娜姑姑很美一样。这个女人穿着中式的丝绸旗袍。和她一起的是一位年纪稍长的欧洲商人，他的头枕在她的膝上，而她则将一支烟枪举到他的唇边。她的脖子上系着一条黄色丝巾，他知道，这意味着她是一名交际花。在桥区这是一份合法的职业。那个男人一定是她的客户，在他在烟馆享受的时候付费购买她的陪伴。她在对他温柔地讲话，在她的嘴唇上方也戴着一个小小的过滤器。

“大海鲈，她看上去和菲欧娜一模一样。”他喃喃地说道。

“谁？”耳边传来布莱恩睡意蒙眬的回答。

“那个女人。”他试图指指她，但是当他飘在离他们这么远的高处的时候，让自己的手移动实在是太难了。她的目光在屋子里飞快地掠过，在忍的脸上停留了一下，继续望向其他对象。

那的确是菲欧娜。那不是某个看起来和菲欧娜很像的人，那边的就是菲欧娜本人。

忍的胃令人不舒服地翻腾了一下，那种腾云驾雾的感觉消失了。他的意识一下子狠狠地一头栽回到自己的脑袋里。

“是她没错，”他低声说道，伸出一只手来摇晃布莱恩的肩膀，“她就在那边！”

“拜托你闭上嘴，小梭鱼，”布莱恩嘟囔道，将忍的手打开，“闭上你的嘴，就像……就像某种一直闭着嘴的东西一样！”

恐慌一点一点地从忍的胃爬向他的脑袋。已经有一年半的时间了，他没有见过任何一个在他以前的人生中出现过的人。然后，今天，一天之内他既见到了约翰，又见到了菲欧娜。

“为什么偏偏是今天？”他问布莱恩。

“一只乌龟，”布莱恩嘟囔着，“乌龟很安静。小梭鱼，你需要像一只乌龟一样。”

忍集中注意力，希望能够透过鸦片带来的幻觉看清楚。如果菲欧娜成了一名交际花，那就意味着她一定是住在桥区。数月之前的那个晚上，他确实是将菲欧娜和奎因留在了那儿，让谭医师来照顾她们。但是忍从来没有想过她们会留在这儿。成为一个桥区居民很难，你必须拥有一些特别的技能。

在他从房间的另一侧望着菲欧娜的时候，在他望着她那充满异域风情的西方人面孔，望着她那头稀有的红发和罕见的美貌的时候，他意识到，也许菲欧娜确实拥有这样的技能。

他先前认定，一旦奎因的伤好了，她和奎因就会离开香港，到世界上某个偏僻遥远的角落居住。但是菲欧娜就在这儿。

“走开。”他低声说道。

又一次地，菲欧娜抬起头来环视房间，她的目光检视着其他硬木床。忍将他的脑袋埋在布莱恩的胳膊后面。

“你才滚开呢，”布莱恩咕哝道，“等你滚开之后，麻烦你闭上嘴。”

忍的头仍旧埋在布莱恩的胳膊后面，直到菲欧娜的注意力又重新回到那个脑袋枕在她膝盖上的男人身上。他抓住硬木床一侧的侧边，拖着自己的身体站了起来，差点儿将一个就在此时从他身边走过的服务员压扁。那个小个子的男人对其他服务员比了一个手势，他们一起扶住了忍。他现在已经十六岁了，身高超过一百八十厘米，三个男人一起努力才没让他又倒在地上。

“先生，也许您愿意再躺下来？”

“不，”他说道，抬起一条胳膊将他们推开，这么做的时候他差点儿又跌倒在布莱恩身上。他扶墙稳住自己，用膝盖顶了顶布莱恩的腿，“布莱，起来。我们要离开了。”

“嘘，小梭鱼，”布莱恩回答道，“乌龟。像乌龟一样闭上嘴。”

“我要离开这里了！”他摇晃着布莱恩的肩膀。

“……我要把你做成乌龟汤。”布莱恩咆哮道。他的一条结实的胳膊抬起来抡向忍，但是忍躲开了，又一次扶着墙稳住自己。

“那我就自己离开了。”

他跌跌撞撞地走出烟馆，将一大沓钞票扔向跟着他走出烟馆大门的服务生。

“先生，桥区关于公共场合吸毒有着严格的规定。您的游客通行证有被吊销的危险。”

这话倒是没错。忍停下脚步，抓住一只从烟馆出口处的天花板上垂下来的氧气面罩。他一边倚在墙上，一边通过氧气面罩呼吸了几分钟。无论从氧气面罩里出来的是什么东西，都立刻让他的脑袋清醒了过来。他仍然能够体验到一点点腾云驾雾的感觉，但是他控制自己四肢的能力回来了。

“谢谢你。”忍说道，然后他体面而正常地从烟馆走了出去，走进外面过道中那群有钱人当中。

在这一层的桥区，道路两旁是最最昂贵的那种夜店和毒品吧。他脏兮兮的衣服和豹纹的发色已经在吸引一些他并不希望有的注意了。他在人群中一路推搡着走向升降梯，想起了他的手机。

忍将手机从一只口袋里掏出来，发现自己的视线清晰到足以查看他母亲的信息。等看到她写的内容之后，他身上残存的鸦片带来的最后一丝快感也消失了。明夫病得很厉害。他摄入了忍屋子里的什么东西，差点儿死掉。忍努力试图记起来他在那里可能留下了什么毒品，但是什么都有可能。在过去的一年半里，毒品是他的长期伙伴，而他将任何数量的毒品忘在他母亲的家里都有可能。一种混着内疚和恐惧的感觉在他的胃里炸开了。

感觉有人粗暴地推了他一把，他抬起头看到了布莱恩，布莱恩刚刚跌跌撞撞地跟着他从烟馆里出来了。

“接下来干吗？”他的朋友问道，“再去一家？还是去吃点儿东西？”

“等等。”忍读了他母亲接下来的几条信息，如释重负的感觉席卷了他。明夫没事。忍花了几秒钟才又恢复了呼吸。“我得去取点儿东西。”

“吃的？”

“不是的，大海鲈。”

“啤酒？小梭鱼，我们可以像鱼一样喝酒。”

“我得先回家一趟。”

家这个词似乎让布莱恩迷糊了。

“什么家？”

他们两个已经在电影院楼上的那间房间里住了一个月，整天与老鼠、蟑螂为伍，这一切都让忍感到放心——在经历了所有的一切之后，他终于不再在苏格兰的乡间了。

“我母亲的房子。”忍回答道。

在布莱恩有机会进一步审问他之前，忍走进一架升降梯。他被飞快地送到了桥区的最顶层。这里和往常一样阴郁，光线被上方的穹顶遮住，只有少量的阳光透进来，非常昏暗。傍晚时分一群群游客沿着大街游逛着，经过一家又一家出售各种亚洲食物的餐馆。

片刻之后，布莱恩踉踉跄跄地走出升降梯，他们两个一同加入了桥区步行者的行列之中。餐馆上方是公寓，里面大多都亮着灯，可以看到有人影在移动。餐馆之间是针灸师、草药师和其他拥有忍都无法描述的异域技能的医师们开的医馆。

“就在那边。”忍最后说道，看着他母亲刚刚发送给他的地址，穿过马路来到了马路对面。

“那个不是你母亲的房子。”

“闭嘴，大海鲈。如果你帮助很大，完事之后我会请你喝杯啤酒。”

然而事情并没有那样发展。忍即将遭遇他那一天第三奇怪的一次邂逅。

他找到了要找的那间医馆，是一间小而整洁的店面，楼上是公寓。他在门口的金属投件箱里摸索着，从里面拉出来一大袋上面大大地写着明夫名字的草药。

就在他一边将袋子塞进夹克里，一边走开的时候，医馆的门被人猛地推开了。还没有来得及转身去看，他就被一个冲出门的人影撞倒在地，那个人影飞快地跑着，仿佛是一个绝望地想要活下去的人。

第三十二章 奎因

从另一间屋子里传来尖叫声。从她在育儿室站着的地方，奎因可以非常清楚地听到打斗的声音。那个孩子的眼睛在向上盯着她，他吓坏了。

“发生了什么事？”男孩用法语悄声问道。他讲话有点儿咬舌，有点儿口齿不清，就像小孩子身上常常发生的那样。

“什么事都没有，”她同样用法语回答道，“没事的，跟我来。”

男孩实在是太害怕了，根本动弹不得。

“跟我来。”她又一次说道，这次语气更为粗暴。没有时间了。

她将被子从他身上掀开，去拉他的手。

从另一间屋子里传来一声更加响亮的尖叫。可能是一个女人的声音，但是很难分辨出到底是不是。

男孩开始哭起来。

“没事的，”她说道，“我带你离开这儿。”

他不想跟她走，但是他不知道要如何拒绝。她拉住他的手，拉着他走到了门口。她可以看到其他人，他们都在走廊另一头更大的那间屋子里。此时此刻，没有人在往她的方向看。

她用她斗篷的一角罩住了小男孩。她紧紧地抱住他，抱住他跑过走廊，跑下楼梯。片刻之后，他们两个已经出了侧门，正在离开这个地方。

她又将他抱起来，跑过草地。“我们要去哪里？”他问道。

“远离这个地方，”她在他的耳边低语道，“我会保证你的安全。”

在她怀抱着男孩奔跑的同时，奎因知道自己正在做梦。这不是真的；这不是事情真正的后续发展。但是在这一刻，她在做出正确的决定，做出她当时就应该做出的决定，于是她被快乐的感觉填满了。这不是真的，但是即使是在梦境中，做一个勇敢而高尚的人，感觉也很好。

第三十三章 约翰

约翰倚着奎因紧闭的卧室门站着，看着她睡着的样子。此时此刻她的脸正对着枕头微笑，仿佛在做一个令人愉快的梦。*她梦见我了吗*，他纳闷儿，*就像我一直梦见她那样？*

但是他做的很多关于她的梦并不令人愉快。先前他最后一次见到她的时候，她正处于那个奇特的传送门的另一侧，血染红了她的胸膛。从他的枪里射出来的一颗流弹差点儿杀了她，而关于这一幕的记忆像是扎进他肚子里的一根冰锥。*我怎么能让那种事情发生呢？*

当他来到她楼下的诊疗室，他的预期是她会尖叫、求救，或者攻击他——无论她做出上述哪种反应都是理所当然的。然而事实并不是这样，尽管她似乎记得他的脸，但是一开始她甚至都不记得他的名字了。不知怎的，奎因开始了她的全新生活。她甚至都不记得在庄园的最后一晚所发生的事情了，这可能吗？如果这是有可能的，是不是意味着他被原谅了？是不是意味着他又有了一次可以和她试着在一起的机会？

“你是怎么做到忘记的呢？”他回到了床边，柔声问她。

奎因在睡梦中动了动，但是没有醒过来。约翰轻轻地将她衬衫领口的扣子解开，将衬衫向后拉开。他不想去看，但是内疚迫使他不得不这样做。就在她的左肩位置，他发现了他的子弹贯穿她身体时留下的伤疤。伤疤是圆形的，皱巴巴的，到现在仍然发红。他猜，它一定会时不时地让她感觉不舒服。如果伤疤再靠近心脏几英寸，她绝对会死掉。

“我以为我把你给杀掉了，”他低声说道，又一次感受到了那一刻的恐惧，“我以为你死了。”

他在奎因身边躺下来，闭上了眼睛。她的味道让他回忆起他们两个最后一次在树林里的那个下午。

“我不想一个人面对这一切，”他呢喃道，“我需要你回到我身边。”

“我需要你。”她喃喃地说。她在沉睡，那个梦中的微笑仍然停留在她的脸上。

他将她的手贴在他的脸颊上，倾身向前，吻了她的嘴唇。奎因将他拉得更近了些，睡意蒙胧地抱住了他。

“为什么我们从来都没有……”她说道，开始要醒过来了。

“之前我想要那么做的。”他低声说道。

她将脑袋靠在他脖子根部。“约翰。”她的嘴唇贴着他的皮肤，念着他的名字，仿佛这是一个她刚刚才学会的陌生词汇，“约翰。”

他用双臂环抱住她，贴着她的身体感受着她的力量。*会有很多东西试图拉着你偏离你所选择的道路。仇恨是其中之一，爱也是*……他想要他的母亲和玛吉闭上嘴。他就不能平和安宁地度过一天，一周或者一个月的时光吗？他就不能为自己着想一下，和奎因在一起一会儿吗？但是他许下的誓言像是燃烧着的余烬在他心脏的正中央发着光，而她们的话则一直回荡在他的脑海中。

他需要奎因的帮助。而现在甚至没有时间来让她对他将要向她提出的要求有所准备。房子里到处都是菲欧娜的痕迹。奎因不是自己一个人住在这儿，在某个时间点，菲欧娜就会回来了。约翰先前曾经烧毁了庄园，又开枪打中了她的女儿。他确定菲欧娜不会很热情地欢迎他。

事实上，如果菲欧娜头脑足够清醒，她很可能已经感觉到有什么地方出了差错，正赶回来查看情况。他必须现在就说服奎因。

“奎因……你会帮助我吗？”他低声说道，“我需要你的帮助。”

奎因的嘴唇贴在他的脸颊上。“我当然会帮助你了，”她低语道，“帮你做任何事都可以。”

她可能仍然处于半睡半醒之间，但是他还是允许自己生出了希望。

他坐起来，移到侧面，让她能够清晰地看到放在她卧室门边椅子上的东西：仪式剑。

刚刚的魔咒立刻就被打破了。

奎因迅速地从他身边移开，不知不觉间坐了起来，后背抵着墙壁，双臂环抱着自己的身体。

“那是什么？”她问道，“它为什么在这儿？”

“奎因，”他柔声说道，“你知道它是什么。也许你记起来需要花上一会儿工夫——就像你在楼下看到我时那样。但是你知道它是什么。”

“我不知道。”

“求你不要害怕。这儿只有我们两个人——”

奎因毫无征兆地站了起来，冲向门口。约翰连滚带爬地抢先赶到门口，挡住了她的去路。

“让我出去，”她说，“让我离开这里！”

她推了推他，但是约翰没有挪到一边。他的后背紧紧贴着门，让它紧闭着。

“它只是放在那里而已，”他说道，“我们甚至都没碰它。没关系的，奎因。拜托。”

但是她陷入了一阵恐慌之中。“不要挡我的路，约翰！”她更大声地喊道，“妈！菲欧娜！”

“你不需要摆弄那把剑，你甚至都不需要看它一眼，我只是需要你教教我。”

她没有在听他说话。她抡起拳头打向他，打中了他的脸颊：“让我从屋子里出去！妈妈！妈妈！”

然后，她的膝盖软了下去，就像先前在楼下时一样，她倒在了地上，“那不是我，”她低语道，“我已经不再是过去那个我了。我现在在做好事了……”

约翰跪了下来:“我并不想要伤害你。我想和你在一起。只是我——”

“我要吐了……我要吐了……”她在喃喃自语,“让我出去,拜托。”

她看起来真的像是要吐的样子。

他温柔地拉着她站起来,扶着她走出卧室。当他带着她走进浴室之后,奎因一下子捂着胃部跌坐在马桶旁边。然而,远离了仪式剑之后,她似乎冷静了一点。他在她身边蹲下来,努力想要让她看着他。

“你为什么在这里?”她问道,“我不想感受到那些只要我在你身边就会感觉到的东西。”

“你留在了庄园,你知道如何使用仪式剑——”

“不要说这些了!”她低声说道。

“我不得不这么做。布里亚克不见了,阿利斯泰尔……”想到阿利斯泰尔,约翰有那么一会儿陷入了沉默,被悔恨所吞没。*那是一个意外*,他提醒自己,*而且他本来可以帮助我的,他本来可以选择去做对的事的*。他将这些思绪从脑海中赶出去,将注意力集中在奎因身上。“你是剩下的唯一一个探寻者了,”他说,“或者还有忍——他在这儿吗?他和你在一起吗?”他先前没有过多地想到忍,但是忍可能还和奎因在一起的这个突然冒出来的念头令他感到一阵深深的嫉妒之情。

“我不知道你在说什么。”她气喘吁吁地说道。

也许她把忍也忘了。那很好。“给我展示一下要怎么前往彼处吧,”他对她说,“教教我。然后我就离开,如果——如果你希望我离开的话。”

“我已经不再是过去那个我了,”她告诉他,“我不做那种事了。”

“教教我,然后我——我就再也不会纠缠你了。”

“约翰……”

“我的祖父不能再帮我多久了,他现在几乎都帮不了他自己了。”约翰绝望地说道,“*我发过誓的*,奎因。我现在把它找回来了。求你给我展示一下——”

“停下！”奎因用双手捂住耳朵，坐在地板上，身体前后摇晃着。“我不记得这些东西了！我不记得了。我已经把它们抛在身后了。”

他轻轻地用双手扶住她的肩膀。

“你看不到一切都可以好起来吗？”他对她低语道，“我们在这里——就我们两个。我们两个一起可以战胜所有发生过的坏事，我们可以一起决定对我们两个来说什么是对的事情。”

“别说了，拜托——”

“我爱你。”他将她的双手从她耳朵上拉下来，“可以请你帮助我吗？”

他握着她的双手，跪在她的面前。而她脸上的表情像是一只野生动物在林子里被困在了绝境之中。

“来吧，”他柔声说道，“我们两个人在一起难道不好吗？就像我们之前一直想象的那样。教教我和仪式剑有关的东西吧。”

奎因的眼神是狂乱的。她的头毫无预兆地向前撞去，猛地撞到了约翰的额头，令他陷入一阵炸开的疼痛感之中。

她连滚带爬地站起来，后退着靠在浴室的门框上，然后她离开他，跑下了楼梯。

“奎因！”

约翰也站了起来。他抓起仪式剑，追着她跑下了楼梯。

但是她已经到前门了。她将门一把推开，逃了出去。他及时地赶到门口，看到她在一群路人中推搡着前进，撞到他们中的一个人身上，撞得她趴倒在桥区的大道上。

约翰仍然可以感觉到她的嘴唇贴着他的嘴唇的感受，但是他没能留住她。他又一次没能说服她，而她则再一次抛弃了他。

他看着她从那个路人身上起来，重新站起身，跑了起来。她在离他越来越远，但是约翰看到的不再是奎因或者桥区了。他看到的是一个倒下的五岁小男孩躺在他死去的姐姐身边的身影。他看到的是十几具尸体，被淹死的，被钉在墙上的。他看到的是一个年轻的女人，她看起来那么像他的母亲，在布里亚克·金凯德让她流血至死的时候她一直在尖叫。他对他们所有人都发过誓的。

还有其他探寻者可以教他仪式剑的秘密吗？约翰相信，在某个地方一定有。但是奎因现在就在这里。他需要她的帮助，即使他需要强迫她这么做。而他相信，在她的内心深处，她是想要帮忙的。她最后难道会不理解他、不原谅他吗？

约翰又一次将视线聚焦在桥区。他对奎因房子外面的男人们比了一个手势——那些都是他带来的人，但是他曾由衷地希望自己不会用到他们。他们从先前的藏身之处出现在他的周围，然后融入人群，追踪着奎因的踪迹。

第三十四章 莫德

初阶裁决者的思绪从不四处游荡。只要需要这么做，她的思绪会沿着一个方向一直走下去，然后它会转向另一个方向。如果她没有想明白，一个单独的想法可能会停留很久。而这个占据了她注意力很长时间的念头是：*我要杀了中阶裁决者*。

有时她会想象在一场剑斗中刺死他，有时会想象用毒药毒死他，有时则会想象用刀子在他睡着的时候杀掉他。这些不是白日梦——她是在筹谋计划着这件事。然而现在这还仅仅是一个尚未付诸行动的计划。中阶裁决者在很遥远的地方，也许已经在训练她的替代者了。

她喂过了奶牛，现在正为它们挤奶。只剩下两头奶牛，但是它们帮她活了下来。等桶里盛满牛奶，她提着桶从畜栏一路穿过公共牧场，走向工坊。就像畜栏一样，工坊是庄园里为数不多的没有在袭击中被烧毁的建筑物之一。

沿着公共牧场，烧焦的木柴和成堆成堆烧焦的石头静静地立在那里，取代了原来点缀着这片草场的那些温暖的小屋。在森林的边缘，一排排的树木也被烧掉了。裁决者的几间农舍完整地保留了下来，但是留在那里就仿佛是在和中阶裁决者一起共享一个私密的空间，于是她选择了工坊。

她沉稳的步伐对于提牛奶来说是完美的，牛奶在桶中几乎没有晃动。在她身体的左侧被中阶裁决者砍伤的地方有一种钝痛的感觉，但是疼痛无关紧要。令她烦扰的只有缺乏训练一事。在过去的一年半里她一直在这里，孤身一人，年龄也在增长。

没有训练的日子是倒在沙子上的水。她走路的时候，这些话萦绕在她的脑海之中。没有什么时间是属于我的。没有什么场所是属于我的。没有任何人是属于我的。

在树林里的那个夜晚，当中阶裁决者离开了她并让她去死的时候，她差一点儿就服从了他的命令。她的血，她的生命力从她的伤口处被排空，渗入森林的土地之中。她闭上了眼睛，很好奇，当死亡降临之时，像她这种人身上会发生什么。死亡会在一个单一、明确的时刻来临吗？或者会像是在你的时间跨度被拉长的时候一样，死亡悬在一个无尽的时刻之中，延伸到时间的每一分每一秒？

在那个晚上，在她挣扎在死亡边缘的时候，她感觉自己的身体慢了下来，然后她意识到，那年迈的老师甚至对她进行了应对现在这种情况的训练。她几乎让自己的身体停止了运转，但是并没有彻底地停止。她的心脏仍然在跳动，一分钟跳一下或者两下；空气会慢慢地进入她的肺里。她停止了死亡的过程，躺在那里，处于一种接近死亡的状态之中。

她以这种状态度过了整个晚上，太阳第二天早上升起的时候，她活了过来。那一天的某个时候，农场工人们来到庄园，在寻找幸存者的过程中，他们在树林中发现了她。他们以为她已经死了，直到她伸出一只手去抓其中一个人的脚踝。她听到男人们发出惊讶的喊叫声，然后他们开始把她往上抬，抬着她离开了。

她在一座陌生的、满是医生的高楼里度过了一个月或者更久的时光，在那座楼里，他们对她的血液、皮肤还有骨骼做了种种奇奇怪怪的事情。她的母语是人们在她还是个孩子的时候所使用的一种古老语言。在英语随着人类世代变迁的过程中，她学过了这种语言的各种不同形式，但是那些在她床边徘徊并用金属仪器戳她的男人和女人的新词新句依旧很难理解。

然后她回到庄园，带着身体一侧留下的那条长长的发红的伤疤，自己照顾自己。她可以打猎，而且庄园里还有奶牛。生存对她来说并不是什么困扰，但是孤身一人却是。她并不孤独——在和中阶裁决者共度了这么多年的时光之后，独处是令人愉快的。令她困扰的是，在这里没有人来教她，也没有人能够和她一起进行练习。即使是令人不快的中阶裁决者，也在他们相处的一部分时间里履行了他对她的职责，将裁决者的技能传授给她。

“你自己的老师对你做出了这种事？”那个学徒在重返庄园的时候问她。

他在看她的伤疤，那道伤疤在她衬衫的边缘露了出来，而他对它的注意让她感到不安。这个学徒，这个在袭击庄园时戴着面具的人，他在探寻者中的身份并不清楚。

在初阶裁决者从医院回来的几个月之后，他出现了。那天晚上，当她带着一只打算用来当晚餐的野鸡回到家中的时候，她发现他正坐在工坊里，坐在她自己的武器之间。约翰，那是他的名字。而他就在那里，在她的东西之间。

“你是一个人在这儿吗？”他这样问她。

她没有回答，只是继续进行着她每天正常的日常工作，生火做饭，给野鸡拔毛。他过来给她帮忙，并没有说太多话。初阶裁决者发现他在周围的时候让她有所戒备，但是同时他又令她着迷。在他处于年纪较小的不同年龄段时，她曾经瞥见过他几次，但是现在他站在这里，可能是和她一样的年纪。从那个晚上，从她看到他那双藏在地板下面的小小的闪光的眼睛那次之后到现在，这之间的这些年对他来说是怎样的呢？

她对他的着迷也被她几乎没有和同龄人一起生活过的这个事实给放大了。诚然很难说她现在到底多少岁了，但是如果按照通常的计算方式来算她在正常世界里度过的时间的话，她现在应该已经十五岁了。

等到他们两个坐在彼此身边吃着野鸡的时候，他们开始交谈。

“布里亚克·金凯德使用的那把仪式剑是从我们家族手中偷来的，”他告诉她道，“你知道这一点，不是吗？”

她以她那缓慢的说话方式回答道：“学徒，一把仪式剑必须留在它所属的家族手中，这是我们的法则，但是探寻者的家族总是互相联姻，从而融合了血统。在一个家族内部，我们裁决者认为仪式剑最后会回到它本该属于的人的手中。”

“它会的，”他说道，“它会回到我的手中。”

对此她没有做出任何评论。

“当我将它找回来的时候，”他继续说道，“我会需要有人训练我，以便正确地使用它。你不觉得，由你来帮助我训练才是公平的吗？”

她静静地坐了片刻，一个念头在她脑海中形成。最终她告诉他：“那不是我的职责所在。”

就是在那时，他注意到了她的伤疤。当她注意到他目光的方向时，她试着用胳膊将它挡住藏起来，但是太迟了。他问她是如何受的伤，她告诉了他。除了她那始于多年以前那个晚上的，对他所负有的那种奇怪的责任感这一理由之外，她不确定自己为什么将这些告诉了他。

“如果你自己的同伴留下你等死，那么你对他的职责就已经结束了，你不这么认为吗？”他问道，“但是如果你相信自己还需要对他保持忠诚，你能不能先教我使用仪式剑，在我学会了这个技能之后你再回到他身边——如果你还希望回到他身边的话？”

“如果我希望的话。”她重复着他的话，仿佛努力想要明白这些单词的意思。

“或者你可以留下来和我待在一起，”他提议道，“教导我，成为你自己的主人。”

她的手猛地伸了出来，抓住他的左臂，将它翻过来，她的手指像老虎钳一样紧。她仔细检视着，他的手腕上非常光滑，并没有仪式剑形状的烙印。

“你没有烙印，你不是一名探寻者。”她告诉他。

“布里亚克没有公正地对待我。”他一定是在她的脸上看到了什么，因为紧接着他温柔地说道，“你也见证过他不公正行为的一部分，不是吗？”他垂下目光看着她那双柔软的旧皮鞋，“之前我一直在纳闷儿那个身量较小的人是谁。直到有一天我意识到，我其实知道那个人是谁。那个人就是你。”

她没有回答，但是她记起了约翰还是一个小男孩时的样子，他在地板下面那个藏身之处缩成一团，紧紧闭着眼睛，仿佛这样就能阻止他看到的那些可怕的事情发生。那时他们就已经做了过多的事情；他们做了远不是他们职责的事情。一个人可以通过做其他事来弥补这些吗？

“他不肯完成对我的训练，”约翰继续说道，“但是你可以。”他以普通人看人的方式看着她，仿佛仅仅通过看着他的眼睛，她就能够在突然之间感受到他的感受，然后理解对他而言什么是重要的。

但是她无法感受到约翰的感受。她是初阶裁决者。在她十五岁的人生中，她度过了几百年的时光，而且她的职责和他的远远不同。她和其他裁决者轮流在时光长河中穿行，从休眠中醒过来监督新的探寻者履行他们的誓言，他们保持对人类历史置身事外，做出公正的裁决。这个学徒就像一丛刚长出来的嫩草一样。他不可能理解这一切。

只是……她的大脑回答道，只是他们做出的许多裁决都并不公正。公正成了一个模糊的概念，而且有那么多事情是在我睡着的时候做下的。

这会儿她从约翰身边移开了，他正站在那里盯着火焰。最终，他离开了。

在那个学徒离开之后，她在很长一段时间里一直有一个念头：*我到底算是什么？*

现在，初阶裁决者在庄园里孑然一身，她提着一桶牛奶走进工坊。她已经不再去考虑杀死中阶裁决者的一百种方法了，她在思考先前约翰说过的话。那天下午，在她吃她那顿量很少的晚餐的时候，出现在她脑海中的问题是：我很纳闷儿约翰还会不会回来了。如果他回来了，我该怎么做？

第三十五章 奎因

奎因撞到桥区上的那个局外人的力道极大，令他们两个都摔倒在人行道上。她继续移动，翻过对方的身体，又撞在几个其他路人的腿上。约翰在她房子的门口，离她只有几码远，而在他身后的那栋房子里的某个地方是那把石剑。她将那把石剑和她的大部分记忆都留在了过去，她发过誓要让它们永远留在那里的。

奎因挣扎成了跪着的姿势，但是她发现自己站不起来。她的头因为几分钟之前猛烈撞击了约翰的额头而隐隐作痛，她花了一秒钟时间才意识到，那个被她撞倒了的亚裔男孩事实上正抓着她不放。

“嘿！”他说道，更紧地抓住了她，“你在干吗？”

奎因意识到，他是个男孩没错，但是只有在“男孩”一词的意思是“个子非常高、穿着吓人衣服的青少年”时这个描述才成立。她试图从他手中挣脱，但是她唯一成功做到的只是将他拉得更近了。在她摔倒的过程中，她的一只衬衫袖子被撩了起来，而男孩手环上那尖利的铆钉刺入了她的左手腕。她开始流血，疼痛令她低头看了一眼她的胳膊。在她自己的手腕旁边，是那个男孩的手腕，手腕上戴着粗粗的手环，而在手环下面，在手臂内侧，是一个烙印在他皮肉之上的匕首形状的伤疤。她猛地一惊，在感到恶心的同时注意到在她自己的手腕上也有一个一模一样的伤疤，就在那个她一直非常努力不去看的位置。

最终她停止挣扎，看着男孩的脸。他在鼻子上和眉毛那里都打了孔，戴着饰品，头发染成豹纹的花色。但是所有这些表面的细节全都无关紧要。他是……

他也在打量着她。

“奎因。”他气喘吁吁地说道。他的手松开了她。

奎因用眼角的余光瞥到了在她房子门口的约翰，还有在周围阴影里的其他男人。她将自己从亚裔男孩身上解脱出来——她并不真的知道那个男孩的名字——然后站起来，将袖子拉回原处，就像她一直做的那样。她已经在移动了，双手自动在腰间摸索着，仿佛是预期在那里找到武器。*在桥区不允许携带任何武器*，她的大脑喋喋不休道，*你知道这一点的*。所以，为什么感觉上倒像是她手臂的一部分失踪了找不到了？

奎因回头扫了一眼约翰，还有约翰那些在人群中移动的手下。接下来的几分钟是一片模糊。一大群西方游客将大道上的交通堵塞了。她一路推搡着在他们中间穿行，感受着约翰的手下正在接近她的每一个瞬间。她沿着升降梯下落，移动速度非常快，升降梯几乎没来得及在她走出去抵达更往下的一层之前接住她，在更往下的这一层有着嘈杂的音乐和更加密集的人群。她瞥了几眼追逐她的人，他们现在被她落得很远了。

她又坐了一架升降梯降下来，然后走了出去，融入廉价的毒品吧外面那些人数多得吓人的游客之中。她一直在向右转弯，当她意识到是追逐她的人在把她逼向那个方向时，已经太迟了。

她继续疯狂地坐着另一架升降梯下降，这架升降梯更小些，只对桥区居民开放。这一次当她从升降梯里走出来的时候，她是站在一条空荡荡的过道里，一个男人正从一个楼梯那里跑向她。她向左侧跑去——左边是仅剩的一个方向了——她发现自己是在沿着一条宽敞而黑暗的走廊移动。

这是她此前在桥区从未见过的一个区域。这里没有人类，只有一个个巨大的机器，它们那富有韵律的震颤和蒸汽的嗞嗞声充斥了整个空间。男人的脚步声就在她身后，越来越近，他鞋子的声音和机器的声音融合在一起。他会赶上她，她的过去会赶上她，而这一切发生得如此轻易。她甚至都没有大喊着求救。

奎因没有意识到她的眼睛闭上了。虽然她是在夺命狂奔，有那么一瞬间她仍然迷失了自己，或者说是有好几分钟她都迷失了。等她强迫自己睁开眼睛，她来到了大厅的尽头，身处散发着一股带着机器润滑油味的巨大的空调组件之间。她不再奔跑。她缓缓地转身，发现自己被人围住了。她已经无路可走。

总共五个人。其中有几个很年轻，但是他们所有人的年纪都比她要大得多，体型也大得多。她认出了离她最近的那个——先前在他们的追逐中，她瞥见过他的脸，以及他脸上冒出的深色胡楂儿。

她背靠着一组巨大的空调设备。这些人围着她站成了一个松松垮垮的半圆形。尽管桥区那些入口处的安检机本该在任何危险品有机会进入跨海大桥地区之前就将它们检测出来，几个人的腰间还是别着刀子。奎因感觉到她在为一场战斗而做准备，仿佛是她的直觉在接管她身体的控制权。

那个下巴上长着胡楂儿的男人向她扔过来什么东西。她条件反射地接住了。就在她的手在那昏暗的光线中触碰它的一瞬间，她意识到，她现在正握着那把石剑。她将它扔了出去，仿佛被它灼伤了一样。在石剑落地之前，那个男人接住了它，然后又将石剑塞回到她的手里。

“请不要再扔它了。”胡楂儿男告诉她。

在奎因的手指握住石剑剑柄的时候，她感觉到了石头冰冷的质感。

“告诉我你能够理解这一切。”他说道。

奎因点了点头。

“很好。你来展示一下吧。”他命令道。

“展示？”她问道。

他指了指石剑。

“展示什么？我不知道要怎么做。约翰——约翰知道你们在做什么吗？”

尽管事实已经很明显，这些人都是约翰的手下，她意识里的某个部分还是在告诉她，如果她能够将石剑放下然后找到约翰，一切就都会好起来的。约翰不顾一切了——她可以在他的眼中看到这一点——但是他并不想伤害她。他爱她。

那些人往两边移了移，让她可以看到他们身后。约翰就在那里，靠着一面墙蹲着。他注视着她，眼神里充满了痛苦。

“约翰……”她向他走了一步，但是那些人阻止了她进一步的举动。

“拜托，奎因，”他说道，“我需要你这么做。我需要你帮助我。请不要拒绝我。”

她在摇头：“我做不到……我不知道要怎么做……”

“你可以想起来的，就像你想起了我一样。”他的声音里满是请求的意味，“你可以展示给我的，求你展示给我看吧。”

她可以感觉到自己正变得歇斯底里：“约翰，求你了！我已经不再是过去那个我了。”

“奎因，我需要这个技能。”

“我做不到！”她说，她听到了自己的声音是多么疯狂，然而对此她无力改变。“我真的做不到。”

约翰强迫自己将目光从她身上移开。他盯着地板，轻轻地点了点头。然后，在他的手下逼近她的时候，他用双手捂住了脸；他的手下像先前一样将他从她的视线中挡住了。奎因又开始感觉眩晕了。

“展示出来！”胡楂儿男命令道。

“我做不到！”她尖叫道。

他将拳头抡向她，奎因自动闪向一边。他的胳膊砸在了她身后空调设备的金属上，发出一声巨响。他痛苦地咆哮起来，剩下的男人中的一个从她身后抓住她，将她的双手拧在背后。

胡楂儿男又向她抡起另一条胳膊。她无法挣脱，于是这一次他的拳头砸在了她的腹部，让她在一阵剧痛中弯下了腰。她无法呼吸了。他打得她喘不过气来。*你的过去可以留在过去*。谭医师答应过她的。她不必非要想起来。

站在她身后的男人松开了她的胳膊，她一头磕在地上。从她肩膀的旧伤那里又传来一阵疼痛，她的额头撞到了约翰脑袋的地方也在抽痛。而地板——地板接触到了她的皮肤。灰尘、细菌，所有的脏东西。恐慌占据了主导。

“我只是一个治疗师，”她设法挤出了这句话，“为什么——”

“展示给我们看。”那个男人又一次说道。

她抬头盯着他，石剑在她的手里。一个念头突然涌入了她的脑海：*还缺少某样东西！*

“我做不到。”她喘息着说。

在他们周围机器的轰鸣声中，她听到一声刺耳的噪声。那第五个人走上前来，他先前一直站在其他人的身后。在他的胸前横跨地绑着一个巨大、丑陋的物体，看上去像是一个小型的加农炮。它由有着彩虹色泽的金属铸造而成，即使是在周围这么昏暗的光线中，这种金属仍然闪着微光。随着它发出的刺耳声响变得越来越大，在枪膛四周出现了噼啪作响的电火花。

“你不会想用那个东西的。”奎因条件反射地说道。她对自己发过誓的，她不会再握住这把石剑了。她很确定，她也发过誓，再也不要看到那个男人胸前的武器。她感到恐惧变得越来越强烈。*五颜六色的火花……*

在水泥地板上，奎因紧紧握住了石剑。*我可以用它离开这里。只要……只要……*

男人的手沿着武器的一边抚了过去，它的嗡鸣声变得更加尖锐了。在它的表面分布着几十个小的开口。她看到，在男人的手指悬在扳机附近的时候，有一缕火花爬到了他的手指上方。

“我展示给你们，”她低声说道，“我这就展示给你们看。”

两个男人扶着她站起来。其他的纷纷动了动。约翰听到她的话也移得更近了。他的脸色非常苍白非常受伤，仿佛刚刚那些人打的不是她，而是他。

“这些刻度盘，”她说道，触碰着石剑剑柄上刻着不同符号的石环。总共有六个石环，每一个上面都刻着一组不同的符号。“你要转动它们，它们是你的……坐标。”她并没有打算这么说，然而这些词句脱口而出，就像是在按照一篇只存在于潜意识中的脚本在打字一样。对死亡的恐惧——*不是死亡，是更可怕的某种东西！*她的意识这样告诉她——将这个解释带到了她的意识表面。“首先，像这样——”她将一组符号按顺序在刻度盘上排成一排，不知怎的，她就是知道它们是正确的——“它们会带你前往*彼处*。”

“你说的‘*彼处*’是什么意思？”离她最近的男人说道。

“嘘，”约翰说道。他的目光对上了她的，她在他的眼中看到了羞愧，但是他的眼中还有别的某种东西：他看上去非常非常感激。他又一次显得如同是一个刚刚得到了别人扔过来的救生衣的将溺之人。“让她把话说完。所有刻度盘上的符号，是用来前往*彼处*的。请继续说，奎因。”

奎因看了看石剑和刻度盘，但是她想起来的解释只有这么多。所有人的目光都落在她身上，所有人都等着她继续说下去，但是如果她要给他们展示更多，她还需要另外某种东西。*我用另一只手拿的某种东西*，她想道，*他并不想伤害我；我能看出他并不想伤害我。我可以帮助他*……片刻之间，她站在那里，握着石剑，僵住了。*如果我帮了他，不管我先前是什么样的人，我都会变回原来的样子。而约翰，他会变成*……

*我在胡思乱想！*她责备自己道，*这会令我失败。*她强迫自己将意识清空，突然之间明白了自己应该怎么做。她仍然有选择她想要的东西的

自由。

“我转动刻度盘，”她说道，将石剑握得更紧了，“我用双手握住它，将它举过头顶。”约翰全神贯注地盯着她，“我挥动它，就像这样——”

她将石剑尽可能用力地砸下来，直接砸向胡楂儿男的脖子。他举起双臂来保护自己，但是太迟了。石剑的剑柄猛地砸到了他的喉咙。

奎因发现她的双手正条件反射地移向男人的腰带，然后男人的刀子出现在她的右手中。她将他的身体踢向其他人。第二个人躲开了胡楂儿男四肢乱舞的身躯，来抓奎因的胳膊。她猛地抬起右手，用第一个人的刀子划过他的喉咙。

传来一阵刺耳的哀鸣，令她的耳朵疼痛不已，从那第五个人胸前的武器中发射出了许多火花。

意识扰乱器！她的大脑尖叫道。

她扑向地面，手脚并用地爬着。有人抓住了她，想要拉着她站起来。一个人的身体倒在她的身上，然后翻滚开来。随着彩虹色泽的火花在一个男人的头部和肩膀周围跳动着，这个人的胳膊和腿在地上猛烈地摆动。

约翰对他的手下大喊大叫，让他们不要伤到她。又一个人抓住她，将她从地上拎了起来。她用刀子去划他，但是另一个人抓住了她的胳膊。她一脚踢出去，那个男人松开了她。有人用膝盖压着她的后背，将她的脸紧紧地贴在地上。她又开始感到眩晕了。她将刀子捅出去，感觉到刀子扎入了一只鞋子。一个男人尖叫起来，但是她仍然动弹不得。

不知怎的，在她没有参与的情况下这场战斗还在继续。人们互相攻击。那个将她摁在地上的男人将一块湿布捂到她的脸上。一股味道袭向她，像是药物和汽油混合在一起的味道。她屏住呼吸，拼命挣扎，奋力对抗着一阵眩晕感。刀子从她的手中被掰了出去。她试图将男人从她背上掀下去。她不顾一切地想要呼吸一下。她开始吸气了。无论湿布上的东西是什么，它都在一点一点地进入她的肺部——

第三十五章
奎因

就在这时，压在她背上的重量消失了。她又站了起来，而某个人的胳膊则环着她的腰。她摇了摇头，深深地吸气。

“跟我来。”那个搂着她的人低语道。

是那个头发染成豹纹颜色的男孩。他拉着她拔腿就跑。片刻之后她的双腿才恢复正常，那时她在他身边和他一起奔跑了。在他们沿黑暗的走廊向着前方有光线照亮的地方跑去的时候，打斗的声音仍然在他们身后响着。

“他们在和谁打？”她问道。

“我的朋友布莱恩。现在他们也许在追赶他了，但是他的动作比看上去要快，而且他比他们更了解桥区。”

他拉着她经过升降梯，跑进向桥区另一侧延伸开去的走廊。

“他们正要，你知道的，就是那些火花……”奎因说着，对方推着她往右走，进入了一条小巷。

现在已经不跑了，他们在一个不能用其他更快的方式移动的空间里走着。他们闪向右侧，又挤进一个巨大的储气罐和一堵混凝土墙之间的狭窄通道。他拉了她一把让她停下，挤过去走到她的前面。在墙根处有一大片地方颜色是更深的黑色，像是某种隧道的开口。

“过来，”他说道，声音很低，“这口竖井通往下面，里面有一个梯子。跟在我身后抓牢了。”

他忽地弯下腰，片刻之后消失在隧道里。奎因跟着他，摸索着进入黑暗之中，爬上一架金属梯子。在她开始踩着梯子的横档往下爬的时候，她只能分辨出在她下方的他的身影，他移动得很快。她努力想要跟上他。仔细查看之下，她看到了水。他们在沿着大桥外壳的内侧移动。

梯子的方向左拐右拐了几次，在他们走了很远的距离之后，奎因看到了下方的露天空间。他们来到大桥的底部。

“小心点儿，”他告诉她说，“最后这部分很棘手。”

在她下方，他把身体探出有梯子的竖井，抓住了什么东西，然后向上用力，从她的视线中消失了。奎因爬下更多横档，在竖井的外壳上发现了一个缺口，通往有日光的地方。奎因把头探出那个缺口，看到他停在一个由金属横梁组成的框架结构内部。他抓住她的手，将她拉上来，拉到他的身边。他们一起站在横梁之间，维多利亚港在他们脚下一百五十英尺之下的地方，而他们头顶则是跨海大桥的主体。

他领着她沿一条狭窄的金属横梁走去。在他走在她前面的时候，奎因用研究他的衣着来使自己的注意力从脚下的高度上转移开来。他穿得像是众多帮派之一的一个成员一般，这些帮派通常合法地从桥区的毒品供应商那里购买毒品，再将这些毒品以不合法的方式在外面的城市街道上出售。

“你是怎么知道这个东西在这里的？”她问道。

“我从建筑物上跳下来过很多次，”他说道，并没有回头，“我也在这些东西的内部爬来爬去，有时候我还在它们下面游泳。我在香港有许多藏身之处。”

他领着她穿过这些横梁，走到了一个地方，在这儿，一块块塑料板被捆扎到了那些金属横梁上面，组成了某种类似鸟巢的东西，让人可以坐在上面，几乎可以算得上是舒服了。

“其他人会在这里找到我们吗？”奎因问他，“我是说，和你一起……工作的人？”在逃脱了一个帮派之后，她可不想再遭遇另一个帮派。

“其他人没人喜欢在这儿待着，”他回答道，“他们担心会摔死什么的。”他向下扫了一眼港口的水。走错一步，他们两个中的任何一个都有可能会摔到一片虚无之中。他笑了起来，“就我个人而言，这让我感到放松。”

奎因爬到塑料鸟巢上，这么做的时候她注意到自己的手上满是血。她的全身上下都沾满了污垢。既然她现在暂时安全了，她可以感觉到她皮肤上的那些微生物。

“我需要洗澡，”她对自己低声说道，“我需要洗澡。”她深深地吸了一口气，她不会再让自己陷入恐慌之中。

那个男孩正细细打量着她，一只手从他那头颜色奇特的短发中梳过。她注意到他的关节有好几处都破了。

“你和以前不太一样了，是不是？”他问道。

“很抱歉问你这个，”她说，“但是你能告诉我你的名字吗？”

第三十六章 忍

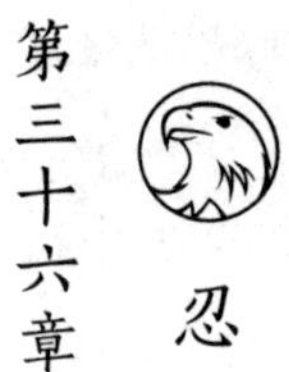

“你是认真的吗？”忍说道。

奎因刚刚问他叫什么名字。他笑起来，但是她看上去并不像是在开玩笑。

“我确定我知道它的，”她飞快地说道，垂下目光去看她的双手，她的手背上沾满了一层厚重的黏稠的血。“我*过去确实是*知道它的。如果你再给我几分钟时间，我会记起来的。只是——身上沾着这么多的脏东西很难思考。我真的，*真的*很想洗洗手。”

忍的目光扫了一圈那些光裸着的横梁，就好像他可能会把一个水池和一大块肥皂错放在附近的某个地方似的，他耸了耸肩。

她那些神经过敏的话像是在演戏，在过去奎因从来都不会神经质的。

“我脸上有血吗？”她问道，听起来更加绝望了，“感觉好像我脸上有血。是在我嘴边吗？你能看到血吗？”

“停下！奎因。”忍不耐烦了，他抓住她的肩膀，摇了摇，看着她的目光重新有了焦距。事实上，在她脸上有不少血，但是他觉得还是不说为妙。“你不认识我了吗？”他问道，“我是忍。”

“忍。”她说他名字的方式就像它是一个一直试图把她逼疯的谜语的答案，同时又好像它是一个非常奇怪的名字。“我听到过这个名字。在他还在我的房子里的时候，他提起过你的名字。”

“他？”

“约翰。”她低语道。

“没错，当然了。”忍回答道，感到了在她说起约翰时他一向感受到的那种深深的不爽的感觉。显然她记得他并没有什么困难。

她的注意力固定在她弄脏了的双手上面：“你有水吗，忍？哪怕只是一点儿也行。”

“别再想你的手了！”他发出一声愤怒的叹息。他刚刚把她从一场暴力的绑架中救了出来，而她却在担心她的手是不是干净？他们还有更严重的问题，比如约翰和一众全副武装的手下出现在香港，以及仪式剑的出现。

“你觉得这些血是谁的？”奎因问道，“可能会是我的吗？可能是我在流血。”

忍突然感觉到一阵担心，也许她在他没注意的情况下受了伤。他比先前更加仔细地查看了她的身体。“你看上去没有受伤，”过了几分钟后他说道，感觉如释重负，但是同时又有一点儿失望——如果她受伤了，也许她的行为就能解释了。“至少没受什么重伤。”

“我想我也没有受伤——除了那个人打我的地方。”她回答道，与其说是对他说话，更多的是对她自己说，就像是她正在一片意识之雾中寻找着前进的道路。她很像他过去所认识的那个女孩，但是她听上去像是一个疯子。“我似乎有一把刀，”她低声说道，“然后刀子划开了他们中的一个人的脖子。”

“是刀子划伤了他们中的一个人，是吗？难搞的刀子。那就能解释到处都是的血了。”

“只是……只是我今天上午救了一个孩子的命。他本来会死的。但是我把他治好了。”在说话的时候，她没法儿把目光从她手上的血迹上移开。“只是我不确定这还算数，如果……如果我杀了另外一个人的话。”最后几个字，她说得非常轻。

“如果你在计数的话，我觉得你刚刚在上头杀了两个人。”他告诉她，“在我们离开的时候，你最开始击中的那个人呼吸得并不太好。”

“我没打算杀掉他们！你是相信我的，对不对？刀子只是……出现在那儿。”她现在在看着忍了，眼神狂乱。

她不愿意承认在他到来之前，她独自一人对付了那五个男人，这令他非常恼火。而且，看到她那样看着自己，对他没有更深的了解，这也令他不安。忍感到了一阵强烈的冲动，想要狠狠地扇她耳光把她叫醒，但是从她脸上的瘀伤来判断，约翰和他的手下已经打了她好几下了。

“你可不是这么神经质的人，奎因。”

“你不知道我是什么样的人。”她暴躁地说道。

他不屑地笑了：“你说的对，也许我是不知道。”

她安静了片刻，将目光从她的手上抬起来：“我很抱歉。谢谢你救了我。忍。”她非常小心地吐着他名字的发音。

他耸了耸肩，不再试图和她进行一场正常的讨论：“没事。我正好有点儿空闲时间。”

“你的名字是日语名字吗？你是日本人吗？”听起来并不像是她在努力想要记起这些来，更像是在试图进行礼貌的交谈。

“如果你不记得我是谁了，解释也没有什么意义。”话的措辞和语气比忍想要的更为粗暴，但是他努力隐藏她正在令他难过的这个事实。

“我确实认识你……”她说道，仿佛她终于透过迷雾发现了什么熟悉的事物的轮廓。“就像我认识约翰一样。”

“你当然会先记起约翰，然后才记起我了。”他喃喃地说道。

“只是因为我是先见到他的。他是怎么找到我的？我难道不是……躲起来了吗？起码在某种意义上是躲起来了？我觉得我是躲起来了。”

“他找到了你，是因为他找到了仪式剑。一旦他知道了它在哪里，他很可能就让手下开始找你了。你就在附近。”

“仪式剑。”她重复了这个词，好像这个词是她在梦里听到过的东西一样。“约翰也是这么叫它的。”

“可能这是因为，那就是它的名字。”忍说道。

他的手伸进皮夹克，将仪式剑抽了出来。它就在那里，重新回到了他们手中。在石剑上有着丝丝血迹，但是除此之外，它看上去完好无损。他将它放在她旁边的塑料薄板上，而她则立即移动身体远离了它。

“你为什么拿了它？”她问道，声音越提越高，满是恐慌，“我不想要它。”

“我也不想要它，但是我又不能把它留给约翰。”

对此她没有回答，但是她的沉默表明她很可能同意他的观点。至少那是一点儿进步。

“也许我们应该将它扔到大海里去。”她小声地建议道，就像是她在测试这个主意如果大声说出来会如何。

“你不是第一个想到这个主意的人。拿着。”

他把石剑放在她手里，然后示意她将它扔到港口的海水里。奎因从“鸟巢”上站起来，沿着一条横梁移动，直到下面的水清晰可见。忍看着她举起了胳膊，准备将仪式剑扔掉。但是她没有那么做。相反地，她像一尊雕塑一样站在那里，胳膊举过头顶，向下盯着维多利亚港。

几分钟后，她任由自己的胳膊落下垂在身体一侧。她仔细地看着石剑，仿佛是在检视一件对她而言完全陌生的东西。他看着她的手指抚摩着刻在剑柄底部的狐狸图案。最终她回到塑料鸟巢上，将仪式剑放下来。

“我没法儿把它扔掉。”

“为什么呢？”他问道，已经知道了答案。

“一旦它在我的手上……我就是做不到。”她说道。她似乎感到了一瞬间的眩晕，但是这阵眩晕感很快过去了。

“我应该把它还给约翰吗？”忍问道，声音里藏着一丝笑意。现在是他在试图惹恼她。

“不要。”她将目光移开了，“他不应该得到它，不会有好结果的。”

听到这轻描淡写的保守说法，忍笑了起来，他希望奎因会和他一起笑。但是她没有。仿佛她身上那些令人感到愉快的部分已经消失了，剩下的只有严肃和疏离感。当她安静了一会儿之后，他问道："所以，你打算怎么做呢？"

"他为什么会在这儿？"

"奎因，你知道他为什么出现在这里，"忍回答道，感到非常挫败，"用脑子想想。"

"他想要学会如何使用仪式剑。"她轻声地回答，同时看向石剑，"但是我不记得怎么使用它了。"忍什么也没说。"也许我可以想起来。"

她沉默片刻，或许是在想她在过去这一年半里都做了什么事情。忍很纳闷儿，那些被她埋葬了的记忆是否正在一点一点地浮上来。

"如果我不想记起来这些，我就得离开了，是不是？"她最终说道，"现在他知道了我在这里，他会一直寻找我和那个……仪式剑。也许我可以在西藏或者其他什么地方当一名治疗师，在某个他永远找不到我的地方。"然后，她几乎是悄声补充道，"我不知道我的母亲是不是会和我一起走，我没有好好待她。"

忍叹了口气，挪过去在她旁边的塑料板上坐下。毒品的药效完全过了。现在即将到来的是一种全新的、非常令人不快的感觉。他将仪式剑拿起来，举在她的面前。

"那计划有个问题，"他说道，"我先前把这玩意儿扔到港口底部了——这个巨大的港口，成百上千艘船只在这里进进出出，数不尽的堆成山的垃圾最终都到了这里的水底下。然而现在，一年半之后，它出现在这里，又回到了我的手上。诚然，我是那个将它捞了上来的人——但是我并不是有意要那么做的。"他任由仪式剑落到他的膝盖上，用拇指摸索着剑刃，"我曾对自己发誓，再也不要见到你了，但是你就在这里，和我一起坐在大桥下面。"

"你不想再见到我了？"她问道，她的思维仍然在错误的方向驰骋，她的声音听上去像是这个念头让她受伤了。

“你也不想再见到我了。”他指出了这一点。

“你怎么知道呢？”现在她深色的眼睛在仔细地看着他的脸，仿佛她真的想要一个答案一样。

“你忘掉了我的名字，奎因。”

“我把一切都忘掉了，不是针对你的。”

“今天上午你接待了一个病人，”他对她说，试图把话题转向一个新的方向，“你救了的那个病人，是谁？”

“一个小男孩。吸毒过量。他吸了他哥哥的毒品。”

忍感到一阵羞愧，他指了指自己：“日本人，略带红色的头发？”

他将他的头侧向她，然后看到奎因缓缓地点了点头，仿佛她的意识更多地出现了，仿佛他头发的颜色是一个她可以抓住的小细节。

“没错，我的头发是红色的，奎因表妹。那个男孩的名字叫明夫。”

“你是他的哥哥？”

忍从外套的一个口袋里拿出一大包东西，将它举了起来。那是奎因几小时前亲手包好的草药，上面还用她自己的笔迹写着大大的明夫的名字。

他说道：“不知怎么回事，无论被抛开多远，我们总是不停地回到你的身边。”

她仔细考虑了下这一点，同时将脏手的手背在裤子上擦着。“也许所有的一切都在回到你的身边。”她暗示道。

他摇了摇头：“你把我忘掉了。约翰不知道我在这儿。我的母亲假装我不存在。我是一个鬼魂，奎因。如果约翰想要追杀我，我就——我就真的变成一个鬼魂了。我在找一个理由。”她不停地在裤子上擦着手背的行为快把他逼疯了，他抓住她的双手，让它们停住不动。“但是你——你似乎无法摆脱约翰了，除非……除非你干掉他。”

“你说的‘干掉他’是什么意思？”她问道，显然清楚地明白他到底是什么意思。

“别表现得这么震惊，”他回道，“他在强迫你做一些你不想做的事情。”然后，他低下头看了看自己脏兮兮的牛仔裤。他在回避他自己记忆中的一个区域，那个他禁止自己去触及的区域。“你可以干掉他的，奎因。或者你也可以将他要的东西给他。通常你都会把他要的东西给他。”

忍可以听出自己声音里的苦涩意味。但是这是实话——她总是会选择约翰。即使现在也是这样，奎因很安静，仿佛在判断出约翰到底是不是真的危险之前，她还想和忍在一起度过更多一点儿时间。

她在摇头，现在，她的声调在抬高，她说道：“我不能‘干掉’任何人，我是一个治疗师，我不伤害别人——”

“说的对，当然是这样。那些血碰巧就到了你的手上，那把刀子碰巧就划伤了某个人。你和这些一点儿关系都没有。”

“我没打算那么做！你甚至都不能断定他们死了。”

“也许那个男人的脖子又长回来了。这种事也是可能发生的。”

他又转过身去。无论先前他在他们之间暂时感觉到的是哪种联系，它都已经消失得无影无踪了。她实在是令人发狂。

“你不了解我。”她说道。

她说的对，他不了解她。在香港，她变成了另外一个人。她不需要他的帮助，起码并不真的需要，而且她也不再是他的责任了。在他和她在一起的时候，有太多太多令人不快的回忆。

奎因对她自己说道：“我喜欢自己在这里的生活。这些事为什么要发生呢？”

忍听到一声难听的笑声从他的口中发出：“我们两个人没有谁能像以前那样生活了，奎因。我可以帮你离开桥区，我也有东西给你，如果你还想要它的话。之后，我们就可以分道扬镳了。”

她点点头，透过一根根横梁望向下方的水面，随着下午时光的流逝，水面已经变成深灰色。

既然她现在不再出声，目光又看向别处，忍偷偷瞟了她一眼。他可以在她身上看到几分过去那个奎因的痕迹，那个一年半以前的奎因的痕迹。在她身上甚至还留有几分在那之前他所认识的那个奎因的痕迹。在她盯着港口的时候，一阵微风吹拂着她脸庞周围的深色头发。他几乎可以想象她和他比现在小很多的时候的情景，他们两个在公共牧场边缘的牧草里一起偷偷摸摸地前进——

他止住自己的思绪："太阳很快就要下山了。等到夜幕降临，我们就可以走了。"

第三十七章 约翰

“我们没法儿将火花弄掉！”约翰说道，“它不是那么运作的。”

最终，他们的同伴弗莱彻不再胡乱挥舞他的手臂。他现在躺在水泥地上，除了几声呻吟和几下肌肉的抽动之外，再没有什么能够让他们知道他还活着了。火花在弗莱彻脑袋周围以令人眩晕的轨迹快速旋转着，令约翰自己也觉得头痛。他感到恶心：这种事再一次发生，又一个人的心智被扰乱。

而且他还不得不伤害了奎因。看着乔治打她，这比他自己挨打还要糟糕。但是她那时几乎要帮他了，那时她已经开始帮他了。

“那我们该怎么办？把他像这样抬到桥区外面？”问这话的人是帕东。

“如果我们想要以正常的方式离开，就不能这么做。”约翰说道。他用手抹了一把额头，才发现自己在流血，而且额头也肿了。在战斗中，他的头上挨了重重的一下。

帕东走过去查看另一个人——布勒托姆——他被奎因用刀子抹了脖子。“布勒托姆死了。”他直截了当地说道。

“那乔治呢？”约翰问道。乔治是那个下巴上有胡楂儿的男人，那个领导了对奎因的袭击的人。

“他会活下来的，”帕东回答道，“她将他的喉软骨弄骨折了，但是他现在呼吸没有问题。”

他们还损失了一个，第三个人。那个用意识扰乱器开火的男人躺在近旁，脖子被突然冒出来的高个子亚裔拧断了。两个死了，一个心智被扰乱，一个受了伤。

“另外那两个人是谁？”帕东问道。

“我不知道。”

那个高个子的亚裔，还有另外那个大块头，他们看上去像是下等罪犯，就是在桥区较低几层转悠的那种。在约翰头上挨了一下的时候，帕东正在追赶那个大块头，但是在桥区腹地他被甩掉了。就约翰的猜测而言，奎因单纯就是带着仪式剑从混战中抽身了。为什么？先前她甚至都不想碰它。在他寻找了一年半的时间之后，他将仪式剑在手中握了几小时，然后它又一次消失了。

“死了人了。这可不容易向祖父解释。”

“可能是不容易。”帕东赞同道，将意识扰乱器放进一个背包里面。

“我们的守卫还会执勤多久？”

先前他们贿赂了桥区入口处的一位海关官员。他们得在他还在执勤的时候离开，不然会有人对他们进入桥区的事情进行盘问。如果他们的武器被人看见……

“大约还有二十分钟，”帕东在仔细看他的手表。他检查了一下约翰额头上的血迹。“我们得清理干净。然后从来路回去，分开回去。”他对他自己点点头，计算着需要的时间。“约翰，我们不能再在这里停留了。”

“乔治还能走路吗？”约翰问道。

乔治的双手仍然捂着他的喉咙，帕东在乔治上方俯下身，试图减轻奎因用石剑攻击他所留下的伤害。乔治努力想要点头。

“可以的，他能走路，”帕东说道，“但是我们得……料理好其他人。”

“是的。”约翰赞同道，这个词一出口他就恨起它来。

他在弗莱彻上方俯下身，弗莱彻在意识扰乱器的火花中呻吟着。弗莱彻的脸上浮现出种种怪相，表明了他所遭受的痛苦。*必须忍心杀人。*

这从来都不容易，尽管他的母亲会把这叫作无关紧要的死亡。在这种情况下，死亡是一种仁慈，约翰用这个念头安慰自己。

他伸手拔出他的刀子。

第三十八章 奎因

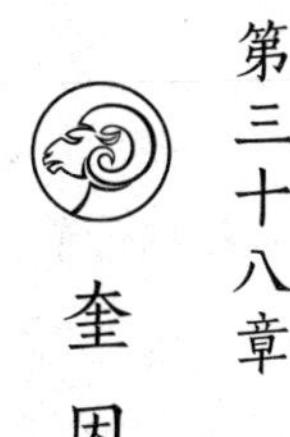

奎因又在育儿室里了，她听着其他人在大厅另一侧某个地方的声音。房间里有两个孩子和她在一起，他们可能是双胞胎，但是很难确定这一点。孩子们在墙角里缩成一团，靠着印花墙纸。在月光下，墙纸上的花朵像是暗红色的污渍。

我在做梦。这是一个遥远的想法，出现在奎因意识最遥远的角落。*我总是梦见这个晚上。有时候梦里只有一个孩子，但是两个才是真实的数量。事实上是有两个孩子*。

“我很害怕。”那个小女孩用法语说道。她长长的金发乱糟糟地披在肩上。

“我也是。”她的兄弟说道。他们两个吓坏了，在对彼此说着这些话，但是同时也是在对奎因说，仿佛他们两个指望她去做些什么一样。*他们指望我来帮助他们*。

从另一间屋子里传来一声尖叫。可能是一个女人的声音，也可能是一个男人的——根本不可能确定声音的主人到底是男是女。

“是妈妈在尖叫吗？”小女孩问道，她的眼睛睁得更大了。

“当然不是了。”奎因用法语说道，试图安抚他们，尽管她自己也在胸腔中感到了一阵阵尖锐冰冷的恐惧感。“跟我来，我会带你们离开这里。拉着我的手。”

他们并不情愿。*我要是能够更好地让他们保持镇静就好了*，她在她意识的那个遥远的角落里想道。

“来啊，拉着我的手。”她再次催促道。

他们不肯，但是她把他们的手攥在手里，领着他们走到门口。她用斗篷将他们两个都罩住，偷偷溜出了育儿室，跑过大厅。

正当她在那个宽大华丽的楼梯上转过楼梯拐角处的时候，她看到楼下的前门那里有什么人守着。她将孩子们拉到栏杆后面，藏在视线之外。那个小男孩贴着她的大腿，恐慌地哭着，哭得喘不过气来。

“嘘，嘘，”她用气声说道，“你们一定不能出声。拜托。”

那个小女孩恣意地哭着，但是几乎没有发出声音。“这样就对了。”奎因对她低语道。

奎因绕过楼梯栏杆窥视着门口的人影，抬头向上看了看二楼。他听到他们的声音了吗？她转身，后背抵着宽宽的栏杆，竭力希望他看不到她。一只靴子重重地踩在最底下的一级楼梯上，然后又踩在另一级上。他听到了他们的对话！他正在上楼梯！她抓住孩子们的手，准备跑到上面的大厅里。

然后，从他们下方更远的一间屋子里传来了声音，男人往下退去的脚步声。她向下望，看到他从楼梯处走开，在他走向房子的另一部分的时候，长长的斗篷在他的双腿边摆动着。是布里亚克。布里亚克，她用她知道这是一场梦的那部分大脑想道，那是他的名字，但是还有一个我用来叫他的其他称呼。

布里亚克的身影一消失，她就飞快地跑下楼梯，现在两个孩子紧紧地抓着她的手。小女孩在最后一级台阶上绊了一下，将墙边一张小桌子上摆着的一个花瓶撞倒在地。在花瓶落地之前，奎因抓着两个孩子胸前的衣服跑向前门。

她听到花瓶在他们身后摔得粉碎，那沉重的靴子落地的脚步声逐渐接近。他冲着他们来了。

“奎因！”布里亚克喊道，“奎因！”

如果我当时没有停下来会怎样？她用她没有在做梦的那部分意识纳

问道，如果我一直往前走呢？我可以一直走的……

她通过了门口，走到外面的夜风之中。孩子们太重了，她没法儿继续抱着他们，但是现在她可以看到耶伦。她的马就等在外面，蹄子不耐烦地刨着地面，就像一个奇迹一样。耶伦从来就没有出现在那里过，她的意识告诉她，但是如果它在呢？

重重的靴子落地声变得越发响亮了。孩子们仍然在哭，但是现在他们感觉到了她的急迫，在帮她的忙。奎因疯狂地将他们两个抱到马背上，然后翻身跃到了他们之间的马鞍上。

布里亚克的脚步声如同雷鸣一般，他就在门口了。

“抓紧我！”她对那个男孩命令道，男孩坐在她的身后，双臂环抱住她的腰。

一个影子站在房子门口，一个愤怒的声音在叫着她的名字。她没有停下回头。她用脚后跟重重地踢到耶伦的侧腹部，她的马纵身跑过砾石小径，在月光下的广阔庭院中穿行。

“奎因！你必须做这件事！你别无选择。现在就做。”

这是我的梦，她想道，我可以无视他，我可以做正确的事。孩子们紧紧地抓着她，风吹拂着他们的头发，而耶伦驮着他们三个人跑向远方。她几乎没有感觉到泪水在她的脸颊上流淌。

第三十九章 奎因

“奎因，你睡——睡着了。”

有人在摇晃她。奎因慢慢地醒了过来。奎因发现她的脸湿了，紧贴着一块坚硬的塑料板。她疲倦地撑着身体坐起来，梦里她一直在哭。

“哦，上帝啊。”她的双手上干掉的血液结成了一层，有一部分被她的眼泪润湿了，于是在她身下的塑料板上出现了几抹红色。她疯狂地想要洗澡，而且她的每一块肌肉都在痛着。

他们身处跨海大桥下面的横梁上，太阳已经下山。她的思维比早先敏锐了许多，仿佛她的眼泪将她头脑中的一些迷雾清干净了。

“我们必——必须要走了，好吗？你睡了有一阵子了。”

忍。那个红头发的忍，但是他的头发现在不是红色的了。他坐在塑料板的边缘，剧烈地颤抖着。空气有一点点冷，但是他穿着一件厚厚的皮夹克，它应该足够保暖了。

“哦，上——上帝啊，你看上去很糟——糟糕。”在她坐起来的时候他说道。

“你也一样。”

奎因体内的那个治疗师身份在微弱的光线中仔细地打量着他。在他的眼睛下面有深色的黑眼圈，而且他也太过于瘦了。他抖得那么厉害，他的双手仿佛都在敲击着塑料板了。

“我们要怎么离开这里？”她问道。

“游泳。”他回答道，同时微笑着。他的牙齿开始打战了。

奎因笑了起来，然后意识到他是认真的。

“我们顺着桥墩爬下去，游一点点，距离不远。”

“你现在处于戒断反应之中。”她告诉他，在说出这话的同时意识到了这一点。她用受过训练的目光看着他，问道，“你吸的是鸦片？”

“很——很难说，”他回答道，同时虚弱地微笑着，“湿——湿婆、鸦片，什么都有可能，真的。今天下午并没有救你的计划。本来是要在毒品吧里度过整个白天的。”

“躺下。”她喜欢她在自己声音里听到的坚定。一旦决定照顾其他人之后，手上的血迹对她的困扰甚至都减轻了一点儿。“在你抖成那样的时候，爬下几百英尺的高度可不是一个好主意。”

“可——可能确实是这样。”他同意道。

他在她面前躺下来，奎因跪在他的身边。她将思绪集中，逐渐地改变了她的视界。这就像是让她的眼睛失去焦距，直到世界隐藏的方面变得清晰可见。她可以看到围绕着忍的身体流动着的铜色的能量线条。在一个健康的人身上，这些能量组成的线条会形成有规律的图形，因为其对称性，几乎称得上是美丽的。然而忍身体周围的能量场却被几乎到处都是的黑雾打破了。

她将她的意识对其他所有的一切都关闭起来，只是集中在从她自己胳膊上奔涌而下的能量。她将手指大大地张开，将双手悬在他的身体上方。她想象自己的能量像一条河流一样流下来，溢出她的指尖，流进那些悬在忍的器官上方的黑雾之中。她的能量之河将把那些黑雾冲掉。

这个过程需要的是某种奇特的注意力来以这种方式看到能量，就像一块肌肉一直都需要微微紧绷一样。她默不作声地工作了很长时间，直到那些黑雾开始消散，而忍不再发抖。在她结束的时候，他躺在那里，向上看着她，在那半明半暗之间，她可以透过他的衣着、发型和身上打的洞来看他。最终她看到了一张她认得的脸。*当然是他了，*她想道，*忍，我那英俊的表哥。*

这时，她被一种悲伤的感觉淹没了，她为他那透过衬衫仍然清晰可见的肋骨而感到悲伤，为他脏兮兮的衣服、为他的毒瘾而感到悲伤。你过去并不是这样的，她想道，这是新的你。

“很适合你。”他低语道。他抬起一只手来触碰她的脸颊。他至少像她一样脏——可能比她还要脏上许多——但是她并没有躲开。

“什么适合我？”

“用你的头脑来做一些好事。”

他的目光牢牢地锁定在她的脸上，仿佛他希望她能够俯下身来离他近一些。在她睡着之前他似乎很生气，就像是几乎无法忍受在她身边一样，但是不知怎的，那股怒火消失不见了。

“我不想再给你带来任何更多的麻烦了，”她低声说道，低下头靠近他的脑袋，“如果你帮我离开桥区，你就永远摆脱我了。我保证。”

“我在很长时间里一直努力试图摆脱你来着，”他告诉她，目光转向别处，“你不会保持离开的状态的。”

那刺痛了她，但是忍是对的，是她将约翰和忍的过去又重新带回到他的生活之中。他是一个瘾君子，要照顾好自己已经够难的了。无论在过去他们曾经对彼此来说是什么样的存在，现在，照顾她都不再是他的责任了。她必须自己解决她的麻烦。

过了一小会儿之后，他们艰难地走过了那众多的横梁，走到一根巨大的竖直桩基那里。金属横档深深地埋入桩基的混凝土表面，忍顺着这些金属横档往下爬，奎因跟在他身后几步远。太阳已经落山，月亮现在升了起来，他们则是在向着月亮浮在水面上的倒影沿金属横档向下移动。她可以看到，四面八方都有在海港中驶来驶去的船只的明亮灯光，但是他们正下方的水面空无一物，非常平静。

就在他们快要接近水面的时候，忍指出了一个在水面上方一点的位置悬浮着的长方形，它停在这根桩基和另一根之间，离他们有六十码远。那个长方形是某种通往下方海港的类似竖井的设施。

“你确定吗？”她问道。这似乎是一条很长的、在令人生畏的黑暗大海中的道路。

“这是一条为了地铁和那些通往香港岛的隧道而设置的维修通道。港口到处都是这种通道。布莱恩和我有一次数到了超过五十条，而我们停下数数的唯一原因就是我们一口气已经不够用了。我们可以利用它来穿过水底，前往九龙。”

“我知道怎么游泳吗？”她问道，知道这个问题听起来有多么奇怪。但是她真的不记得了。

“哈！”他笑了，“让我们来找出答案好了！”

说完，忍就从横档上跳进水里。片刻之后他浮出水面，等着她。

在可以改变主意之前，奎因也跳了下去。在海水吞没她的时候，有一阵冷得刺骨的感觉；然后她浮出水面，发现自己确实知道怎么游泳。他们一起游向竖井，照在水面上的月光总是在几步之外的前方。

她终于清洗了自己的身体。没有哪次淋浴能够像这次让她感觉这么好。奎因将她的皮肤和头发搓洗了几次，直到每一丝残留的灰尘和血迹都消失不见。她身处一处泳池的更衣室里，泳池在一处大花园后面的角落里。等到她确定自己干净了，她爬上更衣室的加热地板，拉出一件浴袍。她低头看了看她的旧衣服，它们在淋浴室外的地板上堆成一堆。无论如何她都绝对不会再把这些衣服重新穿在身上了。她将它们塞进一个垃圾桶里，又洗了一次手。

忍在通往主住宅的路上消失不见。奎因悄无声息地从更衣室里出来，穿过花园，直到她到了房子一层的一扇窗户下面。房子不大，但是很漂亮，坐落在她从来没有见过的、香港最好的街区里。在到达这里之前，他们花了一小时的时间长途跋涉，走过海港下面漆黑的隧道，走过九龙夜晚人潮涌动的街道，最终他们坐在一辆出租车的后排，那个有些不情愿的出租车司机则在后视镜里不停地瞄着他们这两个浑身湿透的、脏兮兮的乘客。

可以透过窗户看到忍的身影，他正从一个大衣橱里出来，胸前抱着一包东西。就在她看着的时候，他在一张靠墙的小床边顿了一下。睡在那里的是明夫，就是那天早上奎因在诊疗室里见过的男孩。忍向那个睡着的身影俯下身，低声说着什么，说了很长时间。然后，他亲吻着男孩的额头，一次又一次。在忍直起身的时候，奎因闪到窗户下面，这样他就不会发现她刚刚在看着他们的私密时刻了。

“拿着，”他走到外面之后说道，“是些衣服。都是我的，所以会太大了，但是它们一直都在妈妈的房子里，是干净的。”

她回到更衣室，穿上忍的旧牛仔裤和旧毛衣，她将垂在手上的袖子卷起来，又将过长的裤腿塞进她潮湿的靴子里。

当她从更衣室里走出来的时候，忍正坐在泳池旁边的草地上，仪式剑则躺在他身旁的地面上。在它旁边的是另一件武器，看上去像是一根有着剑柄的鞭子。

在她走近的时候，他正将左腿的裤腿卷起来。一把扁平的石剑正贴着他的小腿放着，剑尖塞进了靴子里。在把它小心地拿出来之后，他也将它放在了其他几件东西旁边。

奎因在旁边的草地上坐下来，指了指那盘绕在一起的武器。

“鞭子？”

“软剑。”

“软剑。”她重复了这个词。在他说完这个词之后，这简直是显而易见的。

“我为你留着它来着，”他告诉她说，“在你受伤的时候。你应该把它重新拿回去。”

“这是我的？”

“是你的。你真的不记得了？”

“感觉上似乎我应该记得的。但是我真的想不起来了，起码现在是这样。”

她没有碰软剑，只是仔细地打量着它。

忍沉思了一会儿，盯着他自己磨损了的靴子。然后他说道：“在我们把你送到谭医师那儿的时候，你几乎死掉了。我想，有那么几分钟的时间里，你确实是死了，就在他又将你救回来之前。”

奎因不记得这些了。但是有什么微妙的东西在她的意识中发生了变化。那些之前曾经一度躺在意识深海海底的东西漂得离海面又近了一点儿。

“谭医师不知道他是否能够将你救回来，”忍继续说道，声音里有一丝微微的颤抖，“他说你不想活下去了。”

不知怎的，她记得这一点：“不过他是怎么知道的呢？”

“他是谭医师。”忍轻轻敲了敲自己的头，“他知道很多东西——而且每次我们试图帮助你的时候，你都会把我们推开。后来，你躺在他的诊疗台上。我以为你一定是死了。但是当谭医师告诉你，如果你希望的话，你可以有一个崭新的人生，告诉你你可以将过去的人生抛在身后的时候，你重新开始呼吸了。”他将目光从她身上移开，“我们是探寻者，奎因，我们是做奇怪事情的人。但是谭医师在你身上下了一个咒语。”

“你为什么要使用那个词？”她悄声问道。

“哪个词？‘咒语’？”

“不是。是‘探寻者’。”

他转向她，仿佛是在判断她是不是真心要问这个问题。当他发现她是认真的时候，他说道：“探寻者就是我们的身份，奎因。”

他小心地将他左手手腕上戴着的那个粗粗的、带着尖锐铆钉的皮手环摘下来。他伸出手，将奎因毛衣的左手袖子撸起来。然后，他将他们两人的手腕并排排好，抚过那两个一模一样的、匕首形状的伤痕。奎因强迫自己去检视那个烙在她胳膊上的烙印。那并不是一个像她一直在告诉自己的那样的污痕。那是一种非常不同的东西：她被打上了烙印。

“一个探寻者。”她低声说道，体验着这个词带给她的感觉。她一点儿都不喜欢这个词。

“我猜，并不是我们现在的身份，”忍更小声地说，“是我们过去的身份，我们过去希望成为的人。”

他低头看着草地，头转开了不让她看到。在他的脸上有一点儿反光，奎因意识到那是一滴从他的脸颊流下的眼泪。这滴眼泪的存在感觉很不自然，就像是看到一头野兽在哭泣一样。

忍用夹克的袖子擦掉眼泪，结果脸上抹上了更多的脏污。她把目光移开，感觉很尴尬。

“自始至终我的母亲都在这里，这么多年来一直都是。”他说道，声音非常低，仿佛这话是说给他自己听的。

奎因把事情联系在一起。那个今天早上出现在她诊疗室里的女人——在很久很久以前，那个女人认识她……在苏格兰的时候。她感到了一阵感情的湍流，混合着悲伤和恐惧。她开始记起来了……

“我的母亲死了，”忍继续说道，“那是我先前的想法。那是他告诉我的。但是她其实没死。她和我的弟弟一起生活在这里。当她发现自己怀了明夫的时候，她和我的父亲制订了一个让她离开庄园的计划。我的祖先在这里拥有产业，我父亲在没有她的陪伴下生活了七年，这样她和明夫就自由了。他不能把真相告诉我，不能提醒我，因为布里亚克……但是他总是试图努力让我们两个也获得自由，这样一来我们一家人就可以再一次团聚。”

“摆脱布里亚克。”奎因低声说道。布里亚克，她的父亲。她在一个梦中看到过他。*我对自己发过誓要杀掉他的*，她想道，*这样我就自由了，菲欧娜也自由了*。

“我把我的父亲留在那儿等死。”忍的声音变得很空洞。奎因伸出手去触碰他，但是他立即从她身边躲开了。“有朝一日我会因为在吧里吸了太多毒品而忘记吃饭，忘记检查我的氧气瓶。我不再是一个探寻者。

我觉得我甚至都不再是一个人，我只是一个等待着死亡的鬼魂。”

他们两个沉默地坐在一起，气氛沉重。最终，奎因说道：“我的感觉和你一样，只是也许我是一个等待着活过来的鬼魂。”

她小心地将软剑捡起来，软剑的剑柄非常完美地贴合着她的右手。她不允许自己思考，而是让自己的手腕自动地移动。软剑“噼啪”一声展开了，她令它迅速地连续变幻出五种不同的剑的形态，与此同时，忍则从她面前闪开了。她抓住它的剑刃，看着它在她的指边融化。她抬头看着忍。

“它认识我。”她说道。

“它当然认识你了。”

她将软剑抖动成了更多的形状——半月形的短弯刀、又轻又细的长剑、长长的宝剑。然后，她又一次抓住剑刃，让那油一样滑的黑色材质流过她的手。

“过去我也从来都不是探寻者，”她喃喃地说道，“我只是一枚棋子。”

忍没有回答。他又开始颤抖起来，希望他是因为寒冷而发抖。

“过去，我是我父亲的棋子，”奎因继续说道。她不确定这是不是她重拾的记忆，但是不知怎的，她知道这是实情。“我一直都是他的棋子。而现在我又成了约翰的……”

她抖了一下软剑，让它变成一把匕首的形状，将它插进草里。

她克服自己的不情愿，将仪式剑捡起来，仔细研究着剑柄上的符号，然后她将它插在腰带上的一个搭环里。

她将那把先前一直藏在忍的裤腿里的偏平石杖举起来。

“闪电权杖。”他告诉她。

“闪电权杖。”她重复道。

她将闪电权杖插在腰带上的另一个圆环里，将两支石质武器像六发式左轮手枪一样插在她那条借来的牛仔裤里。当她将软剑从土里拔出来的时候，软剑在她干净的手上留下了脏污，但是她不允许自己把它擦掉。在过去一年多的时间里，她一直缩在桥区的房子里，害怕着她自己的影子。今天，她救了一个孩子，又杀了一个人，或者是两个。也许一点儿脏污可以等等再说。

她站了起来。

“我再也不想当一枚棋子了。”

她将软剑别在腰带上，从腰带的搭环上抽出仪式剑和闪电权杖。她看着自己的手指将仪式剑剑柄上的刻度盘逐一拨好。突然之间，她的心跳加快了。她感到很害怕，但是这种害怕的感觉其实很好，像是在沉睡了一年多之后又再一次活了过来。

“展示给我看。”她说道。

忍站起来，走过去来到她的身边。他研究着她排列好的一排符号，点了点头。

“没错——它们会带你前往彼处。你所需要的就是从彼处之后要去的地方的坐标了。”

“我要说些什么呢？再教我一次吧。”

忍站在她的身后，用双臂贴着她的胳膊，帮她摆好仪式剑和闪电权杖的位置，这样她就能够将它们击打在一起了。当他的身体贴着她的身体，他的颤抖停止了。她意识到，他比过去要高出那么多，而不管他变得有多么瘦，他仍然非常强壮，在她身后就像是一堵墙一样，支撑着她。

“起初，是宇宙的嗡鸣声。”他对着她悄声耳语道。

忍的这句话仿佛打开了她意识中的一个水龙头。词句自动地从奎因的口中流淌出来，这样他们就是一起在吟诵着：“仪式剑会找到隐藏之路，切开现实世界颤抖的组成物质，带领我们前往彼处。”

“现在该说诵词了，”他低语道，“和我一起吟诵。了解自我，熟悉故土，一个清晰的蓝图……”

“描绘着我的来处，”她继续说道，“与去处……”

“你要去哪儿？”他问道。

现在，他的身体贴在她身后，又暖又坚实，但是奎因自己开始颤抖了。

“你觉得呢？”

第四十章

约翰

约翰站在办公室门口，一时被他祖父的样子惊到了。加文倒在他的古董写字台上，在屋子巨大的窗户的映照下，他的身影朦胧模糊，后背颤抖着。他在咳嗽，与此同时，他似乎也在哭。屋子里充斥着一股烧焦的气味。

“爷爷？”

加文猛地将脸从胳膊上抬起来。当约翰看到祖父的脸时，他不由自主地向后退了一步。老人的两只眼睛完全不一样了，他右眼的瞳孔是左眼的两倍大，而两只眼睛的眼白完全充血了。

“把门关上！”加文在一阵阵咳嗽之间咳出了这句话，“我不想让他们看到我这个样子！”

约翰先往走道两边扫视了一遍——他很同意这一点，不该有人看到他那处于这种状态之下的祖父。

老人又在咳嗽了，门已经关上，约翰注意到在祖父一阵阵的咳嗽之间，房间某个地方传来嗞嗞声。

“玛吉在哪儿？”约翰问道，并迅速走到墙边的吧台，倒了一杯水给加文。“那是什么声音？”他的祖父疯狂地只用一只左手就接过了杯子，吞下好几大口，这么做的时候他将水咳到了外套上面，咳得到处都是。

“玛吉在哪儿？”约翰又一次问道。那嗞嗞声变得更加响亮了，仿佛是空气在一根管子里冲撞。一定是附近的什么东西在发出那个声音，但是在外面的晨曦之中，屋子里影影绰绰的，约翰在扫视桌子周围的时候没看到任何东西。

“你在亚洲留下了我死去的三个手下，约翰，而这将是我的终结。”加文用低沉而沙哑的声音说道，然后他又在咳嗽了。水已经没有了，一部分是被他喝下去的，剩下的则被他弄洒了。

约翰接过杯子，走过去将它重新接满：“爷爷，玛吉在哪儿？我在整艘飞艇上都找不到她。”

“玛吉在哪儿？”加文在他身后问道，声调越提越高，变得近乎歇斯底里，“你问我，玛吉在哪儿！我把她开除了。他们想要把我排挤出去，想要把属于我的东西夺走。包括玛吉在内！”他因为疼痛而叫出了声。

约翰转身，看到加文右手中那明亮的蓝色火焰。

“您在干吗？”他喊道，赶紧冲到写字台旁。

在约翰穿过屋子的时间里，他看到加文将他右手中的火焰引向了他自己左手臂上的袖子。

那是一盏喷灯。一个小东西——巴掌大小的一个小罐子，顶端伸出了一根管子——但是那小小的火焰是一种明亮鲜艳的蓝色，现在发出响亮的嗞嗞声。先前约翰一直将它藏在写字台底下。电光石火之间，约翰意识到，那是一年半前他在这间办公室的柜子里瞥见的那盏喷灯，那是属于他的父亲阿尔奇的东西之一。加文从单纯地把玩这些东西升级为对他自己使用它们了。空气中又出现了一股烧焦的味道，非常强烈、刺鼻。

“停下！”

他抓住加文的右手腕，但是在一阵短暂的狂野之力下，加文将胳膊挣脱出来，站在了写字台上。他又一次将火焰对准自己，在它烧穿了他的外套时痛得叫出声来。

约翰伸出手去阻止他，但是加文胡乱挥舞着喷灯，约翰不得不躲闪着，感到他自己的脸也被一波波灼热的空气反复袭击着。他在加文的外套袖子上看到一系列的灼伤。在外套下面，可以看到粉红色的、掉了皮的肌肉。他这么做已经有多久了？

“爷爷，您在做什么？您这是在伤害自己！”

“我不是——我——不是——”他又在咳嗽了，“我只是在集中我的注意力。阿尔奇用过这个东西，在他修车的时候。他是那么专注……如果我也能够集中注意力……我可以找到解决的办法。”

加文的右眼斜到一边，和他左眼看着的方向完全不一致了。他还在向约翰挥动着那盏喷灯。

“我的父亲并没有用喷灯烧他自己的身体。”约翰告诉他，“这不是——现在这样的根本不是真正的您，祖父！玛吉走了多久了？”

“你一动身前往亚洲，我就开除了她，约翰。凯瑟琳说过的——他们出动了，要杀掉我们。他们全都出动了。”

在不断恶化的被害妄想中，加文将玛吉开除，但是通过这一举动，他也令他自己陷入了不幸，他的神志开始彻底崩溃。约翰猛地冲过去，但是老人向后退去，加长了喷灯的火焰，挥舞着它形成了一个大大的圆弧。

“爷爷，如果玛吉走了，我们需要让她回来。”他再一次伸手去抓加文，但是加文仍然处于他够不到的地方。“您不能在没有她的情况下生活——”

“你杀了我的手下，约翰——”

“我没有杀他们，我向您发誓。”他去抓加文，结果在老人将喷灯向他的脸边挥舞的时候，被一波灼热的空气击中。“当时有一场战斗——”

“他们现在一定要将我排挤出去了……”加文又开始说道，然后他在一阵咳嗽中弯下了腰。

约翰利用这个时机抓住了他。加文将双臂抬起来，竭力要将他的孙子推开。他比约翰要虚弱得多，但是绝望正驱使着他，而约翰并不想伤害到他。他的祖父死死地抵抗着，左手深深地抠进约翰的肉里，同时他的右手疯狂地挥舞着喷灯。突然，约翰感到一阵剧烈的疼痛席卷了他的小臂。喷灯烧到他了，火焰正灼烧着他的皮肤。

他尖叫了起来，将他的祖父粗暴地向后推倒。老人倒下了，喷灯从他的胸前一路滚下去，在滚落的同时也灼伤了他，在一阵稀里哗啦的声响中在地上滚开去。约翰跳起来追赶，将它关掉，然后把它踢向屋子的另一侧。当他转过身去的时候，他发现加文趴在地上，瘦小又虚弱，还受了伤。

他的祖父害怕地向上看着他。他的右眼缓缓地恢复到和左眼一致的状态。但是两只瞳孔仍然不一样大，他两只眼睛直视着约翰："连你也是吗？连你也在追杀我吗？"

约翰跪在他的面前，两只手摁在他的肩膀上："我没有追杀您。现在这样的根本不是真正的您！"他强迫加文看向他。然后说出了多年以来他一直努力避免说出的这些话，"我们——我们给您下了毒，爷爷。您听到我的话了吗？是毒药让您这么想的。"

加文从约翰身边迅速地溜走了，仍旧狂乱地瞪着眼，但是约翰刚刚说的话似乎被他完全理解了。他的脸逐渐变得更加镇定。"什么？"他问道，"你这话是什么意思？"

在清晨的光线中，房间里仍旧非常昏暗，但是约翰可以看到他自己胳膊上那条亮红色的、又长又宽的伤痕已经在戏剧性地起水疱了。他的整条胳膊，从手腕一直到肩膀，都开始疼起来。他抓住祖父的左臂，仔细观察着那一排的灼伤。伤势很严重，就像他胸膛上的那一溜灼伤一样。约翰需要喊医生来为他们两个人治疗。

他重重地坐在加文身边的地板上："您的咳嗽，那是症状之一——那是气管在痉挛。还有您的肌肉痉挛和抽搐、扩大的瞳孔、精神失常，这些都是毒药的作用。"

"你给我下了毒？"加文低声说道，看起来极为震惊，"是真正的……真正的毒药？"

“是我母亲做的，”约翰回答道。他深深地、缓缓地吸了一口气，咬着牙抵御现在正随着他的心跳一阵阵地蹿上他胳膊的剧痛。他将胳膊更紧地捂住，靠近他的身体。“是凯瑟琳做的，在很多年以前。”

约翰感觉到在他臀部的位置有一阵振动。他用没受伤的那条胳膊将手机从裤子口袋里拿出来，研究着出现在手机屏上的信息。有那么一瞬间，他忘记疼痛，看到了一丝希望。她联系了他。他没有抱希望她会这么做，但是她确实联系他了。他可以成功，如果他能够让加文保持神志清醒的时间再长一点儿的话，如果他能够再一次得到他的帮助的话。

“凯瑟琳给我下了毒。”加文悄声说，眼睛盯着地板。他的声音听起来非常心碎。他的右眼又一次失去了焦距。“她为什么要这么做？”

“那是在她真正很深地了解您之前，在您和她亲密起来之前。她——她想要拥有某种能够控制您的方法，如果您后来变成一个威胁的话。”

“她给了我那么多。我永远永远都不会——”

“爷爷，那是一个错误，一个可怕的错误。多年以来，毒药一直在侵蚀您的神志。她不该那么做的。她——她从来没有想过她可以信任任何人。信任并不是她的最佳品质。”

“我永远都不会背叛她的。”加文再一次说道，看着他胳膊上的一串灼伤，仿佛现在才开始感觉到它们的存在。“我是要死了吗，约翰？”

“我不知道。毒药会一直留在您的身体里。”约翰试图将这些话说得更温和一些。他调整着自己的胳膊，试图找到一个疼得不那么厉害的姿势。“在她去世之前的很久以前，您就已经在服用解药了。是玛吉在给您服用解药，但是现在解药的作用不像过去那么有效了。我不知道是为什么。您开除了玛吉，所以现在您完全没有服用任何解药了。”

加文将目光从他的灼伤上抬起来。约翰以为他会发怒，但是相反地，他看到如释重负的感觉涌入了老人的五官。“我没有疯？”他的祖父问道，“我没有丧失正常的神志？”

“您在用喷灯烫您自己，爷爷。”约翰说道，“我觉得您可能是疯了，但是那不是您的错。我很抱歉。”在加文刚刚重伤了自己的情况下，向加文道歉，这感觉很奇怪，但是看到老人这种崩溃的样子，约翰只能感觉到懊悔和自责。

就在约翰的注视之下，被害妄想又一次偷偷地回到了加文的表情之中。老人的目光再一次失去了焦距，在屋子里乱蹿，然后他低声说道：“他们要来追杀我了，他们会除掉我的。”

“不，”约翰坚决地告诉他，用他没有受伤的那条胳膊抓住祖父。“现在这里没有其他人，爷爷。‘旅行者号’仍然是您的。”他的手放在加文的下颌下面，将老人的脸抬起来，让他看着自己的脸。“而且我又离您这么近。我已经把一切都掌握在手中了。”

他扫了一眼自己的手机，它就放在他身边的地板上。他又一次看着他祖父那双疯狂的眼睛，一阵刺耳难听的笑声不由自主地从约翰的口中发出。他的母亲希望加文能够为他提供保护和稳定，但是他祖父给他的恰好相反。他成了约翰的又一个负担。

“玛吉会回来帮助您，”约翰说道，“我知道要去哪里了。这一次我一定会把它夺回来。”

第四十一章 奎因

时间变得更长了。奎因可以在一片黑暗之中听到她自己的呼吸声，每一次呼气和吸气都延伸开来，直到每一次呼吸似乎都需要几分钟的时间来完成。永恒包围着她，像庄园周围奔流着的那条河的河水一样。

誓言的词句浮现在她的脑海之中，断断续续的……*世界之间的隐藏之路，秘密地升起来迎接我*……

她已经忘记了时间之诵的连接方式。但是她知道里面的词句，它们就在她的舌尖上。就在那里，就在那里，一直永远在那里……

她的呼吸缓缓地缓缓地充满了她的肺叶。*为什么还要费心去呼吸呢？*她纳闷儿。在两次呼吸之间停住然后停在那儿，任凭黑暗将你掳走，这要简单得多。

*我会死在这儿的！*她突然想到。这个认识非常强烈，强烈到足以让她重新恢复速度。她呼气的速度变得更快了，吸气的速度也变快了。

了解自我。她又想起了诵词的词句。*熟悉故土*。

她强迫自己将这些词句大声地说了出来。

“一个清晰的蓝图，描绘着我的来处，与去处，世界之间的彼处迅疾无匹，上述一切将庇佑我平安归来。”

这是此刻。即便在这个虚无之地没有时间，她仍然有着自己的时间感。我的头脑会清醒过来的，她告诉自己。而她的头脑也确实是这么做的。在一阵感激之中，她明白了，是她作为一名治疗师的工作令她的思维保持敏捷。

她可以感觉到手中的仪式剑和闪电权杖。仪式剑发出微弱的光芒，刚好够她看清它的形状。

她又在吟诵那段诵词："了解自我，熟悉故土，一个清晰的蓝图，描绘着我的来处，与去处……"

她知道她必须去那里。在石剑发出的微弱光芒中，她拨转剑柄上的刻度盘，用手指感受着那些符号的形状。这些是她父亲让她记住的第一组坐标，它们已经深深地烙印在她潜意识下的脑海之中。

"……世界之间的彼处迅疾无匹，上述一切将庇佑我平安归来……"

她将仪式剑举起来，并将它抡向闪电权杖。在仪式剑下落到一半的时候，它击中了其他什么东西。奎因将手伸到前面，摸到了布料。羊毛，就像她小时候他们通常穿的衣料一样，很厚实，也让人感觉很痒。她将手指掐进衣料，在料子下面摸到了一些更为柔软的东西，也许是人的肉体。

她将仪式剑握在离自己很近的地方，努力试图在它微弱的光线之下看清她正在触摸的是什么东西。根据它的大小和位置，她相当确定这是一个人类像石头一样静止不动的躯体。她无法看清楚细节，但是她用双手摸到了头和肩膀，这属于一个比她要高出很多的人。她进一步抚摩着，变得越来越确定。有太多的肢体了，而且它们的位置全都不对……

她和这个人影在这里站了多久了？过去了多少次呼吸所需要的时间？十次？一百次？想要数明白根本就不可能，尤其是在她的肺部动作得如此缓慢的时候。

"了解自我。"这几个字慢吞吞地从她的口中吐出，如同从黏稠的糖浆中冒出的气泡，"熟悉故土……"

她不能留在这里，不然她可能会在这里永远地停留下去。她从沉默的人影那里转身，将仪式剑和闪电权杖击打在一起。当震动包围了她的时候，她用仪式剑划出了一个新的空间异常点，尽可能地将它画得大一些。

光与暗的触须彼此分离开来，在她面前变成了实线，创造出一个嗡呜着的出口。在出口之外，是夜空和树，一大片树林。

“一个清晰的蓝图，描绘着我的来处，与去处……”她吟诵着。

她转身，向后退了几步，在那个奇怪的人形后面摸索着。她将双手抵在人形身上，用尽全力使劲将它向前推去。人形感觉很重，也很难移动，但是它一动不动，她可以像推一尊雕像一样推着它。她不停地向前推着，一阵一阵地发力，让它向着虚无和现实世界之间的出口滑动。最终，随着她的最后一下推动，那个一动不动的人形到达了出口的边缘，而出口搏动着的边缘也帮着它通过了出口。人形向下摔倒在森林的地面上，奎因跟着它跳了出来。

她的双脚踩在地上，静止不动地站立了片刻。她在一片四周都是茂密树木的林间空地上，东边的天空变得更亮了。在这儿，几乎已经是清晨了。她的呼吸和心跳都在加速，让她恢复正常的状态。

在月光下，她可以更清楚地看到那个被她从彼处带过来的人形。那不是一个人，而是三个，都披着斗篷，罩着兜帽，他们的四肢纠缠在一起，第一个人抓着第二个人的胳膊，第二个人抓着第三个人的肩膀。他们以和先前一样的站着的姿势躺在那里，腿全都没有踩在地上，而是以怪异的动作指向其他方向。

第一个是她并不熟悉的老人。第二个是她认识的人。尽管她并不能将具体的回忆安放在他身上，他的名字还是立即出现在她的脑海之中：中阶裁决者。这又解锁了另外的记忆：有关两个裁决者的记忆，其中一个裁决者身量要小得多。是一个女孩，她的意识告诉她，我倒是记得她。

而第三个人则是布里亚克·金凯德。

奎因将她的父亲带回了庄园。

第四十二章

忍

忍仍旧坐在泳池边，盯着奎因踏入空间异常点的入口处然后消失了的地点。她想起了那些回忆，待在她的身边让他非常痛苦。但是他现在仍然可以感觉到她先前贴着他的地方，就像他身体的这些地方在他的感官中被突出强调出来了一样。当他用双臂环绕着她的身体，帮助她摆好仪式剑的位置时，她是否产生了和他一样的感觉呢？还是他对她而言仍然只是一个远房表亲，像一幅画作那样美丽，然而却同样不可触碰？不。现在他身上太脏了，已经无法称为英俊了。

他被放在他肩上的一只手吓了一跳。他的母亲真理子·麦克贝恩正蹲在他身后的草地上，在夜间微凉的空气中，她的晨衣紧紧地裹在身上。

他预想的是她会对他发火，她并没有那么做。但是她的脸上有一种谨慎的神情，仿佛她担心忍可能会试图打她一样。这令他感到羞愧万分。

“你来了，”她温柔地问道，“刚刚那个女孩是奎因吗？”

“你都看到了吗？”他飞快地反问。她可能看到奎因穿过空间异常点的这个念头令忍感到困扰。他的母亲成功地将他们在庄园的生活抛在了身后——他不想将那种生活重新带回到她身边。

“看到了什么？”她问道。

“你看到她离开了吗？”

“没有。几分钟前，我在房子周围听到了她的声音。”她在草地上挪得离他更近了一些，但是还没有近到能够触碰他的地步。“她就是那个今天早上救了你弟弟的人。她不知道我是谁，但是无论在哪里我都能认出她来。她现在变得很漂亮了，不是吗？”

忍将那一袋草药拿出来。厚实的塑料令里面的东西全部保持了干燥。

“你要的药，”他对她说道，“很抱歉明夫身上发生了这种事，母亲。”

他可以感觉到她落在他身上的目光的重量。

“忍，‘抱歉’并不能修复之前造成的伤害。今天早上你弟弟差一点儿就死了。”她听上去仍然没有生气，只是非常疲惫。而这更糟糕。

“我会仔细检查一遍我的房间，确保里面没有其他的——”

“毫无疑问，我已经那么做过了。”

“我只是想把草药放下就走，没打算让你见到我的。请原谅我在这里又继续逗留了一会儿，我该离开了。”

在真理子周围，忍总会变得比平时更像日本人。在他还是个孩子的时候，他经常受到关于礼貌和荣誉等内容的训诫。在他还相信他的人生会充满荣誉的时候，那些训诫对他来说意义重大。

“也许你确实应该离开了，在我再一次变得愤怒之前。今天早上如果你在的话，我可能会杀了你。”

“我很抱歉，母亲。”

他站了起来。

“告诉我——奎因是怎么来到香港的？”在他能够走开之前，她问道。

“和我来到这里的方式一样。”他说道，双手攥成的拳头更深地插入夹克的口袋里，好让它们停止颤抖。他转过去面对着花园的大门。

“是一起来的吗？”她也随着他站了起来。和忍相比，她个子很矮，只有一百五十厘米多一点儿。她将那非常富有日本特征的面孔仰起来，望着他的脸，眼光锐利。

“是的，”他回答道，“我们是一起来香港的。”

“你从来都没有告诉过我这一点，我还以为你是自己一个人逃出来的。”

“这无关紧要。我们从来也没在一起过，起码没有在真正意义上在一起过。”

“你打算帮助她吗？”

“不——是的，”他纠正了自己。他向下盯着自己的靴子，它们仍然又脏又潮湿。“只是帮助她做一件事，仅此而已。”

“即使是在你们还小的时候，我已经能够看到你们之间有着某种东西。你父亲过去一直很喜欢她，可怜的孩子。”

“现在我要走了。”忍说道，转过身去。

“你又在想你的父亲了，”她追在他的身后喊着，“没关系的。我也一直都在想他。这是他想要的——你来到这里，和我还有明夫在一起。”

“我知道，母亲。这是他想要的。”

“忍，拜托。你可以……改变你自己的，可以回到我们身边。”她在努力让自己的声音显得坚定，但是忍可以听到她声音里的恳求之意。

在他刚和他的母亲重聚的时候，他试图告诉她关于阿利斯泰尔的一切，告诉她那天晚上在庄园发生的所有事情，但是他没能将这些话说出口。当时真理子也感觉到了，知道他在努力忏悔，然后她告诉他不必这样。她说，他过去的一切都得到了她的原谅，他们再也不必提起这些。

一开始，得到了她的原谅很棒。那时他并不明白，和得到他母亲的原谅相比，他自己原谅自己是完全不同的另一码事。只有毒品吧能够给予他这种仁慈。毒品让他不适合待在家人身边，还差一点儿害死了他的小弟弟，但是桥区上的毒品吧是唯一能够让他稍微得到一点儿安慰的场所。他又怎么能放弃呢？

“我并没有在想我的父亲，”他撒谎道，头也不回地往大门走去，

“我只是在想一个鬼魂。”

布莱恩·权可不是一个鬼魂，但是也差不多了。找了两小时之后，忍发现他正在距离伊丽莎白医院两个街区远的一个大垃圾桶后脏兮兮的人行道上缩成一团，显然，他是从伊丽莎白医院跑出来的，他的身后拖着一根静脉输液管和许多半裹半开的绷带。

“我必须得离开了，”布莱恩解释道，“他们开始问问题了。”

他的一只眼睛上缠着绷带，肩膀上的一处刀伤已经清理过了，但是只缝合了一半。一路上那个伤口一直在往他的衬衫上滴着血。他的脸上和脖子上也满是瘀伤。

“你看起来糟糕极了。”忍说道。

“那你应该看看另外那个家伙。”布莱恩勉强说道。

先前在忍带着奎因跑掉的时候，布莱恩则领着约翰最后几个没有倒下的手下进行了一场徒劳无益的追逐。忍检查了一下好友的身体，发现了更多糟糕的瘀伤。

“并不算太糟，”布莱恩对他说，“最糟糕的就数这个了。”他指了指一道又长颜色又深的淤痕，它从他的额头开始，一路向下经过了他的脸，蔓延到他的胸膛。“我在引他们去东边的走廊时撞上了一根蒸汽管道。在他们意识到你的女朋友没和我在一起的时候就没再追多久了。不过他们给我打了几针来缓解疼痛——我的意思是医院给我打的针，不是桥区的那些人。”

“挨起揍来你是个不错的拳击沙袋，大海鲈，”忍一边将他拉起来一边对他说道，“但是她不是我的女朋友。”

“随便你怎么说，小梭鱼。反正我总是为了那些只是‘好朋友’的姑娘才卷入持刀械斗之中。”

“她是我的表亲——我的第三代表亲。呃，是拥有第三代表亲一半血缘关系的表亲。”

布莱恩一边从身体深处发出一声呻吟，一边设法完全站直："第三代表亲是什么？"

"是一种……几乎不再有血缘关系，但是仍然认为她自己是你的血亲的亲戚，大海鲈。"

"哦，很抱歉听到你这么说。"

忍正在试图稳住布莱恩，而布莱恩则露出了龇牙咧嘴的表情，更多的是出于对忍和奎因在一起的不妙前景的回应，而不是因为疼痛。他不稳地往前走了一步，然后像一堵煤渣砖墙一样往前面忍的身上倒去。忍在布莱恩的重量之下咕哝了一声，但是还是设法成功地将他的朋友移了过去，直到最终布莱恩半骑在他的背上。

他要怎样才能将布莱恩弄上一辆巴士，再一路弄到桥区下层，他一直都不太确定。

等他们到达跨海大桥九龙的一侧，已经是午夜时分，跨海大桥那仿佛由无数船帆组成的穹顶在港口海面上升起的雾气中消失了。

"我应该向谁提交您的入境报告？"桥区的边境守卫问道。守卫问问题的语气非常正常，仿佛在夜里这个时间，再没有什么能比一个脏兮兮的帮派成员在背上背着另一个同样脏、受了伤但是块头更大的帮派成员更加稀松平常的事了。

"谭医师。"忍答道。

守卫靠上前来为忍拍照，照片会发送到谭医师的住所，等待对方批准。忍对着镜头露出迷人的微笑，而布莱恩则仍然在他背上呻吟着。

"他很可能还记得我。"

第四十三章 莫德

在早先的一个世纪，苏格兰的那座庄园面积更大，人口也更多。庄园里的生活以建在河流岬角上的城堡为中心。而如今，从外面看去，这座石头要塞既无动静，也没人声。裁决者们在的时候，居民都藏了起来，他们闭门不出，只有在需要出门跑腿的时候才从后门离开。

这是一个凉爽的夏日午后，初阶裁决者正在城堡的沙地上踮着脚尖转圈。她的左脚踩在地上，敏捷地转着圈，双臂和右脚将中阶裁决者扔向她的东西一一挡住。

“接住！挡住！挡住！接住！”他向她喊道，将大块的石块和锋利的刀子扔向她。

初阶裁决者抓住一把刀子，将它扔回去，用腿挡住了两块石头，然后又用左手接住第三块石头。

“再快点儿！”他喊道。

她的左腿从左脚到臀部都在隐隐作痛，但是这毫无意义。在裁决者的训练中，一个人身体的某个部位总是会处于疼痛之中。她将她的意识传送到她的肌肉，命令它们更快地动作起来。对于一个外人而言，她的胳膊看上去会是模糊一片——如果一个外人胆敢偷看他们的训练的话。

中阶裁决者扔出一系列的刀子，每一把都极其精确地瞄准着她身体的脆弱部位。

“接住，接住，接住！”他大喊道。

每接住一次，她都得将刀子扔回去，精准程度必须像他扔向她时一样。中阶裁决者很容易就跟上了她的节奏，还有充分的时间去寻找一些令人不快的东西夹杂在刀子之间扔向她。接下来是一小段铁链和一只马蹄铁。

“挡住！”他喊道，“再快一点儿！”

她的老师正在走近他们。当她的大部分意识都被各种投掷物的轰炸占据着，她的一小部分意识则在看着高阶裁决者靠近他们。她注意到，他的动作比前一天还要更慢。在一个多星期的时间里，她看着他一点一点地慢下来，进入了如同梦游一般的状态。

他在附近缓缓地停了下来，然后非常非常缓慢地举起一只手，结束了她的训练。

中阶裁决者不再投掷刀子和石头，而是将它们别在腰间或者扔到地上。初阶裁决者则停止了单脚旋转的姿势，转而向她的老师走去。在她这么做的时候，最后一块石头从中阶裁决者手中飞向她的脑袋，速度很快，角度刁钻，他想要出其不意地击中她。她在最后一刻举起一条胳膊，将石块向下拍在了沙地上。

“我们一起散散步吧。”高阶裁决者说道。他的声音是如此之轻，如此之慢，令她很难听到他说的话。他的眼皮垂下来，双眼已经半睁着了。

中阶裁决者被单独留下了，他将他的软剑抽出来，前往这座废弃了的庭院周围。初阶裁决者和高阶裁决者则缓缓地穿过城堡的大门，朝着树林走去。

“听到这个你不会高兴的，”他开始说道，“现在到了我去休息的时间了。”

“我们时间的跨度被拉长了这么多次，老师，”她说道，“在这些时间里您没有休息吗？”

“有的，但是还不够。我现在说的休息时间会更长一些。你已经和我一起跳过了一些小段的时光，十几年，二十年，四十年。我必须在黑暗中停留更长的时间。”

“您要坐下来吗，老师？”附近有一块很适合坐下的大石头，而且他们走路的速度那么慢，继续走下去似乎毫无意义。

他摇了摇头。在一个普通人身上，这个动作只会花上几秒钟的时间。而在她的老师身上，这个动作持续了半分钟。

“光是站直和移动花掉了我的全部精力。如果我坐下了，我就完了。在到达彼处之前，我是不会停下来休息的。”

初阶裁决者回头看了看，穿过大门看向中阶裁决者正用软剑训练的地方，软剑在他周身游走得非常快，以致给人留下了一个它是一片致命的乌云的印象。如果她的老师真的打算离开，她就会被留下来和中阶裁决者待在一起，他们两个会一起度过很多很多年，只有他们两个。

“您要休息多久呢？”她问道。

“很难说。一百年，也许两百年。”

“两百年！”

“可能还会需要更长时间，孩子。”

那是一个惊人的数字。

之前，在初阶裁决者证明了她是一个好学徒之后，她向自己的家人告别，然后他们在彼处，在黑暗中度过了一段时光，等他们重新回到世界里时已经过去了一年，而她的年龄完全没有增长。她又花了一年时间进行训练。然后，他们又回到那个黑暗的地方待了两年。以此类推，她的训练和被裁决者称之为“拉长”或“休息”的过程交替进行，而这个“拉长”的过程的真正意义是将时间和地点留在身后。他们所跨越的最长时间是五十年，所以总的来说，在她的老师第一次领着她离开她的家之后，已经过去了一百年的时光，而她仍然只有十二岁。现在是1570年前后了。

“这并没有你想得那么长。当你的训练更进一步之后，你也能够一下跨越这么多年。”

“您不在了，我的训练要怎么更进一步？”

高阶裁决者停下来，将两只手分别搭在她的胳膊上：“中阶裁决者有许多宝贵的技能，你可以从他那里学到很多东西。”

对此初阶裁决者什么也没说。她希望她的沉默能够充分说明中阶裁决者的可怕脾气、残忍，以及她老师自己甚至从来都没有见过的事情——像是小酒馆里的男孩、在她之前的那个初阶裁决者，男孩因为反对中阶裁决者的行为而被捅死了。

她老师的眼睛眯得只剩一条缝，然而她能够感觉到他在仔细审视着她。

“你很强大，”他对她说道，仿佛已经听到了她所有的思绪。“你能够保护你自己。”

“我能做到吗？”她纳闷儿。

另一个初阶裁决者，小酒馆里的那个男孩，他当时比她的年龄要大，然而他仍旧没能保护得了他自己。或者在那个男孩的眼睛里有着某种东西，有着对解脱的渴望？如果死亡就意味着可以从中阶裁决者身边脱身，他当时是不是甘愿去死？

接下来是一阵非常长的沉默。她看着老师的胸膛一起一伏，仿佛是一片宽阔的海滩上起伏的海浪。最终，他又开口了。

“那就是你训练的原因，孩子。你是初阶裁决者，因为你的年龄是最小的。但是与此同时，你又是一个裁决者，像我一样，也像中阶裁决者一样。你必须像任何一个裁决者一样判断什么是公正的。中阶裁决者知道，当我醒来的时候你必须活着。否则我将会非常生气。”

她从来没有见过她的老师生气，所以无从判断这对中阶裁决者来说会不会是一个可怕的前景。她的老师已经老了。尽管她时不时地能够见到他施展他的技能，在她认识他的这些年里他一直都很疲惫。中阶裁决者仍然尊重高阶裁决者，但是初阶裁决者纳闷儿这种尊重还会持续多久。

“我能猜到那些在你脑海中一闪而过的想法，孩子，”他对她说道，“在我休息的时候，我是一个非常不一样的人。在很多年以前我就应该去休息了。我被……你的到来给耽搁了。”

我的到来是由上一个初阶裁决者的英年早逝导致的，她想道。

“现在早就过了我该休息的时间了。”

“可是两百年后您要怎么醒过来呢，老师？”

老人的唇上浮出一丝笑意。

“那是一个你最后会了解到的秘密。在我休息之后，还有很多我会教给你的东西，所有的一切都会教给你。到时候你就能明白了。”

高阶裁决者伸出一只手摁在她的肩上来稳住自己的身体，然后他重重地坐到了地上。

“现在叫中阶裁决者过来，孩子。仪式剑在他那里。不要耽搁时间，我必须现在就休息了。”

高阶裁决者的双眼几乎完全闭上了。他的肩膀向下动着，仿佛是自己向下垮了下去。初阶裁决者转身向着城堡跑去。

第四十四章 奎因

奎因在最后一点儿月光下端详着她的父亲。

“你还活着。”这几个字从她的口中说出，如同石头掉进湖里，它们激起的涟漪触及了她意识最遥远的角落。

关于她最后一次见到他时的记忆突然之间涌向了她。当时他躺在离他们此时此刻身处之地不远的公共牧场，而他的面孔则被一种仇恨的神情扭曲了。

现在，在晨曦之中，他的皮肤很凉，他的双手紧紧地攥着中阶裁决者的斗篷。三个男人中没有任何一个人吐出呼吸。他们完全没有显示出任何有生命的迹象，然而他们的皮肤依旧红润健康，触手柔软。他们的身体不是被温度冻住的；他们是在时光中被凝固住了。奎因很纳闷儿，她是怎么在彼处遇到他们的。那个虚无之地到底有多大?

奎因感到一场奇异的战争在她的脑海中进行。不久之前，她还对忍坚持说自己只是一个治疗师，并不想去伤害任何人。但是现在她正体验着一种非常不同的强烈欲望。她将布里亚克从其他人身上撬开，将他的手指粗暴地从裁决者的斗篷上扒了下来，然后猛地一拉让他仰面倒在地上。在她挪动他的时候，他的胳膊和腿仍然保持着那种奇怪的姿势。

当她翻过他的身体，让他能够仰面面向天空的时候，她抽出了自己的软剑。她让她的手自行移动——比起她的意识，她的肌肉更能记得那些动作——将软剑猛地一抖化身成一把长剑的形状。她将它举到布里亚克的胸膛上方。

“我说过，如果约翰没有杀死你，我会杀了你。”她对他低语道。那个记忆已经完全地浮了上来，正将其他记忆也从意识深处拉起来。

布里亚克的双眼转向一侧，嘴巴微微张着，仿佛是在把话说到一半的时候被定住了。她将自己的胳膊举得更高了，打算瞄准后一击而中。但是她的胳膊在半空中悬了很长一段时间。

“哦，上帝啊。”她气喘吁吁地说，无法完成这个动作。她不可能这么做，因为他现在只能这么无助地躺在这里。她用双手摩挲着自己的脸。可是留他一命意味着……

*意味着什么呢？*她问自己。*意味着还会有更多的事情，*这是答案，*还会有更多像我们之前做的那样的事情。*她并不确定之前她打算对布里亚克做什么，但是她打算做的事情的大致轮廓就在她意识的后方，庞大而黑暗，如同一个沉睡的巨人，而她并不想吵醒它。尽管如此，她发现自己还是无法伤害这样的他。

黎明现在来势更猛了。奎因试图计算出她在*彼处*待了多久。从主观上来说，这无从判断。她的记忆同时告诉了她两个答案：只过去了几分钟，同时她已经在那漆黑一片的虚无之中度过了好几天的时光。她离开香港的时间接近午夜。香港的时间要比苏格兰早七小时，所以香港的晚上十一点等于是苏格兰庄园这边的下午四点。然而现在是黎明了，这只能意味着：要么她在*彼处*穿行的短暂旅行花了至少十五小时，要么她可能丢失了一天半甚至更多的时间。

在逐渐变强的光线中，她注意到布里亚克左腿的裤腿上有一块深色的污渍。她用手在他的大腿上擦了一下，手上变得又湿又红。是血。他的衬衫，在右肩的位置也一样沾满了深色的污迹。一年以前，他被子弹击中了——她记得那一点。那么多记忆仍旧隐藏不见，但是她突然清晰地回忆起了这一个。约翰开枪打中他两次。*还有一个对称的伤疤在等着你。*约翰之前这么说过。*他那句话是什么意思？*她有点儿纳闷儿。

在过去所有这些日子里，当布里亚克在*彼处*迷失了的时候，他的血甚至都没干过。它仅仅是单纯地停止了流动，就像布里亚克和其他几个人停止了呼吸一样，就像他们的心脏停止了跳动一样。

她更仔细地检查了一下其他几个人。最年老的那一个，他的脸被厚实的羊毛兜帽和一脸灰色的络腮胡子给挡住了。另外的那一个，那个被他们叫作中阶裁决者的，胸前被横着划开了一条口子，伤口被用一条从他斗篷上撕下来的布条简陋地包扎起来。他的这个伤口也仍然满是鲜血，没有干掉。

奎因纳闷儿这些伤口是否就是她父亲和中阶裁决者被困在了彼处的原因。伤口令他们从时间诵词上分神了，结果他们陷入了困境。

她站了起来，第一次注意到自己所在的地方究竟是哪里。她通过空间异常点来到的地方是一块林间空地。在她的左边是一块立着的石头，而在远处的小径尽头，她瞥见了他们的公共牧场。*这是所有的一切开始的地方*。*就在这里*，她想道。她最后又扫了一眼她的父亲，然后沿小径走了下去。

在走到广阔的草场的时候，奎因看到一堆堆烧焦了的碎石瓦砾，过去这些废墟曾经一度都是一间间的农舍，但是目前还没有人类生活在庄园上的迹象。

记忆正更加快速地浮上意识表面，那天傍晚的更多画面涌入她的脑海——奎因躲在她那燃烧着的小屋旁边，向一个挟持着她母亲的男人掷出一把刀子。回忆起这些，她的右手抽动起来，于是她低头看了看她的两只手，感觉到它们还有许多隐藏的技能。

她经过了一栋建筑物，在它原来的门的位置上，现在是一个张开的大洞。建筑物内部的光线很暗，但是除此之外，里面看上去完好无损。建筑物的名字出现在她的脑海之中：*工坊*。而在工坊前面的是练习场，练习场的遭遇可没有工坊这么好。除了一角还有破破烂烂的一点儿残余之外，练习场的屋顶整个都不见了。石墙上全都是黑色的焦痕，而内部则散落了一地的砖石。

她低头穿过练习场烧焦的门口，发现建筑物的内部很冷，也比外面更加黑暗。她可以分辨出墙边武器架的轮廓，所有的武器架都被烧焦了或者散架了。在练习场一头有一间装备室，里面全是瓦砾。在那间屋子里，奎因找到了唯一一件令她感兴趣的东西——屋角的一个小小的金属箱，几乎彻底被埋在了石头和灰浆下面。

另一个回忆出现了：忍的父亲站在林间空地上，打开一只装满了枪的箱子。奎因将这个箱子撬开，发现里面没有枪，只有一大堆乱七八糟的枪套和剑鞘。她几乎是不假思索地将一条有弹性的黑色物质扣在了她的腰间，然后将她的软剑挂在它的一个搭扣上面。她闲闲地练习了一下拔剑的动作，又将它放了回去。

在靠近箱子底部的位置，她发现了很薄的剑鞘，这种剑鞘被设计成紧贴皮肤固定在衣服里面。她将这些剑鞘系在了腰带的内侧。现在穿着的牛仔裤实在是太大了，她可以轻易地将仪式剑和闪电权杖放在牛仔裤里的这些剑鞘中去。她不知道自己希望在庄园里发现什么，但是她判断，最好不要把这些石质的武器公开佩戴在外面。

训练场的主要区域都散落着一地的瓦砾，但是在瓦砾中央有一条非常明显的小路，仿佛在大火过后还有人在这里一样。她将软剑从它的新位置上抓在手里，闭上眼睛，让她的身体接管一切。

只要她不试图去思考，她的肌肉就会知道该做什么。她的双手将软剑一抖，成了一把长剑的形状，然后她跑向训练场的中央，同时以一种如同走路一样自然的姿势用这把长剑猛刺。

等结束动作，她站在敞开的门口，转圈抡着她的两条胳膊来摆脱已经开始出现的酸痛感——她身体的状态很不好，肩膀上的旧伤也在隐隐作痛。

天空变得更加明亮，而她也注意到了远处的动静，有人在走路穿过公共牧场。随着那个人影越走越近，在奎因能够看到任何面部特征之前，她就注意到了人影移动的方式——像一个舞者一样，动作缓慢流畅，非常平稳。然后，她看到了那头浅棕色的长发。对方的名字立即出现在她的脑海之中：初阶裁决者。

那个女孩正朝着工坊走来，奎因于是走向那个方向去截住她。当裁决者穿过草地，开始在草地边缘的树林中穿行，奎因有一种极为强烈的、想要拔出刀子扔向她的冲动。她的意识呈现出一个非常清晰的初阶裁决者的形象：女孩纤细而强健的肌肉收紧，动作，接住了破空而来的刀子，将它向着奎因扔了回来。

毫无疑问，女孩远远地就看到了奎因，但是在她的神态举止中看不出任何迹象，直到她几乎已经站在了奎因的面前。她前进的路径没有发生改变，她目光的方向也没有发生任何变化。

“你好。”当裁决者在她身边停住的时候，奎因试探地说道。女孩肩上扛着一只小鹿。在小鹿的脖子上，在它被箭射中的地方，还有血迹。

初阶裁决者没有回答，而是缓缓地、庄重地点点头，她动作优雅地绕过奎因，继续往工坊里面走。她将小鹿放下来，走到后面的一个架子那里，在那儿，阴影挡住了她，奎因看不到她的身影。

“我可以进来吗？”奎因等着女孩邀请她进去，在等了几分钟后问道。

初阶裁决者转向奎因，这么做的时候她将架子上的什么东西碰掉了，于是她的手闪电般地伸了出去，在被碰掉的东西落地之前接住了它。看到女孩居然失手碰掉了东西，令奎因非常惊讶——女孩的动作是如此精准，以至于任何的失误似乎都与她的个性不符。初阶裁决者将那件东西又放回到架子上的某个地方，然后她转过身来面对着奎因。

“你可以进来。”她说道。

初阶裁决者嗓音的音调很高，这在一个十几岁的女孩身上很合适，但是她的语调并不是一个十几岁的女孩应该有的。她的语句说的缓慢而清晰，听上去仿佛一旦开始了就不会停止，就像是最终会磨穿花岗岩的涓涓细流。

奎因几乎是有点儿胆怯地走进了工坊。初阶裁决者是一个身材娇小的女孩，但是进入到她的私人空间感觉像是踏入了一只丛林猫科动物的巢穴。奎因谨慎地扫视了一圈屋内，注意到在那洞开的前门附近有一个烹饪炉灶，是用大块的石块围成一个圈做成的，里面还积着之前生火后留下来的厚厚的灰烬。

在炉灶附近是初阶裁决者用来宰杀她要吃的动物的区域。在一块砧板上面还有几张正在风干的兽皮，而且奎因注意到，初阶裁决者身上正穿着一件用鹿皮手工缝制而成的背心。

在工坊一角有一堆稻草，上面还有叠着的被单，从庄园里捡回来的零碎物品散落在架子上，还摆着一排看上去是从训练场里捡回来的刀剑。

初阶裁决者将凌乱的长发绾在颈后，开始处理那只小鹿。

“在这整个期间，你一直都待在这儿吗？”奎因问道。

初阶裁决者没有费神回答，甚至都没有停下手中的活儿。她继续以熟练专业的动作剥着小鹿的皮，在奎因的想象中，一个维京公主剥鹿皮的动作也许就是如此。无论如何，奎因这个问题的答案都十分明显。初阶裁决者并不是那种会坐着巴士在乡间到处游览或是去格拉斯哥的剧院看演出的类型。

奎因走了几步，离初阶裁决者更近了，她伸出自己左手的手腕，在她手腕处苍白的皮肤上，仪式剑形状的伤疤清晰可见。

“你可以看出，我是一个完成了宣誓的探寻者。”

初阶裁决者的目光扫过她的左手，未加停留，又回到小鹿的身上。当她再开口讲话的时候，声音里有一丝惊讶的意味。

“你不必给我看你的烙印，我就是当时将烙印烙在你身上的那个人。”

“好吧，”奎因说道，现在才想起来这一点，她觉得自己像一个白痴。“是你给我的烙印，在森林里。你看着我宣誓的。”

“没错。”初阶裁决者承认道。

“无论我问什么，你都必须回答我，不是吗？”她记得有人这么告诉过她，是约翰。在悬崖边上的那间谷仓里，约翰跟她说过这一点。

“不是的，”女孩回答道，“那是探寻者之间的礼仪。如果是另一个探寻者，对方就必须回答你的问题。比如你的父亲。而我们裁决者有我们自己的知识。”

“噢。”奎因不确定自己先前是否知道这一点，感觉上她不像是知道的样子。探寻者和裁决者，二者的知识领域是各自分开的。然而这话的确切意思是什么呢？

因为开始给鹿开膛破肚，初阶裁决者安静了片刻。最终她说道：“你可以问我一个问题，我有可能会回答。”

奎因思考着自己应该问什么。她想知道什么呢？答案是：*所有的一切*。如果她不想成为一枚棋子，她必须知道她所能了解的一切。但是最重要的一个问题是：“刻着狐狸纹章的仪式剑是剩下的唯一一把吗？”

初阶裁决者转过头盯着奎因的双眼。这令人很不舒服——就像是被一只老虎盯着——但是奎因抵制住了退回安全地带的冲动。

“这把仪式剑是在你手里吗？”女孩问道。

奎因没有回答。

“年轻的探寻者，谁是你的主人？”

“我——我没有主人。”这句话说出口的感觉要比奎因感觉到的更为自信，但是这确实是她的意思。“现在我是我自己的主人了。”

也许是她的想象，但是这句话似乎令初阶裁决者感到高兴。

“不是的，”初阶裁决者说道，“刻着狐狸图案的仪式剑并不是唯一的一把。”

小鹿的肚子被剖开，初阶裁决者在将鹿肉切成做饭用的一片片的形状。

“世界上还有多少把仪式剑？”奎因追问道。

“我无法回答这个问题，因为我不知道。”她又不作声了，将木块从一堆劈好的柴中拿出来，开始生火。“在最近几年里，我见过三把，”当火点燃之后，她继续说道，“有一把在这里被毁掉了——是上面有雄鹰雕刻的那一把。”

有一段回忆：雄鹰是忍他们家族的纹章。那时他们有一把仪式剑，而这把仪式剑被毁掉了。

火很快就燃烧得噼啪作响了，火的热度令奎因注意到自己自从来到庄园之后一直有多冷。初阶裁决者拿出一个金属烤架，架在火焰上，将鹿肉一片片摊在上面。

“那另一把仪式剑在谁的手上呢？”奎因问道。

“另一把是裁决者的仪式剑。”

“裁决者的仪式剑。”奎因柔声重复道。裁决者当然也会有一把仪式剑。“我们家族的纹章是一只公羊，我们的仪式剑上为什么没有刻着公羊的图案？”

在初阶裁决者开口回答之前是一阵长时间的沉默：“这不是我能够回答的问题。”

女孩的声音不容争辩。奎因又试了另一种问法：“你说在‘最近几年里’你见过三把仪式剑。还有其他仪式剑吗？”

“我已经回答了一个问题。”女孩说道，仿佛那就可以结束这个话题了。她陷入一片沉默之中，盯着火焰里面。

奎因也陷入沉默，很快，烤鹿肉的香气就占据了她大部分的注意力。几分钟后，当鹿肉被从烤架上取下来的时候，她们两个吃起来。而且是大吃特吃。奎因记不起她上一次吃饭是什么时候了，在狼吞虎咽之间，她把嘴巴都给烫着了。动物的油脂沿着她的手指滴下来，令她绝望地希望能用水和肥皂清洗一下，但是这没有妨碍她狼吞虎咽。她把油腻的双手在牛仔裤上擦了擦，发现这并不像她以为的那么困扰自己。

最终，她吃饱了，人也变得脏兮兮的了，她仔细观察初阶裁决者的脸，试探着又问了一个问题。

“对于我们而言，有过一个崇高的目标吗？”她问女孩，“在我还是一个孩子的时候，我以为——关于探寻者帮助这个世界的故事，‘为恶者，你们要当心了’‘暴君们，你们要当心了’诸如此类……一直以来这些都是谎言吗？”

初阶裁决者沉默了很久——久到奎因以为她决定不回答这个问题了。然而最终，女孩开始开口讲话了。

“我们裁决者存在的目的是为了确保三条法则能够得到遵守。你知道那三条法则吗？”

奎因犹豫了一下，等着看是不是会出现一些回忆，但是没有。

“我觉得我不知道。”

“年轻的探寻者，这些是我们神圣的法则。你的父亲应该在教你所有东西之前就把它们教给你。”

“有很多事情都是布里亚克本该做而没有去做的。”奎因小声回答道。

“那倒是。”初阶裁决者同意道，“在你们宣誓之前，本来应该依照规矩背诵这三条法则的，但是布里亚克·金凯德省略了这个步骤，而中阶裁决者并没有反对。很好。实际上他并不是第一个省略了这些的人。”她顿了顿，仿佛她自己的话在令她感到困扰。“这些法则很简单，”初阶裁决者继续说道，“但是触犯这些法则将被处以死刑。第一条法则：探寻者禁止夺走另一个家族的仪式剑。第二条：除自卫外，探寻者禁止杀害另一个探寻者。第三条：探寻者禁止伤害人类。”

“但是我们——”奎因开始说道。

“你们已经触犯了其中至少一条法则，是不是？也许还触犯了许多次。”初阶裁决者说道。她继续说下去，仔细斟酌着自己的用词，就像一位中世纪的商人在柜台上数金币一样仔细。“情况并不总是这样，我们的法则曾经一度是神圣的。然而随着时间的流逝，阴影悄然而至。曾经清楚无误的东西也变得模糊混乱。”奎因可以看到火光映在女孩的眼睛里，她沉浸在过去之中了。“这些家族之间会互相通婚。而我们裁决者又怎么能够知道谁是仪式剑的合法拥有者？可能有很多人都拥有这一资格。一个探寻者杀掉了另一个，但是有证据表明被杀的探寻者是危险人物，或者正在变成一个危险人物。我们裁决者又怎么能够裁决这些呢？是自卫还是谋杀？而人类——很容易就可以声称自己伤害一些人是为了拯救更多其他人。这是每一个探寻者在伤害人类时都会做出的陈述——‘我这么做是为了大局着想。这么做是必须的，我发誓’。”

“那么是谁来做出判断？”奎因悄声问道，“是谁来判断法则是否被打破了？”

“当我的老师在休息的时候，是中阶裁决者来做出判断，我的老师已经休息了很久了。”初阶裁决者继续说道，“中阶裁决者做出的判断并不可靠。他并不是在对与错之间进行裁决，而是选择他支持的那一方，选择他希望获得权力的那一方。近来他支持的是你的父亲。在那之前，他支持的是像你父亲那样的人。”

“那么……你们的法则就一文不值了。”奎因说道。

“当法则在我老师手中的时候，它们具有非常重大的意义。在他看着一名探寻者的时候，他可以看透对方。我见过他这么做。但是当法则在中阶裁决者手中的时候，它们就毫无价值了。那是真的。根据他的裁决，我们会处决探寻者和探寻者的家人，或者让他们活着。这是我们被称为裁决者的原因。”

又是一阵沉默，但是最终女孩继续说道：“你问我，这些是不是一直都是谎言？两者我都见过。世界上有过真正的探寻者，高尚的男人和女人们。几个世纪以来，他们与不义之人、残酷之人进行抗争，并且帮助好人。你儿时听到的那些故事是真的。”

奎因感到了一丝高兴，但是她知道初阶裁决者的话还没有说完。

“但是也有过另外一种探寻者，”裁决者继续说道，“他们用手中的仪式剑追求的只是财富或者权力，他们做了可耻的事情。仅仅因为他们在这些事情中看到了一些个人利益。”

“就像布里亚克一样。”奎因低声说道。

“也像在他之前的许多人一样，但是布里亚克可能是最坏的一个。”

她们两个都沉默良久，直到初阶裁决者在一片破布上擦了擦手抬起头，以一种历经了千年时光的人的目光盯着奎因。当她再一次开口的时候，她似乎对要说的话题感到很不自在。

“你爱过那另一个学徒。”

奎因感到很尴尬。就在不久之前，她让约翰抱着她上楼去到她在桥区的卧室。当时她还抱住了他，将他拉向自己。

“是的。”她低语道。

“你还爱着他吗？”初阶裁决者问道。

她很想很想说不。毕竟，约翰曾经在她身边躺下，曾经亲吻过她，然后他又在那些男人打她的时候袖手旁观。然而，她的一部分自我理解他的绝望心情。最终她摇了摇头说道：“我想这已经不再是我的感受了。”

初阶裁决者将目光移开，奎因觉得她在女孩脸上看到的是困惑的神情。这种神情并不太适合出现在这样一个冷静沉着富有自制力的人脸上。

“你为什么要问起和他有关的问题？”奎因问她，“你认识他吗——除了我们在庄园训练的时候看到他之外？”

“我和他不熟，”初阶裁决者坚决地说道，“但是我们说过话。我纳闷儿——我纳闷他到底是什么样的人。”

奎因将一根小树枝扔进火里，努力试图想明白要如何回答这个问题。“当我和他在一起的时候，”过了一会儿之后她说道，“我可以感觉到他爱我。我能够在他的眼睛里看到这一点。”她顿了顿，看着小树枝在火焰中燃烧殆尽。“但是现在我知道了，他想要一把仪式剑的程度超过想要我，超过他想要的任何其他东西。”她又停下来，然后补充道，声音又低又严肃，“那天晚上他来追杀我们了，就在这里，在庄园里，为了复仇。如果他得到了一把仪式剑，他又会做出什么事来呢？一定不会是什么好事。怎么可能会是好事呢？”

初阶裁决者又一次注视着火焰。根本不可能读懂这个女孩，但是奎因感觉得到她很困扰。

然后，初阶裁决者缓缓地说道：“我见过他。”

她说这话的方式中有着某种前后矛盾的东西。

“你的意思是最近？”

女孩点了点头。

奎因的胃里一阵坠落的感觉，如同是在不知不觉中踏入了一架升降梯，它让她突然下降了两层楼。

“在哪儿？”奎因问道，“这儿？”

初阶裁决者没有回答。

奎因站了起来。她发现自己正在后退着远离这个女孩。她是在帮助约翰吗？他们什么时候说过话的？这意味着约翰又会来追杀自己吗？

初阶裁决者仍然坐在火边，眼睛看着她的双手。奎因环视屋内，觉得她的注意力被某样并不属于这里的东西吸引了。她让自己的目光缓缓地扫过所有的墙面，搜寻着。在后墙边的架子上有某种东西。就在那儿。一根电线。

庄园还有电，这一点本身就令人惊讶——不过工坊几乎未受影响，所以也许有电也讲得通。不过初阶裁决者拥有某种需要电的东西这一点更加令人惊讶。这个女孩为什么会有这样一件东西？

奎因走向那根电线，注意到初阶裁决者转过头来望向这边，但是并没有从她在火边的座位上站起来。奎因跟着架子上的电线一路找到一堆破布。她将手伸进破布里，摸出了……

一个手机。

手机的屏幕亮着，上面还显示着几个字：信息已发送。时间显示是一小时之前，就在奎因刚刚走进工坊的时候。奎因又仔细看了看上面的时间，她在彼处几乎耽搁了两天。

“是约翰给你这个手机的？你告诉了他我在这儿？”与其说这是一个问题，不如说是一个陈述句，“你在拖住我。”

女孩缓缓地点了点头，就像一个刚刚确认了一项死刑判决的法官。

“为什么——你为什么要那么做？他甚至都没有完成宣誓的环节。”奎因正在试图计算一小时以前约翰在世界上的哪个地方，计算他从她假设的那个地方来到庄园会需要多长时间。

“有过一次不公正的裁决。”初阶裁决者说道，仿佛这就能解释她的行为了。

“这难道就不是不公正了吗？”奎因问道，“我是一个宣誓过的探寻者。我只是想要有时间记起来一切，去决定要怎么做。”

“我……我想要……”初阶裁决者又开始说道，“我想要弥补过去犯下的过错。我的老师会知道要如何纠正错误。如果是我的老师，他那时就会阻止布里亚克了。但是我……我很矛盾。”

“布里亚克，”奎因说道，记起来她的父亲正躺在一片林间空地上。“对了，我现在要去解决这件事了。在我再增加一个新的追杀者之前。”

奎因转身准备离开工坊，但是在她感觉到一个新的精神连接时她只来得及走了几步。她很愤怒，但是她发现自己很难将初阶裁决者作为发泄的对象。奎因自己也对是否帮助约翰感到非常矛盾。“你的老师，”她说道，转过身来，“描述一下他的样子。”

初阶裁决者开始这么做了，但是在她还没来得及将两句话连在一起的时候，奎因已经往工坊外面跑了，她回过头来喊道：“跟我一起来！”

当三个男人进入她们的眼帘时，太阳完全升到了空中。他们仍旧躺在那块立着的石头旁边的林间空地上，四肢以奇怪的角度伸展着。但是奎因立刻就发现有什么东西发生了改变。她父亲的四肢放了下来，仿佛他的肌肉正逐渐变软。

而且这些人也在呼吸。他们的胸腔在逐渐地扩张、收缩，几乎无法看到他们的动作，但是他们的胸膛确实是在起伏，这令他们从雕像变回了活生生的生物。除了胸腔之外还有其他部位在动：血液正从他们的伤口中流出。

当初阶裁决者看到那个留着胡子的老人时，她倒吸了一口冷气。这个人动作的幅度最小——也许是因为他在彼处停留的时间最长。片刻之间，初阶裁决者已经跪在他的身旁，正将他的脑袋十分小心地捧在手上。她用一种听起来有点儿像英文的语言温柔地对他说着话，然后她晃动着他的上半身，又对他说起了话，这一次语调更为坚定了。

奎因抽出她的软剑，跪在布里亚克上方，举起了胳膊。现在是兑现她的誓言的时候了。如果布里亚克醒过来，他会让她想起那些她不愿想起的事情，会强迫她去做她不愿去做的事情，而奎因不认为自己能够反抗他。在过去，她从来都无法反抗他。她必须现在就将这一切了结。

布里亚克眨了眨眼。

这是一个缓慢的动作。每一次他的眼皮都往下移动一点点，直到他的眼睛闭上，然后他的眼皮又向上做出同样的动作，他的目光也缓缓地移动着，直到他在向上看着她。

*就是现在！*奎因告诉自己，*现在就动手，否则你永远也杀不了他！*

她将剑刃向下刺去。布里亚克半僵住的胳膊条件反射地复苏了。他的右手将她的软剑挡开，左手则抓住了她的脖子。他又彻底地静止不动了，他的双手在它们的新位置上僵住了。危险令他回到奎因所在的时间流之中，但是只在一个瞬间起到了作用。她将他的双臂从她身上推开，又一次举起软剑。

“奎因！”听到有人在喊她的名字，她的头猛地抬了起来。约翰正站在林间空地的边缘，另外还有两个男人在他附近分散地站开。她认出其中一个是当时出现在桥区的人，他们三个都把枪对准了她。

“拜托，奎因，”约翰说道，“拜托你把软剑放下。”

第四十五章 约翰

“这一次你带上枪了，”在约翰走近的时候奎因评价道，“你一定是真的真的非常害怕我。”

“呃，在桥区的时候你无视了那些刀子。”他指出，努力试图对现在的情况不以为意。他并不喜欢拿枪指着她。她站起来，彻底地站着不动了，她的胳膊举着，软剑躺在她脚边的地上。他看着她的目光从他身上逐一移到另外那两个人的身上。她比几天前在桥区时要警觉得多，也危险得多。

约翰的整条左臂因为之前喷灯造成的烧伤正疼痛着，烧伤的部位在衬衣下被层层的绷带厚厚地包裹住了。这在提醒着他，这一次他最好能够成功。他的祖父已经失去了理智，很可能也要失去对他的商业帝国的控制了。不久之后他就不能再帮助约翰了。

“你似乎无法离我远一点儿。”当他走上前来站在她的身边时，奎因低语道。她的本意是要刺伤他，但是它们听上去仍然显得非常亲密，而约翰则无法让自己不再抱有“她会帮助他”的希望，就再纵容自己这一次吧。

“我不想离你远远的，”他低声回道，“我想和你在一起。”

在附近的地上，老人正以别扭的姿势躺着，而初阶裁决者则蹲在老人旁边。地上还有另外两个男人，他们看上去仿佛是在一项剧烈运动做到一半的时候被冻住了。两个人都穿着挡住了脸的兜帽，但是他们在呼吸，非常非常缓慢地呼吸着。然而那个老人却像石头一样静止不动。

初阶裁决者正用一种可能是英文的语言对他说话，但是如果她说的是英文，那也是非常古老的英文，古老得令约翰无法理解它的含义。

奎因穿着用一条大皮带扎住的不合身的牛仔裤，在将枪塞回他的口袋里之后，约翰可以轻易地将手伸到她的腰带内侧，沿着腰带摸索，搜寻仪式剑。要不去想他那贴在她皮肤上的手很难，但是他将这些想法统统赶出脑海——他必须集中注意力。当他的手指触摸到某个坚硬的、石质的东西，触摸到某个倚在她髋骨右侧的东西时，他的心跳在加速。奎因转向他，而约翰的手下则警告地举起了枪。

“别把它拿走，约翰，”她说道，眼神里满是恳求，“别把它拿走。”她把自己的手放在他的手上，试图将他的手从那藏在她牛仔裤下的东西上推开。

“你可以让这一切变得容易。拜托你改变主意吧。决定帮我吧。”

“我向你发誓，我是在帮你。”奎因对他说道，“当你得到仪式剑之后，事情会变得更加糟糕。相信我。”

“不，奎因。事情会变好的，最终会变好的。”

她为什么就不能理解呢？她的手正按在他的手上，他想象着将它举到他的唇边。如果她能够帮助他就好了，他就可以自由地亲吻她……然而他没有这么做，他令那件东西向上滑动，将它从她的裤子里拿了出来。

是那把灰色的石质仪式剑，由于贴着她的皮肤而有点儿温热。约翰因为将仪式剑握在手上而感到兴奋，身体的重心从她身旁移开，来检查仪式剑的状态。而奎因快速地迈了两步，来到约翰的身后，令约翰处于她和他那两个持枪的手下之间。在他转身面向她的片刻之间，奎因已经捡起了她的软剑，向着树林跑去。

“见鬼，奎因！别再干这种事了！”

他的手用力地摩擦着自己的脸，感到非常矛盾。然后，他做了个手势让他的手下去追她，他们立刻跑开了。他自己也想去追赶她，但是他很怀疑自己是否头脑清醒。在来到庄园之前，他命令他的手下一定要阻止奎因逃走，即使这意味着要向她的腿部开枪射击——约翰自己永远无法做出这种事。

就在这时，他的目光落到他手里的物体上，他意识到了自己犯的错误。他手里拿着的并不是仪式剑。它是另外的什么东西。它也有着短剑的形状，有一个剑柄和扁平弯曲的刀刃，比黄油刀都要钝。当然，它和仪式剑很像，但是它们并不是同一种东西。这是一个诱饵吗？可是如果是诱饵，为什么不做得更像真的仪式剑呢？而且这东西和仪式剑的石质是一样的，他很确定这一点。他手里的这东西是什么？

“老师，老师。”初阶裁决者在他附近喃喃地念着，以低沉而平稳的声音对老人说着话，就像是在吟诵赞美诗。

约翰走得离那两个僵住的人形更近，好更清楚地看看他们。其中一个是裁决者，他现在看到了，他们先前在他还在训练的时候管这个人叫中阶裁决者。第三个人的脸仍然隐藏在兜帽下面，但是当约翰站在他的正上方的时候，他发现他往下盯着的是布里亚克·金凯德。

一股仇恨之情立即涌了出来，势不可挡。约翰一时间感到自己又回到了那间旧谷仓里，盯着他母亲那躺在病床上的枯槁身影，还要被布里亚克嘲弄奚落，他不够好，他永远都不可能好到可以宣誓成为探寻者。布里亚克那时对待约翰和凯瑟琳的方式就好像他们是一些微不足道的、软弱的、轻易能被杀掉的小人物。但是情况再也不是那样了。约翰的家族正再次崛起，现在是了结布里亚克·金凯德的时候了。

他将奎因那把奇怪的石剑放下，手指擦过塞在他口袋里的枪。他并没有拔枪，而是伸手去拔他的软剑。今天带着它回到庄园似乎是再合适不过的做法了。他将软剑以一个优雅的动作甩了出来。

布里亚克的双臂正静止在他脸的上方，仿佛是在挡住一次攻击。约翰跪了下来，将布里亚克的胳膊拨到一边，但是对方的双臂缓缓地又回到了刚才的位置，而布里亚克的目光也转回来聚焦在约翰身上。他正在醒过来。

树林里传来喊声，然后是一声枪响。约翰抬起头，恐慌席卷了他的全身。他的手下都是神枪手，但是他们仍然可能会失误。*请不要伤到她*……他向着枪声的方向极目远眺，但是从他跪着的位置，除了树之外什么都看不到。他必须信任他的手下，相信他们会遵从他的命令。

他费力地将注意力转回到林间空地上，注意到中阶裁决者正在移动他的四肢。他的动作既抽搐又迟缓，在缓慢的、小幅度的动作之后是抽动。他也正在醒过来。

约翰感觉到自己的注意力被裁决者斗篷里的某样东西吸引了，它从斗篷内侧的口袋里支了出来。它的颜色和形状……约翰将布里亚克和枪声都忘掉了，他爬到中阶裁决者那边，将手伸进对方的斗篷，他的手指握住了一个冰凉的石头剑柄。

那是另一把仪式剑。在他将它抽出来的时候，他可以感觉到手指下的刻度盘。在林间空地的日光下他粗略地看了一眼它的整体形态……突然之间，到处都是人在动作。

初阶裁决者的脑袋猛地抬了起来，盯着他和他手中的仪式剑。此前她一直都宁愿无视他，直到他触碰石剑的那一刻。

在约翰身后，布里亚克也在动，他缓缓地滚向一边，脱离了约翰能够够到的范围。与此同时，中阶裁决者以一个流畅的动作一跃而起呈跪着的姿势，令他自己与约翰面对面。中阶裁决者又以同样迅速的速度静止不动了，但是他的软剑现在已经握在他僵住的手里，软剑的剑尖几乎挨着约翰的胸膛了，而且正在颤动——这是软剑突然展开化为一件坚实的武器这个动作的余韵。

中阶裁决者现在看上去再一次显得了无生气，跟布里亚克一样，约翰认为可能需要再过几分钟，他们才能第二次做出任何动作。初阶裁决者仍然攥着老人的长袍，将他的上半身抱在她的膝盖上，但是约翰感觉到她正准备扑向他。他唯一的机会就是现在就跑，不给出任何警告。

约翰立刻站起来，左手攥着那把刚找到的仪式剑，右手握着他的软剑，从林间空地上跑开了。

在很长一阵子里，他只是跑着，并不敢回头去看。然后，在树林里树木更为稀疏的一个位置，他赶上了他的手下。

“奎因呢？”他急切地说，“你们有没有——”

乔治摇了摇头：“刚刚那一枪只是为了让她无法动弹。”他向前方三十码处的一棵粗壮的树干那边点了点头。约翰明白了——奎因被逼到了那里，他的恐慌得到了缓和。

他允许自己的目光扫过身后的森林，那里并没有有人追赶他的迹象。他又看向奎因藏身的那棵大树。无论他拥有的是哪把仪式剑，他都需要一个同伴来教他如何使用。而他想要奎因做他的同伴。即使奎因从来没有听说过仪式剑或者探寻者，他也想要奎因。*不要拒绝我，拜托。*他向她恳求道。

约翰的另一个手下——帕东——正在树林里绕过去从相反方向包围奎因。帕东向着奎因的位置比了一个手势，然后开口讲话。

如同魔法一般，一把刀子的刀柄出现在他的颈后。帕东喷出了一大口血雾，向前倒去。

约翰转身，看到初阶裁决者以又大又稳的步子穿过树林走来，手上已经握着另一把刀子，做好了将刀子投掷出去的准备。

在那棵粗大的树干后面传来了树叶的窸窣声。奎因并没有等着去看谁会成为初阶裁决者的下一个目标。她往树林的更深处逃去，远离他们，向着悬崖边上的谷仓那里逃去。

约翰拔腿去追她。他能够听到初阶裁决者在他身后继续走过来，但是她现在还没有杀了他。他选择将这视为一个很有希望的迹象。

第四十六章 奎因

奎因的腿要撑不住了。在过去的两天里，她跑得比之前的一年都要多，而她的肌肉无法再支撑着她跑更多的路了。她就要跑出树林了。前方树木开始逐渐变得稀疏，在它们的枝叶间可以看到蓝色的天空。

初阶裁决者刚刚杀了约翰的一个手下，但是在奎因上一次胆敢回头去看的时候，约翰的另一个手下仍旧在追赶着她。当然，还有约翰——他也没有落后很远。

那个男人向前飞去，一把刀子深深地埋在他颈后的这一幕，对奎因的影响并没有应该产生的那么大。所以，现在我已经对死亡习以为常了？她扪心自问，立即就知道了答案：没错，我已经对死亡太过习以为常了。在她的意识中仍然还有灰色地带，但是更多的部分正在逐渐变得清晰起来。

过了几分钟后，她跑到了开阔处。在她前方一百码处的位置是悬崖的边缘，悬崖下面是一条河。从她站着的位置可以听到河水的水声。在悬崖边缘的位置有一座老旧的石质谷仓。谷仓左边是另一条小径，伸向树林之中。记忆回到她的意识之中——那条路会带领她到达城堡的废墟。

她犹豫着。如果她走上那条小径，他们会跟着她，而她需要在再一次跑起来之前休息一下。而且她的计划是什么呢？闪电权杖在约翰手上。没有了它，她的仪式剑毫无用处。她必须从他手上拿回闪电权杖。剩下的唯一选择是将仪式剑给他，教他如何使用，再也不逃了。

第四十六章
奎因

她发现自己正往谷仓走去。

“奎因，站住。”

是约翰的声音。她没有停下脚步，只是回过头来，看到他独自一人站在树林的边缘。他回头向身后的树林里扫了一眼，寻找着他剩下的那个手下。

“也许初阶裁决者将他们两个都杀掉了。”她一边走到谷仓门口，一边对他说道。她现在距离悬崖很近，谷仓的另一端倚在悬崖边缘——她可以听到河水的声音变得更响了。

“奎因，停下。拜托。”他将枪从口袋里拿出来，扣扳机的动作已经做到了一半。闪电权杖不在他的手里——他一定是将它藏在衣服里了。

“你真的要对我开枪吗？”她问道，“我不相信。”

她没有等他回答，径直走进了谷仓的阴影里。

这里闻起来就像她记得的那样，是潮湿的泥土和旧稻草的味道。她穿过谷仓凉爽的内部空间，走到房间另一侧的梯子前，迅速地爬上了被当作卧室的阁楼。从那里，她透过屋顶下巨大的圆形窗户向外看去，可以看到悬崖下面和河边的景色，一直看到远处的山丘。

“那时我希望你能够帮助我来着，”约翰从下面的门口向她喊道，“在这间谷仓里的那一天。”

奎因沉默不语。

“你家族的纹章是什么？”他问道。

“是公羊。”她回答道。

“在那把仪式剑的剑柄上刻着一只狐狸——那是我们家族的纹章。”她没有回答，而他继续说道，“你甚至都不想要它，奎因。所以，你为什么还要阻止我得到它？”

这是事实，先前她并不想要它。当时她想要忘记仪式剑，忘记其他一切。当时她是一枚棋子。但是现在呢？

她从阁楼边缘往下窥看，看到他站在她的下方。他手里拿着枪，但是枪垂在他的身体一侧，就像是他对枪的存在感到尴尬似的。

“我要上去了。”他说道，双手把住梯子。

奎因振作精神，想出一个简单的计划。她深深地吸了一口气，吸气，呼气。

突然之间，他爬到了梯子顶端，正往阁楼上迈步。奎因没有像他预期的那样移开身体，而是向前移动，抓住了他。她往后退去，猛地一转身，令他们两个都失去了平衡，让约翰滚到了阁楼平台的边缘。他抓住一根木椽，救了自己一命，但是他的枪掉了下去，“咔嗒”一声落在谷仓的地面上。

有那么一瞬间，约翰的双腿在平台边缘晃荡着，他努力试图重新回到阁楼上。奎因探出身去，在他的背上、腰间摸索，寻找闪电权杖，他一直挣扎着。它没在那儿。她在他的夹克内侧摸到了某样坚硬的东西，一个坚实的东西，但是太小了。他把闪电权杖给他的手下了吗？他把它留在树林里了吗？

她从他的身边闪开了。有一块又长又窄的板子搭在阁楼和第二扇窗户下面的一组木椽之间。当约翰开口说话的时候，她走到板子一半的位置了。

“我不想强迫你，奎因。”他说道。在她回头去看的时候，她看到他重新结结实实地站在了阁楼上，正跟着她走上木板。“我们两个在一起难道不会更好吗？我希望你能够选择和我在一起。”

“可是我想要的东西怎么办呢？”在她从木椽之间爬向第二扇窗户的同时她问道，“我希望你能够成为我以前认识的约翰，那个想要做高尚的事、想要去帮助别人的约翰。”

“我仍然是那个我，奎因。”他在穿过板子移向她。

她爬到窗户的窗台上。窗户只是一个开口，没有装玻璃。她从窗台上探出身，抓住了房顶屋檐下屋脊的梁木，身体一荡荡出了谷仓。

她看向她的右侧，以为自己会看到一棵巨大的榆树。在儿时，她和忍曾经几十次爬上那棵大树。她本来希望能够在约翰捡回枪跟着她之前沿着树干滑下去，然后跑进树林里。

但是榆树不见了。在过去一年半的某个时候，一定是下了一场大暴雨，因为榆树倒下了，还将一大块泥土也一起带了出来。现在，她的胃里一颤，发现自己只能从谷仓外面直直跳下去，经过树干的残骸，沿着悬崖落到水面上。一阵凉风正呼啸着吹过悬崖，而她的双脚则在空中胡乱地踢着。

她疯狂地将双腿荡向头顶的木椽，这么做的同时，她从一个新的角度看到了谷仓。在窗户边上有一个雕刻图案，在此之前，它一直都被榆树挡住了：三个互相连锁的椭圆形被深深地凿进了谷仓石头的表面，形成了一个简单的图形……看上去像是一个原子。

她没有时间来仔细研究它。约翰正在那些木椽之间爬着，距离窗户只有几码远，而她则悬在一个悬崖上方。她全力挣扎着爬到了屋顶上面。

奎因在开裂的石板瓦中找出一条路通往另一侧，她又从屋顶边缘窥视着，发现要想跳到地面，这之间的高度实在是太高了。她也许可以将自己的身体降低然后再跳下去——但是没有时间了。约翰已经在她身后，正往石板瓦上爬了。在屋顶的一侧，跳下去的高度实在是太高了，而在另一侧，则是通往下面河流的峭壁。

她转过身来面对着他。在她一年半的时间里都没有进行过训练的情况下，和约翰对打这个主意几乎是可笑的。即便如此，她还是抽出了软剑，猛地一抖令它展开。也许是因为想起了忍，她为软剑选择了日本武士刀的形态。当她将它抡过头顶的时候，感觉上好像忍就站在她背后，在鼓励她。她不会成为任何人的棋子。

“你很久没有练习过了，你生疏了，而我却没有。”约翰从屋顶的另一端说道，他的软剑仍然盘在他的身体一侧。他几乎是温柔地加了一句，“我不认为你能够打败我，奎因。”

“你是个好人，约翰。虽然迄今为止你已经做了那些事情。如果我把仪式剑给了你，你就不可能再做一个好人了，我也不会了。”

“仪式剑并不会让我们变坏，它只会给我们选择的自由。仅此而已。”

她摇了摇头，更紧地攥住她的软剑：“真的吗？想想为了得到它你做过的那些事。你对我开了枪，对忍开了枪，你还割伤了我母亲的喉咙！你居然用刀子割她的喉咙，约翰！”

“我很努力地试过不伤害你们中的任何一个！你为什么就看不到这一点呢，奎因？还有，你为什么只在乎*我*做了什么？”他的脸正在发生变化。她可以看出他在努力试图控制自己的怒火，但是他失败了。“你的父亲呢？”他问道，声音里满满的都是恶意，与此同时，他小心地穿过屋顶走向她。“为了得到仪式剑，*他*都做过些什么？那些其他人又做过些什么？”约翰的软剑现在在他的手上，仿佛它有自己的意识一样。

奎因知道现在她还没有完全恢复全部的意识。然而，还有一些其他东西——她感觉到约翰在说的东西比她过去知道的要更多。他马上就要告诉她一些她并不想知道的东西了。

“那正是问题的关键，”她回答道，检查着她自己的站位，做好准备。“无论他做了什么，我都不希望你变得和布里亚克一样。”

“我*不是*一个虐待狂，”他对她说道，词句从约翰口中迸出，仿佛对此他已经失去了控制。“我*不是*一个禽兽！”约翰的软剑也展开了，他对她发起了攻击，他的怒火控制了一切。“我和布里亚克不一样！”

奎因的肌肉自动做出反应，挡住了对方的攻击。她确实有一年多的时间没有训练了，但是她的身体并没有忘记这些。她用她自己的软剑将约翰的挡开，令他们两个都在陡峭的屋顶上踉跄了几步。

“你和布里亚克不一样，”她同意道，恢复了平衡，“我希望你能够保持现在的样子。”

“你希望我能够保持现在的样子？”这句话似乎令约翰更加愤怒了，“你喜欢我无助的样子，是吗？被布里亚克打败！我自己的母亲被谋杀了，每个人都被谋杀了。我的家成了一片废墟！”他向她刺去，而她又一次挡住了他。她不知道他在说什么。约翰母亲的身上发生了什么？布里亚克都做了什么？“几个世纪以来，他们一直都决定着我们家族的命运。几个世纪的时间。但是我的家族会再一次崛起。你明白吗？是时候了。”

“你想要一家子刽子手吗，约翰？”

“你是一个刽子手吗，奎因？”

在那一瞬间，她用眼角的余光看到一道闪光。是初阶裁决者，她正在树林的边缘向着谷仓走近，但是奎因不敢转过头去。

约翰更猛烈地向她攻击。奎因将将抵挡住这次进攻，这么做的时候，她发现约翰在小心地避开他的左臂。

“你正要杀掉布里亚克，”他说道，“我看到了。”他的剑又一次重重地落在她的武器上。她的左肩，有着旧伤的那一侧肩膀，隐隐作痛。

“你要帮助我吗？”奎因对初阶裁决者喊道，初阶裁决者正悄无声息地靠近他们。

“你在论断我，奎因。可是你做过的那些事呢？”约翰问道。他继续攻击，逼她往后退去。

他怎么会知道她都做过什么？在她自己都不知道、不愿意知道的时候，他又是怎么知道的？他将她往屋顶边缘逼去。而在意识层面，他在将她往另一种悬崖边逼去，正是那个悬崖将现在的奎因和一年半之前的奎因割裂开来。

再有两步，他就要将她逼到屋顶边缘了。到了那儿，她就无路可退了。

“拜托！”奎因对初阶裁决者叫道。而那个女孩只是在他们下方站着，一动不动。

约翰举起了剑，但是并没有刺下来：“告诉我，奎因。你们和布里亚克都做了什么？”

突然之间，她知道了问题的答案。她脑海中的最后一层灰色的雾消散了，而她可以清晰地看到她最想忘记的那些事情。

她控诉约翰要做的那些事情，她都已经做过了。她用自己的双手做下了那些事。这些事情的重量犹如实实在在的力量一样击中了她，让她差点儿跪下。所以，她把它们忘掉了，她重新开始了她的生活。当然是这样了。一无所知的感觉是多么好啊。

“我们杀了他们。”她低声说道，让这些词句悬在半空中。她无力地攻击着约翰，试图从屋顶边缘挪开。“如果布里亚克是一个禽兽，那么我也是。”

“你们杀了谁？”他问道，往后退了一步，给她一些空间。

“杀了很多人，约翰，杀了很多次人。”现在既然承认了这一切，她就无法阻止这些句子从她的口中接连吐出，将它们大声地说出来令她感到如释重负。终于，终于可以说出来了。“那些孩子——我试着逃走。他阻止了我。他说我必须这么做。我们已经做了那么多可怕的事。他们的父母、保姆……已经无路可逃了……”她可以看到布里亚克那天晚上的样子，他站在那座宅邸巨大的楼梯下面。孩子们躲在她的身后。“我告诉他们一切都会没事的，而我将他们带给了布里亚克。”

“是他强迫你的，”约翰说道，现在他的声音温柔了一些，仿佛她所做过的一切都可以得到宽恕。仿佛他理解她，并不责备她。“那不是你的选择，那些死亡并不意味着你是一个刽子手。”

“他们以为我是在帮助他们，约翰！我总是梦到那些孩子。我试图带着他们离开，但是布里亚克追上了我。当他看到我绊了一下的时候，他把枪从我的手中踢开了。然后他……”她无法说出那些话。布里亚克带走了那些孩子，对他们做了奎因他们在那些夜间任务中对所有人做的事。即使她并没有……亲手杀了那些孩子，还有所有其他人，那些被她自己的软剑刺伤和杀掉的人。在和布里亚克一起执行的后来的几次任务中，并没有涉及任何孩子，对她来说这是巨大的安慰，以至于她……她在做她父亲要求的那些事时都不需要对方对她施以同样的压力。我已经是一个该下地狱的人了，她想道，现在这又有什么关系呢？

“布里亚克是一个禽兽，”他告诉她道，“他本可以选择更简单的任务，更公正一些的任务。他在试图击溃你，伤害你。”

“我想要成为一名探寻者——”

“奎因——你并不是唯一一个通过杀人来保证自己生存下去的探寻者。你觉得我祖父的财富是从哪儿来的？你们的庄园是从哪儿来的？”

“那是布里亚克说的！”

“但那不是布里亚克做的事！”约翰喊道，“为了金钱杀人，为了恢复你的财富，那是为了生存下去。每个家族时不时地都必须这么做。我的母亲也是这么做的，在她不得不这么做的时候。她选择那些她可以忍受的任务，尽可能公正地杀掉……那些应该被杀的人。但是你的父亲，那些其他人——他们可以杀掉任何人。而且他们还杀我们的人。你明白吗？探寻者的整个家族。孩子，母亲，父亲。除了嫉妒之外没有别的原因，他们试图将我的家族碾得什么都不剩。为了这个……难道你还不明白吗？我必须让这一切重回正轨！”

他们不再攻击彼此。他们两个都放下了剑，让剑垂在身体一侧，而他们在重重地呼吸着。她不知道约翰似乎了解的这些历史。布里亚克没有和她分享过这些信息。

“所以……杀人也没关系吗？”她问道，她可以听到自己声音中的难以置信。“只要你选择了一个可接受的受害者？或者只要你是在为复仇而杀人？如果剑没有对准你，杀人就没关系了？”

“我——我并没有选择这样的人生，奎因。是别人为我选择的。我会尽可能地做出最好的决定，我会努力试着做到公正。但是我发过誓的——”

“约翰，你听到你自己说的话了吗？你难道以为自己可以杀掉别人，杀人的事实还不会改变你本人？你认为你可以挑一个该死的人，然后这就让一切都变得没关系了？事情并不是这样运作的。”

“我知道我们的生活很艰难——”

“当时我只是想做些好事，”她说道，打断了他的话。她觉得自己筋疲力尽，“在我还是一个小孩子的时候，一切都那么简单。”

“你可以做些好事的。仪式剑让我们有决定的权利——决定我们要去哪儿，我们要做什么。仪式剑本身是好的。”

太阳在约翰的背后，他被笼罩在阴影里，但是奎因是第一次看清他这个人。过去，她跟着她父亲训练，希望用她的生命去做一些高尚的事情。那是她想要的一切，即使那个希望是假的。约翰以为他想要的东西和她一样——一个高尚的目的，正义——他已经看到布里亚克的路了，却仍然愿意踏上这条路。他就像是一把在锻造之时就被掰弯了的剑。这样的一把剑永远都会是弯的，就像约翰的心被生活、被他永远不愿谈起的他母亲的死给扭曲了一样。在这一刻，他还是她所认识的那个约翰，但是如果她现在不帮他，他就不会继续保持这个样子了。

“不行，”她对他说道，摇着头，“这样不好。”

她用最后一丝力气，突然地将软剑刺向他，对准了他身体受伤的那一侧。这一击令约翰措手不及，只是很蹩脚地挡住了攻击，他的左臂虚弱无力。奎因利用自己的优势进一步逼迫他，抓住她软剑的两端，用力向他的武器上施力。约翰暂时失去了平衡，奎因条件反射地用她自己的脚绊住他，将他绊倒在地。他一路向下滑向屋顶的边缘，弄掉了一大片石板瓦。等到他牢牢抓住屋顶，止住了坠势的时候，他的半个身子悬在悬崖外面。

奎因走过去拉他，怕他会掉下去，但是她看到他抓得很牢，而且他在把自己往上拉了。

奎因！

她及时地转身，看到一个物体在空中划出一道弧线。是闪电权杖，是约翰从她身上拿走的那个。初阶裁决者正把闪电权杖扔给她。只是在奎因接住它的时候，她才意识到初阶裁决者刚刚并没有真的将她的名字喊出来。它是直接传送到她的脑袋里面的，而她听到了。

她将仪式剑从腰带上拔了出来。现在她认出了剑柄上的所有符号，迅速地调整了一下刻度盘。

在她下方，约翰正爬向屋顶远离悬崖更安全的位置。片刻之间，他就会重新站起来。

奎因将仪式剑和闪电权杖击打在一起，一阵震动席卷了她的全身。她爬到屋顶边缘，将将就在悬崖上方，往下一路看向下面的河流。然后，她将仪式剑向下划去，在空中画了一个圆圈。仪式剑切开一个开口，悬在她的下方，开口边缘那光与暗的材质搏动着，在她的注视下变成了实体。

在奎因跃下建筑物另一端的时候，约翰正往屋顶的最高处爬去。当她开始坠落，她的胃往一侧倾斜了一下，她的头发则被悬崖下向上刮来的冷风抽打着。在她下方很远的地方，她可以看到迅速流淌的河流冲击着陡峭的岩石表面。她的身体告诉她，她刚刚跃向了死亡。但是实际上她是在坠向空间异常点，片刻之后，她穿过了它的边缘，不再向下坠落。

奎因转身，在她上方是她在空间中切开的开口，而透过它，她可以看到映衬着天空的谷仓屋顶。约翰站在屋顶边缘，看上去非常震惊。他往后退了几步，也准备一跃而下，但是那个圆形开口已经开始消散了，那些丝丝缕缕的现实世界的材质呲呲作响地往一起缩去。约翰在屋顶边缘停下来，与此同时，通往彼处的入口在奎因上方关闭，她陷入一片黑暗之中。

第四十七章 约翰

要跳下去已经太迟了。那个悬在谷仓屋顶下的半空中、大张着的开口正在崩溃瓦解。约翰注视着它的边缘失去了原来的形状。就像是从撕破的布料中伸出的线一样，丝丝缕缕的光与暗的触须正在开口的中央到处蔓延，在重新缝合到一起的同时因为能量而震动着。几秒钟后，开口消失了。

奎因再一次离开了他，就像以前在庄园的那个晚上一样，她骑着耶伦穿过另一个黑暗的入口。她当时回过头来看着的是约翰，但是她口中喊的是忍的名字，不是他的。很有可能她永远都不会选择他了。当他的目光沿着悬崖向下望向河流的时候，这个顿悟沉重地压在他的胸口。

他的意识又重新过了一遍她在跳下去之前在屋顶上的最后时刻。她将仪式剑和那另一把匕首击打在一起。显然，那件武器和仪式剑是一对，在前往彼处一事上它们两个的重要性旗鼓相当。为什么他的母亲从来没有对他提起过那第二把石剑？答案很简单：她当时正躺在客厅的正中央流血，即将死去，没有时间讲述细节。

约翰从屋顶边缘走开，站在地面上的初阶裁决者重新回到他的视野之内。

“你帮了她。我以为你会帮我。”

女孩一直注视着奎因逃跑的过程，但是现在她转过目光来和他对视。她什么也没有说。

“裁决者的公正体现在哪儿？”他问道，愤怒的情绪一再高涨，“在树林里的时候，你可以杀掉我的，但是你没有这么做。你知道我才是站在正义一方的人，可是你却让她拿走了属于我的仪式剑。为什么？”

初阶裁决者的脸上露出不确定的神情，但是她仍然没有说话。她抬头望着他，仿佛在决定自己接下来要做出什么举动。

他从夹克里侧的暗袋中抽出了另外那把仪式剑，他从中阶裁决者身上取下来的那把。这把剑和奎因拿走的那把不同。首先，它更小些，可能有十英寸长，相比之下看上去也更为精致。而且刻度盘也有些不太一样，不是吗？刻度盘的数量似乎更多，每一个都很细长，和其他刻度盘完美地连锁着。而在剑的最底部，上面刻着的不是一只动物，而是三个椭圆形组成的图案。

约翰依次转动刻度盘，手指描摹着刻在每个表面上的符号的轮廓。每个符号可能都是一个地方，或者是一种可能性，而它们组合在一起之后，可能性近乎无限。

树枝折断的声音将他猛地从沉思中拉回现实。两个人影正在树林中走动，现在刚刚出现在林间空地上。第一个是中阶裁决者。他以别扭的步态大步走着，每一步开始和结束的时候都要稍微移动一下，仿佛他全身的关节随时都可能“咯吱”一声停下来。

第二个人影是一位老人，约翰觉得他一定是第三位裁决者——高阶裁决者。在约翰的注视下，这个老人非常缓慢地迈出了一步，整个动作像冰河运动一样极其缓慢，然后他又飞快地迈了几步，速度快得令他暂时超过了中阶裁决者。这个过程重复了一次，他又非常缓慢地迈出一步，落到了后面。

两个男人一起给人留下的印象就像是电影胶片卷盘在以不一致的速度播放。然而一等他们走出树林，两个男人同时改变了频率，以一种全新的、几乎是晃眼的速度，瞬间移动到谷仓下面。

“别再靠近了，”约翰向下对他们喊道，将他们的仪式剑举在能够清楚被看到的地方。“否则我就毁掉它。”

高阶裁决者离他最近，他以一种似乎能够看穿他的目光打量着约翰。

在对方回复自己之前是一阵长长的沉默，然后词句以稳定的节奏从他口中涌出，如同吟诵一般："那样的话对我们所有人都没有好处。"

"多半是对你们没好处，"约翰说道，"请你们后退。"

裁决者没有动。

初阶裁决者现在发话了。"仪式剑是很难毁掉的。"她对约翰说道。

"它是用石头做成的，不是吗？"他环顾四周，走得离悬在下面河流上方的屋顶边缘更近了。"如果你扔得够远，即使是石头也会摔坏的。"

约翰现在注意到，在中阶裁决者胸膛上横亘着一道还在滴血的伤口，但是对方无视了它。中阶裁决者向上盯着约翰，他的脸看上去像是一尊为了表现仇恨这种情感而被雕刻出来的雕塑。

"可能会摔坏，"高阶裁决者同意道，"或者也可能不会摔坏。试图这么做实在是太愚蠢了。你手上拿着的东西是独一无二的，全世界仅此一把。"

约翰将仪式剑探出屋顶，在空中挥动着它："它不是唯一的一把，奎因手上还有另一把。"

"不是的，"高阶裁决者说道，"它们很相似，但是不一样。你手上的那把是特别的。"

在约翰又一次观察他手上的石剑时，他发现上面还有一片单独的石头，一片又长又薄的石刃。这个设计很聪明，它非常完美地嵌在仪式剑的剑身，乍一看它们两个似乎融为了一体。当他用拇指向下按压的时候，那个薄片滑开了。

中阶裁决者做出了一个抽动的动作，突然之间他的手里就握住了一把刀子。即使中阶裁决者处于半醒的状态，即使他身上还受着伤，约翰也明白他能够轻易地杀掉他。然而高阶裁决者打手势示意中阶裁决者停手。

“你珍视自己的生命吗？”初阶裁决者问约翰。

“你珍视我的生命吗？”约翰反问她，“一开始的时候你帮助我，然后你又竭力妨碍我。难道你不能打定主意吗？”

“如果你珍视自己的生命，”她无视了他的话，说道，“你就不会使用你手中的工具。未经训练的话，它们会很快地终结你的生命，而当它们杀死你的时候，你会把它们遗失在海底或者某座大山滚烫的内部。我们就永远无法将它们找回来了。”

约翰轻轻地将仪式剑和另外那件东西——闪电权杖，她是这么叫它的——敲在一起，仍然将它们举在河的上方。一阵低低的震颤开始了，他可以感觉到这种震颤感贯穿了他的肺部和心脏，改变了他呼吸和心跳的频率。震颤感也充斥了他的耳朵，扭曲了其他声音。他将仪式剑和闪电权杖分开，等着震颤逐渐停止。整个过程花了将近一分钟，与此同时，一直在扰乱他的身体。而这仅仅是轻轻一敲的效果。当你真将它们击打在一起又会是怎样的情形？

初阶裁决者说的是对的——即便仪式剑在他的手里，在未经训练的情况下他什么也做不了。

奎因拒绝了他。她不想帮他，而他不想强迫她。然而世界上只有很少的一些人可以向他展示该如何使用一名探寻者的工具。布里亚克·金凯德是其中一个，但是在他同意帮助约翰之前他宁可去死。初阶裁决者能够帮助他，但是她刚刚表明了她不会那么做。所有的一切都回到奎因身上。

他小心地将闪电权杖插回到仪式剑剑刃上的狭槽里，直到他听到它“咔嗒”一声归位了。他抽出软剑，将它展开成固体形态。

“你要对抗裁决者？”中阶裁决者终于开口问道。

“我有选择吗？”约翰回答道。

高阶裁决者又用双手做了一个小小的动作，似乎是在说，*将一切都交给我吧*。他将目光转回到约翰身上。“将我们的仪式剑还回来，我们就不会伤害你。”老人说道。

约翰几乎可以相信高阶裁决者是真心实意要这么做。他瞥了一眼初阶裁决者。不可能读懂她的心思，但是他感觉得到，她会追随老人的做法。然后，他又看了看中阶裁决者。在那个男人的脸上，他只看到了他自己的死亡。他很确定，这个裁决者，还有其他像那个男人一样的裁决者，就是几乎将他的家族消灭殆尽的那些人。约翰下定了决心。

“谢谢您说出这些仁慈的话。”他说道。

说完，他将仪式剑尽可能用力地扔下了悬崖。仪式剑在空中旋转着飞了出去，开始弧线下落，飞出了大家的视野。

高阶裁决者的双臂猛地抬起，指向正在下落的仪式剑，他的手势命令着另外两个人去追它。他并不需要这么做——初阶裁决者和中阶裁决者已经在向着悬崖的边缘飞奔而去，寻找着通往下方河边的路。

高阶裁决者将目光转向约翰，但是他并没有向他靠近。约翰没有等着看老人还会做些什么，他跑向距离悬崖最远的屋顶边缘，从那儿探出身体，尽量降低自己距离地面的高度，然后跳向地面。下落的过程很长，但是落地很顺利。他手忙脚乱地站了起来，冲向树林，没有回头。

第三部分

所有道路通往的地方

第四十八章 忍

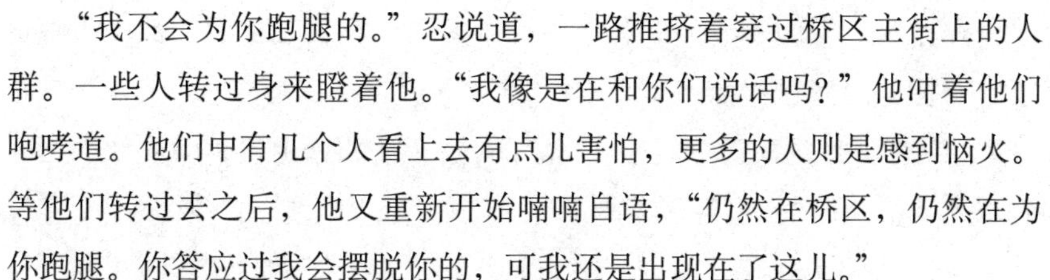

“我不会为你跑腿的。”忍说道，一路推挤着穿过桥区主街上的人群。一些人转过身来瞪着他。“我像是在和你们说话吗？”他冲着他们咆哮道。他们中有几个人看上去有点儿害怕，更多的人则是感到恼火。等他们转过去之后，他又重新开始喃喃自语，“仍然在桥区，仍然在为你跑腿。你答应过我会摆脱你的，可我还是出现在了这儿。”

事实上，他是在对奎因说话，尽管他大脑的一部分意识到她并不真的在场。他并没有费心去使用悬在鸦片吧出口处的呼吸面罩，在他前往奎因家前门的一路上，他都在七扭八歪地穿行在其他步行者之间。

当他看到她那位于大桥中部许多类似房屋中间的房子扭曲地从他的视野范围内晃过的时候，他努力稳住了自己。桥区警方从不宽容对待任何在指定区域以外晃来晃去的吸毒游客。

“你总是视我为理所当然。”他告诉奎因道。他的吐字相当含混，但是鉴于奎因并不在对话现场，他很肯定她不会介意的。“要求我做你需要我做的事情。‘找到我的母亲’‘救救我不要让我被杀掉’‘让我冲个淋浴’，可是我需要的东西怎么办？！”

他踉踉跄跄地停在奎因家的门口，将他的头在木质大门上靠了片刻，这只是帮他保持直立的姿势。他轻轻地敲了敲门。*我需要的东西是什么？*他纳闷儿。毕竟，奎因只是要求他让她的母亲知道她一切安好。几天前他就已经办完这件事，但是他继续留在了奎因的房子里。

倚着的门突然开了，吓了忍一跳，他忘了刚刚敲过门。他一头栽进门里，栽到菲欧娜的怀里，最后摔在地上，单膝跪地，而菲欧娜抓着他的衬衫将他拉了起来。她站得也不是很稳。

“我需要的东西怎么办呢？”他对她说道。

“你需要什么，忍？”菲欧娜问道。她红色的头发非常凌乱，蓬松地垂在脸旁。“告诉我。”

她将门在他身后关上，拉着忍进入前面的房间，让他在奎因检查室里的一张椅子上坐下，这么做的时候他差点儿失去了平衡。诊疗台被变成了一张床，上面铺着床单和被单，布莱恩·权躺在上面，像一头鲸鱼宝宝一样，仍然在养伤。

“你需要的不是鸦片，这是一定的，”菲欧娜评论道，她的吐字也有一点儿不清楚，“你已经吸了太多鸦片了。”

他花了很大力气才对准了眼睛的焦距，在光线昏暗的屋子里四处环顾，看着屋子里一架一架的草药，和正从床上打量着他的布莱恩的巨大身影。

“我只抽了两管。”忍对菲欧娜说道。

“你的身体表现得可不是这么一回事。”

“也有可能是抽了十二管。反正数字里面有个二。可能是二十，或者二十二点二、二百二十二……”

“嗯。”菲欧娜说道。她走进厨房，同时将头发绑在脑后。然后，她忙碌着准备起草药茶来。

布莱恩用肘部支撑着自己的身体。“对她好一点儿，”他说道，“她……感觉身体不太好。”

“她喝醉了。”

桥区低层那场打斗过去三天了，布莱恩肩上那处严重的刀伤正在痊愈之中。骨折了很多根的肋骨也被紧紧地包扎着，让他看上去很像一根巨大的中式腊肠。

“抱歉我没给你带点儿，大海鲈。”忍说道，以为没将毒品带回家是布莱恩这么不赞成地看着他的原因。“你知道他们不让把毒品带出毒品吧的，你一定非常想吸点儿什么。”

“我被邀请到谭大师家里吃晚饭了，”布莱恩告诉他道，“他说明天我可以更多的走动了。”

“呃，别指望从他那里得到鸦片。”

布莱恩没有笑：“我没有寻求毒品，我已经喝了药了。”

“随便你说什么，大海鲈。”

布莱恩苦了一下脸，将两条腿从床上挪下来，这样他就坐在了床的边沿。他非常小心地将一只脚踩在地上，然后又放下另一只。当他让自身的重量落在双脚上时，他脸上龇牙咧嘴的表情变得更严重了。但是站了片刻之后他似乎没事了。

“今天还不赖嘛。”他喃喃地说道。

忍看着布莱恩一瘸一拐地蹒跚着穿过屋子去拿他的衣服，他的衣服在附近的一张椅子上叠着，非常干净。布莱恩看上去似乎很有困难地将衬衫套在头上，这个过程夹杂了许多中文的脏话。

“你需要帮助吗？”忍问道。

“不需要，”布莱恩回答道，“你会让我断掉更多的肋骨。”

“那倒有可能不假。”

菲欧娜端着草药茶回来了，她将一杯强塞进忍的手中，有一些茶汤溅出了杯子。在她的帮助下，布莱恩终于将所有衣服都穿好了，包括鞋子，尽管菲欧娜似乎让整个过程变得更长了。穿好衣服之后，布莱恩小心地一步一步地走出了房间。

“既然你现在不再卧床了，我今天晚上会带你去低层。”忍在他身后喊道，“你说怎么样？菲欧娜不可能把我们永远地锁在这里。”

“你说的‘锁在这里’是什么意思？”布莱恩喊了回来，“她甚至都不希望你出现在这儿。只是你一直不停地出现。”

“所以，你会和我一起去吗？”

“我不会再抽鸦片了。”

“好的——反正我今晚想吸的也是伊凡3号。”

布莱恩无视了他的话。随着一阵铃铛响，前门打开了，在门关上之前，忍听到布莱恩一边离开，一边沉重地呼吸着，还再一次发出了咒骂。

“喝掉它。现在就喝。”菲欧娜命令道，将茶杯往忍的脸上推过来。

忍啜饮了一口，又将它吐回到杯子里。这是谭医师为布莱恩调制的那些混合草药茶中的一种。

“你的药又在哪儿呢？”他问她道。

菲欧娜对他怒目而视。她已经将头发束了起来，但是有一大缕仍垂在她的脸旁。“要么你把那杯草药茶喝掉，要么你离开这个房子。但愿你会在离开桥区的路上被逮捕。”

“只有针对大烟鬼的药吗？没有给酒鬼的？”忍觉得在她自己都喝醉到无法站直的时候，由她来教育他太荒谬了。

“你没有理由叫我酒鬼，”她努力想要做到吐字清楚，“如果我时不时地喝一点儿，这又关谁的事呢？而你却是把各种糟糕的东西都往身体里弄。”

“这是一回事。”他抗议道。

“不是一回事。”

“只不过你的是装在瓶子里，我的是装在大烟管里，或者是做成了条状，或者需要用针头注射。这是唯一的区别。”

“不是一回事。”她在忙着整理布莱恩的床铺，但是那些床单不肯乖乖配合。“你看不到我所看到的东西，你听不到那些你情愿自己听不到的东西，不是吗？”

“我也无时无刻不在听我情愿自己听不到的东西，”他反驳道，“和我一起去看我的母亲，我就展示给你。”

“你的母亲？”她问道，一时间有点儿困惑。然后她又找回了思绪，

“你有女儿吗，忍？一个把过去藏了起来，却在梦中看到那些事情的女儿？如果在她看到那些事情的同时，你也有可能会看到它们，如果你明确地知道她都做了些什么，知道自己让她都做了些什么……”

在菲欧娜铺好床的过程中，忍一直看着她。一缕一缕的红发一直垂落下来，垂在她的脸旁，但是到了这时候她已经越来越清醒了。

“你能够看到表面下所有的东西，”她继续说道，“也从来没有嫁给过布里亚克·金凯德，不是吗？如果你嫁给过他，你不会想要了解他的脑袋里都在想些什么，我向你保证。否则你可能会想要喝上几杯，让这个世界显得好一点儿。”

忍无言以对。也许她是个酒鬼，但是……她不是一直努力想要为了奎因做一个好母亲吗？他仍然感到非常眩晕，于是顺从地开始喝那令人反胃的草药茶。

门上传来一阵简短的敲门声。菲欧娜让自己镇定下来，从后面的屋子里走出去应门。片刻之后，忍听到一些听起来非常正式的声音在要求进到房子里来。他们在搜捕几个卷入了本周稍早时候桥区低层的一场骚乱中的年轻人。

他可以听到菲欧娜在用一种冷静、通情达理的声音从容作答，一点儿都没有吐字不清，询问着他们为什么挑中了她的房子。忍没有等着听对方的回答，可能会被桥区警方逮捕这个念头令他陷入一阵恐慌之中。桥区的警方非常严格，虽然不能将他关进监狱，但他们可以很轻易地让他得不到毒品——也许会让他永远都无法吸毒了。

他站起来，悄无声息地走上楼梯，走出了阳台门。他再也没有听到接下来他们都说了些什么，因为等他再一次看到菲欧娜的时候，他已经是在她房子上方的木椽上了，他正从一个暗黑的栖木上向下望着桥区的大街，这个地方除了那些像他一样总在下水道里钻来钻去的人之外，没有人能够上来。他的心脏继续狂跳了一会儿，被禁止进入桥区会让生活变得很不愉快。

他从他在木椽上的优势位置看到菲欧娜离开了她的房子，走得有一点儿不稳。她被那几个人包围着，其中有两个人挎着菲欧娜的胳膊，几乎像是在强迫她和他们一起离开。他蹲在他的藏身之处，看着他们从视野中消失的时候，一个声音在他的脑后小声说着：那很奇怪。

直到他那由鸦片造成的混沌状态消失之后，也就是几小时之后，他才意识到几点。首先，那些带走了菲欧娜的人根本就不是桥区的警官——他们并没有穿警服。其次，和菲欧娜一起离开的人中有一个是约翰。最后，忍待在菲欧娜的房子里是打算保护她的（虽然他并不想承认这一点），但是他沉浸在鸦片的药效之中，在稍微出现了一点儿危险征兆的时候就逃走了——甚至都不是可能对他本身造成的危险，而是让他可能接触不到毒品的危险。

这三点令其他东西变得非常明显：他，忍·麦克贝恩，前探寻者，现在的苏格兰—日本血统打捞潜水员兼鸦片成瘾者，也许可以告诉自己他仍然是一个好人，但是事实上，他只是一个一文不值的废物。他在事情有可能变得更糟糕的时候做出了错误的选择，而其他人则要为他的错误埋单：那些受害者死在了他和布里亚克一起执行的任务之中，明夫差一点儿就死掉了，他的父亲被那些火花毁了，而现在菲欧娜也被抓走了，就在他的眼皮底下。

第四十九章 莫德

太阳正要落山。当中阶裁决者抽她耳光的时候，初阶裁决者的脸上炸开了似的疼痛。她跪倒在他们在城堡废墟边生起的火堆旁，她选择不去阻挡对方的攻击。

“你为什么要帮助那个女孩?”中阶裁决者问道。在初阶裁决者能够站起来之前，他又踹了她一脚，踹得她又倒回地上。他盯着她，仿佛她是一只老鼠，而他正准备慢慢地将她撕成碎片。

“没有必要生气。”她的老师说道。

她的老师坐在火堆的另一侧，正在照料布里亚克。自从彻底清醒过来之后，布里亚克一直处于极度的痛苦之中。高阶裁决者将子弹从布里亚克的伤口中挖了出来，在此过程中，布里亚克发出了许多声尖叫。高阶裁决者现在在将他们收集到的草药敷在他的伤口上，并用布条紧紧地包扎好伤口，而布里亚克继续呻吟着，挣扎着。

她和中阶裁决者从一条陡峭的小路爬下悬崖，小路从悬崖上的谷仓一直通往下面的河边。她从那里一路游到河对岸，仪式剑落在了厚厚的淤泥之中，毫发无损。现在他们在沦为废墟的城堡旁边，在过去的数百年间，她曾在这里训练过几百次，与此同时，城堡则逐渐缓慢地坍塌下去，被野草和泥土吞没。

中阶裁决者控制住他的声音，再一次问道:“你为什么要帮助那个女孩?”

她支撑着自己坐起来，将血从嘴角擦去。

“她不是什么*女孩*，”初阶裁决者告诉他，“她是一个宣过誓的探寻者，是她家族仪式剑的最后一个持有人，而她当时正处于危险之中。我为什么会不帮助她？”

她的老师轻声说道：“布里亚克·金凯德是他们一脉中年龄最大的，他认为他有资格得到仪式剑。”

“我们认为仪式剑最后会回到它本该属于的人的手中，不是吗？”她反驳道。

布里亚克极其艰难地坐了起来，从火堆的另一侧看着她。她在他冷酷的眼神中只看到了仇恨。

“不，”布里亚克说道，“你插手了，给了她闪电权杖。你允许她带着属于我的东西离开了。”他努力在疼痛中控制住自己的声音，“裁决者必须将它还给我。”

“你明白吗？”中阶裁决者对她说，“你犯下了一个错误。因为你的错误，我们现在必须寻回布里亚克·金凯德的仪式剑，让一切重回正轨。”

再一次地，中阶裁决者在帮助布里亚克·金凯德，将他们的法则扭曲成对他有利的样子。初阶裁决者纳闷儿布里亚克到底在为中阶裁决者保守着什么样的秘密，而布里亚克到底对中阶裁决者又有着怎样的支配权。她自己也知道中阶裁决者犯下的许多不公之举，但是布里亚克一定知道更多。她敢打赌，这其中有几次行动还是他们两个一起完成的。

“让一切重回正轨？”初阶裁决者嘲弄道，“老师，他用的这个词是什么意思？”

高阶裁决者从火堆对面看着她，什么都没有说。

“你还是一个裁决者吗？”中阶裁决者问道，“你还是一个因为伸张正义而被探寻者所畏惧的裁决者吗？你犯下了错误，那么你就必须改正它。”

“那你呢？”她问道，“你会伸张正义吗？”

他用他那沉重的大手去打她，但是这一次初阶裁决者并不希望被打中。她向旁边一躲，身体柔软地从他身边躲开了。没有经过清醒的考虑，刀出现在她的手中，仿佛魔法一般，她的胳膊向着中阶裁决者闪去。她的刀和出现在他手里的他自己的刀砍在一起。两把刀在火光中都反射出橘黄色的光。

“够了。”高阶裁决者说道。

初阶裁决者和中阶裁决者都僵住了，刀子停住不动，但是他们并没有把武器收起来。

“我是一个人吗，老师？”她问道。

“这是一个不需要问的问题，孩子。”他回答道。

“我是一个人，还是一件所有物？”她逼问道，“我有自己的意志吗？”

“你有自己的意志。”她的老师回答道。

“您让我处于中阶裁决者的掌管之下，告诉我要服从他。”

“那是我说过的话吗，孩子？”高阶裁决者的声音很温柔。

她的刀捅了出去。中阶裁决者用他自己的刀挡住了攻击，然后他的左手向前捅去，另一把刀出现在他的左手中。

中阶裁决者先前已经将胸膛上的伤口包扎好了，但是他仍然受着伤，而初阶裁决者希望这能给她一点儿优势。她将身体闪向一边，然后溜开了，从她腰间的刀鞘中也抽出了第二把刀。

“裁决者的誓言是：维护三条法则，同时对人类历史置身事外，这样我们的头脑才会足够清醒，才能够进行裁决。”她说道，“老师，您知道在我之前的那个初阶裁决者身上发生了什么吗？”

中阶裁决者用两只手同时向她砍去，她挡住了他的武器。

高阶裁决者没有回答。

“您知道在我之前的那个初阶裁决者身上发生了什么吗？”她再一次问道，“还有约翰的母亲？中阶裁决者告诉过您这些吗？他总是说起我的誓言。可是他的誓言呢?”

中阶裁决者没有回答。她的老师坐在火堆的另一侧，同样沉默着。高阶裁决者在无声地打量着她，而初阶裁决者意识到，她的老师是知道这一切的，或者至少是怀疑过的，怀疑过中阶裁决者在自己不在的时候都做了些什么。他怎么可能没有怀疑过呢？他能够像呼吸一样读取她的所思所想，他一定也能够看穿中阶裁决者的思想。

当她在庄园发现了她的老师的时候，她简直是喜出望外，高兴得不得了，坚信他终于会公正地处理中阶裁决者了。他似乎一直都知道中阶裁决者是什么样的人，却没有任何举动来阻止他。电光石火中，她瞬间意识到，不知怎的，高阶裁决者，她那善良仁慈的老师，也要受到中阶裁决者的束缚。

但是她并不受他的约束。

“让我杀了他！”她说道。

她的老师没有回答。而在这一刻，他的沉默本身就意味着一些东西。如果高阶裁决者不命令他们停下，那就没有什么可以阻止她。她可以将中阶裁决者从她的人生中剔除，她可以让他为那么多不公不义付出代价……

她的身体已经进入了全速战斗的状态。她的刀在空气中疾驰而过，在火光中反射出道道橘黄色的弧线。中阶裁决者回应的速度太慢了。在他在彼处停留了那么久之后，他并没有完全恢复。她向前捅去，同时她意识到了自己的失误。

他用计谋诱使她踏上不平的地面，她失去了平衡。在一个流畅动作之中，他将刀从她手中一把夺下来，并用刀柄击打她的耳朵，令她趴到了泥土里。

在她能够恢复之前，他踩上她的左手腕，将那只手和手上的刀子都牢牢地踩在地上。他俯下身子，将她的衬衫从前面撕开，从她脖子一直到腹部的位置一路扯开，将撕破的布料向两边敞开。她小小的乳房被暴露出来。她伸出右手去挡自己的身体，但是他又踩上了她的右手腕。他站在她的上方，向下以一种厌恶的神情盯着她的裸体。他弯下腰，这样他的脸和她的就很靠近了，他重重地拧了一下她的一侧乳房。当疼痛的表情出现在她脸上的时候，他笑了起来。

“你还没有长成一个女人呢，”他平静地说道，“你还只是一个小女孩。你成为裁决者，只是因为我们缺少一个更好的，因为你的老师知道，花时间杀掉你并不值得。”

他又向下盯了她几秒钟，让她意识到她只能任他的摆布。然后他走开了。初阶裁决者用斗篷裹住自己的身体，但是没有从冰冷的地上起身。愤怒和屈辱让她在很长时间内都无法动弹。

很长时间之后，初阶裁决者仍然坐在中阶裁决者将她打倒在地的地方，她的斗篷紧紧地裹住了自己的身体，将她被撕扯得支离破碎的衣服挡住。她的身体前后摇晃着，但是当她意识到自己的动作之后，她停了下来。她会控制住她的仇恨，她会保持静止不动。

布里亚克则陷入了辗转反侧的睡眠之中，他的呻吟声逐渐消失，被他梦中呢喃的词句所代替。中阶裁决者用斗篷裹住他自己，躺在火边，闭上了双眼。

现在初阶裁决者的目光牢牢地锁定在中阶裁决者身上，看着他的胸膛起起伏伏。他的心脏就在那个胸膛中的某个位置跳动着，让他一直活着。*直到它停止跳动的时候为止*，她想道。

然而，她的老师并没有做出任何举动来帮助她杀掉中阶裁决者。也许他之所以允许她和他交手，只是想给她上一堂课——中阶裁决者永远都会打败她，而她则应该服从他。

温柔的双手在摸索着她的脑袋侧面，触碰着中阶裁决者用刀柄打伤的地方。那里的皮肤破了，她还是能够感觉得到这些的。

“不是很严重。”高阶裁决者一边就着火光检查她的伤口一边说道。片刻之后，随着他在伤口上擦一种膏状的草药，她感觉到一阵清凉舒缓。

“让我看看另外的伤口，”他对她说道，“他假装没有在你身上留下的那处伤口。”

初阶裁决者敞开她的斗篷，让他检查她侧腹上的那道伤疤，那是中阶裁决者用刀捅了她的地方。那儿的皮下组织很厚，虬结着，但是伤口的线条在褪去。这个时代的药品对她的肌肉做了神奇的事情，令它几乎可以完美地愈合。高阶裁决者的手指摩挲着那道细细的伤疤。

“他很残忍。”最终他这样说道。

“他确实很残忍，而您让我留在他的掌控之中。”

“他是我的，”她的老师对她说，“是我把他创造成这样的。他战斗很厉害，但是战斗的原因很糟糕。他经常进行不必要的杀戮。他也会犯一些错误——比如带着足以转移他注意力的伤前往彼处。他很可能会在彼处和现实之间永远地迷失。”

在初阶裁决者思考着这一可能性的时候，她的脸上没什么表情。

她的老师继续说道：“但是我也曾经承诺过——”他停了下来，“你不得不生活在他的身边，对此我感到很抱歉。”

*那就让我杀了他啊！*她想要尖叫。她低声地说出了声：“可是我们高尚的目的呢，老师？”那是奎因先前问过的问题，也一直是几百年来初阶裁决者自己的问题。

高阶裁决者没有立即回答，他的思绪似乎在不断地互相冲突。

“仪式剑的目的是允许一个伟大的头脑，一个富有技巧的意识，在人类生活的界限之外移动。”最终他这样说道，声音低沉而庄重，“这样的一个意识为什么要被囿于一个地点？如果他可以自由地移动，自由地行动，想象一下他能够成就什么。一个探寻者，使用一把仪式剑，可以出现在任何地方——出现在守卫森严的要塞，出现在国王的私室，出现在世界另一端一座伟大的大学里。他可以探寻到人类所能行走的最佳道路，不是吗？我坚信，拥有适当工具的伟大意识可以改变历史。”他的目光转向她，在他的目光中几乎有一种恳求的意味。“我们自己也见证了这些改变中的一部分。探寻者决定了伟大战役的进程和方向，颠覆了暴君的统治……”

“但是那不是他们做的所有事情，老师。”

他将整座营地和火堆的余烬尽收眼底。“不是的，”他赞同道，“有些探寻者使用仪式剑是出于贪婪、恶意和复仇。”

“这么做的不仅仅是‘有些’探寻者。”

“我们有自己的法则。”这是辩解的话，他的声音听起来很空洞，仿佛已经被抽干了生命力。

“您说得……像是我们的历史是从您那里开始的，”她说道，“仿佛仪式剑是从您那里来的。是这样吗？”

初阶裁决者轻轻地转过头来，看到高阶裁决者嘴巴的一侧露出一丝微笑。

“仪式剑……它的起源是将来我要讲给你听的又一个故事。如果说我是第一个裁决者，那么我也同样是最后一个。但是我们历史的哪一端是起始？哪一端是末终？在现在和末终之间——或者说是在现在和起始之间，”他继续说道，“我必须将我的很多时间都花在休眠之中，拉长我的时间跨度，努力活着，让一切重回正轨。我们的身体并不是因为我们这些裁决者让它们去做的事情被创造出来的。对于我们的生命来说，一切皆有定时。当我们违背这些的时候，我们的感觉就不会太好。我总是被过早地唤醒，总是这样。要想恢复过来，我恐怕需要一千年的休眠时间。但是我没有这么长的时间。我们要在此时此刻就让一切回到正轨，我也会再一次拉长我的时间跨度。”

沉默笼罩了他们，直到初阶裁决者终于敢开口询问：“您曾经拥有伟大的头脑吗，老师？”

一个真诚的微笑浮现在老人的脸上：“你没有问我*现在*是不是拥有

伟大的头脑，孩子？因为我现在总是胡言乱语？让我来告诉你吧——我曾经一度认为自己拥有伟大的头脑。”

“那现在呢？”

“现在这已经无关紧要了。我们最需要的并不是伟大的头脑，而是善良的心。善良的心会做出明智的选择。”

“一个人要怎么找到一颗善良的心呢？”

“全凭运气，孩子。依靠的永远都是运气。就你而言，我一直都非常幸运。”

第五十章 忍

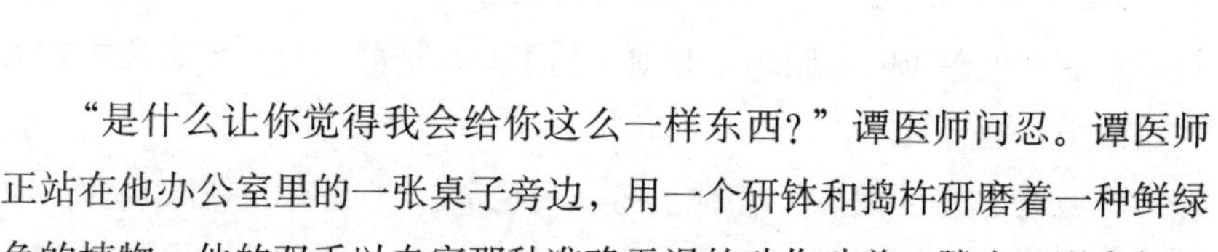

“是什么让你觉得我会给你这么一样东西？”谭医师问忍。谭医师正站在他办公室里的一张桌子旁边，用一个研钵和捣杵研磨着一种鲜绿色的植物，他的双手以专家那种准确无误的动作动着，腾出双眼来打量着他那满面愧色的来访者。

“我们的人生就是一场选择，”忍说道，“我听到您对奎因这么说过。”

“我什么时候说过这句话？”谭医师用两根手指试了试植物的黏稠度，然后继续用捣杵捣着。

“您知道的。”

“啊，”谭医师说着记起来了，“也许那个时候我确实这么说过。那天晚上发生了许多事。当然，她选择了活下去。”

谭医师年纪非常大了，一双粗糙苍老的手既有力又温柔，但是他的脸上几乎没有皱纹。他在颇感兴趣地盯着忍，就像是在九龙的市场里打量一种正在出售的新品种的草药。

“如果她想死的话，您会任由她死去。您给了她一个选择的机会，”忍固执地说道，“我听到您这么说了。”

“你是这么想的吗？我总是任由别人去死？”老人问道，仿佛被这个念头迷住了，“这就是有这么多人到我的医馆来找我的原因吗？我这儿是一条通往殡仪馆的捷径？”

“您喜欢帮助别人，老先生。”忍回答道，声音低而阴沉，“那么您应该帮帮我，给我我要的东西。我曾经……”他打算说：我曾经在关键时刻令那些好人失望了，此外，我还是一个刽子手。但是他无法将这些特定的词句说出口。那些句子在还没来得及浮上表面之前就在他的喉咙里消失了——就像是在他能够将阿利斯泰尔被意识扰乱器的力场困住一事告诉他母亲之前，这些话就消失在他的喉咙里一样。

忍并不想和对方争论。他已经对自己需要做什么下定决心，而在即将面对这不可避免的黑暗结果时他感到了一种平静。一年之前我就应该这么做了，他想道。

他盯着自己的双脚，尝试了另一套说辞：“不会有人怀念我的，谭医师，除了那些毒品吧的所有者——他们也不会太怀念我的。他们总是让我先洗澡，而我几乎从来不会照做。”

“一般是哪种毒品？”谭医师感兴趣地问道，“你喜欢吸食的毒品——是哪一种？鸦片？伊凡3号？哪些毒品吧会最为怀念你？”

“这有关系吗？”这些问题在扰乱他平和的心情。他不想再继续讨论下去。

“我并不是每天都做这种事情，我需要有一个帮助你的原因。请解释一下你的情况有多糟糕，都是哪些种类的毒品？”

忍叹息一声，说出一个长长的清单。谭医师拿信纸将所有的毒品名称都写了下来，同时摇着头，喃喃地说着类似“太可怕了，太可怕了。你还吸烟？天哪，天哪。还有伏特加？年轻人，你真的……”

最终，忍觉得他们两个偏离了谈话的轨道。他将双手深深地插入口袋里，说道：“您看，我……我的父亲……”他停下来，又试了一次，“我的母亲，我的弟弟，还有菲欧娜。我……我想保护他们。而这么做可以保护他们。您能帮我成功地做到这件事吗？”

“告诉我。这件事——杀掉你自己——会将其他事情都修复好吗？”

忍耸了耸肩：“那些事情我无法修复了，那些事情已经结束了。但是我可以让其他人不再指望我，我可以让自己不再把事情都搞砸。因为我是一定会把事情搞砸的。您能明白吗？”

谭医师继续沉默地观察他，观察了一会儿，仿佛是在权衡他的决定。

“恐怕你确实提出了有效的论点，”最终他这样说道，“我不会试图阻止你。”

一直盯着自己鞋子的忍对谭医师突然的同意感到了一点点的失望。然而这毕竟是他所希望的结果。

老人将他一直在研磨的混合物放下，走到那占据了整整一面墙，一直顶到房间拱形天花板的巨大柜子前面。柜子里面全都是抽屉，抽屉的数量或许超过了一千个，而每一个上面都贴着用汉字书写的标签。谭医师用一个梯子够到了那些抽屉，在上上下下的过程中将那些抽屉抽出又推进去，装满了一个大大的塑料袋。每一次忍以为他完事了的时候，谭医师都会想起另外一样药材然后重新爬上梯子。将近半小时之后，袋子几乎要装不下了。往袋子里加入最后一样药材并且从梯子上下来的时候，他在低声地哼着什么调子。

“无聊可能还会让我死得更快一点儿。”忍低语道。他很感谢谭医师的帮助，但是对方那个兴高采烈的劲儿真的开始令他感到心烦了。想让医师对现在的情况稍微感到有点儿不安，这是什么过分的要求吗？

谭医师走过忍的身边，开始煎那堆草药，同时还在轻轻地哼着歌。

“我是希望你*不要*自杀，”他对忍说道，仿佛是在谈论天气，“不过事实上，这对我来说其实没有太大的关系。但是跨海大桥的医疗监督机构要求我对你说‘我更希望你*不要*自杀’这类的话。如果医师们公开地帮助人们实施自杀，看上去总不太好。我相信你能够理解。”

忍点点头。

药很快就煎好了，谭医师将它倒进一个大大的保温瓶里。

“你必须马上把它喝掉，”他说道，“不要留下一点点的证据。我建议你到安静并且安全的地方去，但是要靠近城市的废物处理设施。也许可以考虑一个垃圾箱？这样你的尸体就能很容易地被处理掉了。要快点儿才行——药效的时间不会很长。”

忍将保温瓶从谭医师手里一把夺过来，不久之后他就一边紧紧地将它抱在胸前，一边沿着大桥的钢铁桥梁走去。他走近九龙那边了，从现在的位置，他可以看到右边那些透过浓雾闪烁着的城市的灯火。他沿一条狭窄的横梁走着，从大桥的中心位置走向大桥的边缘，他看到了下面离他很远的水面。今晚，在浓雾之下，水面是墨汁一般的黑色。

“‘我是希望你不要自杀’，他一边这么说一边将毒药舀了出来，”忍自言自语道，“他都等不及要摆脱我了。当一个医师都希望你赶紧死掉的时候，你肯定已经堕落到不能更堕落的程度了。”

这儿的港口不像桥区中心的那么深。水浅一点儿更好，他想道。他们可以及时地找到他的尸体，这样母亲就不用纳闷儿他到底出了什么事。的确，死在一个垃圾箱里可以让真理子更快地接到他的死亡通知，但是跳海是一道保障——同时采取两个自杀方式要比只采取一个更好。而且他更倾向于不要死在垃圾箱里，无论谭医师觉得这个主意有多妙。

忍走到横梁尽头，坐了下来，双脚在横梁边缘悬空着垂下去。他小心仔细地拧开保温瓶的盖子，闻了闻药的味道，然后开始作呕。这药散发着一种可怕的气味，而且几乎像糖浆一样黏稠。这将会是他最后品尝过的东西，这实在是太糟糕了。他应该买一个蛋筒冰激凌，在药喝完之后吃掉它。*等下次再要自杀的时候，我得计划得更周密些*，他想道，哈哈。

他向脚下看去，为了确保跳进水里之前不撞到其他东西——他可不想在下坠的过程中在钢梁之间撞来撞去。他坐在上面的这根横梁比周围其他横梁要更往外伸出一些；在他身体下方的一百五十英尺空无一物，只有空气。完美。

拖延毫无意义。如果他犹豫了，他会改变主意的，那样的话他就会沦落到再一次辜负另一个人的境地——这一次的话可能就是奎因了。他拒绝那么做。*既然我找到了你，奎因，我就不相信自己能够离你远远的了。*

忍捏住鼻子，将保温瓶中的药汤一饮而尽，中间甚至没有停下来呼吸。

效果立现。他的胃突然而剧烈地抽搐起来，让他弯下了腰，不得不抓住横梁的边缘来避免摔下去。

当第一轮抽搐减轻的时候，他爬了起来。他开始发抖，抖得非常剧烈。然后，又一阵抽搐击中了他，他能做的全部就是保持直立的姿势。

他靠着另一根横梁支撑起自己的身体，将身上的衣服脱得只剩内裤。他将空了的保温瓶和他的衣服一起扔了出去，片刻之后，他听到下面很遥远的地方传来一声溅水声。

现在他的身体颤抖得非常剧烈，抽搐得也非常厉害，他只能强迫自己的双脚每次移动一英寸远，担心自己会在准备好之前就失去平衡。最终他来到横梁的最远端，他的脚尖已经探出横梁的边缘了。他深深地吸一口气，为自己生命的终结做好了准备。

他跳了下去。

他的胃悬到了嗓子眼儿；肾上腺素涌入他的血管之中。他在下坠！他要死了！

下坠的过程很长，长到足以让他看到大桥的钢铁骨架从眼前飞过，长到足以看到黑色的海水透过浓雾向他扑来。他本打算以一个面朝下的姿势平平地拍在海面上，这样就会瞬间被杀死了。但是在他一头扎进水里的时候，直觉接管了他的身体。事实上，在此之前他曾经从桥上跳下来过——为了取乐。不由自主地，他以一种竖直的角度双脚向下地扎入水中，他像一个专门展示给游客看的职业跳崖者一样滑入了海面。

他的后备计划是狠狠地撞在海底，这样他就能在第二次撞击时死掉了。不幸的是，他对这部分桥体下方的水域估计错了。这里或许比大桥中央的水要浅，但是当他在深水中停止下落的时候，他没能到达海底。在跳下大桥的片刻之后，忍发现自己还活着，在海水表面的深水中，四肢仍然完好。冰冷的海水很刺激，但是它同时也令他的胃感觉好些了。

他的潜水经验告诉他，他的身体很快就会强迫他吸气了，但是现在，因为他在入水之前深吸了一口气，他的肺里还有足够支撑半分钟的空气，可能还能撑更长时间。所以，他并没有浮出海面，而是往更深的地方潜了下去，盲目地向下游着。

在用力游了几下之后，忍牵引自己的身体向前，奇怪的事情发生了，不仅仅是跳下来产生的恐惧感和肾上腺素激增。他的胃扭成一团，他的肌肉也在颤抖，但是一种比这两种感觉更为强大的感觉袭遍了他的全身。他的身体在震颤。

那是一个奇怪的措辞，但是似乎很贴切。他继续游向海底，在他这么做的时候，感觉上似乎每一个细胞都以自己的频率在震颤，它们将各种东西摇动脱落，被震动的东西，有些是身体上的，有些则不是。

首先，那在过去一年半的时间里一直笼罩着他的，由毒品引起的迷蒙状态被从他的脑中甩了出去。在他的双臂带着他在漆黑的海水中游动的时候，他的头脑体验到一种在很长时间内他都没有感受过的敏锐感。其次，他的心脏被震得剧烈跳动起来，它疯狂地将血液输送到他的全身，就像一个游击队员在除夕夜用机关枪扫射一样。忍的肺部开始发出控诉，但是他往更深的水中潜去。

最后，他的记忆开始浮现。

他在庄园里，在悬崖边上的谷仓里。他一直在四处寻找奎因，最后意识到她一定是在这里。前一天晚上他们完成了他们作为探寻者进行的第一次任务。他新烙下的烙印，那个烙在他手腕上的仪式剑的印记，正在绷带下面抽痛着。在将近二十四小时的时间里，他的胃一直感到非常恶心。

他正要去找奎因，带着她一起离开。他会说服她今天就离开庄园，除了身上穿着的衣服之外什么都不带。他们可以从悬崖下面游到河对岸，然后沿着对岸一路走到最近的村庄。

奎因很可能还爱着约翰，但是忍会让她明白过来的——约翰要离开了，布里亚克会摆脱他的。她和忍才是应该在一起的两个人。他们可以将昨夜抛在身后，将庄园抛在身后，他们可以去某个再也不会见到他们父母的地方。然后，在将来的某一天，在他们安全地逃走了之后，在他们两个人单独在一起的时候，她会把注意力转向他，以不同的目光去看待他。他会亲吻她……

走到谷仓门口的时候，他听到里面的声音，吃了一惊。他在门口停下来，聆听着。奎因在里面，而约翰则和她在一起。约翰先他一步赶到了。

忍无声地移动着，走进谷仓的阴影里。他们两个在上面作为卧室的阁楼里轻声地说着话，但是听上去他们像是在争吵。忍觉得他们可能是在闹分手。他沿着墙移动，片刻之后，他看到了约翰，约翰正站在高高的阁楼平台上那圆形的窗户旁边。

他在阴影里等待。她会送约翰出去，当约翰离开之后，他会爬上梯子，说服她。即使他对她而言仍然只是一个表亲，那也没关系。他们两个人可以一起创造一种新的生活。

但是约翰没有离开。在忍的注视下，奎因站起来，走到约翰身边。转瞬间，约翰的嘴唇就压在了奎因的唇上，他们两个的胳膊则拥抱着彼此。

忍是在那座宅邸里面，在他们的第一次任务中。他看到奎因从宽敞的楼梯上走下来，育儿室里的两个孩子紧紧地跟在她的身后。他马上就知道她打算做什么了。他和奎因被强迫加入杀害两个孩子的父母的行动之中，但是奎因拒绝犯下更多可怕的过错。她要带着孩子们离开，她在帮他们逃走，她在反抗布里亚克。这个想法给了他力量。

忍转过去寻找他父亲的踪影。他可以偷走布里亚克的仪式剑和闪电权杖，加入奎因他们当中。有了这些，他们就可以拯救这些孩子，前往任何地方。

然而当他四下寻找的时候，到处都找不到他的父亲。等他回到楼梯旁，奎因正坐在那里，双手抱着头，孩子们则不见了。

忍是在公共牧场上和约翰一起练习，他们用的是非常老旧的金属制成的剑，剑刃撞击在一起的声音在树林中回响。

忍那时十二岁，约翰十三岁。

忍是一个比约翰更好的战士，但是没有好上太多——在来到庄园之前，约翰就已经开始学习要如何战斗了。

约翰准确地避开了忍的进攻，将剑向忍刺去。忍挡住了他的攻击，但是约翰攻击的力道令忍后退了一步。

"你在进步。"忍有些傲慢地对他说道。

"我比你更强壮。"约翰回答道。

"但是我比你动作更快。"

他用剑的侧面向约翰的腿上抽去，约翰向后跳了一步。

"你是在这里长大的，"约翰说道，"你的动作当然更快了。"

"我父亲说，庄园是一个探寻者长大的最好的地方。这里的空气、水和岩石中有着某种有益的东西。"

"有可能，"约翰说道，"但是我的家更安全。"在那个年龄，约翰总是寻求各种方式来显得更强，更好，或者更有地位——任何能够弥补他开始训练的时间晚了四年这一点的表象。

忍干净利落地解除了约翰的武器，将约翰的剑击飞到草地上。然后他将自己的剑也扔在身旁。

“你的家为什么会更安全？”他问道，现在开始感到好奇了，“怎么会有比庄园更安全的地方呢？”

约翰的眼中出现了那样一种神色，如同他犯了一个错误一般，仿佛他不该谈起这个，但是吹嘘的诱惑压倒了一切。

“‘旅行者号’是为我而建造的，”他说道，在草丛中寻找着他的剑，“探寻者无法登上‘旅行者号’。所以，我永远都不会受到探寻者的威胁。但任何人都可能踏上你们的庄园。”

“但是如果要这么做的话，他们要先和我的父亲打上一场。”忍说道，将一只手按在胸前，“还有我。”

约翰找到了他的剑，他们两个又开始对打。

忍的年龄要更小一些，又是在公共牧场上，他藏在草地边缘几乎有四英尺高的草中，坐着。蜜蜂在那些高高的草茎之间从一朵花飞到下一朵，空气中弥漫着一股忍冬花的味道。夏天到了，天气很暖和。奎因盘腿坐在他身旁，她深色的头发上系着一根缎带。那时他们两个九岁。

毫无预兆地忍倾身向前，在奎因的脸颊上亲了一口。

“他们允许你亲我吗？”她咯咯地笑着问道。

“为什么不呢？”他说道，“我们的父母是亲戚，所以我们两个也是，而我总是亲我的家人。再说我们现在也开始训练了，我们实际上已经是大人啦。”

奎因思考了一下这番话，也探过身子，亲了回去。

“哎呀，”他说道，“好恶心呀。”

“才不恶心呢。”

“就是很恶心啊。”

他又亲了她。他们两个正在吃从菲欧娜的厨房里偷出来的面包和蜂蜜，这个亲吻有点儿黏黏的。

忍向后躺去，向上望着被牧草勾勒着的天空。“我爸爸说，只要我们两个还在一起，一切都会顺利的。我妈妈去世了，但是还有我们两个在一起，爸爸和我。我们是两个人，”他说着，拉起她的手，“你和我也是两个人，所以一切都会顺利的。”

说完，奎因又亲了他一次，这一次她的嘴唇擦过了他的嘴。

“你亲了我的嘴！”他大声叫道。

他们松开手，纷纷用力地往地上吐着口水。

“大人们为什么喜欢对着嘴亲？”她问道。

“他们都很奇怪。”

“你说，等我们长大之后，会不会也变得很奇怪？”

“绝对会。”他说道，再一次亲吻了她。

在忍游泳的时候，他的胳膊撞到什么东西上，他感觉淤泥挤进他的指缝。他游到了海底。他抵达了港口的海底，也追溯到了他对奎因感情的开始。

他的肺在燃烧。片刻之后，他的身体会强迫他咽下海水，然后他就会淹死。然而他的身体已经停止了颤抖，头脑也变得十分清醒。

你个混蛋，他想道，那根本就不是什么毒药！

在他九岁的时候，在他和奎因一起躺在公共牧场上的时候，一切都很好。事实上，那一切堪称完美。而在那个时刻和现在之间，则是一长串非常严重的错误。

如果我现在死了，他想道，它们就只能永远都是错误了。

如果他往肺里吸进一大口海水，他的过去就会永远地固定为现在这个样子。但是如果他活下来……

忍双脚踩在海底，用尽全力猛地向上一蹬。他在水中向上蹿去，双手划水，双脚也在踢水。他的肺到了忍耐的极限。他不得不吸一口气，哪怕这个吸气的动作会害死他。他的身体会吸入能够吸入的东西——海水、小鱼、旧尿布，什么都有。他必须开始呼吸了，他必须呼吸了。

忍确实那么做了。他吸了一大口气，发现自己的脸已经露出了海面，他正吸入香港夜晚的雾气。

第五十一章 莫德

他们将布里亚克·金凯德留在了过去是城堡庭院的那片地上，布里亚克的双手被绑住，双眼也被蒙了起来。初阶裁决者的老师先前又用草药将布里亚克的伤口敷了一次，又给了他缬草根让他嚼，这可以令他的疼痛稍微减轻一些。他现在半昏迷地躺在城堡墙壁一处突出的部分下面，在熹微的晨光中呻吟着。

就像对中阶裁决者毫不在乎那样，初阶裁决者对布里亚克也并不关心，她很难同情他。即便如此，当他们向下走进城堡地下墓室的废墟中时，当他的喊声被头顶的泥土给阻隔掉时，她仍然感到如释重负。

城堡的地下墓室里仍然摆放着古时候那些曾是她的亲戚的苏格兰领主的石棺，它们已经半沦为废墟了。头顶城堡的地板有很多地方崩塌了，地下墓室的很大部分都被埋了起来。然而几个世纪以来，墓穴里的道路始终畅通无阻，这是裁决者的所作所为。初阶裁决者自己也在这里搬过几十次石头，但是她从来没有去过比地下墓室更深的地方。不过今天她会去的。

墓室的地面向下倾斜，一直延伸到一堵坚固的石墙前面。他们顺着这面墙一路向右，中阶裁决者的手指在不平的墙面上摸到了一个折缝。片刻之后，他的手触到一个隐蔽的凹槽——一个伪装在岩石纹路中的抓手的地方。高阶裁决者帮助初阶裁决者将她的双手放在正确的位置上，然后裁决者用他们三个人的合力，将一大块岩石石板从墙上掀起来。

石板背后是凿出来的台阶，通往下方的土地深处。在燃烧着的火把的光线下，他们向下走去，向着远远低于地下墓室的地方走去，走得越深入，两侧的岩石墙壁就越紧地向他们挤压过来。

最终台阶通向一处更加开阔的空间，就到此为止。他们穿过一个长长的隧道，隧道的天花板是将将高过他们头顶的拱形的粗糙石头。在隧道的尽头是另一堵墙。侧壁摞起的石头和尽头的光滑墙面之间伪装着的是一个参差不齐的入口，大小刚刚可以允许一个人挤过去。

初阶裁决者跟随着她的同伴穿过那个狭小的裂口，发现面前是更多的台阶。在这里，岩石和泥土构成的墙壁更加逼仄，让她前面的两个男人不得不侧身前进。他们继续向下走去，泥土擦过他们的皮肤。这里的空气腐朽封闭，他们的火把也让空气中充满了烟气。不过他们还是能够呼吸。

最终，台阶盘绕着，几乎形成了一个圆圈。等到台阶结束之后，裁决者来到了一个非常开阔的空间里面，开阔到这里能被看作一个巨大的山洞。山洞看起来是自然形成的，岩石构成的洞顶距离他们的头顶有十码远，岩石的表面在火光中显得又湿又滑。从中心的石室开始，密如蛛网的隧道辐射开来，但是火把照亮的地方只能稍微看出他们能够走得多深，走得多远。

随着裁决者走进山洞之中，初阶裁决者第一次将这个开阔的空间收入眼底，她开始意识到，有一段岩石显然是由人类手工开凿的。这样，山洞自然形成的粗糙表面就被打磨成了光滑的墙壁。其他两个裁决者在朝着那段岩石走去，在他们接近的时候，火把的亮光在它平整的石头表面摇曳，岩石表面上的雕刻显露出来。一组图像被深深地凿在岩石里面，深得在历经了几千年的时光之后仍然清晰可见。也许它们已经存在了一千年的时光。

这个地方一定是属于裁决者的，初阶裁决者想道。她在纳闷儿，到底裁决者的知识还有多少是隐藏起来不让她知道的，然后突然之间，她

想道，我的老师到底活了多久了？他谈起那些古老的事物，仿佛它们就发生在昨天一样。这个山洞是他的杰作吗？

她在墙壁上数出了十个雕刻图案，大多数都是在描绘一种动物。这十个图案的位置被设计成一个圆形，最上方的图案在她的头顶，最下面的图案在她的脚边。每个图案下面都是一个长方形的孔洞，一大块石头从孔洞所在的位置被凿了出去。在每个孔洞下方，都煞费苦心地凿出了一个钻石形的凹槽。

当被火把照亮，墙壁出乎她意料地反射出了点点光芒。她正打量着的并不是些暗淡乏味的石头，而是某种更为宝贵的物质。火把投下的是橘黄色的光芒，但是她意识到，墙壁的颜色可能是一种发灰的白色，而且墙壁还在发光，就像……

就像仪式剑一样。

雕刻的图案开始说得通了。一匹马，一只狐狸，一只公羊，一头野猪，一头牡鹿，一只雄鹰，一头熊，还有两个更像虚构的生物：一条龙，一个长着獠牙的猞猁。最后一个雕刻图案，在圆圈最顶上的那个，刻的并不是动物，而是三个椭圆形，相互连锁着。或许就像是一朵花，但是形状更加规则。

初阶裁决者知道那个符号。它就刻在裁决者的仪式剑剑柄底部，此时此刻，他们自己的仪式剑正安全地插在她老师斗篷的一个口袋里。

“那把仪式剑上的纹章是哪一个？”她的老师问道。

他们沉默了这么久，他的声音令她吃了一惊。他的话仿佛是从山洞尽头反射回来的。

“是一只狐狸。”她回答道。

“你确定？”中阶裁决者发问道。

“我确定。另一把，刻着雄鹰的那一把，在袭击中被毁掉了。我有很多次机会来研究它。”在你把我留在庄园等死之后，她想道，但是并没有将她的想法大声说出来。

她的老师将裁决者的仪式剑抽出来，将它插入狐狸图案下方的钻石形凹槽里面。仪式剑严丝合缝地嵌进凹槽里，直到没入剑柄位置。

她所见过的其他仪式剑都比她老师的要大，所以不会适合那些图案底下的凹槽。那么这十个凹槽一定是专门为了这把特别的仪式剑，为了裁决者的仪式剑而设计的。

高阶裁决者和中阶裁决者开始吟诵。在他们这么做的时候，她的老师将一个小小的金属杖从他那众多口袋之一中掏了出来。那是一件初阶裁决者从来没有见过的东西。这已经不是她第一次纳闷儿，如果她能把她老师斗篷里藏着的东西都倒出来，她会发现些什么。

高阶裁决者将金属杖在石墙上有节奏地敲击着，敲击的位置正好是靠近他那突出来的仪式剑剑柄的地方。随着金属击打着石头，墙体本身开始震颤起来。

整个过程持续了几分钟，随着他们的吟诵高阶裁决者在墙上持续敲击着。很快整个山洞都开始震颤，仿佛土地本身也开始颤抖。等震颤变得令人难以忍受（而初阶裁决者确定石头马上就要掉下来了），吟诵停止了。山洞稳定下来，而墙体的嗡鸣声逐渐消失。

*他什么时候才会将这所有的一切都教给我？*初阶裁决者问自己，*如果我想要活下去，如果我想要成为一名真正的裁决者，我必须了解这些东西。*

她的老师将金属杖放回口袋中，将仪式剑从石头中抽了出来。

“现在，孩子，”他对她说道，“我们要做的就是等待。”

第五十二章 奎因

晚上某个时间，奎因出现在香港太平山后的公园绿地上。在很久以前，在她父亲刚刚教她关于仪式剑的知识的时候，她就记住了这些坐标。太平山对探寻者来说就如同是一条高速公路，她的父亲当时这样解释道——太平山的坐标很简单，而且仪式剑的出入口处还人烟稀少，但是它距离人群又很近，探寻者可以很快地藏身人群之中。

奎因从山上一路走下来，沿着陡峭而曲折的街道向下走着，穿过高高的公寓楼和写字楼，最终走到了码头。她又从码头向西走，沿着岸边走向香港岛那一侧的跨海大桥。一路上，她经过一块闪烁着日期和时间的牌子，发现这天是星期四，将近午夜时分。她又一次失去了两天的时间。

她即将进入桥区，桥区由船帆构成的穹顶已经在她的头顶上方，她双手把脸露出来让桥区的守卫进行扫描，对方确认她是桥区居民，然后她走进一片昏暗之中，加入步行的人群。

重拾记忆后，她发现跨海大桥没有先前那么熟悉了。这里不那么像家，也不再像以前那么安全。不过她的房子里亮着灯，温暖的灯光在欢迎她回家。她发现自己很渴望见到她的母亲，比过去的一年来都要更为渴望。现在奎因已经清楚地明白了这一切。菲欧娜和她自己一样，都是布里亚克·金凯德的受害者，而奎因想要弥补她近来对待母亲的冷酷态度。

“妈妈？你在家吗？”在奎因走上楼梯的时候，她听到检查室里有人，于是回过头来喊道，“忍告诉你我没事了吗？跟我一起到楼上来吧！”

她并没有等菲欧娜回答。她正追逐着脑海中的一个图案，害怕自己会忘掉它——三个椭圆形组成的图案。

等进入卧室，她搜索着她的柜子，将叠好的被单和工作服扔到一边的地板上。但是要找的东西并不在。

“妈？”她喊道，“我需要你的帮助！”

奎因停了片刻，将自己的意识延伸到刚来桥区和这座房子的那几个月，当她从胸口那处几乎致命的伤口恢复过来的时候。当时她把它放在哪里来着？

她走进母亲的卧室，将床脚的木箱子打开。里面装满了丝质的旗袍、发夹和精美的轻便舞鞋——这些东西能够将菲欧娜打扮成那些前来桥区拜访她的男人的美丽女伴。她很遗憾地看到，在箱子里还有至少一打半空的酒瓶。

而在箱子的最底下，是一个小小的金属盒子。

“原来你在这儿呢。”她低声说道。

在过去的一年半里，她一直努力试图忘掉这个盒子和它里面的东西。当她将它从箱子里拿出来放在地板上的时候，她的双手在颤抖。

将盒子的盖子拿下来，检视着里面的东西时，奎因被一阵眩晕感击中了。这些是她来到跨海大桥的那一天在斗篷下面随身带着的东西。它们是她那时永远都不想再见到，但是又无法让自己扔掉的东西。在她们来到桥区最初的日子里，她将它们拿给菲欧娜来保管，然后将它们从自己的脑海中赶了出去。

里面有一把旧刀子，非常锋利，很适合当作飞刀。一看到它，她就想起来了，一个男人一边捂着喉咙一边从马上摔了下去。里面还有一束从耶伦鬃毛上割下来的马毛。当忍抱着她从彼处来到香港的时候，这束马毛一直缠绕在她的手指上。盒子里还有一块丝质的手帕，手帕边缘是干涸了的血迹。这是约翰以前给她的礼物，是他在进行他每年一次的伦敦之旅后带回来的，他在树林里的一棵树下将它送给她，当时她还吻了他……手帕边缘的血也是她的，是从他在袭击庄园的那天晚上留给她的枪伤伤口中流出来的。

片刻之间，奎因忘记了打开盒子的目的，感觉头晕目眩。当这阵眩晕感终于过去之后，她找到了自己在寻找的东西。在其他东西之间是一本厚厚的皮面笔记。

笔记的皮面在多年来许多人的触摸之下已经被磨得非常光滑了，但是笔记一侧边缘上的那些暗红色的干涸的血迹时间却没有那么久。奎因纳闷儿这血是她自己的，还是属于在她之前拥有这本笔记的那个人。

笔记在她的触碰之下软软地打开了。里面是一页页完整的笔记，有些是现代的女性笔迹，剩下的则是更早时代的潦草难辨的细长字体。笔记都是固定在本子上的，里面也有一些零散的单页，有些是纸质的，有些是更古老、更柔软的材质——羊皮纸和上等的牛皮纸，这些单页被精心地装饰过和仔细地折叠过，塞在了其他纸页之间。里面还有几十幅插画。

她翻过那些画着动物的简单插图，以及那些草草画就的风景画。在一张纸页上面的角落里，她找到了自己记忆中的那个符号：三个互相连锁的椭圆形。这个符号和探寻者的起源有关，对于这一点她很确定。符号下面的文字不是用现代英语书写的，是某种更为古老的语言。

关于探寻者的历史，布里亚克总是缄口不言。即使是裁决者，他也只是很简短地解释一下，说裁决者是监督他们履行誓言的法官。如果布里亚克对什么闭口不谈，那就意味着有一些他不想让她知道的东西。这个符号一定是其中的一个。还有多少东西是她需要学习的？她觉得自己仿佛只看到了一些最高的树的树顶，而外面还有一整座森林在等着她去探索。

她看了一会儿那三个椭圆形组成的图案，又用手指描摹着它的线条，然后强迫自己将笔记合上。这本皮面笔记需要进行长时间的、仔细的检查，但是首先她想见到她的母亲，她想把过去几天里发生的事情都讲给她听。奎因让自己的思绪重新回到香港，回到她身处的屋子。

“妈妈！菲欧娜！”她喊道。

她紧紧地抓住笔记，站起来转身离开房间，结果差点儿一头撞上站在门口的两个人身上。

她吃了一惊，往后退了一步。那两个人中没有她的母亲。其中一个是瘦小的谭医师，他穿着整洁的医师工作服。另一个是身上满是泛黄瘀伤的大块头亚裔青年。找到笔记的兴奋之情消失殆尽，奎因可以从他们脸上的表情立即猜出发生了什么事。

“我妈妈——她失踪了吗？”

谭医师严肃地点了点头：“没错，昨天晚上失踪的。”

“是约翰干的吗？”

对面的两个人似乎都不知道约翰是谁，但是奎因已经在对自己点头了。当然是约翰。在仪式剑回到他手里之前，他不打算放弃。菲欧娜是得到仪式剑的一个途径。

“忍对所发生的一切感到非常抱歉。”大块头的男孩对她说，“我知道他很后悔——他实在是太笨了，居然逃走了。他意识到即使是一个白痴或者是一个小孩子，都会先查看一下门外的人是谁。忍不是一个小孩子，但是他很可能是一个白痴。顺便说下，我叫布莱恩。他和我在这里留宿来着。”

“忍在这儿？和菲欧娜一起？”在桥区一役之后，他答应告诉菲欧娜奎因没事。但是她并没有要求他做更多的事情。他当时似乎很想让她从他的生活里消失。

“是的。他看到你母亲被带走了，”男孩解释道，“他本该保护她的。”

“是这样吗？”

布莱恩耸耸肩:“他觉得那是一个好主意。而且这本来也会是个好主意——只是他逃走了。”

“现在他要去自杀谢罪了。”谭医师严肃地点了点头。

“自杀?”

奎因从他们中的一个看向另一个，希望能够得到更好的解释，或者能够看到更多的紧迫感。他们两个都沉默不语，于是她说:“我从来都没有要他——他是不是——我的意思是……你们是在告诉我，他死了吗?”

“噢，我认为他没死。”谭医师回答道，摇了摇头，“如果他死了，我会觉得非常震惊的。”

“不大可能会死。”布莱恩赞同道。

“事实上，”谭医师继续冷静地说，同时掏出一只非常古老的怀表扫了一眼，“除非他做了一些非常出人意料的事情——”

传来了非常响亮的“砰”的一声，然后是一阵狂乱的铃铛声——前门被猛地推开了。奎因推挤着走过他们两个，向楼下跑去，身后两个男人紧紧地跟着她。在那转瞬即逝的瞬间，她想象着可能是她的妈妈回来了。但是并不是菲欧娜。站在门口的是身材高大、浑身湿漉漉的忍，他的身上除了一条上面画着动漫人物的内裤之外一丝不挂，忍自己也非常像是漫画书里的人物。在往地上滴着水的同时，他紧致的肌肉被身后的路灯勾勒出来，看上去像是一个被愤怒的神祇父亲放逐到尘世的半神。短发紧紧地贴在头上，而他一直在非常剧烈地颤抖着。

“你仍然穿着我的牛仔裤。”当奎因停在楼梯上靠近底部的位置时，忍这样说道。

出于某种原因，这令奎因的脸变得通红。

除了没穿什么衣服之外，忍身上的某种东西也与她上一次见到他时非常不同。他不再总是看向旁边，不再令目光避开她，也不再从皮夹克的兜帽下面看她，不再一边盯着他磨旧了的皮鞋一边偷偷看她。他正在直视她，而他深色的眼睛中有一种她能够记起的专注神情。那是过去他们一起战斗时，他所经常出现的神情，那个眼神警告着你，他是多么强壮，多么忠诚，又是多么容易致人死命。

如果几天以前他的脸上是这样一种表情，她会在第一时间认出他来。她想要走过去触碰他，仿佛这一时刻才是他们真正的重逢一般。

“我向你保证，我们会把菲欧娜救回来。我有一个计划。你不会喜欢这个计划的。或许你会喜欢。不，你绝对不会的。奎因，我很确定你不会。不可能的。”这些词句从他口中飞快而凌乱地吐了出来，“但是在紧要关头它会起作用的，我们现在就处在紧要关头，因为我们不知道约翰在谋划什么。最起码我不知道。很可能你也不知道。”

“你现在说话的方式很奇怪。”奎因小心地说道。她涌起一股冲动，想要张开双臂抱住忍，这令她感到很尴尬。她朝他迈了一步，但是控制住自己没有走得更近。

“他给我开了某种药。”忍回答道，控诉般地指着谭医师。

奎因转向谭医师。

“我向你保证，我给他的东西是纯天然的，”谭医师对她说，“但是很有效。我告诉你要去某个安全的地方，忍。你是从桥上跳了下去吗？”

“还记得吗，我当时是要试图自杀？而当我一浮出水面，突然之间我的脑子把过去一年半里没有进行的思考活动全都进行了。”他看了看他们仨，他们仍然十分警觉地看着他。“能给我一条毛巾吗？又不像是他们会让我这样通过桥区的大门。我是爬上来的，冻死我了。”

谭医师去给他拿毛巾，同时回过头来：“如果你是在一个垃圾箱里，药也会同样有效的。”

忍翻了个白眼。“这家伙对垃圾箱到底有什么执念……”他转过来面对着奎因和布莱恩，“我的计划——”

“你不打算让我加入这个计划，是不是，小梭鱼？”布莱恩问道，

“我还有几根没骨折的肋骨。”

“不，不，大海鲈。你在计划里扮演的角色最重要了。”

地下室又窄又长。两侧的墙边整整齐齐地排满了装饰华丽的柜子和箱子，中间只有一条很窄的过道。这里有着一种强烈的亚洲风格。奎因和忍是一起在苏格兰长大的，她见过忍在他的大部分人生中苏格兰血统的那一面，但是在这里，在他母亲的房子下面，她见到了他日本血统的那一面。这里有不下十把日本武士刀，它们整整齐齐地摆在一个刻着和镶嵌着雄鹰图案的黑色珐琅柜子上一个富有光泽的木架子上——雄鹰是忍家族的纹章。四处摞在屋子里的木箱子看上去非常古老，上面全都饰有日本武士生活场景的图案，到处都是绘有传统日式的龙和僧侣图案的柜子。

忍现在已经平静下来一点儿，但他行动的速度仍然是正常人的两倍。这意味着他在全神贯注地忙着，没有注意到奎因的不适。他穿上了一些旧衣服，但是她的思绪不停地回到他在门外时的样子，以及当他说到为了帮助她，他任何事都愿意做时的表情……

他现在正在地下室的另一头，撬开了一个大大的金属箱子。当他将箱盖拿下来的时候，箱子的四壁也散开了，露出了一堆带子、夹子，以及金属管子。他的双手迅速地在那堆乱糟糟的东西里翻检着，同时将里面的东西进行分类和评估。几分钟后，那堆东西开始成形。

“那是什么？”奎因问道。那东西有点儿像是跳伞用的降落伞背带，上面还有火箭助推器，事实上，在某种意义上它确实是跳伞用的。

“在我刚来到这里的时候，我有段时间从建筑物上往下跳来着，非常非常有意思。把我母亲吓得要命，我还进了几次监狱。进监狱并不那么有趣，但是我遇到不少有趣的人——监狱就是那样。”词句又不受控制地蹦了出来，但是忍注意到她看着背带的眼神，停了下来。“绝对安全，”他对她说，然后补充道，“不。事实上，一点儿都不安全。我不确定我为什么要那么说。但是我没死，显而易见。我现在还在这儿呢！”

“那些建筑物有多高？”

“挺高的。”

“高得像——”她的话戛然而止。仪式剑仍然藏在她左腿的剑鞘里，现在它正弄得她很痒。她透过牛仔裤抓住仪式剑，发现它正在震颤，幅度非常轻微。当她碰到它的时候，震颤渐渐增强，将震动一路传导到她的骨头里、牙齿里。

“怎么了？”他问道。

“仪式剑在震动。”

他将手沿着她的腿伸了上去，试图感受仪式剑的震颤。奎因发现自己向后退了一步，为他的突然靠近而吃了一惊。

“它——它停下了，”她说，“那很奇怪。什么东西引起了刚刚的震动。”

“这附近有一条地铁线，”忍说出了他的猜测，同时回去继续摆弄他的跳伞设备。“也许它和地铁共振了？有时候在这里，我的双脚会感觉到地铁的震动。除了我在吸湿婆的时候，吸那个的时候感觉就像是所有的一切都在震动，所以很难分辨。但是你没有抽湿婆，所以可能就是因为地铁。”

他现在正把旧的燃料箱从跳伞背带上拆下来放在一边。当他弄完之后，他将整个设备拿到地下室前面的一侧，放在门边。

“现在该到衣服了，”他对她说，“幸运的是，多年以前，我母亲就已经为我们做好了准备。”

他将奎因身边的衣柜猛地打开，各种的护甲和防弹衣从里面露了出来，其中有些很古老，适合日本武士，有些则完全是现代的形制。

“是我的曾曾曾——我忘了有多少个曾字了——祖父的。”他对日本武士铠甲点了点头，说道。它是用上好的丝带和复杂的上了漆的木片制成的。

“真漂亮。”

“到现在也能用——抵御剑或者类似的东西的话。”

“其他那些呢——为什么要准备它们？”她正在观察几套高科技护甲。

“我母亲刚到这里的时候，她以为阿利斯泰尔可能很快会随她过来，而布里亚克也许会追杀他。她以为可能会有，呃，你知道，会有一场大战。于是她就买了这些。她总是习惯未雨绸缪。她也是那种准备充分的人，当一套护甲就足够的时候，她总是会买三套，也可能是因为她很有钱。”

忍在那些东西里翻翻检检，迅速地从里面找出了几个看上去是奎因的大小的护甲。

“有点儿像是锁子甲。”他解释道，将一整套又轻薄又闪亮的东西比在她身上，打量着。他将那玩意儿塞在她的手里。“也许这些也不错？”他问道，又递给她一双相配的手套。然后，他拿过一件防弹马甲，扔给了她。

“来啊，”他对奎因说道，同时也开始为他自己准备一套同样的装束。“把它们穿上。”

她犹豫了。墙与墙之间的空间很狭窄，奎因无法鼓起勇气在他面前脱掉衣服，尤其是在她刚刚已经看到他的身体是多么令人印象深刻之后。

“我只是……我想我可能是有点儿不太好意思。”她笨拙地说道。

“抱歉。没在思考。我当然愿意看到你的裸体了，自从我们十三岁起我就经常梦见你一丝不挂了。也许还要更早些。反正就是我开始对光着身子的女孩感兴趣的时候。可能是十二岁。我那会儿在村子里脱过几个女孩的衣服，但是你——”他突然停下来，脸一直红到耳朵尖。他震惊地盯了她片刻。他将衣柜的门推开，在她周围用柜门弄出了类似屏风的屏障，将他自己完全地挡住了。一阵长长的沉默，最终，在柜门的另一侧，他说道：“我很抱歉。都是那个草药的错。”她听到他又更小声地说了一句，“简直令人难以置信。”

奎因露出了微笑。她无法将他没穿衣服出现在她门口的形象从脑海里清除出去，他想过她裸体的这个念头也令她非常紧张。

她开始脱衣服，她可以听到忍正在柜门的另一侧做着同样的事情。她成功地设法将那套闪亮的护甲拉过腿部，拉到了腰部，但是护甲的上半部分是几片分开的个体，它们本该连在一起的，她无法很快地弄明白它们是如何相连的。

“奎因？你还好吗？”过了一会儿他问道。

“我正在努力弄清这东西是怎么穿的。”她说道，第三次试图将护甲上半身的带子系在一起。

“过来，我可以帮你弄。”

他将手放在柜门的顶端，准备将它推到一边，而奎因则手忙脚乱地用护甲挡住自己的身体。当他从门后出现的时候，他正穿着同样轻薄的护甲，而就像奎因一样，他的带子也没有完全系好，他的左半边胸膛还露在外面。显然忍还处于尴尬之中，他在仔细检查着她的护甲，一直令他的目光避开她的脸。

“啊，那个部分要拉上来，和前面那片系在一起。”他说道，指了指垂在她身体一侧的一片护甲，“你能够到——”

奎因试了试，差点儿将盖着她胸部的护甲也弄掉了。

“不太能够到，”她说道，在她挣扎着不暴露身体的同时试图显得完全不觉得尴尬。“它会滑下来——”

“喏——”他伸出双手绕到她的背后，而她则能够感觉到他将她护甲的两个部分系在了一起。然后他将她背部的护甲往上拉了拉。它立刻滑了下去，在他赶紧去抓那片护甲的时候，他的胸膛意外地擦过了她的胸部。

“抱歉。”他喃喃地说。

“没关系。”

在他将那片背部的护甲展平，拉上来，绕过她的肩膀和前面那片系在一起的时候，她发现自己正执着地盯着地板。很难不去注意他双手的暖意。而他也很强壮，她想道，如果他愿意的话，足以将她抱在怀里……

她止住了那个念头。她让自己的双眼避开他，与此同时，将双臂伸进护甲垂着的袖子里，他用尼龙搭扣将袖子弄成舒适的紧身状态。护甲就像是闪着金属光泽的、又薄又贴身的长款内衣。

“虽然护甲很紧，这些连接处可以让你的胳膊自由地活动。”在她后退一步，让他们两个之间的距离拉开一点儿的时候，他这样说，“在我不得不穿着它们的时候，我试过几次，你知道，试着和别人对打过。”

奎因尝试着抡了几下胳膊，发现护甲惊人的柔韧灵活。

“你能帮我穿好我的吗？”忍问道，仍然没看向她。

奎因弄清楚了要如何将他护甲上半身的前面和脖颈处连接在一起。她也用尼龙搭扣将他上半身的底部扣在他的腰带上。这需要她用双手环过他的身体片刻，而她的心脏无视了她的命令，开始加速跳动。

“这对抵挡刀子之类的东西很有效，”他正解释着，“不过如果有人用尽全力捅你一刀，它也无法挡住，直接的一刀会穿透它。但是它可以让你不被灼伤。除非温度真的是非常非常高。”

奎因点点头。她很难将注意力集中在他所说的话上。在此之前她并没有真的注意过忍，从他们还是孩子的时候就没有过了。她被约翰转移了注意力，但是现在她可以注意到他了。

她令自己的双手垂在身体一侧，她必须停止这些想法。他说是草药令他说出刚刚那些话的，他说的很可能是对的。而且，不管怎么说，他们还是表亲——某种意义上的表亲。是第三代表亲吗？第三代表亲的血缘关系到底有多近？是不是他们某些远房的曾祖父辈有过再婚形式的联姻？她记得听说过这个，这就意味着，他们共同的血缘比他们以为的还要少一半，不是吗？他们之间的血缘关系突然之间似乎显得很远了——

但是忍原来总是叫她“表妹”。

“现在我们搞定了。”他说道，转过来面对着她。

他们帮助彼此在护甲外面又穿好了日常的衬衫，仍旧躲避着对方的目光。奎因想象着将这整个过程反过来来一遍——脱下衬衫，脱下护甲，将她和约翰在一起的那些年也一并从身上剥下。忍可以抱着她上楼……

奎因转过身，这样他就看不到她的脸了，然后她穿上裤子。忍也在他那层薄薄的护甲外面套上贴身羊毛长裤。所有的一切，她认定，都会在片刻之内套在某些精巧的外穿护甲里面。

现在忍将防弹背心套在她身上，将它系紧。

“感觉怎么样？”他问道。

“很合身。”

当忍调整她的防弹马甲时，他的脸距离她的只有几英寸。她可以看到他的发根，新长出来的头发正是她记忆中的深红色。他已经将那些装饰他打的洞的首饰从脸上摘了下来，露出那分明、完美的五官。她没有向他请求允许，就向他的胸膛伸出了双手，搭在那里，感受着他的心跳。

“你真暖和。”她低语道。

他低头看着她，深色的眼睛离她的双眼很近。他的双手搭在她的腰间。是她的想象吗，还是他的双手正温柔地将她拉近？

奎因无法阻止她自己了。她倾身向前，她的嘴唇轻轻地接触到了他的——

一声巨响在几码之外爆开，就在地下室的门外，他们两个赶紧分开。

门被布莱恩·权推开了，他站在通向上方外面的院子的底部。布莱恩的一只手里攥着一只装卸货物用的货盘，它正在台阶顶部摇摇欲坠。货盘上堆着几十个金属筒，许多捆很像焰火爆竹的东西，和一些看上去像是在水下待了很久的焊接设备。刚刚的巨响就是一个又大又沉的金属筒从货盘上掉下去时发出的，它一路滚下楼梯，砸到了地下室的金属地面上。

“小梭鱼，我刚刚把打捞场洗劫一空，”他说道，一边将金属筒放回货盘一边呻吟着，“我希望你不打算重新再回去工作了。我还去了其他几个地方。”

忍露出微笑，在走过布莱恩的时候拍了拍他的肩膀，忍走上楼梯，开始检查货盘上的东西。奎因跟着他一起过去，在布莱恩疑惑地看着她的时候，她觉得自己脸红了。

在忍对布莱恩的东西表示满意之后，他们三个将所有的装备都小心地放进了背包里面。然后他们把衣服全都穿好，奎因披上了忍的旧斗篷，这样她就可以将仪式剑和闪电权杖放在斗篷的口袋里藏好了。

等到他们准备完毕，她和布莱恩站在外面，而忍则进入到房子里面。奎因的思绪又回到她从她母亲卧室箱子里找出来的那本笔记上了。

“布莱恩，你有手机吗？”她问道。

过了一会儿，忍在附近一扇窗户那里出现。他站在他母亲家的门厅里，祖先的武士铠甲穿在他的防弹背心和机车靴上。在她的注视下，忍的母亲和他的小弟弟明夫对忍正式地深深鞠了一躬，而忍也以同样的方式鞠躬回礼。

第五十三章 约翰

“他怎么样了？”约翰在安全监控上看着他祖父的影像，问道。加文躺在床上，因为咳嗽而弯着腰，胸膛和胳膊的烧伤上面仍然缠着绷带。

“比昨天的情况要好，明天还会更好。”玛吉回答道。

玛吉将近九十岁了，有着灰白的长发，身姿依旧挺拔，现在加文的性命就握在她手里。在约翰动身前往庄园的那天，他将她带回了“旅行者号”。她立刻就开始给加文服用允许范围内最大剂量的解毒剂，但是花了很长时间加文的身体才对解毒剂有所反应。他已经老了，而且还落了几个星期没有服用解毒剂，这令他离死亡很近了。

祖父卧床不起，约翰现在完全掌控了“旅行者号”。加文的亲属正在法庭打官司，争夺家族财富的所有权，这确实不假，但是先前加文夸大了这些亲戚所造成的紧迫危险。毒药让他在每一个转弯处都看到潜伏的敌人。*仿佛我们真正的敌人还不够多似的*，约翰想道。

“我能为您拿些喝的东西吗，金凯德夫人？”玛吉问道。

菲欧娜坐在角落里的一张桌子旁边，她的一只手上铐着一根锁链，锁链的另一端固定在墙上。这给了她很多四处活动的空间，但是毫无疑问，她是这艘飞艇上的一个囚犯。

“不必了，谢谢。”菲欧娜面对着窗户，头也不回地回答道，她正看着窗外飞掠而过的伦敦风光。

她手腕上的镣铐令约翰感到非常难过。*我需要在不伤到她和奎因*

的情况下实现我的计划。在过去的两天里，同样的话在他的脑海中过了一百遍，但是在她们两个都不肯帮助他的情况下，他担心自己无法保证她们的安全。

约翰在监控的各个频道里来回检查，看了几眼“旅行者号”外部的监控录像，检查着舰艇下方伦敦街道上的影像。他已经命令手下跟着“旅行者号”的路线在城市里巡逻，等待奎因的到来。她会来救她的母亲，她一定会这么做的。

“我能通过哪些其他方式，让你觉得舒服一点儿吗？”在玛吉离开屋子之后，约翰问菲欧娜。

“你可以把手铐打开，放了我，”菲欧娜提议道，“那会让我舒服很多。”

“那是唯一我现在还不能做的事情。”约翰轻声地对她说。他将监控画面关掉，在她旁边坐下。“我们现在只是在等待。我不想让你感到害怕或者不安。你饿吗？”

“作为一个绑匪来说，你还真够有礼貌的。”

“我在努力不忘掉我的礼仪和风度。”他说道，希望她能够微笑一下，然而她没有那么做。

“不像那天晚上在庄园的时候一样？”她问道，声音很冰冷。

“是的，不像那天晚上一样。”他轻声回答，感到了一闪而过的一丝害怕，每当想起那天晚上，他都会体会到那种害怕的感觉。

“我不饿，谢谢你，约翰。”

虽然她这么说，但是在菲欧娜的眼睛周围有一种类似饥饿的神情。约翰从他还是一名学徒时的记忆中认出了这种神情。当时她是一位绝妙的老师，负责教授多种语言和数学，但是到了下午晚些时候，她的头脑总是有些糊涂。

他从房间一侧的柜子里拿出一个水晶酒瓶，往他祖父的一个杯子中倒出了很大一份白兰地。他一言不发地坐下来，将杯子从桌子上推了过去。菲欧娜举起杯子，慢慢地喝了一大口，并不和他对视。

“虽然当时只有十二岁，我还是为你感到难过，菲欧娜——你有布里亚克那样一个丈夫。”他对她说道，希望她能够明白他的真诚。约翰记得她在他最早成为学徒时的样子——美丽的脸庞和毫无生气的眼睛。记得每当布里亚克出现在附近时她那退缩的样子，记得她在要哭时声音里的柔软。奎因和忍似乎对此毫无察觉，但是约翰理解她。他知道生活在一片乌云下面是什么感觉，知道在自己身边有一个不在乎你的死活，甚至还希望你不幸的人是什么感觉。“布里亚克对待你的方式就像他对待我的一样——我们比你以为的要更加相像。”

“约翰，我们一点儿都不像。”菲欧娜低声说道。

“别那么说。我只是需要一点儿帮助。我仍然相信奎因会理解我，帮助我。”

“她为什么要帮你？她现在的状态帮不了任何人。”

“她已经恢复到以前的样子了，菲欧娜。我见过她了。你就不能帮我说服她吗？”

“你觉得绑架我是争取我们支持的最好方式？”她反问道，声音里满是嘲讽。

“我得把你带到这里来，这样她才会把属于我的东西给我，教我如何使用它。她很爱你，为了救你她会把东西带来的。然后，你就可以自由地离开了。”

“你认为仪式剑是你的，”菲欧娜若有所思地说道。她又从杯子里喝了一口酒，这么做的时候，手铐和铁链重重地坠在她的手腕上。“你并不是第一个这么宣称的人。”

“拜托，不要像布里亚克一样讲话。你知道仪式剑是我的。”

“那取决于你愿意往前追溯多久。”

“几个世纪以来，那把仪式剑都属于我的家族，可能时间还要更久。你一定知道这一点的，菲欧娜。”

“在几百年的时间里，一个家族的族谱可以变得相当庞大、复杂和扭曲，约翰。有些支脉远到无法辨认。你怎么能够确定，应该得到它的人是你？”她将杯子放下来。杯子空了。

出于某种原因，“扭曲”一词令约翰想起了他的母亲，当时她躺在公寓的地板上，流着血，四肢以奇怪的角度在身体周围伸展着。突然之间，他失去了对自己情绪的控制。“难道就不能有哪个时刻，简单的正义能够获胜？”他问她，为他声音里的绝望而痛恨自己，“难道就不能有哪个时刻，做出某件事只是因为它是对的？”他止住了自己。对这个嫁给了布里亚克·金凯德的女人抱怨正义，毫无意义。她就像约翰一样，已经知道人生并不是公平的——你得让它变得公平。

约翰需要片刻时间冷静下来，他穿过屋子，又给她倒了一份白兰地。然后他改变了话题：“你们为什么选择了香港？”

他将重新倒上酒的杯子递给菲欧娜，而她则再一次将杯子举到了唇边。

“在奎因养伤的时候我们就在香港。她的枪伤，也许你还记得那个伤口？”她和他对视片刻。她的一只手放在喉咙上，在那儿，可以看到伤疤的细微痕迹。*那是必要的*，约翰提醒着他自己，菲欧娜脖子上的伤是必要的。*但是那天晚上我做得太过火了。我现在做得太过火了吗？奎因先前说的是真的吗——我正在变得和布里亚克一样？*

“我以为我们只是途经香港，”菲欧娜继续说道，“但是很长时间里奎因都非常虚弱，而等她好了一些之后，她想要留下来。”

约翰将目光从她的身上移开了。

“我想你们应该很高兴离开布里亚克，无论在哪里——无论你们发现自己在做些什么。”在那个庄园的可怕夜晚之后，这一点对他来说一直是一个安慰——菲欧娜终于离开了布里亚克。但是帮助他在桥区找到奎因的那个人看到菲欧娜的脖子上戴着表明交际花身份的黄色丝巾，那在他看来是尤其残酷的命运。

菲欧娜凝视的目光又回到窗户上。现在可以看到泰晤士河，一束阳光穿透云层照在地平线上，令河水反射出红色和金色的光芒。

“约翰，我明白你以前为什么恨他，”她说，“曾几何时，我自己也常常恨他。他把我们作为学徒时所学到的东西狠狠地扭曲了，但是他是我的丈夫，我过去一直试图对他保持忠诚。”

“你为什么用了过去时？”他问道，想到布里亚克，他的怒火再一次熊熊燃烧起来。“我现在仍然恨着他，比过去的时候还要恨他，如果这可能的话。他强迫奎因做的那些事情……”然后他意识到：菲欧娜最后一次见到她的丈夫就是那天晚上在庄园的时候，那时布里亚克正躺在公共牧场上，受了伤。“你以为他死了，”他气喘吁吁地说道，“你以为我杀了他。”

菲欧娜猛地转过身来面对着他，她脸上的表情告诉他，他是对的：“我并不确定，但是我以为也许……”

“很抱歉，菲欧娜。”约翰没法儿用任何语言来缓和这个噩耗，“布里亚克——他没有死。几天前我还在庄园见到了他。”

菲欧娜将杯子放在桌子上，差点儿把酒洒出来。她仔细地打量着约翰，脸部的线条因为一种微妙而深刻的恐惧扭曲了。

“你是——你是打算……”

“我是打算把你交给他吗？这是你在想的东西吗？为了交换仪式剑？”

菲欧娜非常严肃地点了点头。

“不会的。这招我已经试过一次了，记得吗？布里亚克不会用任何东西来交换仪式剑，哪怕是他美丽的妻子。”他尽可能温柔地说出这一点，“但是仪式剑不在布里亚克手上，它在奎因手上。”

“反正他现在也不会再想要我了，”她喃喃地说道，对约翰说的其他东西全没有听进去，“我知道他不会再要我了。”

于是约翰明白了。菲欧娜是一位智慧与美貌兼具的女性。在离开庄园之后，她本来可以成为各种身份的人，然而她却选择成为一名交际花。她选择了一种在布里亚克眼中十分卑贱的职业。当时她认为他可能已经死了，但是她仍然觉得有必要保护她自己免于他的伤害，哪怕他只存在于她的回忆之中。她希望通过让自己堕落来逃脱他的掌控，就像他们所有人做的一样。

“没错，”约翰赞同道，“你摆脱他了。”

第五十四章 莫德

初阶裁决者无法让目光从她老师的脸上移开。他将自己的络腮胡子刮掉，又剃了头发，这一改变几乎是无法想象的。

她本来怀疑她的老师是很久很久以前出生的，怀疑他甚至目睹了罗马帝国入侵不列颠（译注：公元前55年和前54年，凯撒两度率罗马军团入侵不列颠，均被不列颠人击退。公元43年，罗马皇帝克劳狄一世率军入侵不列颠。征服不列颠后变其为罗马帝国的行省。到407年，罗马驻军被迫全部撤离不列颠，罗马对不列颠的统治即告结束），然而不知怎的，他现在看上去仿佛属于他们所处的这个拥挤而令人不适的现代时期。

没错，他穿上了不同的衣服。他脱下僧侣的长袍，换上了裤子和毛衣，还有在她看来很不舒服的现代的鞋子。她自己也得到了现代的鞋子和连衣裙。她的新鞋子极度难受，而连衣裙则别扭地挂在她纤细的身躯上，让她看上去如同一只被迫穿上戏服的豹子。

但是令她的老师和以前不同的不仅仅是刮干净了的脸或者是现代的服饰。他动作的方式也发生了改变，甚至他的声音也有了变化。他在和一位护士讲话，而他的用词几乎和护士的一样。他甚至还使用了那些奇怪的医学词汇，这些词经常能够听到，在初阶裁决者躺在一间像这儿一样的医院病房里休养中阶裁决者给她带来的刀伤时。她的老师跨越了几百年的时光，几天以前，在奎因将他从彼处带到庄园里时，他才刚刚醒过来。那么，他是从哪儿学会这么说话的呢？

高阶裁决者和护士在讨论布里亚克·金凯德的伤势，布里亚克躺在医院的病床上，腿和肩膀都缝了针，缠上了绷带。初阶裁决者听了足够多的谈话内容，她明白，只要有足够的时间，布里亚克就会完全康复。医生甚至往他的伤口里放了某种东西，令他的伤口可以从内部快速地愈合。这令她感到失望。他先前的呻吟和挣扎给了她希望，让她以为他的伤口可能会是致命的。

中阶裁决者站在屋子较远的角落里，双臂交叉抱在胸前，斗篷从他的肩头垂下。他允许医生将他胸膛的伤口缝合起来，但是他并没有对自己的外表做任何改变。他在医院井井有条的环境中看上去非常粗野。

最终，护士结束了和高阶裁决者的交谈，又对布里亚克说了几句话，紧张地扫了一眼中阶裁决者，离开了病房。

“你留在这儿，”高阶裁决者对布里亚克说道，说话的时候，他的言谈举止又变回了她一直熟悉的老师。不知怎的，他可以在古时和现代两种状态之间无缝切换，就像一位演员换上不同的面具一般。“等事情办完之后，我们会回来找你的。到时候你就要——”

老人中断了他自己的话。他的手伸进外套内侧的口袋里，仪式剑就藏在那儿。

过了片刻，初阶裁决者自己也能够感觉到震颤了。震动正逐渐增强，在世界上的某个地方，奎因·金凯德正在使用她自己的仪式剑。那个在山洞中的仪式结束之后，无论奎因的仪式剑什么时候有所动作，高阶裁决者的仪式剑都会完全一致地发出震动。

中阶裁决者先前一直像一件家具一样一动不动，现在他开始动作，他穿过病房，关上了门。

高阶裁决者将仪式剑从他的口袋里拔出来，轻轻地握在手中。震动感变得越来越强，直到充斥了整间屋子，连病房的门都开始颤抖。透过正在颤动的玻璃窗，初阶裁决者看到，随着震颤传到大厅，大厅里的医护人员全都用手捂住了耳朵。

高阶裁决者将石剑握在身体前方，让它在他的手掌上保持平衡的状态。一分钟后，震动开始逐渐消退。

“她去了彼处。”初阶裁决者的老师说道。

他们必须等待下一次震动。奎因使用仪式剑从彼处回到现实世界时产生的第二次震动，将告诉他们她会在世界上的哪个地方出现。

初阶裁决者知道，在奎因重新回到现实世界之前还有些时间。使用仪式剑的主要危险之一就是可能在彼处迷失。即使是经验丰富的探寻者，思维也有可能会游荡徘徊，然后漂浮在那里，如果不能认真地维持精神集中，他们就会彻底地僵住不动。探寻者在这段时间里通过诵词来集中精神，但是即使有诵词的帮助，仪式剑也是危险的旅行工具。奎因仍然是一个新手，在她踏入世界之间的彼处之时——无论时间长短，她都很容易迷失自我。

仪式剑再一次苏醒时，已经过去了两小时，初阶裁决者觉得对于一个经验如此不足的探寻者而言，这个持续时间实在是不算长——奎因对自己意识的控制一定非常厉害。

在此期间，裁决者一直待在病房里。等到仪式剑再一次开始震动的时候，夜色降临。护士们来了又走，很明显都被中阶裁决者的瞪视给吓到了。当仪式剑第二次震动的时候，三个裁决者都背对着门站着，将仪式剑握在他们中间。初阶、高阶和中阶裁决者都将手指放在刻度盘上摆好位置。

第二阵震动比第一次要强得多。顷刻之间它就将整间病房吞没了，片刻之后可以听到病房外的走廊上传来充满恐慌的说话声。墙壁的震动也在扰乱附近病房的医疗设备。在大厅里，一块窗玻璃碎掉了。

在这阵强烈的震动之中，仪式剑的刻度盘上还有一些小幅度的剧烈余震。高阶裁决者喊出了两个符号的名字，表明他比另外两个人更强烈地感受到了这些震动。初阶裁决者喊出了另外两个符号，而中阶裁决者则喊出了第三对符号。

颤动停止，在他们的耳朵里又回响片刻，然后彻底地消失了。高阶裁决者将仪式剑放回外套口袋里，从布里亚克病床边的床头桌上拿起纸笔。在初阶裁决者眼中，他又变成了一个现代人，在纸上快速地写出了他们刚刚大声说出的六个符号。

她的老师端详着纸页，将它拿起来让他们都看到。这六个符号一起组成了一组坐标——标志着奎因带着仪式剑刚刚抵达的地点。

“伦敦。”他说道。

“她要去找约翰了。”布里亚克从病床上回答道。他的声音迷迷糊糊的，但是他支撑着自己坐了起来。

他的眼睛里有一种神情，一种明亮狂热的眼神，初阶裁决者不喜欢这一点。布里亚克并不仅仅想要回仪式剑——他还渴望复仇。

布里亚克转过头来面向高阶裁决者，问道：“你知道约翰的家吗？”

第五十五章 忍

“风有点儿太大了，”忍对奎因说道，“但是当我们降低一点儿高度之后，应该不会被阵风影响到。”

现在是晚上，而他们正站在伦敦一栋一百一十层高的大楼楼顶。风在他们身边吹过，让大楼微微摇摆着，如同置身一艘轮船的甲板上。风也不只是他们唯一要担心的——从远处的云来看，很快就要下雨了。

忍和奎因站在围在屋顶四周的护墙旁边，背后是他们所在的这栋摩天大楼那装饰性的金字塔尖顶。从他们所在的护墙到那个尖顶之间只有一小段距离，而他们将所有的装备都用在了这条狭窄的通道上。

先前，奎因的仪式剑将他们带到了伦敦，通过调整所有六个刻度盘不断试错，他们终于得以弄出一个通往他们所在的大楼内部的空间异常点。借助他们的焊接设备和蛮力，他们从那里一路向上到达楼顶。

“旅行者号”在伦敦的航行路线人尽皆知，在网上快速地搜索了一下，他们找到一张航线图。从他们在这个楼顶上所站的位置，忍可以看到那艘飞艇在它 8 字形的路线底部转弯，准备往回行驶，前往他们所在的方向。

微风吹拂着奎因脸庞周围的头发，忍发现这对他来说非常分散注意力。他正在收紧她的跳伞背带——这是很棘手很复杂的活儿——而奎因则正在努力试图让绑带不要妨碍他。

“你是打算理理头发，还是打算集中注意力？”忍问道，停下来调整他下巴上的绑带，让祖先传下来的武士头盔紧紧地套在他的头上。事实上，整套护甲很紧很瘦小。他穿着它是出于对家族的自豪感，和希望它能够帮助他恢复他自己的荣誉的隐秘期望，但是他的曾曾曾祖父一定是他们家族里的侏儒。“或者你是打算把整个计划都留给我来负责？”

“这才不是什么计划！”她说道，为了盖过风声，她提高了声音。她在裤子口袋里翻找着，最后掏出一根橡皮筋绑住自己的头发。“这是在让我们自己从高楼上掉下去！”

“我们仍然可以做好准备！别再摆弄你的头发了！”

“你又开始了！”奎因对他说道。她看向布莱恩，布莱恩在护墙下面整理着他们的装备。

“开始什么——努力试图不要让我们死掉？”

“开始大喊大叫。”

“楼顶上很吵好吧！”

对此布莱恩没有做出任何评论，他将一个装满棕黑色液体的塑料瓶递给奎因。她将瓶盖拧开，把它一把塞回给忍。

“把它喝下去！”她命令道，“这次不是只喝几小口。在你说任何其他话之前我希望看到瓶子空掉一半。”

“所以，你是希望我在几分钟之后吐你一身？我不认为这会让我们的降落容易到哪儿去。”

但是他还是接过瓶子，开始喝了起来。他知道他正处于鸦片、湿婆以及可能还有其他几种毒品的戒断反应之中。谭医师又煎了一大锅新的草药来帮助他应对毒品的戒断反应，这些草药的味道甚至比之前的那些还要可怕，而布莱恩则把成瓶的汤药全都放在他们的装备四周。不断地喝药并不会让药的味道好些，但是如果没有它们，忍猜他大概会在某个角落蜷缩成一个球，呻吟着，折腾着。他觉得，这也比他们将要做的事情要好。

奎因耐心地等着他把瓶子里的东西吞下去一半，然后他又经历了几分钟的痉挛和颤抖，在那之后他的头脑开始清醒了。

“抱歉。”他喃喃地说道。

从他们站着的地方看，伦敦的夜景非常美丽，但是他注意到奎因一直盯着眼前的东西。布莱恩仍然蹲坐在护墙下面，彻底避开看到下面的夜景。出于对他们探寻者训练的忠诚，奎因和忍一致同意不对布莱恩解释他们是如何抵达伦敦的，而布莱恩自己似乎也并不反对这种安排。自从他们蒙住了他的眼睛，拉着他通过香港的空间异常点之后，这个大块头的亚裔男孩就相当安静了。他现在正将那些火箭助推器的燃料切成合适的大小，并将它们小心翼翼地摆放在发射装备里，与此同时喃喃自语。他说出来的大部分词句都被风带走了，但是忍时不时可以听到一些类似“巫术”和“疯了”这样的词。

“他真的对火箭助推器有了解吗？”奎因向布莱恩的方向点点头，问道。

“他知道的足够多了。我们在进行大型的打捞活动时经常使用炸药。”

“那焰火爆竹呢？”她怀疑地问道。

“它们是一个原理的。”

“你意识到了我们现在并不在水里吧？”

“我们不在水里吗？所以我们用不到我带来的充气救生筏了？”

听到这句话奎因露出了微笑，而他则很高兴自己不再对着她大呼小叫。

“我很紧张。”她承认道。

“喝点儿药怎么样？”他把他的瓶子递给她。

她又露出了微笑：“还是不了，多谢。”

“试着尽可能地把注意力放在其他事物上面。”

奎因的眼睛因为一个突如其来的想法而亮了起来：“我的马后来怎么样了？”

“你的马？”

“耶伦。当我们……来到香港的时候。”

忍摇摇头，记起了他们在袭击之后逃到彼处时大家纠缠在一起的四肢、马鞍、缰绳，仿佛是在梦中回忆起这些一样。

“我真的不知道，”他对她说，“我那时很担心你会死——顺便说一句，你当时确实死了。我不认为耶伦和我们一起出来了。但是如果它出来了，也许它现在正在某人的后院里当他们的宠物呢。你知道太平山这一带的庄园是什么样子。”

一副若有所思的神情浮现在奎因的脸上。布莱恩开始将罐子扔给他们，奎因和忍将这些罐子挂在他们跳伞背带的每一寸空闲位置上。在忍的身上很难找到多余的空间。他已经在身上背着下降绳索和等离子体焰炬了，还带着等离子体焰炬的巨大燃料罐。

等他们设法将所有的一切都挂在身上后，忍试验性地动了动，发现装备像发了疯一样地四处乱弹。感觉他像是在全身挂满了木匠的锤子，同时进行动作。无论他们跳下去的动作多么完美，降落都一定会很痛。

“我需要我的导航系统，大海鲈！”忍喊道。

布莱恩扔给他一个圆柱体，看上去和他在准备的焰火非常相似，这东西被挂在忍左侧的臀部位置上。然后，他和奎因戴上手套。

忍发力抬起身体，身上还挂着所有那些很重的装备，爬上护墙的边缘，他在那里坐下来，腿向下垂着，往里钩向屋顶的方向。奎因也紧跟着他，眼睛一直向上望。在护墙上面，风更强了，但是现在的阵风没有先前频繁了。

“旅行者号”距离他们还有半英里远，正从南边向他们接近，它的外壳反射着城市夜晚的灯光。他们两个戴上了夜视镜。

先前，在忍从香港的跨海大桥上往下跳的时候，他记起了约翰曾经说过“旅行者号”不怕探寻者入侵。他那时意识到，这一定是意味着，“旅行者号”的设计不允许探寻者通过使用仪式剑登上飞艇。他们能够用奎因的仪式剑抵达的坐标地点都是静止不动的。仪式剑无法带他们到达一个像“旅行者号”一样不断移动的动点上面，“旅行者号”的坐标一直都在变化。所以，他设计了一个利用另一条不同的路线登上飞艇的计划。

“你准备好了吗？”忍问她。

“你当时不是在对我说谎吧，”奎因问道，“在你对我说你以前干过这种事的时候？”

这是一个见仁见智的问题。在香港，忍确实从高楼大厦上跳下去过很多次，但是从来没带过这么多装备，也没在这么恶劣的天气里干过，或者是在打算降落到一个移动的目标上的情况下跳过。然而在这一时刻，他不想在这些细枝末节上进行无谓的讨论。

“在这之前我当然这么干过了，干过很多次呢。”

他非常小心地在护墙上面侧身站起来，面对着护墙延伸的方向。护墙突出的部分有两英尺宽，但是忍自己，再加上他背着的所有装备，比这个宽度还要宽。他找到了平衡，然后他将奎因拉了上来，这样她也就面对着护墙延伸的方向了。布莱恩则在底下稳住他们的腿。

忍看到她往下看。建筑物的表面很陡峭，距离地面有一百一十层高。奎因很小心地选择着落脚的位置，向后一点点地退去，直到她距离他只有几英寸远。她将她的跳伞背带后部用登山扣钩住了他的背带的前部，让她紧贴着他。

“哦，上帝啊。”奎因气喘吁吁地说道。她已经将头转向了夜景，而忍则看着她的目光扫过他们站着的位置和正在靠近的“旅行者号”之间的距离。飞艇还在四分之一英里之外，距离地面的高度要比他们所在的位置低得多。

“没关系的。”他对她耳语道。

布莱恩站在他们脚下的护墙边，同样也注视着飞艇靠近。他将发射器一把扛到肩上，将第一支火箭助推器放进了发射器。

“等你准备好了就说一声，小梭鱼。”他说道。

“我觉得我做不到！”奎因低声说道。她将手向后伸去，抓住了忍的手。忍紧紧地将她的手攥在自己手里，他可以感觉到她在所有的装备之下仍然颤抖。他不得不承认，他们要做的事情确实非常非常吓人。他能说的话中也没有多少能够改变这一点。

“奎因？”他对她发问。

“嗯，说吧。”

“在地下室里的时候，你是要吻我吗？”

忍的头没有对着他，他只能看到她脸颊的一部分，以及她的左耳，但是当它们都泛着深深的红晕的时候，他知道他已经暂时成功地转移了她的注意力。

他没有给她更多的警告，也没有给她更多的时间来担心，忍从高楼上一跃而下，拉着她一起向下坠去。

在那个可怕的、内脏都在翻滚下坠的瞬间，他们两个在坠落，向下一头扎去，速度感觉太快也太失控了。奎因尖叫起来。忍的胃部也缩成一团，他的身体在告诉他，他们两个一定要死了，与此同时，他的其他内脏则仿佛试图要从他的喉咙里吐出来一样。

但是在这之前他也从高楼大厦上跳下来过。忍采用了自由落体姿势，而他的身体则将奎因的身体拉到了正确的位置，就在他的下方。“旅行者号”就在他们面前，他可以清楚地看到它。他调整了一下落向它的角度。风抽打着他们两个的脸，阵阵气流猛烈地冲击着他们。

“拉开降落伞！”奎因喊道。

“还没到时候！”他冲她喊了回去。

成千上万扇窗户从忍的视界周围飞驰而过，在“旅行者号”的巨大身影越来越近的时候，一栋栋摩天大楼的模糊残影一闪而过。

“打开降落伞！”她又一次大喊道。

一道黑影从他们左边飞过，直直飞向“旅行者号”。片刻之后，一片粉色的焰火充斥了他们的视野，一声轰响在他们身后炸开。第一个焰火刚刚在“旅行者号”的艇首前方爆炸了。

“打开降落伞！”

“我知道自己在干吗！”忍喊道，他的话只有一点点是真的，然而他听上去却那么自信——对于自己嘴硬的这项能力，他简直要惊叹了。

地面正急速地冲上来迎向他们。他们几乎已经在飞艇上面了，焰火粉色的闪光和刺鼻的烟雾笼罩着他们。

“忍！”奎因尖叫道。

他打开了降落伞。

第五十六章 莫德

三个裁决者站在一栋稍矮一些的建筑物楼顶上，注视着“旅行者号”在伦敦繁忙的街道上空前进。布里亚克·金凯德和他们在一起。他坚称自己没事，作为仪式剑的所有者，他需要跟他们一起踏上征程，将仪式剑夺回来。显然，布里亚克并不相信任何一位裁决者会履行他们的诺言。

由于医生往他的伤口里放的不知什么东西，以及在前往伦敦之前他咽下的那一大把白色胶囊，布里亚克现在能够行走了。私下里初阶裁决者很高兴他能够一起过来。尽管随着时间的推移布里亚克的腿走得越来越好了，他仍然身负重伤。在这种情况下，他极有可能会死掉。

初阶裁决者站在高阶裁决者的旁边，从她的皮质头盔下向外窥看着远处悬浮在空中的飞艇。她很好奇到底什么样的机器可以像那样一样在天空中飞行。几百年前，她的老师就告诉过她，每次她醒过来之后，世界都会有所不同，然而在她过去几次醒过来时看到的变化，令之前所有其他变迁都显得微不足道了。裁决者在庄园会花上很多时间，或者是跟随新的探寻者踏上他们第一次任务的征程，所以在她漫长的生命中，很少踏足城市之中。四百年前上一次来到这里的时候，她觉得伦敦很大。然而现在的伦敦一定有她上一次看到时的十倍大了，这是一座由钢筋和玻璃所组成的巨大森林，一直延伸到她目力所及之处。

高阶裁决者又穿上了他僧侣的长袍，但是他的脸上没有了胡子，看上去显得很陌生。他的目光紧紧地跟随着飞艇，而他的手指则在调整着石剑上面的刻度盘。他们一路追随着奎因的仪式剑来到伦敦，尽管她已经从入口处离开了，她最终的目的地仍然十分明显。

从裁决者现在所处的这栋楼的楼顶位置，他们必须先前往彼处，然后从那里，她的老师必须精确地判断出移动着的飞艇的坐标。没有其他哪把仪式剑可以让一名探寻者抵达一个动点，而除了她的老师之外，也没有人能够设法进入像这艘飞艇一样快速移动的场所。初阶裁决者知道，当初这艘飞艇在建造之时，就是被设计成可以防止探寻者通过使用普通的仪式剑进入的模式。然而无论设计飞艇的人是谁，他都不知道这样并不能阻挡住裁决者，只要有她老师那把特殊的仪式剑和他使用它的高超技艺，这艘飞艇就挡不住他们。

“我是不会杀她的，老师。”她轻声对他说道。

初阶裁决者在布里亚克和中阶裁决者同时在稍远处的时候靠近她的老师。

“我确实没有认为你会杀她。”他赞同道。

“那样的话就太不公正了。”她低声说道。

“的确。”

“我们真的要把仪式剑给布里亚克·金凯德吗？”

高阶裁决者没有立即回答，他的眼睛盯着远处的飞艇。“旅行者号”正在高楼大厦之间向他们滑行，越来越近。

“我们的誓言是让一切重回正轨。”过了一会儿，他对她说道，“如果那意味着要将仪式剑交到合适的人手中，我们难道不应该那么做吗？”

“可是谁是合适的人，这又由谁来决定呢？”她轻声问道。

他没有直接回答她，但是他顿了顿之后说：“我们三个裁决者本来不该同时处于清醒的状态之下。要判断何为公正，本来每次有一个裁决者就够了——在所有的裁决者都接受了训练的前提下。一把仪式剑是一样不大的东西，将它给出去只需要一只手就够了，那么这只手又应该是谁的呢?”

“旅行者号”离得越来越近，初阶裁决者沉默地等着老师回答他自己提出的问题。结果他只是说:“现在到时候了，你准备好了吗?”

“准备好了。”

听到她的回答，他将布里亚克和中阶裁决者叫到近处，又对刻度盘进行了最后的调整，然后将仪式剑击向细长的闪电权杖。在震动感吞没了他们的时候，初阶裁决者注意到上面很高的地方有些动静，是在一座很高的建筑物附近，从她所在的位置，甚至都看不到那栋大楼的顶端。她将她的视界延伸出去，将注意力集中到两个从天空中向着悬浮飞艇猛冲下来的影子。这两个影子是人类、武器和肢体缠成一团。

爆炸带来的绚丽色彩充斥夜空，令她将目光从下落的人影上移开。粉色的闪光在“旅行者号”前部绽开，片刻之后则是蓝色的焰火，在那之后是绿色。深沉的、隆隆作响的轰鸣声席卷了他们全身，奎因似乎是在以一种轰轰烈烈的方式登上飞艇。

高阶裁决者在空气中划出一个传送门。初阶裁决者将目光从绽满夜空的闪光移开，跟着老师踏入嗡鸣着的入口。随后跟上的是中阶裁决者，然后是布里亚克，布里亚克拖着伤腿跟着他们跨过此处和彼处之间的界限。

在入口关闭之前，她老师的手指在仪式剑的刻度盘上飞速掠过。他又击打了一下闪电权杖。第一个空间异常点还在他们背后波动着，他又划出一个新的通道，这条新的通道通往一条走廊和一层楼梯的交界处。他们正透过一个划在两层之间的洞看着“旅行者号”的内部，这里没有足够的空间让他们安全地进入。

高阶裁决者的手指毫不犹豫地掠上刻度盘，做出细微的调整。他将仪式剑和闪电权杖第三次击打在一起，稍微转了下身，划出另一个出口。这一次出口通向同一条走廊，走廊此刻就在他们面前。在透过两重空间异常点看过去的时候，初阶裁决者感到了一阵眩晕，两个空间异常点显示的是同一个空间，然而角度却又有着微妙的不同。

两个空间异常点内的场所都是同样的一片混乱。“旅行者号”内部的灯光在闪烁，人们叫喊着，而一阵阵彩色的光芒从头顶上飞散过来。

三个裁决者和布里亚克·金凯德纷纷抽出武器，穿过入口处登上飞艇。

第五十七章 奎因

忍拉动降落伞的开伞绳索，降落伞一下子从伞包里弹了出来，在他们上方展开，将他们猛地往上一拉，减缓了他们的下坠速度。降落伞一打开，一阵风就将他们托得更高，并猛地吹向一边。

他们要死了，奎因很确定他们就要死了。周围全都是正在绽放的焰火，燃着的余烬落得到处都是。她的裤子着火了。她试图将两条腿踢在一起把火碾灭，但是暗暗燃烧的绿色焰火燃料正烧穿裤子的布料。

“旅行者号”就在他们下方。从远处观察飞艇似乎悄无声息，临到近前却可以听到那悬浮发动机发出雷鸣般的巨大声响。忍一边咒骂，一边扯动他们降落伞上的控制绳索，但是风依旧刮着，几乎不可能控制得了方向。

又一支焰火爆炸了，炫目的金色曲线线条布满整个夜空。焰火的声响震耳欲聋。忍开始更大声地咒骂起来。奎因将脖子伸出去，看到一连串金色的余烬将她武士护甲的系带烧着了。这些余烬也在他们的降落伞上烧穿了一个洞。现在他们已经被风吹得远远地落在了“旅行者号”的后面，而忍则明显丧失了对降落伞的控制。

“抓紧了！”他喊道，“要转弯了！”

在他们进入加速旋转的状态时，奎因的耳朵里充斥着火箭助推器燃料点燃的声响。忍将绑在他左侧臀部的助推器点燃，它正推动着他们疯狂地飞向悬浮着的飞艇。

奎因几乎被扳成了大头朝下的姿势，忍将助推器攥在他戴着手套的手里，将它向后方瞄准。纠正了前进的方向，于是突然之间他们再一次出现在了“旅行者号”上方，它那庞大的身躯就在他们下面。

“抓紧了！”在另一支焰火烧着时他再一次大声喊道。

奎因看到忍将助推器扔掉了。然后他将他们的降落伞扯松，他们两个开始了自由落体运动，没有备用的降落伞，所以如果没有落到飞艇上面，他们就没有任何补救的希望了。

在那可怕的两秒钟里，她的内脏仿佛变成了果冻状，不停地颤抖摇晃。她和忍两个人重重地摔在飞艇上面，滚动起来。从上面看几乎是平面的飞艇表面事实上是一个坡面。奎因手脚并用地攀爬着，企图找到一个着力点，而系在她绳索上的管子则像小块的铁砧一样在她身上弹来撞去。她和忍滑行了几码的距离，奎因觉得他们随时都可能滑到飞艇边缘，摔到半空中。结果他们撞到后置悬浮发动机的尾翼上，停了下来。

忍立刻跪下来，将身旁的奎因也一把拉起来，解开将他们两个连在一起的锁扣。

“你还好吗？”他问道，看上去惊魂未定。风还是很大，他几乎又在喊了。

她试着动了动四肢，注意到降落后的这段滑行很顺便地将她衣服上的火扑灭了，尽管她裤子上的不少布料已经烧光，露出了下面穿着的闪亮护甲。是这层护甲保护了她的皮肤，令她不至于被灼伤。

“我没有受伤。”她说道，惊讶地发现自己仍然拥有说话的能力，“你呢？”

“我可能吓得尿裤子了吧。不太确定。”

他们两个笑了一会儿——他们都还活着，而且肢体完好，没有缺胳膊少腿。忍又有工作要做了。他在口袋里找到一个登山钢锥，将它一下扎进飞艇的外壳。它尖锐的金属尖角扎穿了“旅行者号”的外壳，然后自动地转动起来，越转越深，给了他们一个牢固的固定点。他们用攀登绳索和搭扣将自己固定在钢锥上，就像在香港整理行装时忍所指导的那样。

奎因注意到忍的武士护甲还在冒烟闷烧，余烬在风中闪着光。在他调整绳索的时候，她用拳头捶打着他的护甲，直到火彻底灭掉。

“谢了。”他说道。

从这个位置放眼望去，他们一直可以看到“旅行者号”艇首那倾斜的顶部的绝大部分。在他们身后是四个后置发动机，在发动机外侧，上层的船体陡峭地向下延伸，然后戛然而止。

又一支焰火在飞艇艇首附近炸开了。他们弯腰躲避，大朵大朵的蓝色火花在四周像冰雹一样落下时用双臂护住脑袋。奎因一时间被晃得眼花缭乱，她希望对于“旅行者号”的监控摄像头来说这些闪光也一样炫目。

“把等离子体焰炬解下来！”忍顶着风喊道，将燃烧着的火花从他们身上拍打下去。

她将那笨重的等离子体焰炬从他的腰间解下来递给他。忍将它拖在身后，向前爬去。

当他向前爬了十码远时，他对她喊道：“我找到了一个舱口盖！”

奎因爬向他，与此同时，他点燃了等离子体焰炬蓝色的火焰，靠在飞艇外壳上，开始进行切割。

大滴大滴的雨水落在飞艇上面，打在她的脸上，并在接触到火焰的时候嗞嗞地变成了蒸汽。当她爬到忍那里时，他已经在舱口盖周围切出了半个宽敞的通道。

他插入另一个钢锥，奎因抓住这根钢锥稳住了身体，仍然呈跪着的姿势，她解开绳索，将它扔在飞艇外壳上面。她将软剑好好地系在身体一侧，然后又摸准了她藏在身体四周的刀子的位置。

忍的斗篷先前一直在她背上卷成一团，现在她将它展开披在身上，又检查了一下斗篷的口袋。她将仪式剑和闪电权杖拔出来，又将它们固定在她的腰带上，仔细确保其他装备都安全地在斗篷内侧藏好了。仪式剑无法让她登上一个像飞艇这样移动着的目标，但是可以完美地起到让他们离开飞艇的作用——只要她能让它一直处于她的掌控之中就好。

她从绳索上解下一根长长的绑带，将它绕在肩上拉紧，然后又在上面扣上几个金属罐子。

“搞定了！”忍宣布。

他在舱口盖周围切割出一条通道。雨现在下得更大了，这意味着那些焰火——依然令人目眩——要想将他们两个烧着难度更大了。雨水也同样令船体被等离子体焰炬切割的部分迅速冷却。片刻之后，那里的金属就已经冷却到足以让他们将戴着手套的手指向下伸进凹槽里的程度。舱门很沉，打开它并不容易，但是在忍发出的数声咒骂和他们两人的一起努力之下，他们终于设法将它向上撬了起来，把它推到了一边。

舱门下面是一条通向飞艇内部的梯子。应急灯在闪烁，奎因可以听到飞艇内部传来充满恐慌的说话声。

奎因的心脏又开始飞快地跳动起来，夹杂着一丝害怕和一丝兴奋。*我能够做到的。我能够做到的。*她戴上防毒面具。

“我准备好了！”她说道。

忍抓住她的肩膀，令她转过来望着他。“你确定吗？”他问道。

“确定！”肾上腺素正在她的血液里狂飙。

忍点了点头，于是奎因在飞艇的外壳上躺下，将身体探向舱门的开口处。忍抓着她躯干四周的绑带，让她的头部向下，一点一点地下降，穿过了边缘参差不齐的大洞。

奎因发现自己向下看到的是一条宽敞的走廊。在走廊远端，人们在两间控制室之间跑来跑去，与此同时，焰火在飞艇周围绽放着。

奎因以仍然倒吊着的姿势将一只罐子从她肩膀周围的绑带上解下来。她拧开罐子的放气柄，将它沿着走廊扔向控制室。罐子在空中旋转着飞过，沿地板一路碰撞着滑向飞艇前部，一路上将大片大片的气体释放出来。

第五十八章 约翰

走廊里满是气体——浓重的烟雾在空气中飘浮扩散。约翰屏住呼吸，离开气密性优良的上层控制室，迅速地穿过一条满是气体的走廊，一路推搡着挤过几个咳嗽着跪下的人。他现在没法儿停下来帮助他们，否则他自己也会被气体放倒。

约翰在努力试图保持镇静，让他的心率不要飙高，这样他就可以在不呼吸的状态下走到上层长长的走廊尽头。他不得不跑过最后二十码的距离，他的胸膛灼痛着，但是他抵达了他的房间，推门进去，将门在身后迅速地关上。

他深深地呼吸着房间里相对清新一些的空气，开始一一打开各个柜子，直到他找到了房间里的急救箱。他将急救箱里的东西统统倒在地上，在里面翻找着，然后戴上了他的防毒面具。他从保险箱里拿出意识扰乱器，将它绑在他身上的绑带上面。

在向门口走去的时候，路过一面镜子，他停了下来。他在镜子中的倒影很吓人——防毒面具挡住了他的五官，而绑在胸前的意识扰乱器则像是中世纪的刑具。

*意识扰乱器本来就应该很吓人，它是为了激发恐惧而存在的，*他提醒着自己，*她的母亲在我手上，意识扰乱器也在我手上。无论她在计划着什么，我可以吓唬她，让她听我说话，说服她。她不会受到伤害的。*

在他带走菲欧娜的时候，他的预期是奎因会来到伦敦，试图和他谈判，让他释放菲欧娜。既然她的仪式剑无法让她登上“*旅行者号*”，他很自信他和他的手下可以在她还离得很远的时候就监测到她的到来——这是住在一艘飞艇上的优势之一。但是很显然，他错了。他一半的人手都在下面伦敦的街道上搜寻着奎因。而她显然有其他想法。

透过房间的一扇窗户，约翰看着焰火在飞艇右舷一侧炸开。每隔几秒钟，外面炸开的强光就会令他们外部的监控探头过载。他感到了片刻的怀疑，纳闷儿：*来的只是奎因吗*？如果裁决者也在追捕他怎么办？在此之前他们也插手了他们家族的事务，但是现在他手上没有任何他们的东西——没有仪式剑，没有笔记，他甚至都不是一名探寻者。不会的，他只是打算将奎因引到伦敦来，而她确实也来了，来救她的母亲。

他检查了一下自己防毒面具的密闭性，重新走出房间来到了走廊上。“*旅行者号*”已经进一步陷入混乱之中。现在人们开始昏过去了，在走道里横七竖八地倒着。他在两个人身边跪下，摸了摸他们的脉搏。他们的心跳依然很有力——气体很有效，但是没有毒性。

她不是一个刽子手，他想道，*我也不是。我们两个人在一起可以做出正确的决定，我们可以饶过那些应该被饶恕的人*。

他走到三个人身边，他们仍然保持清醒，向着一个楼梯爬去，寻找新鲜的空气。

“在二层的走廊尽头有防毒面具，”他对他们说道，帮助他们站起来，“去吧。再找些武器来——但是除非听到我的命令，否则不要开枪！”

人们跌跌撞撞地走下楼梯。

约翰的手在意识扰乱器的侧面滑下去，将意识扰乱器打开。它那令人不安的电子嗡鸣声穿透了周围的噪声，帮助他集中精神。现在他自己也带着属于他的火花了。如果他可以吓唬她，让她听他说话，他就可以兵不血刃地为这场疯狂之举画上句号。

第五十九章 忍

忍紧贴着飞艇的尾部，肆虐的风雨试图让他松手，可是他的绳索将他固定在那里。他的职责是让“旅行者号”陷入黑暗，然后到飞艇内部与奎因会合。

他用等离子体焰炬一路切开一个飞艇发动机的外壳。在“旅行者号”外壳下面就是纠缠在一起的阀门、电线和管子，它们为发动机提供原料，又一路蜿蜒着通向飞艇的船体。他刚巧忘了带手电，没有光线，很难看清楚发动机周围的竖井——除了焰火绽放后的片刻亮光以外，可是那时又太亮了，让他瞬间变得半盲。

他先前在网上找到了著名飞艇“旅行者号”的参考电路图，但是现在他意识到，当他真正面对这艘飞艇本身，那些电路图完全派不上任何用处。他需要仰仗他自己的电学知识来解决问题，而他的电学知识几乎全都是以切割老旧机械的水下作业为基础的。

他眯着眼，找到一个电路网，顺着电线一路摸索，直到他摸到一束跟人的手臂一样粗的电线。他将等离子体焰炬伸过去，小心地切割着这束电线。只是等离子体焰炬根本不适合精细作业。被他切割开来的不仅仅是电线，他把电线下面的所有东西也都一并切开了——几乎有一英尺长的电缆、阀门，还有其他看上去相当重要的机械装置。

在他下方的发动机立刻发出一种突突的声响，从他左侧的窗户可以看到，飞艇上面的灯全部熄灭了。然后，整艘飞艇突然向一侧倾斜，警报声响了起来，声音那么响，他可以透过风声雨声听到它的动静。

他等待着，将等离子体焰炬关上，同时检查他自己的武器，准备进入飞艇内部。但是片刻之后警报声停止，飞艇的灯又重新亮起来，他感觉到飞艇的发动机在进行自我纠正。毫无疑问，飞艇上有备用系统，而备用系统本身还有备用系统。

忍开始环顾四周，寻找着其他可以切割的东西。

第六十章 莫德

初阶裁决者当然也需要呼吸。但是如果有需要，她可以在不呼吸的情况下撑上很长一段时间。她和其他人一路穿过飞艇内部那些烟雾弥漫的走廊，跟随着那些还没有从气体中恢复清醒的人的嘈杂声响。初阶裁决者像其他裁决者一样，将意识投到她的肺部和心脏，强迫自己的身体在肺部没有进一步吸入任何氧气的情况下继续运转，强迫她的血液持续循环。

她无法永远这么做，但是十分钟还是有可能的。她曾经一度在水下屏息了那么长时间，当时中阶裁决者将她摁在水里不松手。

飞艇毫无预兆地向左侧倾斜，令他们全都失去了平衡，而所有的灯也都熄灭了。一阵刺耳的声音响起来，声音大得让她怀疑自己的耳朵是否能够承受这么巨大的音量。他们无视了噪声，继续前进。

片刻之后，飞艇又稳定下来，灯也陆续亮了起来。现在亮起的灯要更加昏暗一些，令走廊处于半阴影状态下。尖锐的警报声也停止了。

布里亚克·金凯德并没有跟上。他尽可能地屏住呼吸，他将斗篷紧紧地蒙在脸上，正透过斗篷喘息着。然而斗篷并不能将气体完全地过滤掉。他咳嗽着，在初阶裁决者身旁跪倒在地，向前一头栽倒。

高阶裁决者沉默地盯着初阶裁决者，仿佛在说：*布里亚克倒下了。你想怎么处理这个情况？*

在她能够想好回答之前，中阶裁决者已经迅速跑上他们前方的走廊。片刻之后他带着一个防毒面具回来了，这一定是他从另一个人头上摘下来的。中阶裁决者将防毒面具扣在布里亚克脸上，并拉他站起来，布里亚克吸进了未经污染的空气。最终他的咳嗽停下来，他们继续往前走。

这两个人不仅是在互相保守着秘密，她一边前进一边再次想道，*他们两个还在互相保护着对方的性命*。初阶裁决者知道她将来要面对什么，但是她将面对这一切的时间推迟了。当她的老师回到*彼处*，当他将他生命的跨度再一次拉长几百年的时候，她会被留下来一个人面对中阶裁决者和布里亚克。她现在公开袭击了中阶裁决者，也表明了她想要杀掉他的意愿。她没有理由假设他和布里亚克还会允许她活下去。

第六十一章 忍

忍又在“旅行者号”的电线上切割了几下，飞艇毫无怨言地承受了这一切。他本来以为自己已经可以进入飞艇内部帮助奎因，所以现在他正在更加富有攻击性地切割着，同时寻找着能够将飞艇内部的电流切断又能够让飞艇保持悬在空中的电线。

一大捆绝缘电缆绕着发动机的外壳。他一直都尽量避免对它下手，害怕会损坏发动机，但是现在，他将等离子体焰炬的喷嘴倾斜着，将它的接触面缩减到最小，然后瞄准了那捆电缆。

“拜托不要损坏发动机，拜托不要损坏发动机……”忍大声说道。风把他的话吹走了。

等离子体焰炬划出一道又长又深的口子，轻松地将电缆切断了，同时也瞬间撕裂了发动机。有那么一刹那，忍看到蓝色的火焰深深地切入了飞艇旋转着的助推装置，熔炉一样炽热的空气涌到他的身体周围，在雨中形成一片片滚烫的蒸汽。

“真他妈见鬼！”忍大叫道，往旁边闪去，躲避着炽热的气流。他的护目镜保护了他的眼睛，但是他可以感觉到脸被水蒸气烫伤的地方传来一阵阵剧烈的疼痛。

发动机正在发出可怕的噪声，现在飞艇剧烈地颠簸着，忍被从他那小小的落脚点甩了出去。他倒下了，又被猛地一把拉得停了下来，悬在他的登山钢锥和绳子上，与此同时，“旅行者号”巨大的船体似乎正要倒向他。他的视野中突然满是遥远的下方那些以令人眩晕的方式移动着的伦敦街道。

一阵新的疼痛从腿上传来，他意识到等离子体焰炬的喷嘴正在他的脚踝周围弹来撞去，烧穿了他的武士护甲、他的衣服、他穿着的那层耐热的内衣，最后烧穿了他的皮肤。他尖叫着，踢向那个喷嘴，然后又试图去抓住它，但是他和等离子体焰炬都在空气中疯狂地旋转着。

飞艇突然中止了倾斜，其他几个发动机竭力使它保持稳定，发出尖锐的哀鸣。他一次又一次地疯狂踢向等离子体焰炬，它终于熄灭了。

他在绳索末端如释重负地悬了片刻，手忙脚乱地抓住了船体。他祖先的护甲尽管先前已经被焰火半烧焦了，还是非常紧，让他无法完全地将胳膊伸展开来。他将手指伸进被烧焦的丝绸绑带部分，将护甲扯掉，扔向下面的街道，同时在心里对他母亲道着歉。

他绝望地伸手摸索能够用手抓住的着力点，成功地将自己重新拉回到飞艇的外壳上面。但是还没来得及充分感受双脚终于踩到了实物的轻松感，发动机又一次爆炸了，发出了震耳欲聋的巨大轰鸣，而飞艇则头部朝下地扎向地面。

忍被高高地抛了起来，抛过飞艇尾部的发动机组，他发现自己飞过飞艇高处的外壳，远远地被甩过了他一开始切割出来的舱口，直直地飞向飞艇的前部。他的绳索非常暴力地拦住了他，于是他一头撞到包围着艇首的玻璃上面。片刻之后，发动机组又点着了火，止住了飞艇的下坠，忍则挣扎着要在撞上玻璃之后让自己的肺部吸入空气。

当他重又开始呼吸，他的脸正被紧紧地压在玻璃上。飞艇里面很黑，但是有什么东西正在移动，彩虹色泽的火花在黑暗中跳动着。突然之间，火花出现在他的正前方，沿着玻璃的另一侧呼啸而过，距离他的脸只有几英寸远。飞艇里面有人在用意识扰乱器开火，开火的对象很有可能是奎因。

因为下雨的缘故，玻璃很滑，在忍设法将等离子体焰炬挪到身前的时候，他的双脚一直四处滑动。他的脚踝和脸颊都在烧灼地疼痛着，他的肋骨也在疼痛着，但是在他将等离子体焰炬的喷嘴打开的时候，他几乎没有注意到这些。

第六十二章 奎因

因为自己的气体罐的缘故，走廊里面满是烟雾，非常昏暗，奎因向着前方的大屋子走去。防毒面具的内侧也起了水雾，进一步阻挡着她的视线。通过双脚，她感觉到发动机组发出一阵阵不稳定的震动，而一阵震耳欲聋的警报声响彻她的周围。

在奎因前方右手边的墙上，有一扇连接着走廊和那间宽敞屋子的大门。她可以看到在那巨大的空间中有一些人影，是四个位于飞艇前部玻璃穹顶下的人。有两个守卫脸上戴着防毒面具，而在他们附近，一个人倒在椅子上。奎因瞥见了一抹红色的头发——是菲欧娜。她的母亲距离她只有几步之遥。

约翰也在那里，脸上同样戴着防毒面具，胸前绑着意识扰乱器，这让他看上去像是某个从噩梦里逃脱出来的怪物。他真的会在她或者她母亲身上使用意识扰乱器吗？奎因想起了在庄园的那个晚上，一阵恐惧袭遍她的全身。*没错，他有可能会这么做*，她想道，*他已经走投无路了*。

屋子里的人还没有看到奎因，她就站在屋子外面的走廊上，后背紧贴着墙。她扫了一眼身后的走廊。忍在哪儿呢？发动机组又出了什么问题？

警报声已经停止，但是从地面传导过来的震动感变得更加强烈。一阵令人不安的剧烈震动摇撼了整艘飞艇，突然之间“*旅行者号*”向尾部倾斜起来。

灯光再一次熄灭时，奎因被甩到了地板上。有那么一瞬间，飞艇摇摇晃晃地恢复了水平的位置，然后一台发动机的爆炸又令它晃动起来。“旅行者号”开始急速向下俯冲，艇首朝向下方伦敦的街道。

奎因被甩得在走廊上一路翻滚，经过了通往房间的门口。她瞥了一眼不断下落的椅子、书和桌子，所有的一切都在滑向飞艇的艇首，而那四个人影七手八脚地挣扎着。一阵亮光闪过，一群多种颜色的火花在空气中被扭曲了。约翰的意识扰乱器刚刚开了火。

奎因抓住门框的边缘，将自己的身体在倾斜的走廊里撑起来，爬到房间里面。她看到意识扰乱器的火花沿着上方的玻璃穹顶一路旋转着四散开来，这让她松了一口气——如果火花都散在了天花板上，就没有人被它们击中。起码暂时还没有。

发动机组又传来一阵怒吼，同时飞艇恢复了飞行能力，将下坠的势头止住，开始慢慢地飘浮着。

一个人影正在倾斜的地面上挣扎着起身。奎因再一次看到那一头红发。是她的母亲，她还保持着清醒，没有戴防毒面具，她正剧烈地咳嗽着。奎因向她滑动，与此同时，菲欧娜则贴着墙壁爬动，四肢颤抖，拳头还在捶打着什么东西。在通风系统开始运转的时候，整间屋子里都萦绕着一种嗡鸣声。寒冷潮湿的空气涌了进来，迅速地驱散了先前奎因投下的气体。

奎因最后深深地吸了一口经防毒面具过滤的空气，然后将内侧已经起了雾的防毒面具摘下来，以便更清楚地看到房间更昏暗、更低矮的角落。约翰和他的两个手下被那堆摞在艇首墙边的家具压着，但是他们正在逐渐挣脱出来。意识扰乱器发出的火花那摇曳的光芒还在玻璃天花板上移动着，除了这些火花之外只有一种颜色——事实上，那是忍的等离子体焰炬火焰的光芒。

菲欧娜仍然趴在地上，现在吸进了新鲜空气。奎因自己也在呼吸着新鲜空气，她抓住了她的母亲，她们两个在如雪崩一样落下的书籍中躲闪着，一路爬向门口。

在她们爬到一半的时候，她看到她们的道路被四个人影挡住了——是裁决者和她的父亲。他们稳稳地站在倾斜的地板上，深深地、长长地呼吸着。四个人的目光全都望向奎因腰间的仪式剑和闪电权杖。

她将母亲拉向另一个方向，拉向远处的门，但是约翰的手下之一站在那里，挡住了那条路。

约翰自己则挣脱了堆在一起的家具和物件，正沿着倾斜的地板向上爬向她，双手忙着摸到在他胸前的意识扰乱器的开关。她知道她必须现在就行动，在他能够用意识扰乱器开火之前。

“约翰！”奎因喊了一声。

她将仪式剑和闪电权杖从腰间抽出来，将它们向下扔向他。

中阶裁决者和初阶裁决者立即转过身来，追随着两把石剑下落的轨迹。这时几声枪响响起，子弹从奎因身后的墙上弹开。约翰的手下在向着裁决者开枪。

令奎因惊讶的是，布里亚克并没有去追逐仪式剑。相反地，他向着自己走来。他的一条腿和一侧肩膀受了伤，但是他手里仍然握着软剑，看上去似乎只要能够惩罚她，他愿意去死。他用剑猛地刺向奎因，而奎因躲开了。

“你已经证明自己是个毫无价值的废物了，女儿。”他对她说道，声音很轻，同时带着致人死命的意味，就像软剑那油状的组成物质。“你那酒鬼母亲为什么给我生了个女儿？你缺乏技巧，背信弃义，一直在拖我的后腿。”

奎因也将她自己的软剑“啪”的一声抖开，她挡住了他的下一次攻击，但是她发现自己在迟疑。多年以来的训练一直教育她要毫无异议地追随布里亚克。她没有上前攻击他，而是往后退了一步，撞到了她的母亲。

这时，布里亚克注意到了菲欧娜的存在，就像聚光灯的灯光一样，他的怒火转移方向，集中在了她身上。

“你，我的妻子！还是像往常一样畏畏缩缩。你接受了所有的训练，却懦弱得不敢宣誓成为探寻者。你是害怕你在我意识里看到的东西？一点点血和尖叫就让你害怕了。我早就应该摆脱你们两个！”

奎因看到她母亲的眼睛睁得大大的，盯着布里亚克，看到她完全无法动弹，脸上的表情写着：*不要伤害我。求你不要伤害我。*

而这已经足够了。

她母亲脸上的表情——在奎因还是一个小女孩的时候，她就见过这种表情无数次了，她一直试图无视它，希望是她理解错了。但是在她心底的某个地方，她不是一直都知道吗，知道在布里亚克的眼睛里，既没有慈悲，也没有爱意？她不是感觉到了，感觉到如果她公开反对他，她就不会得到他的宽大处理了吗？即使她一直不像她的母亲一样顺从，她不是也想过吗？*我信任你，布里亚克，我会按照你说的去做，只要你不伤害我。*

“躲开，奎因！”他命令道，对她比了个手势命令她让开，这样他就能够打菲欧娜了。即便是现在，他仍然认为奎因会毫无异议地服从他。

奎因凝视着她的父亲，望着他高高举起的剑，他的脸，他整个人，这一切都带着满满的恶意。于是他在她身上施加的影响被打破了。

“来啊，”她冲他喊道，“来杀我们啊，你可以试试！”

奎因用力地向他刺去，动作迅捷而凶狠，毫无预兆。布里亚克用软剑挡住了她的进攻，但是还是往后退了一步，看上去似乎对她在攻击他感到非常震惊。她又上前一步，向他刺去。

这一次，布里亚克没有迟疑。他挥剑挡住她，然后刺了出去，但是奎因狠狠地举起剑，将他的剑挑开了。

“在庄园的时候你试图杀我。”他说道，声音非常尖锐，他的软剑再一次刺向她，力道很大。

她用自己的武器接下了这一剑，一只手握着手中的剑柄，另一只手抓住剑尖，他攻击的力道大得令她的软剑中段都向下弯去，几乎挨着她的鼻子了。

“什么样的女儿会想要杀死自己的父亲？”他问道，他的剑更用力地压向她的，他的脸离她很近。“我养大了一个怎样的禽兽啊？”

仇恨像潮水一样从奎因的体内涌了出来。她看着他的眼睛——表面上看来，它们和她的眼睛非常相像，然而实际上却完全不同——她纳闷儿：*我过去怎么会追随你呢？*

“你才是禽兽，”她说道，“我和你之间已经恩断义绝，再无瓜葛。”

她转动一下肩膀，向前推了过去，整个身体的力量都灌注在这个突然的动作之中。布里亚克的剑滑到一边，然后他倒下了，失去了平衡，趴在地上。

他的头狠狠地撞到地上，力道足以令他昏过去，然而他却坚持追杀她。奎因将软剑高高地举了起来，准备一剑劈下，将她父亲的脑袋一劈为二。

在她有机会这么做之前，布里亚克被一阵快速的肢体动作淹没了，某个体型很大并且胡乱挥动的东西从空中直接落到了他身上。有人压在他的身上，一拳接一拳地揍着他，和奎因一样愤怒。而布里亚克在如雨点般落在他身上的拳头下扭动着身体，咒骂着，在地板上爬动着想要躲开。

对方的拳脚突然停止，布里亚克则爬开了，尽可能地迅速从奎因够得着的地方逃开。

而打他的人翻了个身仰面躺在地上，用手捂着身体一侧一道流着血的伤口。

是忍。他穿过天花板掉了下来。他向上看着奎因，目光里写满了疼痛，但是同时也满是得意之色。

“我真的非常恨他！”忍对她低声说道。

第六十三章 莫德

中阶裁决者和初阶裁决者沿着倾斜的地板接近了约翰和他的两名手下。初阶裁决者可以看到，仪式剑和闪电权杖就在约翰身后几码远的位置。两把石剑被一张底朝天的桌子挡住了去势。

约翰的手下在开枪。距离很近，裁决者很容易成为子弹能击中的目标。然而初阶裁决者和中阶裁决者已经将他们自己对时间的感知调整到她经常在战斗中感知到的那么慢的程度了，一下心跳要花上一分钟，而一次呼吸则仿佛要用上一小时。她在子弹出膛的时候就看到它们了，而等它们飞到她先前所在的位置时，她不再在它们前进的方向上。对于屋子里的其他人而言，他们两个人也会像是一阵模糊的快进镜头一般。

中阶裁决者将自己的软剑展开，向前捅向第一个敌人。初阶裁决者的剑也拔了出来，准备和第二个人进行战斗。在一颗子弹擦着她的头飞过时，她的身体转向一边。这不会花上很久。

在她攻击敌人之前，她抽空扫了一眼她的老师，他站在他们身后，并没有参与这场战斗。在初阶裁决者与高阶裁决者目光相交的瞬间，她意识运行的速度变得更快了。图像排山倒海般从她的眼前掠过。多年以来，他训练她，如同她的父亲一般，教给她关于宇宙震颤的知识。仪式剑的目的是一个伟大的头脑能够超越界限的束缚进行移动，但是世界上并没有伟大的头脑，只有善良的心灵，只有一个头脑能够做决定，那么裁决者的公正在哪里?

就在那时，她明白了。她的老师无法除掉中阶裁决者。原因成谜，但是事实如此：她的老师被中阶裁决者绑住了手脚。他一直在寻找，也许找了一千年的时光，一直在寻找一个能够帮他纠正一切的初阶裁决者。

她不再有片刻的迟疑。她将剑从约翰手下那里移开，将它直直地捅进了中阶裁决者的后背，就像她想象的那么多次一样。在他举起剑要对约翰进行致命一击的时候，她干净利落地刺穿了他的心脏。

中阶裁决者向后倒去，她的剑直接将他的身体刺穿了，在他倒下的时候，初阶裁决者扶住了他。约翰眼睛睁得大大的，盯着她，震惊和感激在他的脸上交替变换着。

她的老师现在在她身边。他低下头，靠近她的耳边。

“这就是公正之举。”他低声说道。

第六十四章 约翰

约翰看到了他死亡的时刻。裁决者和奎因一起登上了“旅行者号”，尽管他们似乎并没有在帮助她，他们的出现仍然毁掉了任何可能避免战斗的希望。

仪式剑和闪电权杖躺在他身后几码远的地板上，而裁决者为了得到它们大开杀戒。在一大片动作之中，中阶裁决者举起了剑，要杀掉约翰。

然后，某样又长又细的东西从对方的胸膛刺了出来。在约翰的注视下，它又蛇行着缩回中阶裁决者的躯体里消失了。对方向后倒去，倒在了初阶裁决者张开的双臂之中。

在转瞬即逝的瞬间，约翰的目光和初阶裁决者的交缠在一起。她救了他，她帮了他。然后初阶裁决者就消失了，将中阶裁决者也一起拖走了。

约翰转向仪式剑那边，发现布里亚克直冲着他过来了。布里亚克跛着脚，脸上血迹斑斑，但是这似乎并没有让他的动作慢下来。明亮的复仇之火在他的眼中熊熊燃烧着。

枪响了，约翰的肩膀猛地向后一缩。他可以看到紧握在布里亚克左手中的枪。这个男人要杀掉他。只是约翰自己手中有着比死亡更加可怕的东西。自从那天他在地板下面的藏身之处目睹了那彩虹色泽的光芒之后，他就一直在等待这一刻。自从那天在那间旧谷仓里，布里亚克站在病床上那个枯槁的人形面前教育学徒们意识扰乱器的危害起，他就一直在等待这一刻了。

就在约翰自己的手向下滑向意识扰乱器的边缘时，约翰剩下的那个保镖扑上前去阻止布里亚克。在意识扰乱器发射出上千个火花的时候，它也发出了一种高亢尖锐、震耳欲聋的哀鸣。

屋子里再一次充满彩色的光芒，还有电流的嗞嗞声和噼啪声。铺天盖地的火花撞上了约翰的保镖和布里亚克，他们两个正胶着地缠斗着。

约翰的手下向后跳去，捶打着自己的脑袋，他的头部周围浮动着火花。布里亚克倒在了地上，这么做的时候他从那一大片火花中脱离开来。但是他并没有完全地摆脱它们。少量的火花——也许是三个或者四个——仍然在他的脑袋周围跳着舞。意识扰乱器的力场随着他们两个也分裂成了两部分，约翰以前都不知道这是可能出现的情况。布里亚克沿地板一路滚动，同时拍打着那些闪烁的火花，仿佛它们是苍蝇一般。

约翰转过身来，疯狂地寻找着仪式剑和闪电权杖。

*奎因将仪式剑扔给我了！*他想道，心里充满了深深的如释重负的感觉和强烈的幸福感，这两种感情强烈得摧枯拉朽，势不可挡。*她选择了将它给我！*

他的双手握住了两把石剑。但是它们的手感不对。它们的触感和应该的不一样。他的皮肤接触到的不是凉凉的石头，而是更为柔软、温暖的什么东西。他将仪式剑往一张翻过来的桌子上抽去，仪式剑在他的手中碎成了碎片。

这是一个骗局。奎因没有给他真正的仪式剑。她并没有选择帮助他。约翰在那里静静地站了片刻，绝望涌入他的内心，然后是愤怒。

约翰可以看到奎因和菲欧娜在稍远些的地方，在倾斜的地板上，跪在另一个人影身边。在靠近的时候，他认出了这个人：忍·麦克贝恩。奎因在桥区被救走的过程突然变得清晰起来。忍当时在那儿，是他在帮助她。也许在香港，忍取代了约翰在奎因心中的位置。也许在过去的一年半里，他和奎因在一起了。他可以想象她抚摩忍的样子，想象她亲吻他、帮助他的样子，与此同时，她却拒绝为约翰做同样的事情。这个念头令他感到怒不可遏。

“你能走路吗？”他听到奎因问忍。

忍正捂着他身体的一侧，他的一条腿也以一种奇怪的角度弯折着。

“没问题的，”他低声说道，“我可以的。”

“我们拉你起来，”她说道，“抓住我的胳膊。”

然而在忍能够抓住奎因的手臂之前，约翰两只手握住软剑，用尽全力将剑柄抡向奎因头部的侧面。

奎因倒在地板上，晕了过去。

就在这时，从飞艇后部传来一声巨大的吱嘎声，随之而来的是大量金属船体撕裂的声音。

“旅行者号”开始向下坠去。

第六十五章 奎因

房间正在疯狂地旋转。什么东西狠狠地撞到了奎因，撞到了她的脑袋，让她无法正常视物。她的视野在不停地旋转，但是她很确定，房间本身也在旋转。飞艇外面的摩天大楼从巨大的玻璃穹顶的一侧旋转到另一侧，仿佛是嘉年华的旋转木马一般。

她和菲欧娜还有忍一起滑过地板，还有一个什么人也在那儿。她可以感觉到他在她的脸旁呼吸着。在他们滑动的时候，他紧紧地抓着她，让她和他在一起。而他的双手在她的斗篷内侧摸索着。

“不要。”她气喘吁吁地说道。

“你为什么不选择我？”约翰喃喃地说道，“哪怕就选我一次也好啊？”

她得阻止他继续翻检她的口袋。她的头还在抽痛，胳膊也无法正常动作，但是她还是将胳膊伸了出去。他将她的胳膊推到一边，仿佛它只是一根麦草一样。

“在那儿，”奎因听到他说，“就在那儿呢。”

是约翰，而他听上去很开心。她现在可以看到他了，他手上正握着仪式剑和闪电权杖，是她藏起来的那两把真的。

“不，约翰……”

他继续在她的斗篷内侧摸索着。她试图将他推开，但是她的手臂已经一点儿力气也没有了。

他又从她的口袋里拿了什么东西出来，她听到他惊讶地吸了一口气。

她的头还在沉沉地疼着，她费了很大力气转向他，让她的双眼对准焦距。约翰正盯着一本有着皮面、被皮绑带绑住了的厚厚的笔记。她伸手去抓它，结果困惑地发现她的手往错误的方向动了。

“你不会想要它的。”她喃喃地说道。但是她的话似乎是错误的：约翰当然想要它了。奎因注视着他草草地翻阅着那些纸页，一种喜悦的表情出现在他的脸上。她又试着去够那本笔记，但是她的胳膊并没有靠近它。

不要紧的，她告诉自己。即使是在头昏眼花的状态下，奎因仍然记起来了，约翰拿到了笔记并不是一场灾难。她把它带来是要将它作为潜在的谈判筹码，不是吗？她可以放弃它，这是有理由的。不知怎的她采取了这些行动……

“你是怎么得到它的？”他问道。他听起来像个在过圣诞节的孩子。

“布里亚克……”

他们又开始滑动了。约翰探身俯在她的身体上方，这样她就能够清楚地看到他的脸了。

“你确实帮了我，”他低声说道，和颜悦色，充满感激，“谢谢你，奎因。谢谢。”

他的嘴唇贴在她的脸颊上，温暖而柔软。然后约翰走了，一路滑过地板，离开了她。

飞艇发出尖叫般的巨响，“*旅行者号*”开始前后摇晃。有一双手抓住了她的胳膊。有人在拉她。她转过身来。是忍，他在努力试图将她拉近。她的母亲平躺在地板上，将一大团布料敷在忍身体一侧那道深深的伤口上。

在忍穿过天花板落下来的时候，他胸膛的中央撞到了布里亚克的软剑上。那层位于他烧焦了的衣服下方的薄薄的护甲令剑尖偏转了方向，剑尖滑过他的整个身体，最终刺穿了他身体一侧的护甲。有一股温热的液体沿着奎因的腿流淌着。忍得到了救护，不至于立刻死亡，但是他的血流了一地。

飞艇又在向上挣扎了，就像一只受伤的动物试图挣扎着站起来一样。发动机组在以不同的音调轰鸣着。忍抓住了奎因的衬衫。

“飞艇要坠毁了。”他低声说道。

“抓住我。”奎因对他说。她的头仍然在抽痛，但是她已经不再觉得眩晕，她的胳膊也开始变得正常。“我会把你从这里救出去的。”

“是我把飞艇弄得坠毁的，”忍说道，“我觉得我在流血……”

“没关系的。抓住我。”

飞艇倾斜得更加严重了，几个发动机完全停止了工作，而剩下的发动机则在努力试图将它重新抬升到空中。忍和奎因向一边滑去，直到撞到墙上才停了下来。重力令她紧紧地贴着他。

“一直和我说话，不要停。”忍的眼皮开始下垂，于是奎因低声说道。

“他拿走了仪式剑吗？”

“是的。没关系的……”

“我是要死了吗？”

“你不会死的。”

“奎因……”

“只是流了一点点血而已，我向你保证，你不会死的。抓住了。”奎因更紧地抓着他，仿佛她自己的两条胳膊可以保护忍不受下坠飞艇的伤害一般。他的脸颊紧紧地贴着她的脸。

“奎因，你知道的，我们只是第三代表亲。”

“是只拥有第三代表亲一半血缘关系的表亲，”她低语道，她的嘴唇离他的耳朵很近，“几乎不能算是有血缘关系了。”

“你那时是想吻我吗……在地下室里的时候？”

“是的，”她气喘吁吁地说，“非常非常想。”

飞艇外的建筑物东倒西歪地从玻璃穹顶晃过。飞艇猛烈地颠簸着，向上蹿的同时又向下坠去。

忍拉着她，这样他们两个的脸就处于同一个高度了。他亲吻着她的嘴唇，动作非常缓慢，非常温柔，仿佛他们不是躺在一艘旋转着的、即将坠毁的飞艇上，仿佛他们拥有这个世界上所有的时间。

“我爱你。”她喃喃地说道。

“我也爱你。”他也低声回道。

然后，忍扑到奎因身上护住了她。飞艇的发动机最后发出了一声哀鸣，将艇首抬升起来，“旅行者号”坠毁在海德公园。

玻璃穹顶裂出了成千上万道蛛网般的裂纹，大片的玻璃开始落下来。忍将奎因扑在身体下面，保护着她。奎因看到她的母亲在几码之外的角落里，在两面墙形成的有遮挡的空间里蜷缩着。奎因试图从忍的身下离开，将他推到离那个角落、离安全地带更近的地方。这时，一大块玻璃落到了他们身上，将他一下子压到了她的身上。奎因感觉肺里的空气都被这一下给挤出来了。

周围仍然是一片静止不动，但是并不是寂静一片。飞艇在他们下方逐渐停稳，到处都是鸣笛的声音。方圆二十英里的每一辆救护车、每一位消防队员和每一位警察都在他们坠毁的地点会合了。

“跟我来。”在奎因挣扎着呼吸的时候，一个声音说道。

初阶裁决者将那块玻璃板抬了起来。奎因并没有停止动作来感慨为什么一个这么小的女孩可以举起那么重的东西。她尽可能快速地从忍的身体下面爬了出来，她已经恢复了呼吸。初阶裁决者正高举着一把仪式剑。奎因、菲欧娜和初阶裁决者拖着忍无力的身体穿过黑暗房间里的一个暗色的圆形通道，通道四周边缘的能量向通道内部涌去，涌向全然的黑暗。与此同时，一阵剧烈的颤抖席卷了奎因的全身。片刻之后，他们不再身处飞艇之上，他们进入了彼处。

第六十六章 奎因

他们在四分之一英里以外的地方重新回到了现实世界。没有人对他们投以哪怕是一点点的注意力。方圆数英里内的每一个人都在望着坠毁的“*旅行者号*”的船体，而飞艇的背景则是海德公园青翠的绿植。

菲欧娜摇摇晃晃地站起来，然后又跌回了坐着的姿势。忍人事不省地躺在人行道上，奎因和初阶裁决者则跪在他的身旁。奎因用她斗篷上的一条布料将他的伤口包扎起来。忍两侧脸颊上的烧伤都起了水疱，他的腿骨折了，同时也严重烧伤，而她很确定他还有其他骨折的地方。但是他还有呼吸，心跳也非常有力。

奎因抬起头，望向在飞艇坠毁地点附近的救护车的混乱景象。她抓住她母亲的双肩，将她更近地拉向了忍。

“守着他，”奎因命令道，“别让他乱动。”

她的母亲花了片刻工夫才明白她的话，最终还是点了点头。

“我马上就回来！”

奎因头痛欲裂，但是她发现自己还是能够慢慢地跑的。她向着远处的一片混乱跑去，寻找着最近的救护车。在她跑到一半的时候，她注意到初阶裁决者在和她一起跑着。当她们跑到人群边缘的时候，她们两个都停了下来，寻找着能够帮忙的人。

“你看。”初阶裁决者指着人群之中悄声说道。

在远处，在飞艇旁边，一个男人被抬上了救护车。那个人又高大又强壮，看起来很狂暴，在医护人员将他的担架车推进救护车的时候，他猛烈地挥动着四肢。是布里亚克，她的父亲幸存了下来。

初阶裁决者的手搭在奎因的胳膊上，指向另一个方向。奎因随着对方的目光望去，看到了在她们左侧的一条公园外的小巷。在这么远的距离下，约翰·哈特的身影将将能够被认出，而在她们的注视下，他偷偷溜入建筑物之间的黑暗中，消失了。

“在这里，我们就要分道扬镳了。”初阶裁决者柔声说道。

奎因点了点头。

女孩从她的斗篷里抽出裁决者的仪式剑，将它松松地握在手中。

“你的老师呢？”奎因问道。

“在沉睡，”女孩回答道，“已经超过他该休息的时间了。”

初阶裁决者的斗篷有什么地方和以前不一样了。对她来说，它似乎有点儿太大了，也比奎因上一次见到它时更加破旧。它内侧的多个口袋里似乎塞满了各种东西，在此之前奎因都没有注意到它们的存在。

在奎因能够思考这些变化之前，她们身后响起救护车的警笛声，她转过身，发现有几辆救护车在往她们的方向开来。她挥了挥手。

“我的老师说，我现在集初阶、中阶、高阶裁决者为一体了。”初阶裁决者对她说道，目光低垂，看着手中的仪式剑，“或者也有可能我三者都不是。将来我们会看到到底是哪一种可能性。”

一辆救护车在奎因身边停下，被染满了她的半边身体的忍的血吸引了注意力。她往救护车走去，但是初阶裁决者抓住了她的胳膊。

“你拿着这个吧。”她对她说道。

奎因看到女孩将仪式剑放在了她的手中。她低下头去看石剑那细长的剑身，看到沿着它刻度盘刻着的符号。她的拇指伸到石剑的背面，触到那把细细的闪电权杖严丝合缝嵌着的地方。这把仪式剑比她那把要精致得多，不知怎的她能够感觉得到，它也比她的要更加强大。

她注意到刻在剑柄尾部的图案。不是动物，是三个互相连锁的椭圆形，那是一个原子的形象。奎因的心跳开始加快。

“为什么把它给我？“

“这是我的选择。”初阶裁决者说道，“这份礼物并不是永远地赠予你的。这把仪式剑的力量并不独属于我。你可以拿着它一段时间。我还有债要还，还要处理另外一把仪式剑的事情。”

“它在约翰手上。”

“没错。它是在约翰手上。”女孩同意道。她伸出一只手，就像一个现代人在被介绍给别人时会做的那样。“你是奎因，”她说道，“我是莫德。”

“莫德，”奎因重复道，和女孩握了握手，这个名字很合适她。“很高兴遇见你，同时，也很遗憾要和你道别。”

“不是道别，”莫德回答道，“我们会再一次相遇的，很快就会的。相信我。”

女孩说出这些话的语气中有种并不完全令人感到愉快的东西，仿佛在下一次相遇的时候，她们有可能处于同一个阵营，也有可能互相敌对。莫德，这个初阶裁决者，这个一点儿都不像是十五岁女孩的十五岁女孩，开始在约翰·哈特逃走方向的人群中穿行，然后消失了。

奎因和救护车一起回来了，一大群的医护人员拥上去对忍进行医疗救助。当他们将忍送上救护车的时候，奎因在他身边坐下来，菲欧娜则坐在她的身边。她紧紧地握着忍的手。忍失去了意识，但是她能够感觉到他的体温，还有他稳稳的心跳。

奎因花了太久的时间才意识到，他是她的分身，而她也是他的分身。自从他们两个九岁的时候便是如此了。只有等他脱离了危险，她才能重新完整起来。

在他们的救护车从一片混乱之中开走时，奎因可以感觉到她自己的未来在面前清晰地展开了。在她的一侧腰间是仪式剑，在另一侧则是她的软剑。她的左手腕上是那个标志着她身份的烙印。

她开口发问，没有将视线从忍的身上移开。

“妈妈，我的身份到底是什么呢？”

答案很明显，但是菲欧娜仍然花了片刻时间才回答她，仿佛被她要说的话弄得不太自在。

“你是你一直以来注定要成为的人。”她小心地回答道，“你是一名探寻者。”

“没错。”奎因同意道。

约翰拿走了那本皮面笔记。在他们准备前来伦敦的时候，奎因仔细研究过那本笔记了，她知道它的部分内容是什么。笔记里面按顺序画着十个图案，其中有一只狐狸和一只雄鹰。狐狸是约翰的仪式剑，而雄鹰是忍的——也就是那把被毁掉了的。还有三个椭圆形连锁在一起的图案——那是正挂在奎因腰间的这一把。这样一来还剩下七个其他图案，如果每一个图案都代表着另外一把仪式剑，而每一把仪式剑都属于一个单独的家族的话……

凯瑟琳，还有许多其他人，在很长一段时间里一直都在收集相关的信息，而这本笔记是一名探寻者可以追踪的线索……但是这些线索又通往哪里呢？

奎因向着救护车的后车窗外望去。他们离飞艇坠毁的地点越远，街道就越安静。在他们周围，伦敦的天色正逐渐暗下来。

“我是一名探寻者，就像我们一开始时那样。”她说道，“而我寻找的是什么？是事实的真相，事情的起始和末终。我们的知识始于某时某地，而有朝一日它也会终结。”

在他们离开香港之前，奎因将笔记的每一页和笔记里每一张折起的牛皮纸都拍了照片。那些照片在很安全的地方，完整的一大套都在等着她去研究。而现在她也有了一把仪式剑，不会有人试图偷走它，至少在一段时间之内不会。

“在你出生之前，探寻者就已经存在了很久很久，而在你死去之后，他们也将继续存在很长很长的时间。”菲欧娜喃喃地说道，“奎因，在这件事上我们别无选择。”

她母亲说这话的方式和语气，就像是在她还是个小女孩时就学会的一段诵词或者祈祷词一样。奎因想象着世世代代的探寻者说着同样的东西，所有人都在向他们的孩子、他们孩子的孩子保证，保证探寻者这一身份可以一直延续下去，保证他们那掌管生死的权力会一直延续到时间尽头，保证他们有权杀掉那些他们认为应该死去的人。

“不，”奎因说道，手指和忍的手指交叉相扣，“我们有选择的。我会终止这一切。从约翰开始。”

鸣谢

我的第一个本能反应就是把整本书都归功于我自己。有人这么干过吗？

我很确定，你，我的读者，不需要知道我和我的经纪人约迪·雷默之间那些充满了拍桌子和搏斗的对话——她一直在激情洋溢地教育我**我自己的角色是**如何会或者如何不会在某个情境下如此表现。我那时很想说：“约迪，我并不想告诉你你该如何做你的工作——把刚刚这句话划掉，我完全想要告诉你你该如何做你的工作。我创造了这些角色。我就像是这个书中世界里的一个神一样，像一个神一样！”事实上我并不只是“很想说”上面这些话，我其实真的那么说了，或者可以说，我说的是稍微没那么英勇的版本。

不幸的是，你开始意识到，你可能是你书中那个世界的创造者，但是你不是唯一一个住在那里的人。而一个愿意彻底住在你的书中世界的经纪人——在某个地方似乎不太对的时候，她真的会**暴怒**——这样的经纪人绝对是无价之宝。这样的经纪人就像是你从小学开始就认识的一个朋友，她会坚决阻止你吸毒，或者会逼你坐下来，就你选择的糟糕发型和你进行一场严肃的讨论。她让你书中的世界变得更好，她也让你成为那个世界更好的创造者。所以，呃，你知道的，（咳咳）谢谢你，约迪。我确实请你吃过一次晚饭，我们很可能已经扯平啦。

克丽丝塔·马里诺，如果你在读这个（这是个玩笑——作为我的编辑，我知道你不得不读这个），你则是完全不同的一种人。我很确定你是战斗在正义的一方，但是你实际上却诡计多端，而且这一点十分不易察觉。真的是诡计多端！你假装被我说服了，放弃了几个批注，但是不知怎的最后我还是照着这些批注做了。这一切是怎么发生的？是伏都教的巫术吗？还是催眠术？或者你给了我一点儿空间，让我意识到你那给出批注的能力实际上是某种不易察觉的超能力？没错，这种超能力并不像飞行或隔空取物一样炫酷张扬，但是同样强大。

在我和兰登书屋签约之前，你就偷偷地搬进了我书中的世界，在那里给你自己布置好了一栋房子。我在《探寻者》的世界里出现，来打一个新的草稿，而你已经站在那里了，瞄着你的手表，脚像打拍子一样点着地，仿佛在说："你去哪儿了？我等了很久了。"

所以，你知道……谢谢，诸如此类。

现在这变得稍微容易一点儿了。

谢谢你，芭芭拉·马库斯。你在所有这一切开始的时候，给我留下了一条那么棒的信息。请不要告诉任何人，我把那条信息一直存在手机上，在我的书让自己没有头绪的时候，我还会时不时地去听它。

谢谢你，贝弗利·霍罗威茨，谢谢你教会我出版业的那些东西。我很喜欢你那简洁的解释——"关于一本书的一切都是一个决定的结果"。因此，我也想感谢兰登书屋团队的那些天赋非凡的决策者，是他们令这本书成形，并赋予了它生命：

我要感谢艾莉森·英培为《探寻者》设计了非凡的封面，它似乎有着某种属于它自己的内在的生命力，让它闪闪发光。还要感谢约翰·阿达莫、金·劳伯、斯蒂芬妮·奥凯恩和多米尼克·西米纳，感谢他们研究出让《探寻者》进入广大世界的方法。我还要感谢朱迪斯·豪特，感谢你的支持和热情。

同时我还要感谢我的孩子们，我已经将这本书题献给了他们，所以其实并不需要再提一次了，尤其是在他们总是让我的注意力从写作上转移开的情况下。但是是他们让我一直保持谨慎，并且让我的生命充满了爱与奇遇，这些在我写那些复杂的，有时还很暴力的情节时是非常重要的。

谢谢你，斯凯·代顿。我最后才提到你的名字，但是我想向你表达我最深的感激。如果要把你让我的人生变得更加美好的方方面面全都提及，这就真的过于涉及隐私了。幸运的是，你早就知道这些了。